ars vivendi
Krimi

# Toni Feller

# Tödliches Spiel

Kriminalroman

ars vivendi

*Ich danke allen, die mich beim Schreiben dieses Werkes unterstützt haben. Ganz besonders möchte ich Peter Niegel danken, der mir mit seinen Stuttgarter Ortskenntnissen viel Recherchearbeit abgenommen hat.*

*Toni Feller*

Originalausgabe

1. Auflage Oktober 2010

www.arsvivendi.com
Lektorat: Johanna Cattus
Umschlaggestaltung: Daniela Schniegler, unter Verwendung eines Fotos von Kalinka/photocase

Die Veröffentlichung dieses Werkes erfolgt auf Vermittlung von BookaBook, der Literarischen Agentur Elmar Klupsch, Stuttgart

Druck: fgb, Freiburg
Printed in Germany

ISBN 978-3-86913-052-1

# Tödliches Spiel

# 1

An jenem zweiten Weihnachtsfeiertag im Jahr 1990 war es klirrend kalt. Der Wetterdienst zählte den dritten Tag, an dem es richtigen Frost gab. In der Nacht sank die Quecksilbersäule auf minus fünfzehn Grad. Die Landschaft war mit einer dünnen Schneedecke überzogen. An den Stellen, an denen sie von der aufgehenden Sonne aus spitzem Winkel gestreift wurde, glitzerte sie wie ein riesiges Diamantenfeld. Die nur teilweise mit Schnee bedeckten Bäume warfen lange Schatten und unterbrachen so die märchenhafte Reflexion der Sonnenstrahlen. Gelegentlich war das zaghafte Piepsen einer Kohlmeise zu hören. Ansonsten absolute Stille in dem fast dreißig Ar großen Garten, der schon eher als kleiner und überaus schön angelegter Park an der nordöstlichen Peripherie von Stuttgart bezeichnet werden konnte.

Die beiden Jungs hinterließen an diesem Morgen in dem unberührten, pulvrigen Schnee die ersten Spuren. Ohne sich dessen bewusst zu sein, verspürten sie dabei ein Gefühl von Macht und Überlegenheit. Waren sie es doch, die der Unberührtheit der Natur zumindest an dieser Stelle ein Ende setzten. Deshalb waren sie zeitweise bemüht, besonders tiefe Spuren in den Schnee zu stampfen oder einen Fuß nachzuziehen, sodass man eine richtige Schleifspur sehen konnte, bei der das grüne Gras darunter zum Vorschein kam.

Der Größere der beiden bückte sich, griff mit seinen Händen in den Schnee, um einen Schneeball zu formen. Er trug keine Handschuhe, die eisige Kälte machte ihm aber nichts aus. Vielmehr wollte er den ersten Schnee mit bloßen Händen spüren. Doch der Schneeball gelang nicht so richtig, weil es zu kalt und der Schnee zu pulvrig war. Als er ihn in Richtung des kleineren Jungen warf, zerstieb er, noch bevor er sein Ziel traf.

»Ich verrate es Papa, dass du mich mit Schnee beworfen hast«, rief der Kleinere mit schriller Stimme, die noch gehässiger klang als sonst.

»Dann sage ich, dass du damit angefangen hast«, antwortete der andere.

»Papa glaubt mir mehr als dir«, kam es giftig zurück. »Vorgestern, als die Weihnachtskugel zu Bruch ging, hast du die Ohrfeige dafür bekommen, nicht ich.«

»Du warst aber schuld daran, dass sie herunterfiel.«

»Papa kann mich eben besser leiden. Deshalb habe ich zu Weihnachten vom Christkind auch ein Taschenmesser und eine Mütze des FC Bayern bekommen.«

»Na und? Dafür habe ich eine Flöte und ein Schulmäppchen bekommen. Das sind auch zwei Sachen.«

»Das Taschenmesser hat aber bestimmt viel mehr gekostet als deine Flöte.«

»Blödsinn! Das Christkind muss doch kein Geld für die Geschenke bezahlen.«

»Ich habe aber gehört, wie Mama geschimpft hat, weil das Taschenmesser so teuer war und weil nicht du, sondern ich es vom Christkind bekommen habe. Und Papa hat gesagt, mir steht so etwas eher zu als dir. Ätsch!«

»Du bist ja noch viel zu klein für ein Taschenmesser. Gehst nicht mal zur Schule und kannst es allein nicht mal aufklappen, oder? Ich kann es, und ich kann auch schon lesen. Ätsch, ätsch!«

»Papa hat gesagt, er hilft mir immer dabei. Er findet es wichtig, dass ich erst einmal eins habe. Ein richtiger Mann muss ein Taschenmesser haben, hat er gesagt. Er wird mir auch zeigen, wie man damit schöne Dinge schnitzt.«

»Pah, du und ein Mann!«

»Bist ja nur neidisch, weil du keins hast.«

»Zeig mal her, ich mache es auf!«

»Nein, Papa hat gesagt, ich soll es niemandem geben.«

»Ich bin doch dein Bruder, mir kannst du es zeigen.«

»Nein, du bekommst es nicht! Nie bekommst du es!«

»Das werden wir ja sehen. Komm, gib schon her!«

»Nein!«

»Dann hole ich es mir eben. Gib es mir lieber freiwillig. Ich bin stärker als du.«

»Dann verrate ich es Papa, und du bekommst dafür Prügel, so wie letztes Mal.«

»Gib es mir!«

»Nein!«

Der Größere stellte sich drohend vor den ein Jahr Jüngeren. Für einen kurzen Moment schien er zu überlegen, was zu tun sei. Dann sprang er seinen Bruder mit einem Satz an und nahm ihn sofort in den Schwitzkasten.

»Gib es mir!«, presste er drohend zwischen den Lippen hervor.

»Nein, ich verrate es Papa!«, keuchte der andere. Der Ältere verstärkte den Druck am Hals seines Bruders und schrie laut: »Gib es her, oder ich drücke noch fester zu, du kleine Kröte!«

Der Kleinere griff in die rechte Hosentasche und holte das Messer heraus. Mit der anderen Hand wollte er sich aus der Umklammerung befreien. Als das nicht gelang, versuchte er unter Aufbietung aller Kräfte, das Taschenmesser mit beiden Händen zu öffnen. Doch die Feder, die die Klinge in Ruhestellung hielt, war für die kleinen Finger noch zu stark, um sie zu überwinden.

Mit dem zusammengeklappten Taschenmesser in der Faust schlug er wild um sich, in der Hoffnung, seinen Bruder zu treffen, sodass dieser ihn endlich losließ. Als ihm tatsächlich ein harmloser Treffer gelang, reagierte der andere blitzschnell und brachte den Kleinen mit einem Hüftschwung zu Fall. Noch bevor der Unterlegene den eiskalten Schnee an der blanken Stelle seines Genicks spürte, hatte sich der andere auf seinen Brustkorb gesetzt und hielt mit beiden Knien seine Oberarme fest. Der Jüngere hatte keine Chance zur Gegenwehr. Krampfhaft hielt er sein Taschenmesser in der rechten Hand.

»So, jetzt hab ich dich. Ergib dich und rück das Messer raus!«

»Nein, das sage ich Papa! Der schlägt dich dafür tot!«

»Das wirst du nicht tun, du Kröte!«

In diesem Moment sah der Ältere das Taschenmesser in der Hand seines Bruders. Mit dem Knie den Druck auf den Oberarm des Unterlegenen verstärkend, war es ein Leichtes, seine Hand zu öffnen und das Messer an sich zu nehmen.

Seines offensichtlich wertvollsten Besitzes beraubt, fing der Kleinere nun an, laut zu schreien und zu weinen, worauf der Ältere ihm fest eine Hand auf den Mund presste.

»Hör auf zu schreien!«, zischte er. »Und wenn du es Papa verrätst, kannst du was erleben. Ist das klar?« Er drückte seine Hand noch fester auf den Mund des kleinen Bruders. Dabei bemerkte er nicht, dass er auch dessen Nasenlöcher abdeckte. Das Gesicht des Jüngeren lief sofort blaurot an. Er versuchte, sich weiter zu wehren, aber vergebens. Sein Bruder war zu stark. Schließlich erlahmte seine Gegenwehr, worauf der Ältere von ihm abließ und aufstand. Das Messer steckte er sofort in seine Hosentasche.

Schwer nach Atem ringend blieb der Besiegte noch eine Weile im kalten Schnee liegen. Als er sich schließlich aufrappelte, weinte er leise und voller Wut vor sich hin. Seinen älteren Bruder schaute er hasserfüllt an. Dieser konnte seinen Triumph nicht verbergen und sagte im überlegenen Ton des Siegers: »Hättest du es mir gleich gegeben, hätte ich dich nicht in den Schwitzkasten genommen.«

»Papa wird dich im Keller mit dem Stock schlagen, bis du tot bist!«, antwortete der andere voller Hass. »Gib mir sofort mein Messer zurück!«

»Später vielleicht. Jetzt gehe ich erst mal zum Teich und schaue, ob es da einen Stecken gibt, den man schnitzen kann. Wenn du mitkommst, schnitze ich dir auch einen.«

Immer noch leise vor sich hinweinend, bückte sich der Jüngere nach seiner im Schnee liegenden Wollmütze. Bevor er sie aufsetzte, strich er den Schnee aus seinem zerzausten, halblangen Blondschopf. Dann folgte er, trotzig und fest in den Schnee stampfend, seinem Bruder in Richtung Teich.

Der Teich war im Sommer ein wunderschönes Biotop. Außer Sichtweite des feudalen Wohnhauses waren mit viel Liebe zum Detail am Ufer des Teiches Schilfgräser und Blumen verschiedener Art angepflanzt worden. Äste einer halb hohen Trauerweide hingen ins Wasser. Auf der gegenüberliegenden Seite befand sich ein kleiner, künstlich geschaffener Wasserfall, in dessen Innern eine Pumpe mit Filter installiert war, damit das Wasser immer in Bewegung blieb und sich weniger Algen bildeten. Gleich daneben stand ein kleiner, im barocken Stil erbauter Pavillon mit einer Tischgruppe. Wilder Wein rankte sich bis zum Dach hoch, der im August und September einen süßlichen und etwas mediterranen Duft verströmte.

Im Wasser tummelten sich einige Frösche, aber insbesondere auch Kois, die nur deshalb überwintern konnten, weil der Teich eine Wassertiefe von bis zu 1,70 Meter hatte. Um die Fische im klaren Wasser besser beobachten zu können, zog sich ein Steg bis fast zur Mitte des im Durchmesser etwa fünfzehn Meter großen Gewässers.

Die Jungs hätten an heißen Sommertagen gern darin gebadet. Aber die Eltern erlaubten es nicht. Während sich die Mutter hauptsächlich um das Wohl ihrer beiden Buben sowie der achtjährigen Tochter sorgte und sie immer wieder vor der Tiefe des Teiches warnte, hatte der Vater weniger Angst, ihnen könnte etwas geschehen. Aber ihm war es wichtig, dass die wertvollen Kois nicht gestört wurden.

Am Teich angekommen, schaute sich der Ältere kurz um. Dann entschied er sich, von der Trauerweide einen dünnen, weit herabhängenden Ast abzuschneiden, mit dem er sich bis zur Mitte des Holzsteges begab. Dort fing er an, die Rinde des Steckens abzuschälen.

Von außerhalb des Gartens schaute aus einiger Entfernung ein anderer Junge zu. Er hielt sich hinter einer großen, immergrünen Hecke versteckt. Er wagte es nie, sich näher an das Grundstück heranzuschleichen, weil er instinktiv wusste, dass das große, wunderschöne Haus und der Garten Leuten gehörte, zu denen er nicht passte und die einen kleinen Hund besaßen, der ihn durch lautes Kläffen sofort verraten hätte.

Er kam aus dem Hallschlag, einem sozial schwachen Randbezirk Stuttgarts, und streunte gern und manchmal auch sehr weit herum. Dort, wo er wohnte, gab es viel Schmutz auf den Straßen, und von den Hausfassaden fiel der Putz herunter. Im Innern rochen die Gebäude allesamt nach Mief und manchmal auch penetrant nach Urin, Hunde- oder Katzenkot. Die Geländer in den Treppenhäusern klebten so sehr, dass es der kleine Junge stets vermied, den Handlauf zu berühren. Passierte es doch einmal, hatte er das Gefühl, seine Hand würde für immer kleben bleiben.

Im ersten Jahr der Grundschule suchte ihn seine Mutter oft stundenlang, um mit ihm die Hausaufgaben zu machen. Doch bald gab sie es auf und widmete sich wieder verstärkt ihrem besten Freund, dem Alkohol. Der Junge war eben einfach nicht zu halten. Er war ein Streuner, der es trotz seiner erst sieben Jahre verstand, sich allein durchs Leben zu schlagen.

Jetzt, im zweiten Schuljahr, hatte seine Mutter schon nicht mehr den Überblick, wie weit ihr Bub schulisch gediehen war. Seinen Vater hatte er nie kennengelernt. Die Mutter wusste selbst nicht genau, wer der Erzeuger des Kleinen war.

Der Junge hatte gesehen, wie sich die beiden stritten und wie der Größere den Kleinen zu Boden rang. Jetzt war er gespannt, wie lange es dauern würde, bis sie sich wieder in den Haaren hatten. Zu gern hätte er gewusst, weshalb sich die beiden prügelten. Aus der Entfernung konnte er das jedoch nicht erkennen. Er sah aber, dass die Sache offensichtlich noch nicht ganz geklärt war.

Er selbst hatte sich unzählige Male schon in ähnlichen Situationen befunden. Ob in der Schule oder danach. Es ging immer darum, wer sich gegen wen durchsetzen konnte. Oft zog er den Kürzeren, weil er zwar zäh, aber nicht besonders kräftig war. In letzter Zeit aber bekam er immer mehr das Gefühl und Geschick dafür, sich auch gegen vermeintlich Stärkere zu behaupten.

Richtige Freunde hatte er keine. Die Jungs aus seinem Viertel konnte er nicht leiden, und die aus den besseren Wohnbezirken mieden ihn, weil er aus dem Hallschlag kam. So wurde er ein Außenseiter und streunte trotz seines kindlichen Alters schon wie ein einsamer, wenn auch junger Wolf durch die Gegend. Und wie ein Wolf entwickelte er einen Instinkt dafür, Gefahren aus dem Weg zu gehen und sich möglichst unbehelligt im Menschendschungel zu bewegen.

Im Umkreis von fünf Kilometern kannte er jede Ecke, jeden Baum, jedes Haus und schon viele Gesichter. Sobald er lesen gelernt hatte, versuchte er, sich die Straßennamen einzuprägen. Er wollte wissen, wo er sich gerade aufhielt und wo er hin konnte. Denn er wollte nichts dem Zufall überlassen. Vor allem wollte er nicht, dass andere Jungs ihm auflauerten und ihn verprügelten, wenn er aus Versehen in deren Gebiet eingedrungen war.

In den Stadtteilen Münster, Hofen und Steinhaldenfeld kannte er sich schon sehr gut aus. Er wusste auch, wo es dort Kleingärten gab, in denen er in den Sommermonaten immer etwas Essbares fand.

Gelegentlich wagte er sich bis in die Innenstadt Stuttgarts, denn sehr bald hatte er herausgefunden, dass er mit dem Schulranzen auf dem Rücken einen Freifahrtschein für Busse und Straßenbahnen hatte. Von einem Mitschüler erfuhr er, dass man mit dem Linienbus 56 bis zur Rosensteinbrücke in Bad Cannstatt fahren und dort in die Stadtbahn Linie 14 steigen musste, um direkt in die City zu gelangen. In der Stadt kamen ihm die Häuser riesengroß und der Trubel ungeheuer lebhaft, ja fast beängstigend, vor.

Als er zum ersten Mal an der Haltestelle Hauptbahnhof ausstieg, kam er aus dem Staunen nicht mehr heraus. Die Menschen liefen wie Ameisen durcheinander, verschwanden in Kaufhaustüren, Nebenstraßen, Bussen oder Straßenbahnen. Manche warteten auch auf irgendetwas. Aber niemand schien so wie er die Gelegenheit zu nutzen, alles zu beobachten und in sich aufzusaugen.

Seine Hausaufgaben bereiteten ihm inzwischen keine Probleme mehr. Er machte sie zwischen seinen Ausflügen, manchmal auf einer Parkbank, manchmal auch einfach irgendwo im Schneidersitz, die Hefte und Bücher auf seinen Knien abgelegt. Zu Hause wollte er keine Schularbeiten machen. Das Stöhnen und Röcheln der auf dem Sofa schlafenden Mutter, ihre Hustenanfälle, die sie nach dem Anzünden der Zigarette hatte, und das Gluckern, wenn sie trank, störten ihn zu sehr. Dennoch kümmerte er sich um sie, wenn es ihr schlecht ging und sie nicht mehr aufstehen konnte. Dann machte er der Mutter ein Brot und blieb so lange bei ihr stehen, bis sie es aufgegessen hatte.

»Ich möchte auch so einen Stecken!«, rief der Kleinere patzig.

»Warte, bis ich meinen fertig habe.«

»Nein, ich möchte gleich einen Stecken. Einen großen, größer als deiner!«

»Du wartest jetzt! Wenn nicht, bekommst du gar keinen.«

»Dann verrate ich Papa, dass du mich geschlagen und mir mein Taschenmesser abgenommen hast.«

»Das machst du nicht!«

»Doch, das mache ich. Und ich erzähle auch, dass du Papa einen Dummkopf genannt hast.«

»Das habe ich doch gar nicht.«

»Aber ich erzähle es trotzdem, dann geht Papa mit dir in den Keller, wo er seinen Stock hat.«

Der Ältere schaute seinen Bruder für einen kurzen Moment strafend und verächtlich an. Plötzlich riss er ihm mit einer schnellen Bewegung die neue Mütze vom Kopf und warf sie auf das zugefrorene Eis des Teiches. Überrascht schaute der Jüngere seiner Mütze hinterher. Da fing er wieder an zu weinen und zu schreien.

»Heulsuse! Verrätst du das jetzt auch dem Papa?« Und ohne eine Antwort abzuwarten, lachend: »Bevor du aber beim Haus angekommen bist, sind dir ohne Mütze die Ohren abgefroren.«

»Hol sofort meine Mütze wieder, sonst verrate ich, dass du auch über Mama schlimme Sachen gesagt hast.«

»Habe ich nicht!«

»Ich sage einfach, du hast sie ›blöde Mama‹ genannt, wenn du meine Mütze nicht holst.«

»Hol sie doch selbst, du Zwerg! Beeil dich, sonst frieren dir tatsächlich noch die Ohren ab!«

Immer noch mehr aus Wut und Zorn weinend, setzte sich der Kleinere auf die Kante des Stegs und ließ sich langsam auf das Eis hinab. Seine Stiefelchen versanken knöcheltief im Schnee. Unsicher machte er zwei kleine Schritte. Dann blieb er stehen und sah sich nach seinem Bruder um.

»Na los, auf was wartest du?«

Voller Trotz, die Tränen und die Rotznase mit dem Handrücken abwischend, rief er seinem Bruder zu: »Das sage ich Papa! Der haut dich dafür, bis du auch weinst und tot bist!«

Dann machte er wieder einen kleinen, vorsichtigen Schritt. Als das Eis schließlich im Bruchteil einer Sekunde nachgab und mit einem seltsam klirrenden Krachen einbrach, schaute der Ältere scheinbar teilnahmslos zu. Er hörte lediglich auf, an seinem Stecken zu schnitzen. Für einen kurzen Moment tauchte noch einmal die obere Kopfhälfte des kleinen Bruders auf, dann war es still. Es gab kein Geheule, keine Drohungen mehr. Und das Taschenmesser gehörte endgültig ihm.

# 2

»Zebra 1 für Zebra 2!«, quäkte es aus dem Handfunksprechgerät.

»Zebra 1 hört.«

»Hier Zebra 2! Wenn die Typen nicht bald erscheinen, können wir den Einsatz abblasen. Habe keine Lust, mir die ganze Nacht um die Ohren zu schlagen.«

»Hier Zebra 1! Ruhig Blut, Kleiner. Die kommen schon noch. Auf Charly ist Verlass, das weißt du doch, Wolfgang.«

Die beiden Kriminalbeamten schauten hochkonzentriert in ihre Nachtsichtgeräte. Sie saßen nun schon geschlagene zwei Stunden auf der Lauer. Während es sich Kriminalhauptkommissar Jürgen Nawrod hinter einem riesigen Betonpfeiler der Mercedes-Benz Arena, soweit es ging, gemütlich gemacht hatte, stand sein Kollege Wolfgang Prestel etwa dreißig Meter von ihm entfernt hinter einem dichten Gebüsch. Beide waren dunkel gekleidet. Etwa dreißig Meter vor ihnen lag die Mercedesstraße, eine breite Hauptstraße, die vom Cannstatter Tor an der Mercedes-Benz Arena vorbei zur Stuttgarter City und nach Bad Cannstatt führte.

Über die Mercedesstraße hinweg konnten die beiden von ihren Standorten aus die Parkplätze entlang der Straße vor dem Stadion einsehen. Kein idealer Platz für einen Zugriff, da es dort viele Bäume und Sträucher gab. Die Sicht war alles andere als gut, und bei einem möglichen Schusswechsel gab es jede Menge Deckung für den Gegner. Der Parkplatz selbst war zudem noch an drei Seiten durch hohe Hecken eingesäumt. Das brachte jedoch auch Vorteile. Die zur Festnahme der hochkarätigen Dealer eingesetzten Beamten des Mobilen Einsatzkommandos hatten dieses Mal keine Probleme, sich zwischen den Hecken und dem Gestrüpp so perfekt zu tarnen, dass sie nicht einmal von den Augen einer Eule wahrgenommen werden konnten.

Kriminalhauptkommissar Nawrod konnte auf die Jungs zählen, das wusste er. Auch in kritischen Situationen behielten diese stahlhart ausgebildeten Kollegen die Nerven. Mehrfach schon hatte er sich verwundert die Augen gerieben, wenn diese Sondereinheit einen Zugriff blitzschnell über die Bühne brachte und ihm die Ganoven dann ebenso schnell, schön in Hand- und Fußfesseln verpackt, auf einem silbernen Tablett servierte. Natürlich lagen die dann nicht auf edlem Metall gebettet, sondern in aller Regel auf dem Boden, das Gesicht in den Dreck gedrückt und so gefesselt, dass sie nicht die geringste Chance einer Gegenwehr hatten. Und oft gab es anschließend Probleme beim Abtransport der Festgenommenen, weil keiner der Kollegen eine Person ins Fahrzeug nehmen wollte, die sich sowohl eingenässt als auch buchstäblich in die Hose geschissen hatte. Die rochen dann nicht wie einer, der halt mal Durchfall hatte und dem etwas verrutscht war. Nein, die Angst dieser Kriminellen war es, die dem Ganzen stets einen eigentümlichen und im Innern eines Fahrzeuges kaum auszuhaltenden Geruch verlieh.

Selbst den Hartgesottensten war das schon passiert. »Ich dachte, das Jüngste Gericht bricht über mich herein, und schon war es geschehen«, gab einmal ein Hüne von einem Zuhälter und Menschenhändler nach seiner Festnahme durch das MEK zu Protokoll.

»Bin gespannt, wie die Sache dieses Mal über die Bühne geht«, brummte Nawrod und ertappte sich dabei, wie er wieder mit sich selbst sprach. Das tat er oft, wenn seine Nerven bis zum Zerreißen gespannt waren. Er dachte an die letzte Aktion mit Charly, seinem besten Freund und Undercoveragenten. Charly hatte den gewissen Riecher und geradezu ein unnachahmliches Talent, immer die größten Fische an Land zu ziehen. Niemand wusste, wie er das machte. Keiner fragte danach. Unterm Strich zählte das Ergebnis und sonst nichts. Fünf Kilo hochprozentiges Heroin sollten heute Nacht den Besitzer wechseln. Kein Pappenstiel, denn der Kilopreis in dieser Charge lag zurzeit bei zirka 50 000 Euro.

Als Nawrod seinen Freund dann doch einmal fragte, wie er es schaffe, mit Großdealern in Kontakt zu treten, lächelte

Charly nur vielsagend und meinte: »Bei diesem Spiel machst du deinen Job, und ich mache meinen. Wichtig ist nur, dass sich jeder auf den anderen verlassen kann.« Nach einer kleinen Pause dann fast beiläufig: »Es ist auch gut, wenn du nicht alles weißt.«

»Verstehe«, nickte Nawrod, und damit war das Thema erledigt. Nawrod nahm es Charly nicht übel, dass er von ihm nicht alles erfuhr. Er wusste, dass das nichts mit Misstrauen zu tun hatte. Ganz im Gegenteil! Es ging einzig und allein darum, Verbrechen so effizient wie möglich zu bekämpfen und dabei das Risiko auf ein Minimum zu reduzieren. Das funktionierte nur, wenn alle gewisse Regeln einhielten und sich jeder auf den anderen verlassen konnte.

Wie Nawrod und Charly war auch jeder einzelne Beamte des Mobilen Einsatzkommandos ein wichtiges Zahnrad im Getriebe eines solchen Einsatzes. Die kleinste Unachtsamkeit, der lapidarste Fehler eines Einzelnen konnte das ganze Unternehmen, ja sogar das Leben von Kollegen gefährden. Jedem war das bewusst. Immer und immer wieder wurde das den Spezialisten des MEK im Training und vor den Einsätzen eingebläut.

Knut Deckert, der Leiter des MEK, war unerbittlich, wenn es darum ging, die Disziplin in seiner Truppe hochzuhalten. Obwohl seine Beamten allesamt die nicht gerade lasche Ausbildung bei der Polizei durchlaufen hatten, war diese ein Zuckerlecken gegen den Drill, der beim ständigen Training der Spezialeinheit vorherrschte. Doch die Jungs waren mit Herz und Seele dabei. Keiner beschwerte sich, weil jeder wusste, dass Disziplin im Ernstfall das Überleben sicherte.

Deckert hatte in dieser Nacht das gesamte MEK mobilisiert. Nur so konnte er einigermaßen sicherstellen, dass die Dealer keine Gelegenheit hatten, beim Zugriff zu fliehen oder um sich zu schießen. Denn eines war klar: Dealer dieser Kategorie waren bewaffnet, und zwar mit großkalibrigen Pistolen oder

Revolvern, manchmal sogar mit kleinen, handlichen Maschinenpistolen. Einmal hatte die Einsatztruppe im Schulterhalfter eines Türken eine israelische Maschinenpistole der Marke Uzi und in seinen Hosentaschen noch zwei russische Handgranaten gefunden. Sichere Belege dafür, dass in Dealerkreisen mit immer härteren Bandagen gekämpft wurde und dass einem Händler, der im Kilobereich dealte, bewusst war, dass er für Jahre in der Versenkung, sprich im Knast, verschwand, wenn er geschnappt wurde.

Hinzu kam, dass die Dealer meist aus Ländern stammten, in denen ein Menschenleben sehr wenig bedeutete, wenn es um Profit ging. In hochkarätigen Verbrecherkreisen hatte die Brutalität in den letzten Jahren fast unbeschreibliche Ausmaße angenommen. Nur durch ständiges, knallhartes Training und durch ebenso ständiges Aufrüsten der neuesten technischen Einsatzmittel konnten die Mobilen Einsatzkommandos der Polizeidirektionen und die Sondereinsatzkommandos der Bundesländer mit den Verbrechern einigermaßen Schritt halten.

Es war 1.17 Uhr, als der amerikanische Van langsam auf den Parkplatz fuhr. Der Fahrer hielt unter einem großen Baum so an, dass er jederzeit nach vorn wegfahren und flüchten konnte. Durch sein hochauflösendes Nachtsichtgerät konnte Nawrod ganz deutlich sehen, dass es ein schwarzer Chevrolet mit abgedunkelten Scheiben war. Aus München kommen die also, dachte er, als er das Kennzeichen ablas und sofort über Funk den Auftrag gab, es zu checken.

»Zebra 1 an Zebra 2!«

»Zebra 2 hört.«

»Hast du gesehen, die kommen aus München. Kannst du ausmachen, wie viele es sind?«

»Nun mal langsam, Kumpel, ist vielleicht nur ein Liebespärchen.«

Wolfgang lachte leise, als er über Funk mit gedämpfter Stimme die Order gab: »Hier Zebra 2 an alle, hier Zebra 2 an alle! Nicht schießen, ich wiederhole, nicht schießen, wenn der

Van plötzlich zu wackeln beginnt und Stöhnen aus dem Fahrzeug zu hören ist!«

»Hier spricht der Einsatzleiter! Hört nicht auf den Quatsch, Kollegen. Die Sache ist zu ernst, um jetzt Späße zu machen.«

An Nawrods schnarrender Stimme merkte jeder, dass der Einsatzleiter hochkonzentriert war und keine Mätzchen mehr zuließ.

»Ich fresse einen Besen, wenn das nicht unsere Zielpersonen sind! Also Jungs, höchste Alarmstufe!«, presste Nawrod eindringlich zwischen den Zähnen hervor.

Jetzt fehlt nur noch Charly, das Speckstückchen, und die Mausefalle schnappt zu. Dieses Mal seid ihr dran, ihr Drecksdealer, das garantiere ich euch, hämmerte es in Nawrods Kopf.

Ohne dass sich die Innenbeleuchtung einschaltete, wurden die vorderen Türen des Vans fast gleichzeitig geöffnet. Auf der Fahrerseite stieg ein kräftiger, fast korpulenter Mann aus. Nawrod schätzte ihn auf höchstens dreißig Jahre, so weit er das durch das Nachtsichtgerät beurteilen konnte. Der Mann trug Jeans und eine schwarze Lederjacke. Besonders auffallend an ihm waren sein runder Schädel und seine nur millimeterlangen Haare.

»Hier Zebra 9! Habe den Dicken als Ziel erfasst.«

»Hier Zebra 8! Habe ebenfalls auf den Dicken freie Schussbahn.«

»Hier Zebra 11! Der lange Dürre gehört mir. Warte auf Feuerbefehl.«

»Hier Zebra 9! Bist du sicher, dass du diese Bohnenstange triffst, oder soll ich dir helfen?«

»Hier Zebra 11! So dünn kann der gar nicht sein, dass ich den nicht mit einem Schuss in die Hölle schicke.«

»Da gehört das Schwein auch hin«, war eine Stimme zu hören, die sich nicht zu erkennen gab.

»Hier Zebra 1, hier Zebra 1 an alle Scharfschützen: Zugriffstrupp hat absoluten Vorrang. Es wird nur im äußersten

Notfall und nur auf meinen Befehl geschossen. Dass das klar ist!«

Nawrods Tonfall ließ keinen Zweifel zu. Er war der Einsatzleiter, und es ging ihm gegen den Strich, wenn er in einer solchen Situation derartige Äußerungen hörte. Gleichwohl wusste er, dass die Jungs an den Präzisionsgewehren manchmal so reden mussten, um die ungeheure Verantwortung und die daraus resultierende Anspannung irgendwie kompensieren zu können.

»Zebra 1 an Zebra 2! Hey, hab ich's nicht gesagt, auf Charly ist Verlass?! Schau mal nach rechts. Ist das nicht Charlys roter Mustang?«

»Hast recht, Kumpel, das ist er. Der Tanz kann beginnen.«

Der Mustang fuhr direkt auf den Van zu. In Höhe der beiden Dealer hielt er kurz an. Charly wollte sich wohl vergewissern, dass er es mit den richtigen Typen zu tun hatte. Danach parkte er neben dem Van und stieg aus seinem Fahrzeug.

Durch das Nachtsichtgerät sah Nawrod, wie der Greiftrupp sich in Position brachte. Gut getarnt und lautlos wie Raubkatzen schlichen sich die Beamten heran, bis Nawrod die Stimme des Greiftruppführers am Funk vernahm.

»Hier Falke 1! Greiftrupp in Position. Warte auf Befehl.«

»Hier Zebra 1! Okay, Jungs, wir schlagen erst zu, wenn der Deal perfekt ist, verstanden?«

»Hier Falke 1! Habe verstanden.«

»Deine Nerven möchte ich haben, Jürgen!«

»Halt die Klappe, Wolfgang, und pass auf!«

Wie immer erschien Charly im typischen Outfit eines Drogendealers, und wie ein solcher bewegte er sich auch. Vorsichtig umherschauend, jede Bewegung seines Gegenübers registrierend und ständig bereit, auf Unvorhergesehenes zu reagieren. Dennoch vermittelte er den Eindruck von Coolness und Überlegenheit.

Er arbeitete nun schon seit fünf Jahren als Undercoveragent im Rauschgiftgeschäft. Länger als die meisten seiner

Kollegen. Viele fragten sich, wie er das schaffte, ohne inzwischen aufgeflogen oder getötet worden zu sein. Charly war halt eben eine Klasse für sich.

Am Anfang zählte er noch die Menge des Rauschgiftes zusammen, das mit seiner Hilfe beschlagnahmt worden war. Zunächst war er regelrecht glücklich über jedes Gramm Heroin, das durch ihn nicht in den Handel gelangte. Eine Cousine von ihm war an Leberzirrhose gestorben, weil sie sich an der Nadel eines Fixers mit Hepatitis C infiziert hatte. Die Krankheit kam ein halbes Jahr danach zum Ausbruch und ließ dem jungen Mädchen keine Chance. Innerhalb von wenigen Wochen war die Leber zerfallen. Die Cousine war gerade mal siebzehn Jahre alt. Das prägte Charly, und deshalb packte er die Gelegenheit gleich beim Schopfe, als man ihm ein halbes Jahr später die Chance gab, undercover zu arbeiten.

Es dauerte nicht lange, da ließ er schon den ersten großen Dealer auffliegen. Weitere folgten. Bei 54,5 Kilogramm hörte er mit dem Zählen des beschlagnahmten Rauschgiftes auf. Da war er erst im zweiten Jahr Undercover.

Jürgen Nawrod und er mochten sich einfach. Sie hatten sich auf der Polizeischule kennengelernt. Eine dicke Freundschaft war entstanden. Obwohl sie in unterschiedlichen Abteilungen arbeiteten, hatten sie sich nie aus den Augen verloren. Während Nawrod das Dezernat für Rauschgiftbekämpfung beim Polizeipräsidium Stuttgart leitete, war Charly direkt dem Landeskriminalamt unterstellt. Er benutzte mehrere Identitäten und war ständig und überall unterwegs. Gelegentlich auch im Ausland.

Natürlich kamen die beiden auch privat zusammen. Man flog sogar gemeinsam in Urlaub, da sich die Ehefrauen ebenfalls prima verstanden. Nur die Kids stritten sich regelmäßig. Nawrods zwölfjährige Tochter konnte so gar nichts mit dem gleichaltrigen Sohn Charlys anfangen. Daraus ergaben sich die üblichen Probleme, von denen sich die Erwachsenen jedoch nicht anstecken ließen.

Charly blieb etwa drei Meter vor den beiden Dealern stehen. Nawrod sah, dass sich die drei Männer begrüßten und sich anschließend unterhielten. Der Deal hatte begonnen. Wie aus dem Nichts tauchte hinter Charly ein Mann auf, der mit ausgestreckten Armen eine großkalibrige Pistole mit beiden Händen hielt und auf Charly zielte.

»Hier Zebra 1! Scheiße, was ist denn das für eine Figur? Wo kommt denn der her?«

»Hier Zebra 9! Muss sich wohl die ganze Zeit in der großen Hecke versteckt haben. Den hätten wir sehen müssen, wenn er nach uns gekommen wäre.«

»Hier Zebra 2! Jürgen, pass auf! Der legt Charly um! Tu was!«

»Behalt mal die Nerven, Kleiner. Warum sollte der Charly umlegen?«

»Weil unser Mann einen Koffer voller Scheine bei sich hat, genau deshalb!«, stieß Prestel hervor. Seine Stimme klang ängstlich und besorgt.

Der Pistolenschütze war jetzt etwa drei Meter hinter Charly. Lautlos und mit kleinen Schritten schlich er sich weiter an den Undercoveragenten heran.

Über Funk meldete sich eine ruhige, fast monotone Stimme: »Hier Zebra 10! Habe die dritte Person im Visier und freie Schussbahn. Warte auf Feuerbefehl.«

»Hier Zebra 8! Der Dicke ist weiterhin mein Part.«

»Hier Zebra 11! Und ich habe den langen Dürren im Visier.«

Und danach fast panikartig: »Hier Zebra 2! Jürgen, mach doch was!«

Kriminaloberkommissar Wolfgang Prestel war schon einiges gewohnt. Aber diese Situation zehrte offensichtlich gewaltig an seinen Nerven.

»Hier Zebra 1! Ohne den abgewickelten Deal kriegen wir die Dreckärsche nicht in den Bau, das weißt du doch. Wir brauchen den Stoff. Wenn der nicht über den Tisch geht, bleibt an den Wichsern nichts hängen. Wer weiß, vielleicht haben sie ihn gar nicht dabei.«

»Scheiß drauf, Jürgen! Der legt Charly um!«

»Schieb keine Panik, Wolfgang. Der Typ sichert den Deal nur ab, mehr nicht.«

»Hier Zebra 1 an alle! Bitte Meldung, ob Zugriffstrupp bereit und freies Schussfeld vorhanden!«

»Hier Falke 1! Männer und Blendgranaten in Position.«

»Hier Zebra 9, freies Schussfeld.«

»Zebra 11 ebenfalls.«

»Zebra 10 für finalen Rettungsschuss bereit.«

»Zebra 1 an Zebra 8! Wechseln Sie Ihr Ziel und gehen Sie ebenfalls auf den Pistolenschützen!«

»Zebra 8 hat verstanden.« Und schon im nächsten Augenblick: »Habe Ziel aufgenommen.«

»Hier Zebra 1 an alle! Aktionen nur auf meinen Befehl! Ist das klar?«

Und nun spielte sich alles in nur wenigen Sekunden ab. Es sollte aber allen Beamten dieses Einsatzes auf immer und ewig im Gedächtnis haften bleiben und bei manchen immer wieder in unwirklich erscheinenden Bildern vor dem geistigen Auge ablaufen.

Als der Pistolenschütze etwa einen Meter hinter Charly endlich stehen blieb, machten der Dicke und der andere jeweils einen kleinen Schritt zur Seite. Gleichzeitig führten sie ihre rechten Hände zu ihren Jackeninnentaschen. Charly war wohl so in die Verhandlung vertieft oder einfach nur ein einziges Mal unaufmerksam, dass ihm das entging.

»Jürgen, du kannst doch nicht ... nein!«, schrie Prestel ins Funkgerät.

Es dauerte nur den Bruchteil einer Sekunde, bis Nawrod reagierte, aber es war zu spät.

»Feuer frei!«

Nawrod nahm nicht mehr wahr, ob ein oder mehrere Schüsse fielen. Prestel meinte später, es habe sich wie ein einziger Schuss aus einer großen Kanone angehört.

Nawrod schaute die ganze Zeit durch das Nachtsichtgerät.

Bereits bevor der laute Knall an seine Ohren drang, sah er das Mündungsfeuer, dessen feiner Strahl direkt auf Charlys Hinterkopf zeigte. Dann sah er nur noch, wie alle vier Personen fast gleichzeitig zusammensackten.

# 3

Nachdem die Schüsse verhallt waren, saß Nawrod wie gelähmt in seinem Versteck. Das Nachtsichtgerät baumelte an seinem Hals. Tränen schossen ihm in die Augen, sodass er nichts mehr sehen konnte. Er nahm auch sonst nichts mehr wahr. Es umgab ihn nur noch eine Hülle des Schreckens, die ihn bewegungsunfähig machte, ihn vollständig von der Außenwelt, von deren Geräuschen und Bildern trennte. Es schien kein Entrinnen daraus zu geben. Und in dieser übergroßen, trüben Blase des Grauens war die Last des Geschehens drauf und dran, ihn zu erdrücken.

Wolfgang Prestel ging es ähnlich. Immer und immer wieder stammelte er: »Das darf doch nicht wahr sein! Ich habe es kommen sehen! Nein, das kann nicht wahr sein. Charly, Charly!«

Obwohl beide noch ihr Funkgerät eingeschaltet hatten, hörten sie nicht mehr die schnarrende Stimme des MEK-Leiters.

»Hier Falke 1: Melde alle drei Tatverdächtigen außer Gefecht gesetzt. Nähern uns jetzt den Verletzten. Zebra 1, verständigen Sie sofort Notarztwagen und Rettungshubschrauber. Zebra 1, haben Sie verstanden. Zebra 1, melden Sie sich! Verdammt, Nawrod, wo sind Sie?«

»Hier Falke 4: Übernehme die Verständigung der Rettungskräfte.«

»Hier Falke 1: Aber das große Programm bitte, und die sollen ihren Arsch bewegen, kapiert.«

»Falke 4 hat verstanden.«

Es dauerte nur wenige Minuten, bis der erste Notarztwagen kam. Kurze Zeit darauf trafen der Reihe nach noch weitere fünf Rettungswagen ein. Dazwischen hörte man das laute Rotorengeräusch des angeforderten Rettungshubschraubers. Er konnte auch bei Nacht ohne Gefahr auf dem großen Parkplatz oder einem der Sportplätze neben der Mercedes-Benz Arena landen.

Die Szenerie wurde nun durch zahlreiche Autoscheinwerfer beleuchtet. Drei der vier Angeschossenen lebten beim Eintreffen der Notärzte noch. Für einen Mann kam jede Hilfe zu spät. Bei ihm konnten gleich zwei Einschüsse im Herzbereich festgestellt werden.

Die Ärzte kämpften vor Ort fieberhaft und unter Einsatz aller zur Verfügung stehenden Mittel und Gerätschaften um das Leben der drei Schwerverletzten. Die Leute vom MEK sowie hinzubeorderte Beamte der umliegenden Polizeireviere sperrten inzwischen den Ort des Geschehens weiträumig ab. Wie eine Straßenlaterne die Nachtfalter, hatten die Blaulichter der Einsatzfahrzeuge innerhalb kurzer Zeit schaulustige Autofahrer angezogen, die auf der auch in der Nacht viel befahrenen Tal- und Mercedesstraße unterwegs waren.

Knut Deckert, der Leiter des MEK, versuchte seine Gedanken zu ordnen. Auch ihm, dem vermeintlich Hartgesottenen, fiel es schwer, das Geschehene zumindest soweit zu verarbeiten, dass er wieder einigermaßen klar denken konnte. Wo waren nur Nawrod und Prestel? Kaum hatte er sich diese Frage gestellt, tauchte Prestel auch schon kreidebleich aus dem Dunkel der Nacht auf. Er stand sichtlich unter Schock und kam direkt auf Deckert zu.

»Verdammt noch mal, wo ist denn Nawrod?«, herrschte Deckert den Kollegen an. »Es ist doch seine Aufgabe, in dem Chaos für Ordnung zu sorgen.«

»Was ist mit Charly?«, fragte Prestel mit traurig-leerer Stimme. Und nach drei tiefen Atemzügen: »Lebt er noch?«

»Weiß nicht, hoffe aber. Die Ärzte scheinen wirklich alles

zu tun, um zu retten, was zu retten ist. Schau selbst.« Deckert zeigte auf einen Pulk von Ärzten und Sanitätern. Von den Verletzten war so gut wie nichts zu sehen.

Plötzlich öffnete sich ganz kurz das Knäuel von Helfern. Auf einer fahrbaren Trage schoben Sanitäter einen der Verletzten im Laufschritt zum Helikopter. Keine zwanzig Sekunden später hob dieser auch schon ab.

Nach kurzer Zeit wurde ein weiterer Verletzter in einen Notarztwagen gebracht. Mit lautem Martinshorn fuhr das Fahrzeug davon. Nun war die Gruppe der Nothelfer deutlich gelichtet. Sie kümmerten sich auch nicht mehr um Verletzte, sondern räumten nur noch ihre Sachen zusammen.

Durch die Lücken hindurch waren im Abstand von mehreren Metern zwei große weiße Tücher zu sehen, unter denen ganz offensichtlich Menschen lagen. Wie unter Trance ging Prestel langsam auf die Leichen zu. Hierbei schob er einen Sanitäter grob zur Seite, der auf der gedachten geraden Linie zum ersten Tuch stand. Bevor er sich hinunterbückte, schaute er nochmals zu Deckert zurück. Dann beugte er seinen Oberkörper nach vorn und hob mit der rechten Hand das Tuch etwas hoch. Langsam, so, als wolle er niemandem wehtun, legte er die Ecke des Tuches wieder auf den Toten. Danach begab er sich zu der anderen Leiche, bei der er das Ritual noch langsamer als zuvor und mit deutlich zitternden Händen wiederholte. Deckert sah von hinten, wie Prestel auf die Knie ging, wie seine Schultern zu zucken begannen und wie er mit dem Oberkörper vor und zurück wippte.

Prestel musste sich auf beiden Händen abstützen, als er wieder aufstand. Mit gesenktem Kopf ging er auf Deckert zu. Viel zu nah blieb er vor ihm stehen. Aus kürzester Distanz schaute er Deckert in die Augen.

»Ich habe ihn gewarnt, ich habe ihn doch gewarnt! Warum hat er es so weit kommen lassen? Wo ist er, wo ist dieses arrogante Arschloch? Bringt ihn her, damit ich ihm die Fresse polieren kann!«

»Hecker, Kanter hierher!«, rief Deckert laut zwei in der Nähe stehenden MEK-Beamten zu. »Kümmert euch um Prestel. Der braucht einen Arzt. Schock oder etwas Ähnliches. Der Doc soll ihm eine Beruhigungsspritze geben. Am besten, sie nehmen ihn zur Beobachtung mit. Lasst ihn mir auf keinen Fall allein, ist das klar?«

»Geht klar, Chef«, antwortete Hecker, während Kanter den Rauschgiftbeamten bereits am rechten Arm fasste, um ihn zum Notarztwagen zu begleiten. Prestel wollte sich losreißen, doch Kanter hielt ihn fest. »Beruhige dich, Wolfgang«, sagte er und strich ihm über die Schulter. »Was geschehen ist, ist geschehen.«

»Ich habe es kommen sehen! Verstehst du? Ich hätte es verhindern müssen!« Prestel begann zu schluchzen. Dann gab er seinen Widerstand auf. Mit gesenktem Kopf ließ er sich zu einem Notarztwagen führen.

Deckert begab sich zu einem dritten Kollegen. Leise, sodass die Umstehenden es nicht hören konnten, befahl er: »Schimmel, du kommst mit! Wir müssen nach Nawrod schauen. Der kann sich ja nicht in Luft aufgelöst haben. Immerhin ist er der Einsatzleiter.«

Deckert wusste, von welcher Stelle aus Nawrod das Ganze beobachtet hatte. Vor dem Einsatz wurde genauestens abgesprochen, wo jeder seinen Posten bezieht. Ihm war auch bekannt, dass der Undercover Charly Nawrods bester Freund war. So steuerte Deckert zunächst einmal zielgerichtet auf Nawrods Versteck zu. Schimmel folgte ihm. Im Schein der Taschenlampe sahen sie dann, was von dem vormals so souveränen Nawrod übrig geblieben war: In Embryohaltung auf dem Boden zusammengekauert, am ganzen Körper zitternd und beide Hände über den Kopf zusammengefaltet, bot er ein Bild des Jammers.

»Schimmel, kein Wort, zu niemandem, verstanden!«

Schimmel nickte, und Deckert wusste, dass er sich auf ihn verlassen konnte.

»He, Jürgen, geht's dir gut? Steh auf, Kumpel, es ist vorbei.« Ohne eine Antwort abzuwarten ging Deckert zu Nawrod, hob ihn auf und führte ihn zum nächsten Dienstwagen, der am Straßenrand abgestellt war. Unterwegs zog er Nawrods Heckler&Koch aus dessen Halfter und steckte sie bei sich in den Gürtel.

»Schimmel, du nimmst dir noch einen Mann und fährst Jürgen nach Hause zu seiner Familie. Dort ist er am besten aufgehoben. Ihr bleibt bei ihm, bis ihr neue Order bekommt. Verstanden?«

»Geht in Ordnung, Chef.«

»Und achtet darauf, dass ihr jederzeit erreichbar seid. Die Kollegen vom Sonderdezernat des Landeskriminalamtes werden hier sehr bald erscheinen und jede Menge Fragen stellen. Davon wird auch Nawrod nicht verschont bleiben. Letztlich trug er die Verantwortung für den Einsatz.«

Der Polizeipräsident tobte. Er war selbstverständlich noch in der Nacht über den Einsatz und dessen fatale Folgen informiert worden. Eilends ließ er seinen Krisenstab zusammenrufen. Nachdem bekannt geworden war, dass zunächst weder Nawrod noch Prestel in der Lage waren, objektiv zu berichten, wurde Knut Deckert ins Polizeipräsidium beordert, um dort den Präsidenten und dessen Stab über die Geschehnisse zu informieren. Das war für Deckert eine äußerst unangenehme Aufgabe. Ihm war bewusst, dass er dabei ungewollt in etwas hineinrutschen konnte, aus dem nur schwer wieder herauszukommen war.

Als er den Befehl erhielt, unverzüglich in das Polizeipräsidium auf dem Pragsattel zu kommen, um Bericht zu erstatten, wurde ihm schlagartig mulmig. Es war einfach nicht sein Ding, vor hochrangigen Polizeiführern Rede und Antwort zu stehen, obwohl er auf der Polizeiakademie eigentlich auch dafür einmal geschult worden war. Deckert war eher ein Mann der Praxis, und er wusste genau, dass sein Gegenüber keine oder nur wenig Ahnung davon hatte, wie es bei solchen Einsätzen zuging, welche Gefahren damit verbunden waren und welche unberechenbaren Faktoren manchmal die Situation eskalieren lassen konnten.

Ihm war bewusst, dass diese Leute ihm oder den anderen am Einsatz beteiligten Kollegen sofort einen Strick drehen würden, wenn sie dafür einen Anlass sahen. Da würde nicht lange nach Stress, innerer Anspannung oder dem Gemütszustand des Einzelnen gefragt. Es zählte einzig und allein die rechtliche Würdigung des Schusswaffengebrauchs, der im Polizeigesetz von Baden-Württemberg klar geregelt ist. Doch bei dieser klar definierten Regelung gibt es eine Variable in der Gleichung: die Verhältnismäßigkeit!

Jeder einzelne Beamte im Einsatz muss sich bei allen Maßnahmen, die sich gegen Sachen und insbesondere gegen Personen richten, fragen, ob sein Tun wirklich notwendig, zweckmäßig und vor allen Dingen auch verhältnismäßig ist.

Und seit die Schüsse gefallen waren, fragte sich Deckert, ob es nicht verhältnismäßiger gewesen wäre, den Täter, der Charly getötet hatte, rechtzeitig mit einem gezielten Schuss außer Gefecht zu setzen. Andererseits wäre dann sicher der Vorwurf erhoben worden, dass die Notwendigkeit dieses sogenannten finalen Rettungsschusses mehr als fraglich gewesen sei, da man zu diesem Zeitpunkt nicht absolut sicher davon ausgehen konnte, dass der Schütze tatsächlich seine Pistole auf Charly abgefeuert hätte.

Deckert gingen tausend Gedanken durch den Kopf, als er von der Mercedesstraße nach links auf die König-Karl-Brücke fuhr. Am Ende der Brücke musste er auf der Rechtsabbiegespur anhalten. Die Ampel zeigte Rot, und er war froh darüber, denn so hatte er Gelegenheit, über seine Strategie nachzudenken. Keinesfalls wollte er Nawrod in irgendeiner Weise hineinreiten. Mit dem Leiter des Rauschgiftdezernates hatte er schon manch erfolgreichen Einsatz durchgezogen. Und dieser heute Nacht würde wohl auch nicht der Letzte gewesen sein.

Doch Deckert ahnte auch, dass man sich in Ermangelung des Einsatzleiters nun auf ihn stürzen würde. Ein sehr erfolgreicher, wenn nicht gar der erfolgreichste Undercover in Baden-Württemberg war ums Leben gekommen. Das schlug Wellen, ganz sicher sehr hohe Wellen. Ein Fall für den Innenminister persönlich. Dann war ja auch noch einer der Dealer tot, und die beiden anderen lagen mit schweren Verletzungen im Krankenhaus.

Deckert konnte sich nicht erinnern, in den letzten Jahren so langsam gefahren zu sein. Durch die ständigen Einsätze, bei denen es manchmal auf die Sekunde ankam, war er es gewohnt, in aller Regel sehr schnell und oft unter Missachtung aller Verkehrsregeln zu fahren. Das färbte auch auf seine Fahrweise im privaten Bereich ab. Nicht selten musste er deshalb ein deftiges Bußgeld wegen Geschwindigkeitsüberschreitung bezahlen, was ihn jedes Mal maßlos ärgerte.

Auf der Neckartalstraße, in Höhe der Wilhelma, dem Stuttgarter Zoo, blinkte ein Autofahrer von hinten mehrfach mit der Lichthupe. Verrückt, dachte Deckert, normalerweise mache ich das. Auch auf der Pragstraße, am Löwentor und sogar am Pragsattel, kurz vor dem Präsidium, standen die Ampeln auf Rot. Er überlegte kurz, ob er noch eine kleine Schleife über Feuerbach drehen sollte. Dann sah er davon aber ab und bog nach rechts zum Polizeipräsidium ein. Es geht ja auch so, sagte er leise zu sich selbst, als er kurze Zeit später auf dem Vorplatz des alten Robert-Bosch-Krankenhauses, das seit Jahrzehnten als Polizeipräsidium diente, in der Hahnemannstraße anhielt und ebenso langsam aus dem gepanzerten, 260 PS starken Daimler ausstieg. Dieses schön am Fuße der Weinberge gelegene Gebäude erinnerte ihn immer an seinen Werdegang bei der Stuttgarter Polizei. Wie viele Schulungen und Ausbildungsabschnitte hatte er in diesen Gemäuern absolviert, wie viele schöne, aber auch frustrierende Erlebnisse verband er damit.

»Sie sollen sofort in den Konferenzraum kommen!«, rief ihm der Pförtner schon von Weitem zu.

»Ja, ja, ist ja schon gut«, murmelte Deckert. Die wenigen Stufen ins erste Obergeschoss hätten ihm als durchtrainierten MEK-Beamten normalerweise keine Schwierigkeiten bereitet. Doch als er vor der Tür zum Konferenzraum stand, merkte er, wie sein Puls deutlich höher schlug und sein Atem stoßweise ging. Deckert blieb vor der Tür ein paar Sekunden stehen und versuchte, absolute Kontrolle über sich zu gewinnen. Obwohl der Raum mit einer Schalldämmung ausgestattet war, hörte er, dass drinnen heftig diskutiert wurde.

»Scheiß drauf«, murmelte er. Dann drückte er die Türklinke nach unten und betrat den runden Konferenzraum, der Insidern schon seit ewigen Zeiten als Manege bekannt ist. Mit einem Schlag verstummten die Anwesenden. Alle Augen richteten sich auf den im Kampfanzug gekleideten Deckert.

Donnerwetter, dachte Deckert, hätte ich nicht für möglich gehalten, dass sich dieser Wasserkopf, der sich Führungsgruppe nennt, so schnell und auch noch bei Nacht mobilisieren lässt. Zwölf Männer und zwei Frauen saßen an dem großen, runden Tisch. Der Polizeipräsident saß genau gegenüber der Tür.

»Deckert, nehmen Sie Platz!«, sagte er in einem Ton, der keinen Widerspruch zuließ. Dabei zeigte er auf den einzigen noch freien Stuhl.

»Danke«, erwiderte Deckert. Er hatte noch nicht richtig Platz genommen, als der Polizeipräsident auch schon anfing.

»Herr Deckert, Sie wissen, weshalb wir Sie hierher beordert haben? Wir wollen von Ihnen haargenau wissen, was sich heute Nacht draußen bei der Mercedes-Benz Arena zugetragen hat. Sie gestatten, dass Ihr Bericht auf Tonband aufgezeichnet wird?«

Ohne eine Antwort abzuwarten, gab der Polizeipräsident einem der Anwesenden ein Zeichen, und dieser drückte sofort auf die Taste des Aufnahmegerätes.

»Bevor Sie anfangen, möchte ich Sie darauf hinweisen, dass Sie nicht nur disziplinar-, sondern unter Umständen auch strafrechtlich belangt werden können, wenn Ihnen später nachgewiesen wird, dass Sie die Unwahrheit gesagt haben. Ist das klar?«

Wieder ohne eine Antwort oder zumindest ein Nicken Deckerts abzuwarten, fuhr der Polizeipräsident fort: »Na, dann erzählen Sie mal, was da für ein Ding heute Nacht lief. Scheint ja eine ziemlich geheime Aktion gewesen zu sein. Von uns hat jedenfalls niemand davon gewusst.«

»Es war ein ganz normaler Rauschgifteinsatz mit einem Undercover«, versuchte Deckert gleich zu Beginn seines Berichts die Wogen zu glätten.

»Ein ganz normaler Rauschgifteinsatz mit einem toten Undercover und drei weiteren Leichen!«, warf der Stellvertreter des Präsidenten in barschem Ton ein.

»Was, wieso?« Mehr brachte Deckert zunächst nicht hervor. Sein Hals wurde schlagartig trocken.

»Soeben bekamen wir aus der Klinik die Nachricht, dass die beiden anderen Personen ebenfalls ihren Verletzungen erlegen sind«, sagte der Vizepräsident in einem Unterton, der bei Deckert alle Alarmglocken schrillen ließ.

»Und als wäre dies nicht genug, teilte uns die Spurensicherung vor zehn Minuten mit, dass man bis jetzt noch kein Gramm Rauschgift gefunden habe«, warf ein anderer Teilnehmer der Runde ein.

»Kann es sein, dass es da eine Verwechslung gegeben hat und völlig unschuldige Menschen durch Ihre Scharfschützen getötet wurden?«, meldete sich ein Vierter.

»Meine Damen und Herren, malen Sie den Teufel nicht an die Wand. Das wäre eine Katastrophe«, stöhnte der Polizeipräsident. »Nicht auszudenken! Der Innenminister würde uns allesamt kreuzigen lassen!«

Nach dem letzten Satz des Präsidenten kam Gemurmel auf, das sich sehr schnell steigerte, sodass kaum noch ein Wort zu verstehen war.

»Ruhe bitte, meine Damen und Herren, Ruhe bitte!«, befahl der Präsident, jetzt sichtlich nervös. Er holte ein Taschentuch aus seiner Jacke hervor und wischte sich damit die ersten Schweißperlen von der Stirn.

»Ich muss doch bitten! Bleiben wir bei den Fakten und lassen Herrn Deckert zu Wort kommen.«

Deckert versuchte, den Einsatz so sachlich wie möglich darzustellen, bemühte sich aber gleichzeitig, nicht zu sehr ins Detail zu gehen, da er befürchtete, dass ihm das zum Verhängnis werden könnte. Als er mit dem Satz schloss: »Und dann erteilte der Einsatzleiter, Kriminalhauptkommissar Nawrod, den Befehl zum finalen Rettungsschuss«, brandete abermals eine heiße Diskussion auf. Nachdem sich die Gemüter wieder etwas beruhigt hatten, fragte der Vizepräsident den MEK-Leiter:

»Warum wurde auch auf die beiden anderen geschossen? Aus Ihrer Schilderung ging doch hervor, dass nur eine Person eine Waffe in der Hand hielt.«

»Das ist richtig. Aber man musste davon ausgehen, dass die beiden anderen Dealer ebenfalls bewaffnet waren. Sie machten ja auch Anstalten, ihre Waffen zu ziehen«, antwortete Deckert so sachlich er konnte.

»Schießen Sie auf jeden, dessen Hand sich mal in Richtung Oberkörper bewegt?«, kam es aus der Runde.

Deckert ließ sich jedoch nicht aus der Reserve locken. Diese Schreibtischhengste, dachte er, haben doch keine Ahnung, was da draußen los ist. Am liebsten wäre er dem Mann an die Gurgel gesprungen. Aber er nahm sich zusammen und musste innerlich sogar grinsen. Man konnte diesen Sesselfurzern nicht mal böse sein. Die sind einfach so, müssen wohl auch so sein. Er schaute dem Fragenden fest in die Augen und antwortete ruhig: »Die Situation war eindeutig. Charly war in höchster Gefahr. Ob nun Rauschgift gefunden wurde oder nicht, wir hatten es mit hochgefährlichen Verbrechern zu tun. Das ist wohl unbestritten.«

»Hoffentlich sieht das der Innenminister auch so«, ergriff der Polizeipräsident wieder das Wort.

»Herr Deckert, sind Sie sicher, dass der Undercover tatsächlich von einem der Täter erschossen wurde? Oder könnte es sein, dass er durch die Kugel eines Ihrer Scharfschützen starb?« Durch die Art, wie die Frage gestellt wurde, konnte man dem Fragenden keinerlei böse Absicht unterstellen. Es war eine Frage, die mit Sicherheit in den nächsten Tagen auch noch von anderen Personen gestellt werden würde. Deshalb antwortete Deckert in ruhigem Tonfall:

»Ja, dessen bin ich mir ganz sicher. Von meinem Standort aus sah ich, wie der Mündungsstrahl aus der Waffe des Täters auf den Hinterkopf des Undercover traf, noch bevor meine Männer schossen.«

»Herr Deckert, das wäre für heute alles«, sagte der Präsident. »Ich muss Sie bitten, strengstes Stillschweigen über diese Besprechung zu bewahren, auch gegenüber Ihren Männern. Unter keinen Umständen darf da etwas nach draußen dringen, ist das klar?«

»Selbstverständlich, Herr Präsident«, antwortete Deckert, sichtbar erleichtert.

»Kann ich gehen?«, fragte er. »Ich müsste mich noch um so einiges kümmern.«

»Ja, Sie können gehen. Aber halten Sie sich zur Verfügung, falls wir noch Fragen haben.«

Der MEK-Leiter nickte, stand auf und verließ den Raum.

Den ganzen Tag über wurde beraten und die Rechtslage geprüft. Ein Heer von LKA-Beamten ermittelte fieberhaft und durchsuchte einige Wohnungen in München. Hierbei wurden mehrere Personen aus dem Umfeld der erschossenen Dealer verhaftet.

In Abstimmung mit der Staatsanwaltschaft wurde beschlossen, noch keine Informationen an die Presse herauszugeben. Natürlich riefen zahlreiche Reporter bei der Pressestelle im Präsidium an, um sich nach der Schießerei an der Mercedesstraße zu erkundigen. Doch sie trafen auf eine Mauer des Schweigens.

Die Reporter ließen jedoch nicht locker. Es war nun mal ihr Beruf. Niemand konnte es ihnen übel nehmen. Sie setzten alle Hebel in Bewegung. Sehr bald sickerte durch, dass es vier Tote gegeben hatte. Wilde Spekulationen kamen auf. Natürlich war das ein gefundenes Fressen für die Presse. Wann hatte es schon etwas Ähnliches in Stuttgart gegeben? Eine Schlagzeile übertraf die andere.

Wie so oft brachte die *Bild*-Zeitung eine Schlagzeile hervor, über die man einmal mehr schmunzeln konnte:

**EIN SCHUSS VIER TOTE**

Aus gut informierten Kreisen hatte der *Bild*-Zeitungsreporter wohl erfahren, dass der erste und einzige Schuss auf Charly das tödliche Feuer auf die Dealer zur Folge hatte.

Doch der Polizeipräsident verstand keinen Spaß. Er war außer sich und kündigte eine Untersuchung an, um den Maulwurf in den eigenen Reihen zu enttarnen. Denn in den Artikeln waren Details zu lesen, die nur von einem Insider stammen konnten. Irgendein Beamter des Polizeipräsidiums hatte nicht dichtgehalten und womöglich gegen Bezahlung Informationen herausgegeben, die auf keinen Fall für die Öffentlichkeit gedacht waren.

Obwohl er eigentlich über der Sache hätte stehen müssen, regte sich der Polizeipräsident über einen linken Lokalreporter besonders auf. Der Berichterstatter hatte getreu seiner Gesinnung und in Unkenntnis der Wahrheit die erschossenen Dealer als treusorgende Familienväter, anständige Geschäftsleute und unschuldige Opfer von schießwütigen Polizisten beschrieben. Aus angeblich zuverlässiger Quelle wusste er zu berichten, dass die bedauernswerten Männer nicht einmal die Spur von Rauschgift bei sich hatten.

Offensichtlich sei es so gewesen, dass der wohlhabende und angesehene Münchner Geschäftsmann mit seinen beiden Bodyguards aus dubiosen Gründen in eine tödliche Falle des Stuttgarter MEK gelockt worden war. Der Artikel schloss mit dem Satz: »Am Ende war es vielleicht eine private Abrechnung zwischen dem Geschäftsmann und Jürgen Nawrod, dem Leiter des Rauschgiftdezernates, von dem bekannt ist, dass seine Ehe nur noch auf tönernen Füßen steht.«

Ein Heer von Reportern rieb sich schon die Hände. Aus dem Blutbad an der Mercedes-Benz Arena wäre in den nächsten Tagen bestimmt etwas zu schnitzen, dachten alle. Die meisten träumten von der ganz großen Story mit Machenschaften der In- und Auslandsgeheimdienste. Das Dealer-Trio bestand nämlich aus einem Türken, einem Syrer und einem Libanesen. Viel mehr konnten die Reporter am ersten Tag nicht in Erfahrung bringen. Telefone liefen heiß. Tastaturen mussten Millionen von Anschläge über sich ergehen lassen, denn jeder Reporter versuchte, schon mal Berichte vorzuschreiben, um im entscheidenden Augenblick der Erste zu sein.

Als dann einen Tag später im Polizeipräsidium eine Pressekonferenz einberufen und hierbei klargestellt wurde, dass es sich bei den Männern aus München nicht um Geheimagenten handelte, sondern sehr wohl um hochkriminelle Dealer, die, schwer bewaffnet, von vornherein geplant hatten, Charly zu töten, um an die bei ihm vermuteten 250 000 Euro zu kommen, ruderten die Pressevertreter leicht enttäuscht, jedoch in gewohnter Manier mit übergroßen Paddeln zurück. Am nächsten Tag waren die Schlagzeilen aber nicht minder fett und voll Anerkennung für die Arbeit der Stuttgarter Polizei.

Und die *Bild*-Zeitung schrieb:

**EIN JUNGER HELD MUSSTE STERBEN**

Der Artikel nahm die gesamte Titelseite des Boulevardblattes ein. Charly wurde als erfolgreicher Undercoveragent glorifiziert, und auf die Stuttgarter Polizei wurden die höchsten Lobeshymnen gesungen.

Der Innenminister gab in den Nachrichtensendungen mehrere Interviews, in denen er immer wieder auf die vorzügliche Polizeiarbeit abhob. Zutiefst bedauerte er, dass bei dem Einsatz ein äußerst tüchtiger Undercoveragent ums Leben gekommen sei.

Nawrod bekam das alles nicht mit. Er igelte sich zu Hause ein, war für niemanden zu sprechen, und als Kriminaldirektor Weiß bei ihm anrief, um ihn zur Aussage ins Präsidium zu beordern, ging er nicht ans Telefon. Über seine Frau ließ er ausrichten, dass er nichts zu sagen habe und sich auf unbestimmte Zeit krankmelde.

# 4

»Das können wir nicht durchziehen, unmöglich. Das funktioniert nicht. Antonia weiß zu viel über uns. Wenn die Bullen in unserem Umfeld ermitteln, ist sie die Erste, die über uns die reinsten Arien singt. Wir hätten sie nicht einweihen sollen.«

»Du hast recht. Sie ist der Unsicherheitsfaktor Nummer eins bei der Sache. Das Risiko ist zu hoch. Wenn sie den Bullen sagt, wie viele Brüche wir schon gemacht und wie viele Autos wir geknackt haben, sind wir geliefert.«

»Sollten wir das Ding tatsächlich durchziehen, muss unsere weiße Weste bei den Bullen noch weißer sein als jetzt, mindestens so weiß wie frisch gefallener Schnee. Die dürfen nicht den geringsten Anhaltspunkt haben, um bei uns einzuhaken.«

»Das können wir vergessen. Antonia ist nicht der Mensch, der einem polizeilichen Verhör standhält. Wenn die lügt, sieht man es ihr aus zehn Kilometern Entfernung an.«

»Sag mal, ihr habt euch doch verkracht, oder?«

»Ja, letzten Donnerstag. Die blöde Ziege hat mir mal wieder 'ne Eifersuchtsszene ersten Ranges gemacht. Nur weil ich mit der Chefin von Hertie in einem Schaufenster gestanden habe, um die neue Dekoration zu besprechen. Sie kam zufällig vorbei und ist gleich total ausgeflippt. Habe alles gebraucht, um den Vorfall anschließend bei Hertie wieder glatt zu bügeln.«

»Das trifft sich doch gut. Du machst jetzt offiziell Schluss mit ihr, zumindest machst du es so publik. Aber in Wirklichkeit hältst du sie noch ein Weilchen hin, damit sie nicht auf den blöden Gedanken kommt, über uns Geschichten zu erzählen. Und bei der erstbesten Gelegenheit ist sie die Nummer eins, wenn du verstehst, was ich meine.«

»Du meinst doch nicht ...?

»Genau das meine ich. Wir sind uns doch einig, dass sie der einzige wirklich große Risikofaktor bei der Sache ist, oder irre ich mich da?«

»Nein, natürlich nicht.«

»Na, dann haben wir keine andere Wahl, oder wir begraben unsere Pläne und bleiben in dem beschissenen Deutschland, in dem es nur Maloche und Zwänge gibt, die ein schönes Leben unmöglich machen.«

»Das mit Neuseeland wäre schon der Hit. Eine schöne vorgelagerte Insel, auf der wir uns eine Traumvilla bauen. Die Weiber lassen wir vom Festland einfliegen, und wenn wir einer überdrüssig sind, schicken wir sie einfach zurück und holen uns die nächste.«

»Ich brauche keine Weiber. Die bringen nur Unruhe ins Leben.«

»Warte mal ab, bis du auf den Geschmack kommst. Bin sicher, dass du dann der Erste bist, der nach ihnen ruft.«

»Was ist jetzt, ziehen wir die Sache durch oder nicht?«

»Weiß nicht, das ist eine andere Nummer als so ein Einbruch in einen Zigarettenladen.«

»Es ist auch nicht mit dem Diebstahl einer Karre zu vergleichen, das ist mal sicher. Wir spielen dann Bundesliga, nein, was sage ich, Champions League!«

»Ich weiß nicht, ob das nicht doch zwei Nummern zu groß ist für uns?«

»He, Alter, mach dir mal nicht in die Hose. Du hast doch schon den Anfang gemacht, vergiss das nicht.«

»Da ist schon längst Gras drüber gewachsen.«

»War echt 'ne reife Leistung von dir, das muss dir der Neid lassen. «

»Du musst mich nicht ständig daran erinnern.«

»Tu ich doch gern, Kumpel.« Sascha grinste. »Wer weiß, ob uns das Schicksal jemals zusammengeführt hätte, wenn das nicht gewesen wäre.«

»Ja, wer weiß.«

»Na, was ist, machen wir es nun, oder nicht?«

»Antonia hätte es nicht verdient.«

»Und die anderen, haben die es denn verdient? Immerhin sind es deine Eltern und deine Schwester, während Antonia nur deine Freundin ist, oder besser gesagt war.«

Manuel schwieg und schaute gedankenversunken auf den Neckar hinaus. Sie saßen an ihrer Lieblingsstelle direkt an der Uferböschung im Gras, und jeder hatte eine Flasche Bier in der Hand. Dort, neben dem Uferweg an der Hofener Straße in Bad Cannstatt, waren sie nahezu ungestört, und man konnte an die Stelle mit dem Auto bis auf wenige Meter heranfahren. Ein paar Schritte vom Fahrzeug entfernt, und schon wurde man vom dichten Laub des Ufergestrüpps verschluckt.

Den gestohlenen Volvo, mit dem die beiden nun schon seit einigen Wochen herumfuhren, hatte Sascha so gut umfrisiert, dass er jeder polizeilichen Kontrolle standhielt. Sascha hatte nicht nur den Beruf des Automechanikers erlernt, sondern danach auch eine Lehre als Karosseriebauer gemacht, die er mit Auszeichnung abgeschlossen hatte. Für ihn war es ein Leichtes, innerhalb kürzester Zeit einem gestohlenen Auto eine neue Identität zu geben.

Sie saßen oft an der Stelle. Anfangs und in jüngeren Jahren nur so aus Zeitvertreib. Manchmal warfen sie Steine in den Neckar. Manuel warf von jeher weiter als Sascha, und seine Steine hüpften meist auch öfter, egal, welche er in die Hand nahm. Er war in solchen Dingen einfach besser. Eine Zeit lang reagierte Sascha neidisch darauf, aber schließlich akzeptierte er es. Dafür war er Manuel in technischen Dingen haushoch überlegen.

Später besprachen sie an dieser Stelle ihre Einbrüche und Diebstähle, die sie verübten, um ihr Taschengeld aufzubessern. Denn beide wurden von den Eltern kurzgehalten. Saschas Mutter war Sozialhilfeempfängerin. Sie hatte es nie geschafft, aus dem Hallschlag herauszukommen. Manuels Eltern hingegen waren steinreich. Doch der Junge erhielt von seinem Vater nur ein spärliches Taschengeld. Er sollte früh lernen, was Geld wert ist, meinte der Vater.

Kaum hatten sie die ersten Einbrüche erfolgreich hinter sich gebracht, zog Sascha von zu Hause aus. Für ihn war es wie eine längst fällige Befreiung aus dem Ghetto des Hallschlags. Die kleine Altbauwohnung in der Wagrainstraße in Hofen konnte er aus dem Erlös ihrer Beutezüge locker finanzieren.

Seit jenem zweiten Weihnachtsfeiertag im Jahr 1990 behielt Sascha den kleinen Jungen wohlhabender Eltern immer im Auge. Oft schlich er sich zu dem Anwesen und beobachtete ihn, wie er im Garten mit seiner älteren Schwester spielte. Einmal sah er auch, wie die beiden in dem Teich heimlich badeten. Sie waren nackt, und ihre Kleider hatten sie im Schilf versteckt. Ganz deutlich sah Sascha, dass

Manuel auf der linken Pobacke ein etwa zwei Euro großes Muttermal hatte.

Es war jedoch reiner Zufall, dass Manuel und Sascha dann in der Realschule zusammentrafen. Beide waren in unterschiedlichen Klassen. Sascha erkannte Manuel natürlich sofort. Immer noch das Geheimnis in sich tragend, war er auf den Jungen neugierig, der es fertiggebracht hatte, seinen kleinen Bruder auf dünnes Eis zu locken, um sich seiner zu entledigen. So suchte er die Nähe Manuels und beobachtete ihn nun auch auf dem Schulhof.

Es dauerte einige Wochen, bis er ihn endlich ansprach. Beide waren jetzt zwölf Jahre alt. Von Beginn an war Sascha von Manuel angetan. Er hatte keine Ahnung, weshalb. Manuel war der erste Junge, der ihm wirklich interessant erschien. Doch auch Manuel war mehr oder weniger ein Einzelgänger, und so taten sich beide schwer, aus einer Schulbekanntschaft eine Freundschaft entstehen zu lassen.

»Es darf nicht der geringste Verdacht auf dich fallen. Nicht einmal ein Hauch davon, verstehst du?«

»Natürlich, bin doch nicht blöd.«

»Dein Name darf in keiner Akte erscheinen. Bei allem, was danach passiert, werden die Bullen recherchieren, und wenn sie dann im Zusammenhang mit Antonia auf dich stoßen, bist du ... sind wir geliefert.«

»Klar. Aber wie willst du das anstellen. Ich bin nun mal ihr Freund, oder war es zumindest. Mich werden sie zuerst befragen.«

»Und genau das müssen wir verhindern.«

»Das ist unmöglich. Zuerst werden sie Antonias Mutter aufsuchen. Sie wird als Erstes sagen, dass sie mit mir zusammen war. Einen Nachfolger gibt es leider noch nicht.«

»Apropos Nachfolger! Du bringst mich da auf eine Idee.«

»Was, wieso? Was für eine Idee denn?«

»Da ist doch dieser französische Student, wie heißt er doch gleich?«

»Welcher französische Student?«

»Na der, der immer scharf auf Antonia war. Dieser ... dieser Kiffer, der uns einige Zeit lang den Stoff besorgt hat.«

»Ach ja, der. Und was ist mit dem?«

»He, Alter, du stehst mal wieder voll auf der Leitung. Genau den müssen wir aktivieren, verstehst du?«

»Du meinst ...«

»Genau das meine ich. Der muss als Erster erfahren, dass zwischen dir und Antonia Schluss ist. Du wirst sehen, es wird keinen Tag dauern, bis er sie voll Power anbaggert. Der ist doch so scharf wie noch was auf Antonia, und er ist bei den Bullen als Dealer bekannt. Habe erfahren, dass die mal bei dem die Wohnung auf den Kopf gestellt haben.«

»Was hat das damit zu tun?«

»Habe da so 'ne Eingebung, muss aber noch überlegen.«

»Wenn Antonia tatsächlich auf den Franzmann abfährt, hat sie es nicht anders verdient.«

»Dann ziehen wir die Sache also durch?«

»Ja, wir ziehen sie durch. Das ist die einzige Möglichkeit, um aus dem Dreck hier rauszukommen.«

»Okay, Alter! Give me five!«

Manuel und Sascha klatschten ab. Manuel sah Sascha anschließend sekundenlang tief und fest in die Augen. Danach presste er in einem eigentümlichen Ton zwischen den Lippen hervor: »Champions League, wir kommen!«

»Yeah, Champions League, wir kommen, und wir werden siegen«, rief Sascha laut und euphorisch über das Wasser des Neckars. Und noch lauter rief er hinterher: »Merkt euch das, ihr Scheißer da draußen, wer immer ihr auch seid und wo immer ihr auch in eurem jämmerlichen Dasein dahinvegetiert, wir werden siegen, und keiner hält uns auf! Kapiert ihr das, ihr Spießer und Wichser, ihr Winzlinge und Bullenpack!?«

Die Bierflaschen stießen hart aneinander, und jeder nahm einen großen Schluck.

»He, hast du noch ein bisschen Gras, mir wäre jetzt danach?«

»Ja, hab noch ein paar Krümel. Die reichen für uns beide.«

»Dann dreh mal 'ne Tüte, Alter. Das müssen wir feiern!«

Manuel kramte seinen Tabakbeutel hervor, öffnete ihn und holte das kleine, zusammengefaltete Stanniolpapier heraus, in dem sich noch ein paar Gramm Marihuana befanden. Mit ruhigen Fingern drehte er anschließend einen Joint, den die beiden genüsslich rauchten.

# 5

»Sag mal, hast du eigentlich dichtgehalten?«, fragte Sascha. »Ich meine, hast du irgendeiner Menschenseele verraten, womit wir unser Geld machen?«

»Spinnst du!? Bin ich blöd, oder was!? Würde mir doch ins eigene Fleisch schneiden. Wenn rauskäme, dass ich mit euch in gestohlenen Autos herumfahre, kann ich meine Lehrstelle beim Daimler abhaken.«

»War nur so 'ne Frage.«

»Außerdem war ich ja auch bei dem Bruch in der Wilhelmstraße in Cannstatt mit dabei.«

»Ach ja, das Sonnenstudio. Hätte ich fast vergessen. Hat damals nicht viel eingebracht.«

»Mir hat es gereicht. Hatte ganz schön die Hosen voll. Konnte danach nächtelang nicht schlafen. Sah ständig Bullen vor mir, im Traum und auch in Wirklichkeit. Bei jeder Polizeisirene habe ich gedacht, die schnappen mich jetzt.«

»Mach mal halblang, die Sache hat doch wie am Schnürchen geklappt, oder?«

»Das schon. Aber ich sage dir, so was mache ich nie wieder. Das ist nichts für mich. Dafür habe ich keine Nerven, und vor den Bullen habe ich so was von Schiss, kann ich dir sagen.«

»Hauptsache, du hältst dicht.«

»Kannste Gift drauf nehmen. Sag mal, wo bleibt denn Manuel? Erst hält er mich wochenlang hin, dann hat er es plötzlich eilig, mich hier zu treffen, und nun glänzt der Herr durch Abwesenheit.«

»Manuel wird schon noch kommen, verlass dich drauf. Ihm ist euer Treffen wichtig. Als er festgestellt hat, dass er nicht pünktlich sein würde, hat er mich gebeten, sofort hierher zu kommen, damit du nicht ewig allein auf ihn warten musst. Der Obere Schlossgarten ist zwar ein romantischer Ort, aber hier treibt sich manchmal allerlei Gesindel herum. Hauptsächlich Schwarzafrikaner verticken hier ihren Stoff.«

»Hast recht, mir ist ganz schön mulmig geworden, als mich Manuel darum gebeten hat, dass wir uns hier treffen.«

»Der hat aber auch Ideen.«

»Übrigens hat er unter einer unbekannten Nummer angerufen. Ist was mit seinem Handy? Seine Stimme hörte sich irgendwie weit entfernt an.«

»Schon seit Wochen sage ich ihm, er soll das Ding in den Müll werfen. Seit es nass geworden ist, spinnt es. Aber er kann sich einfach nicht von dem Teil trennen. Er wird wieder aus einer Telefonzelle angerufen haben. Das macht er in letzter Zeit öfter, wenn das Ding mal wieder seinen Geist aufgegeben hat.«

»Ist schon ein verrückter Typ.«

»Ja, das ist er. Hast du Lust auf 'ne Tüte?«

»Weiß nicht, eigentlich schon. Aber wenn Manuel kommt, möchte ich einen klaren Kopf haben. Es gibt einiges zwischen uns zu besprechen.«

»Denke, es ist wieder alles in Butter bei euch, zumindest hat Manuel sich dementsprechend geäußert.«

»Das ist es nicht. Hab mich nur auf das Date im Oberen Schlossgarten eingelassen, weil ich in aller Ruhe mit ihm reden wollte. Und er hatte recht. Hier in der Ecke ist es sehr romantisch. Schau mal da hindurch!«

Antonia zeigte in Richtung zweier Bäume. Von der Bank aus, auf der sie saßen, hatte es in der späten Dämmerung fast den Anschein, als wären die beiden Bäume ein Geschwisterpärchen, das sich nach einem langen Tag wieder zusammengefunden hat und sich nun sanft umarmt.

Ihr dichtes Laub floss etwa auf halber Höhe ineinander über, bis es sich oben, am Beginn der Krone, wieder trennte. Die beiden kräftigen Stämme waren bis zu den ersten Zweigen bestimmt so an die drei Meter hoch. Zusammen mit den ineinandergreifenden Ästen bildeten sie eine Art gotisches Fenster, das die Rückseite des prächtigen, von Scheinwerfern angestrahlten Neuen Schlosses neben dem Landtag einrahmte.

»Fehlt nur noch der Mond über den Bäumen«, kam es träumerisch über Antonias Lippen.

»Das wäre zu viel des Guten. Der soll mal schön warten, bis Manuel kommt.«

»Wo der nur bleibt? Ist schon eine Zumutung, dass er sich zum ersten Date seit Wochen so sehr verspätet.«

»Er hatte es anscheinend sehr eilig, als er mich anrief und bat, ich solle dich hier so lange beschützen, bis er kommt. Murmelte etwas von wichtigem Termin, oder so. Als kleiner Dekorateur wird er von den großen Kaufhausfritzen meistens erst nach Feierabend empfangen.«

»Hoffentlich ist das nicht wieder so eine aufgetakelte Tussi wie vor einigen Wochen im Hertie.«

»Kann dich beruhigen. Manuel lassen solche Frauen kalt. Oder meinst du, er würde sich sonst so um dich bemühen und dich hierher bestellen?«

»Mir wird so langsam kalt in meinem Fummel.«

Tagsüber war es relativ warm gewesen, sodass die Straßencafés und Eisdielen noch großen Zulauf hatten. Doch jetzt fiel die Temperatur rasant ab.

Antonia hatte sich hübsch gemacht. Sie wollte Manuel an diesem Spätsommerabend unbedingt gefallen. Unter dem dünnen schwarzen Top mit seinen diagonal verlaufenden lila Streifen trug Antonia nur noch einen BH, der ihre kleinen, aber wohlgeformten Brüste optimal zur Geltung brachte. Das

Top war vorn hochgeschlossen, hinten dagegen weit ausgeschnitten. Doch der Ausschnitt wurde von ihren langen, fast pechschwarzen, leicht welligen Haaren verdeckt, die Antonia wohl von ihren italienischen Vorfahren geerbt hatte. Auch ihr hübsches Gesicht verriet die südländische Herkunft, auf die sie stets sehr stolz war.

Der eine Handbreit über den Knien endende Rock war dunkellila. Manuel stand auf solche Röcke und auf halbhohe Pumps, das wusste sie. Und er mochte auch, wenn sie in dieser Jahreszeit keine Strümpfe trug. Bei gemeinsamen Cafébesuchen hatte Manuel mit seinen feingliedrigen Händen wie zufällig immer wieder die Stelle zwischen Knie und Rocksaum berührt. Das hatte nicht nur Manuel gefallen, sondern auch ihr. Oft hatte sie sich dabei ertappt, wie sie regelrecht auf die nächste Berührung von ihm wartete.

»Ich mache uns jetzt eine Tüte, kann doch nichts schaden, oder?«

»Mach mir aber eine eigene mit ganz wenig Shit. Du weißt, ich vertrage nicht so viel, und ich möchte klar im Kopf bleiben.«

Damit hatte Sascha gerechnet. Er kannte Antonias Verhalten, wenn es darum ging, einen Joint zu rauchen. Sie zickte meist so lange rum, bis sie einen eigenen bekam. Einmal gab sie vor, Angst vor Herpes zu haben, und ein anderes Mal sagte sie, sie sei stark erkältet und wolle niemanden anstecken.

Sascha drehte erst seinen Joint. Er hatte den Tabak schon zu Hause gemischt und dabei nur wenig Marihuana beigegeben. Antonia sollte nicht argwöhnisch werden. Bei ihm würde das bisschen Gras wenig Wirkung zeigen, dessen war er sich absolut sicher. Als er fertig war, klemmte er die Tüte hinter sein rechtes Ohr. Dann ging er daran, Antonias Joint zu drehen. Das etwa fünf Millimeter kleine, gepresste Blättchen, das er in einem separaten Stanniolpapier aufbewahrt hatte, war von hellblauer Farbe. Er war extra nach Straßburg gefahren, um sich dieses Teufelszeug zu besorgen, und er wusste, dass es Antonia innerhalb kurzer Zeit wegbeamen würde. Es war High-Speed-Crack, der letzte Schrei auf dem Drogenmarkt und nur für Konsumenten bestimmt, die schon einiges gewohnt waren. Sascha legte das Blättchen unbemerkt und vorsichtig etwa in die Mitte des Joints, bevor er ihn zuklebte. Obwohl er es zu Hause einige Male geübt hatte, zitterten seine Hände jetzt ein wenig. In der Dunkelheit konnte Antonia das jedoch nicht sehen.

Eigentlich schade um sie, dachte Sascha. Die konnte richtig nett sein. Dass Antonia auch sehr hübsch war, sah er nicht.

»Lass uns etwas nach hinten gehen. Muss nicht jeder, der vorbeikommt, sehen, dass wir einen Joint ziehen.«

»Hast recht. Habe gehört, dass hier manchmal auch Zivilstreifen unterwegs sind. Will mich nicht erwischen lassen.«

Sascha hatte sich zwei Tage zuvor die Örtlichkeit gründlich angesehen und versucht, sich so viel wie möglich einzuprägen. Der Platz schien ihm ideal zu sein. Doch das war bei Tageslicht. Bei Nacht sah nun alles ganz anders aus, als er von der Bank aufstand und sich in Richtung Gebüsch begab. Würde ihm Antonia in das stockfinster erscheinende Buschwerk folgen? Hatte er sie erst einmal dort, müsste es ja ein Leichtes sein, das Vorhaben endgültig in die Tat umzusetzen.

»Halt mal an, Sascha. Hier sieht man ja nicht die Hand vor den Augen.«

»Komm her, ich nehme dich bei der Hand.«

»Müssen wir so weit rein? Denke, das reicht doch.«

»Wenn wir in Ruhe kiffen wollen, müssen wir schon noch zwei Schritte rein.«

Sascha nahm Antonia bei der Hand. Als er sich sicher war, dass er die bewusste Stelle erreicht hatte, blieb er stehen und atmete laut hörbar durch.

»Glaube, hier sind wir sicher und kriegen auch mit, wenn Manuel kommt. Hier deine Tüte.«

Sascha wollte Antonia den Joint geben. Er hatte ihn die ganze Zeit in der geschlossenen linken Hand gehalten, während er seinen eigenen hinter das rechte Ohr geklemmt hatte. Ihre Augen hatten sich noch nicht an die Dunkelheit im Gebüsch gewöhnt. Als Sascha Antonias Hand spürte und der Meinung war, Antonia halte sie auf, um den Joint entgegenzunehmen, ließ er ihn los. Doch Antonias Hand griff nicht richtig zu, und die Tüte fiel zu Boden.

»Scheiße, verdammt noch mal! Kannst du nicht aufpassen?«

»Tut mir leid, Sascha. Hatte sie schon in der Hand.«

»Wo ist die Scheißtüte? Beweg dich nicht, sonst trittst du drauf!«

Sascha beugte seinen Oberkörper nach vorn und schaute angestrengt zu Boden. Da er kaum etwas sehen konnte, beugte er sich noch weiter vor. Dabei löste sich der locker eingeklemmte Joint hinter seinem Ohr und fiel ebenfalls zu Boden.

»Das ist doch zum Kotzen. Jetzt ist meine Kippe auch noch runtergefallen!«

»Die finden wir in der Dunkelheit nicht wieder. Komm, lass uns gehen. Wir können ein anderes Mal kiffen. Manuel wird gleich kommen.«

Sascha überlegte fieberhaft, was er jetzt noch tun konnte. Alles war bis ins Kleinste geplant. Manuels Alibi würde wasserdicht sein, und Antonia war bereits zweimal in der Öffentlichkeit mit dem Franzosen gesehen worden. Schon seit Wochen achteten sie darauf, dass es keine Handykontakte mehr zwischen Antonia und Manuel gab, und er hatte blöderweise nur ein einziges dieser kleinen, blauen Blättchen besorgt, das er in Antonias Tüte gewickelt hatte. Sollte das Ganze etwa platzen, nur weil diese verfluchten Kippen runtergefallen waren?

Sascha richtete sich wieder auf und holte sein Feuerzeug aus der Hosentasche. Er musste zwei-, dreimal den Zündknopf nach unten drücken, bis sich endlich das ausströmende Gas entzündete.

»Da sind sie!«, rief Antonia im Schein der kleinen Flamme leise. Und ehe sich Sascha bücken konnte, tat sie es.

»Ich hab die Tüten«, flüsterte sie voller Stolz und streckte Sascha ihre Hand mit den zwei Joints entgegen.

»Verfluchte Scheiße! Welche ist nun meine und welche deine?«, presste Sascha zwischen den Lippen hervor. Verzweiflung kam in ihm auf. Bevor es richtig angefangen hat, ist es auch schon zu Ende, dachte er. Aber dann schoss es ihm durch den Kopf: Champions League, Kleiner! Wenn du in dieser Liga mitspielen willst, dann musst du genug Format haben, jetzt eine Lösung zu finden, ansonsten hast du da oben nichts zu suchen!

»Schlage vor, du suchst dir eine der beiden Kippen aus, und ich nehme die andere. Vielleicht können wir beim Kiffen feststellen, in welcher sich weniger Gras befindet.«

Sascha setzte alles auf eine Karte. Sollte er den Joint mit Crack erwischen, würde es ihn genauso umhauen wie Antonia. Er war solche harten Sachen auch nicht gewohnt. Aber er musste es riskieren. Hopp oder topp, dachte er.

»Tut mir leid, Sascha, habe keine Lust, mir die Birne vollzudröhnen. Pack die Kippen ein und zieh sie dir zu Hause rein.«

»He, Baby, nun sei mal kein Spielverderber. Hab grad tierisch Bock drauf, und allein macht es keinen Spaß, das weißt du doch!«

»Also gut, weil du's bist«, flüsterte Antonia, nahm eine der Kippen und steckte sie zwischen ihre Lippen.

»Wenn ich aber merke, dass ich den schärferen Nagel erwischt habe, höre ich sofort auf und schmeiß das Ding weg.«

Russisches Roulette in der Champions League, dachte Sascha und griff sich den anderen Joint.

Das Feuerzeug flammte auf, und beide hielten gleichzeitig ihren Joint in die Flamme. Sascha tat so, als würde er einen tiefen Zug nehmen. Damit wollte er Antonia animieren, das Gleiche zu tun. Doch sie zog nur sehr vorsichtig den süßlich schmeckenden Rauch ein, da es schon einige Zeit zurücklag, dass sie zum letzten Mal gekifft hatte. Aus Erfahrung wusste sie, dass man schnell high wird, wenn man lange nicht mehr geraucht hat.

»Hast du in die eine Tüte auch wirklich nicht so viel rein getan? Nicht, dass es mich umhaut.«

»Wo denkst du hin. Ich weiß doch, dass du nicht viel verträgst, und ich möchte mir von Manuel keinen Anschiss einhandeln, wenn er feststellt, dass er mit dir nichts mehr anfangen kann, weil du abgedreht bist.«

»Ja, da versteht er keinen Spaß.« Antonia nahm nun einen kräftigeren Zug. »Ich glaube, ich habe die richtige Kippe erwischt. Das Zeug ist echt gut. Bei wem hast du es gekauft?«

»Bei Mario. Du kennst ihn. Der mit den knallrot gefärbten Haaren und dem Ziegenbart.«

»Ach bei dem. Ist der immer noch im Geschäft? Dass den die Bullen noch nicht abgeräumt haben. Der fällt doch auf wie ein Wasserfall in der Wüste.«

»Darüber habe ich mich auch schon gewundert. Wie der das macht, ist mir ein Rätsel. Aber er hat die beste Ware weit und breit. Da bekommst du echt was für dein Geld.«

»Sascha, bei mir fängt jetzt doch der Helm an zu kreisen. Bin echt nichts mehr gewöhnt.«

»Mach dir nichts daraus. Mir geht es bei den ersten Zügen auch immer so. Das ist doch gerade das Geile. Wenn du dann weiter rauchst, hört das auf und geht in eine Art Musik über. Jedenfalls ist das bei mir so, seit ich das Zeug von Mario rauche. Brauchst keine Angst zu haben, bin mir sicher, dass du die richtige Tüte erwischt hast. Meine ist nämlich verdammt heiß, Baby! Nimm noch ein paar Züge, und du bist super cool drauf, wenn Manuel in ein paar Minuten kommt.«

»Echt? Ich meine, das mit der Musik, stimmt das wirklich?«

Obwohl Sascha nicht wusste, wer den Joint mit dem Crack erwischt hatte, hoffte er insgeheim, dass es Antonia und nicht ihn jede Sekunde umhauen würde. Er rauchte deshalb so langsam wie noch nie.

»Na klar, meinst du, ich verarsch dich?«, antwortete er im Brustton der Überzeugung. »Versuch es, und du wirst sehen.«

Antonia machte noch genau drei Züge, dann sackte sie mit einem kurzen Stöhnen zusammen. Sascha war darauf gefasst. Blitzschnell fing er sie auf und legte sie langsam auf den Boden. Danach nahm er seinen Joint aus dem Mund, drückte ihn auf seiner Armbanduhr aus und steckte den Rest in die Brusttasche seiner Jeansjacke. Antonias Joint lag im weichen Gras. Die Asche war abgefallen, und Sascha konnte den roten Punkt des glühenden Tabaks gut sehen. Er nahm den Joint vorsichtig auf, drückte ihn aus und steckte ihn ebenfalls ein.

Anschließend zog er aus der Innentasche ein Paar Einweghandschuhe, eine kleine Plastiktüte und die kleine Taschenlampe. Ohne sie zunächst anzuschalten, klemmte er die Lampe zwischen seine Lippen. Danach kniete er sich neben die Bewusstlose. Die Plastiktüte legte er neben sich ins Gras. Nun zog er die Handschuhe an. Seine Augen hatten sich bereits an die Dunkelheit gewöhnt, und so konnte er ohne Probleme an Antonias Rock den schmalen, silberfarbenen Gürtel aus den engen Schlaufen ziehen. Mit einem Ruck prüfte er die Zugfestigkeit des Gürtels zwischen seinen Händen. Er schien etwas elastisch zu sein, riss aber nicht. Ideal für seine Zwecke, dachte er.

Nun machte er mit dem Gürtel eine große Schlaufe, die er um Antonias rechten Oberarm schlang und fest zuzog. Das Ganze erledigte er mit seiner linken Hand, und er zog nur so fest, wie es Antonia hätte tun können, wenn sie sich selbst abgebunden hätte. Das lange Ende des Gürtels drückte er etwa auf halber Länge in den teilweise geöffneten Mund Antonias. Danach öffnete er die mitgebrachte Plastiktüte und entnahm ihr eine mit einer hellen, etwas trüben Flüssigkeit zu zwei Dritteln gefüllte Einwegspritze.

Obwohl er genau wusste, was zu tun war, kam für ihn nun der kritische Punkt der Tat. Sascha zog an der Spritze die Schutzhülle der Nadel ab und klemmte sie hinter sein Ohr.

Jetzt erst nahm er die kleine Taschenlampe aus dem Mund, schaltete sie an und steckte sie wieder zwischen die Zähne. Anschließend suchte er mit dem kleinen Lichtkegel die rechte Ellenbogenvene der Bewusstlosen. Er hatte vorher jeden Handgriff zu Hause geübt, auch bei Dunkelheit.

Doch jetzt schien das Ganze nicht mehr so einfach zu sein. Seine Hände begannen leicht zu zittern, als er mit der Nadelspitze die Vene anvisierte. Er hatte sich für die innere der beiden sichtbaren Venen entschieden, stach zu und zog am Kolben der Spritze. Entgegen seiner Erwartung füllte sich das untere Ende der Spritze aber nicht mit Blut. Er hatte offensichtlich an der Vene vorbeigestochen. Auch der zweite Versuch scheiterte.

Auf Saschas Stirn bildeten sich kleine Schweißtropfen. Seine Hände zitterten noch stärker. Der Atem ging stoßweise.

»Verflucht noch mal!« zischte er. »Ich muss diese verdammte Vene finden, sonst ist alles aus! Bleib cool, Junge«, versuchte er sich zu beruhigen. »Wie war das noch mal? Was stand in dem verflixten Buch?«, stieß er heiser hervor.

Sascha hatte sich gut vorbereitet, aber anscheinend nicht gut genug. Da er selbst nur Gras rauchte und nie fixte, hatte er sich ein Handbuch für Ärzte besorgt, um zu erfahren, wie man intravenös spritzte. Er war sich sicher, dass er damit keine Schwierigkeiten haben würde. Und jetzt diese Scheiße. Sein Hirn arbeitete auf Hochtouren. Er versuchte, noch einmal alles abzurufen, was in dem Kapitel stand. Plötzlich fielen ihm die drei oder vier Sätze ein, in denen ganz am Schluss auf die Problematik mit bewusstlosen Patienten hingewiesen wurde. Demzufolge konnte durch eine Bewusstlosigkeit der Blutdruck rapide sinken, wodurch sich abgebundene Venen nicht oder nur wenig erweitern würden. Man konnte dem nur durch größere Kompression entgegenwirken.

»So ein Dreck!«, fluchte er. Er löste noch einmal kurz den Gürtel, um ihn danach wieder zuzuziehen. Dieses Mal jedoch um einiges fester. Nun stach er ein drittes Mal zu und zog anschließend am Kolben, der nur noch wenige Millimeter Hub hatte. Deutlich sah er, wie sich der Inhalt der Spritze am unteren Ende etwas mit Blut gefüllt hatte.

Wurde aber auch Zeit, dachte er. Dann drückte er ganz langsam und vorsichtig den Kolben nach unten.

# 6

»Samia hat schon wieder eine Fünf nach Hause gebracht. Dieses Mal in Englisch. Dass sie in Mathe auf Vier steht, weißt du ja. Und hier muss ich nun lesen, dass sie vorige Woche zwei Tage unentschuldigt gefehlt hat.«

Eva legte vor ihrem Mann den Brief auf den Tisch. Nawrod sah nur eine Sekunde auf das Schriftstück. Missgelaunt atmete er laut hörbar durch, verschränkte seine Arme und drehte sich auf dem Stuhl zur Seite.

»Die wird sich schon wieder fangen«, brummte er und schaute zum Fenster hinaus.

Eva setzte sich und wartete. Sie hoffte, dass ihr Mann noch einen Kommentar abgeben würde. Nach endlosen Sekunden absoluter Stille platzte es aus ihr heraus: »So geht das nicht weiter, Jürgen! Du verkriechst dich nun schon seit Wochen. Davon wird Charly auch nicht lebendig.«

»Was weißt denn du schon? Lass mich in Ruhe!« Nawrod drehte sich noch weiter von seiner Frau weg.

»Dich in Ruhe lassen? Das mache ich schon wochenlang, falls du das noch nicht mitgekriegt hast.«

»Dann lass mich eben weiter in Ruhe, einfach nur in Ruhe. Das kann doch nicht so schwer sein.«

»Doch, das ist schwer, sehr schwer sogar.«

Eva stand auf und ging um den Tisch. Sie wollte ihrem Mann über sein Haar streichen. Nawrod machte sofort eine ausweichende Bewegung, worauf Eva ihre Hand zurückzog.

»Es ist nicht nur wegen mir, Jürgen. Samia ist jetzt zwölf und braucht ihren Vater mehr denn je. Unsere Tochter braucht uns beide. Sie ist jetzt in einer ganz schwierigen Phase. Die Pubertät macht ihr zu schaffen. Das musst doch auch du merken. «

»Dann schick sie zur Nachhilfe.«

»Ist das alles, was du dazu zu sagen hast?«

Wie schon so oft seit Charlys Tod gab Nawrod einfach keine Antwort mehr. Er drehte seiner Frau nun völlig den Rücken zu und verließ das Wohnzimmer. Kurz darauf hörte sie, wie er sich in seinem Arbeitszimmer einschloss.

Eva Nawrod war eine bodenständige Frau. Sie war fast so groß wie ihr Mann, hatte kurze, dunkelbraune Haare und eine kräftige, aber keineswegs dicke Figur. Meistens trug sie legere Kleidung. Ganz selten sah man sie in einem Rock oder Kleid. Make-up verwendete sie nur sehr spärlich. Als Schmuck trug sie lediglich Ohrstecker mit einer Perle und manchmal eine dünne Halskette aus Gold, an der ebenfalls eine eingefasste Perle hing.

Obwohl Eva keine ausgesprochene Schönheit war, war sie Nawrod sofort ins Auge gefallen, als er sie das erste Mal gesehen hatte. Es war auf dem Altstadtfest in Stuttgart-Bad Cannstatt gewesen. Sie hatte etwas an sich, was Nawrod vom ersten Augenblick an fasziniert hatte, ja, was ihn geradezu magisch anzog. Erst später, als sie schon einige Monate zusammen waren, hatte er versucht zu ergründen, was ihn an Eva so fesselte. Es waren wohl ihre großen, braunen Augen, die unheimlich sanft und wissend in die Welt schauten, in denen aber auch gelegentlich der Schalk aufblitzte. Und diese Augen passten perfekt zu den kleinen Grübchen an ihren Wangen und zu dem Lächeln, das sie immer dann zeigte, wenn ihr etwas gefiel. Das reichte Nawrod, um sich unsterblich in Eva zu verlieben und ihr schon nach knapp einem Jahr einen Heiratsantrag zu machen.

Sie nahmen sich eine schöne Wohnung in Halbhöhenlage am Killesberg, im Stuttgarter Norden, in der Straße Am

Bismarckturm. Der große, weitläufige Kräherwald, die grüne Lunge im Stuttgarter Norden, war auch nur einen Katzensprung entfernt. Eine sogenannte ›gute Wohnlage‹. In unmittelbarer Nähe, im Feuerbacher Weg 46, befindet sich das Haus des ersten Bundespräsidenten der Bundesrepublik Deutschland, Theodor Heuss. Hier wohnte er bis zu seinem Tod im Jahre 1963. In dieser Umgebung konnte Nawrod beim Laufen Entspannung und Ruhe finden, wenn er wieder einmal einen risikoreichen Einsatz hinter sich gebracht hatte.

Nachdem die Tochter zur Welt gekommen war, hatte man den gemeinsamen Entschluss gefasst, dass Eva ihren Beruf als Einzelhandelskauffrau zunächst aufgeben würde, damit sie sich in den ersten Jahren ausschließlich um die kleine Samia kümmern konnte. Nawrod verdiente genug, um die junge Familie zu ernähren. Sie wollten noch ein zweites Kind, aber Eva erlitt eine kritische Fehlgeburt, und danach konnte sie keine Kinder mehr bekommen.

Als Samia in den Kindergarten kam, begann Eva wieder halbtags zu arbeiten. Alles war in bester Ordnung. Kam Nawrod von der Arbeit nach Hause, war seine Frau für ihn da. Sie brachte oft das Kunststück fertig, ihm auch dann noch ein köstliches Essen zu servieren, wenn er viel später als angekündigt heimkam. Und nach dem Essen konnte sich Nawrod im wahrsten Sinne des Wortes bei seiner Frau anlehnen. Sie saßen dann auf dem breiten, bequemen Sofa. Eva saß immer in der rechten Ecke und hatte meist die Beine auf dem Couchtisch abgelegt. Auf dem Sideboard brannten drei Kerzen in einem silbernen Leuchter.

Nawrod lag tief geborgen im Arm seiner Frau. Die Beine streckte er längs des Sofas aus. Im Hintergrund lief gedämpfte Musik. Beide hatten ein Faible für Blues.

Erst vor ein paar Wochen hatte Nawrod mal wieder von seinen täglichen Erlebnissen erzählt, von den menschlichen Abgründen, denen er begegnet war, vom Elend und der Not schwerstabhängiger Heroinkonsumenten und von den Dealern, die in seinen Augen Mörder waren, weil sie mit allen möglichen Tricks junge Menschen dazu brachten, von dem keinesfalls zu verharmlosenden Haschisch auf härtere Drogen, sprich Heroin, umzusteigen.

»Wenn dieser Schritt erst einmal vollzogen ist, gibt es für die Betroffenen oft keine Rettung mehr, und der Dealer hat eine weitere, sehr erträgliche Einkommensquelle«, ereiferte sich Nawrod damals. »Denn er kann sicher sein, dass sein Kunde immer und immer wieder bei ihm erscheint, um den Stoff abzuholen, und dass dieser Kunde auch stets bezahlt, denn ohne Geld gibt es keinen Stoff. Das ist ein ehernes Gesetz in der Szene.«

»Das hört sich ja furchtbar an. Gibt es für die Betroffenen wirklich keinen Ausweg?«, fragte Eva. Sie schauderte bei dem Gedanken, Samia könnte einem Dealer in die Hände fallen.

»Die jungen Frauen, oft auch noch Schulmädchen, gehen auf den Strich, um an das nötige Geld zu kommen«, fuhr Nawrod fort. »Sofern sie es fertigbringen, machen junge Männer das Gleiche. Doch die allermeisten Jungs beschaffen sich das nötige Bargeld durch Diebstähle, Einbrüche oder kleinere Raubüberfälle. Ältere, schon etwas gebrechlich erscheinende Frauen, die gerade aus der Bank kommen oder zum Einkaufen gehen, sind für die Süchtigen ein leichtes Spiel. Ein kräftiger Ruck an der Handtasche, ein kurzer Sprint um die nächste Ecke, Geldbörse aus der geraubten Tasche entnehmen und einstecken, Tasche auf den Boden werfen, durchatmen und unter Umständen noch einen Sprint zwei Blöcke weiter. Dann ist die Sache gegessen und der nächste Schuss gesichert.«

»Aber wie kommst du dazu zu sagen, dass Dealer mit Mördern gleichzusetzen seien? Ist das nicht ein bisschen übertrieben?«, fragte Eva.

»Charlys Cousine war eine Fixerin. Mit siebzehn starb sie einen qualvollen Tod. Sie hatte sich an einer Nadel infiziert. Aber selbst wenn sie nicht sterben, sind Schwerstabhängige nichts anderes als lebende Leichen, die nur noch ein kümmerliches Dasein fristen und fast alles tun, um an Stoff zu kommen. Diese Menschen haben keinerlei andere Interessen mehr.«

»Schrecklich, so etwas.« Eva war schockiert. Es war, als steckte ihr ein Kloß im Hals.

»Mütter und Väter verlieren auf diese Weise unwiderruflich ihre Kinder. Es ist so, als wären sie gestorben. Die Geschichten sind immer die gleichen. Der vom Dealer angefixte Konsument benötigt schon innerhalb kurzer Zeit so viel Stoff, dass das Taschengeld bald nicht mehr ausreicht. Die Betroffenen bestehlen dann zuerst ihre Eltern, Geschwister, Verwandtschaft und ihre Freunde. Anfangs versuchen die Eltern noch, ihr Kind aus dem tödlichen Sog zu retten. In den meisten Fällen vergebens. Nicht selten gehen sie selbst dabei zugrunde, weil sie es nicht verkraften, mit ansehen zu müssen, wie ihr geliebtes Kind, in das sie alle Hoffnungen gesetzt hatten, buchstäblich vor die Hunde geht.

So etwas ist schlimmer, als sein Kind nach einem Verkehrsunfall beerdigen zu müssen. Und um auf deine Frage zurückzukommen, warum Dealer Mörder sind, kann ich nur sagen, wenn du dieses Elend Tag für Tag miterlebst, wenn du in die verzweifelten Augen der Eltern schaust und wenn dir klar wird, dass du selbst nicht imstande bist, einen Schwerstabhängigen zu retten, dann musst du einfach zu diesem Schluss kommen.«

Nawrods Stimme hatte an diesem Abend für Eva fremd und traurig geklungen. Sie hatte gesehen, wie sich in den Augen ihres Mannes Tränen sammelten. So kannte sie ihn bisher nicht. Er war an einem Punkt angekommen, der ihm offenbar sehr nahe ging. Beide hatten minutenlang geschwiegen.

Wer Jürgen Nawrod kannte, hätte es nie für möglich gehalten, dass er von Charlys Tod derart aus der Bahn geworfen wurde. Er galt zuvor als unangefochtene Nummer eins in seinem Metier, als besonders nervenstark und absolut souverän bei der Bewältigung schwerster Aufgaben. Und er war ein Draufgängertyp, der vor nichts und niemandem Angst hatte. Seine Vorgesetzten wussten sehr genau, was sie an ihm hatten. Mehrmals hatte er vom Polizeipräsidenten höchste Auszeichnungen erhalten.

Doch dadurch hatte Nawrod auch Neider, die versuchten, ihm bei jeder sich bietenden Gelegenheit ein Bein zu stellen. Und einer dieser Neider war es wohl auch, der der Presse Informationen zukommen ließ, die Nawrod schaden sollten.

Als Nawrod immer weniger mit seiner Frau redete, sich immer öfter in sein Arbeitszimmer einschloss und Eva an den leeren Flaschen und Tablettenröhrchen sah, dass zu den Depressionen ihres Mannes auch noch ein massives Suchtproblem hinzugekommen war, wandte sie sich an einen Arzt. Doch der machte ihr klar, dass ihrem Mann nur geholfen werden konnte, wenn dieser bereit war, sich helfen zu lassen. Aber davon war Nawrod weit entfernt.

Eines Morgens sprach sie ihn darauf an: »Jürgen, ich habe einen Arzt um Rat gefragt, und er sagte ...«

»Lass mich in Ruhe mit diesen Kurpfuschern!«

»... er sagte, dass ...«

»Kann mich nicht erinnern, dich darum gebeten zu haben, einen Quacksalber aufzusuchen«, unterbrach Nawrod seine Frau wirsch.

Er saß im Esszimmer, hatte seinen Stuhl vom Tisch weggedreht und seiner Frau den Rücken zugewandt. Mit leeren Augen schaute er aus dem Fenster.

»Wolfgang hat angerufen. Kommenden Montag wird deine Suspendierung aufgehoben. Die Staatsanwaltschaft hat das Verfahren gegen dich eingestellt. Du kannst wieder in den Dienst.«

»Schön, dass ich das auch mal erfahre.«

»Du gehst ja nicht ans Telefon, nachts schläfst du im Gästezimmer, und tagsüber verkrümelst du dich in dein Arbeitszimmer.«

»Wen juckt das?«

Eva atmete dreimal tief durch. Obwohl sie sich auf dieses Gespräch vorbereitet hatte, war sie jetzt innerlich so erregt, dass sie alle Kraft zusammennehmen musste, um nicht loszubrüllen. Gefasst, aber mit leicht zitternder Stimme sagte sie: »Jürgen, es reicht! Ich habe mit meiner Mutter gesprochen. Samia und ich können zu ihr ziehen, bis ich eine neue Wohnung gefunden habe. Ich packe noch heute, verstehst du?«

Nawrod stand wortlos auf, begab sich in sein Arbeitszimmer, und Eva hörte, wie er die Tür hinter sich zuschloss.

# 7

Sie planten es akribisch und von langer Hand. Die Morgensonne schien durch das große Esszimmerfenster und tauchte den Raum in warmes Licht. Manuel saß mit seinen Eltern beim Frühstück. Es roch nach Kaffee und frischen Brötchen. Mit ruhiger Flamme brannten zwei Kerzen, die in reich verzierten, silbernen Kandelabern auf dem Tisch standen. Dennoch lag eine undefinierbare Spannung in der Luft. Jeder der Anwesenden spürte es, aber nur Manuel kannte den Grund.

»Sag mal, muss das sein? Ich dachte, du hättest jede Menge Aufträge. Wie kannst du es dir da leisten, jetzt so mir nichts, dir nichts in Urlaub zu fliegen?«

Wie immer schwang in Heinrich von Kampens Stimme eine gewisse Ironie mit, wenn er mit Manuel sprach. Schon viele Male war er von seiner Frau auf diesen Umstand hingewiesen worden. Manchmal gerieten sie deswegen sogar in Streit. Es gab eine Zeit, in der Herr von Kampen sich Mühe gab, es zu unterdrücken. Doch zu tief waren die Narben, die Manuels Verhalten in seiner Seele hinterlassen hatte. Und letztlich gab er vor allem Manuel die Schuld dafür, dass er nicht umhin kam, die Firma gewinnbringend zu verkaufen, so lange sie noch auf gesunden Beinen stand.

Denn Manuel zeigte keinerlei Interesse an den Geschäften seines Vaters. Ihm widerstrebte der Handel mit Büromöbeln sowie das vornehme Getue und der schleimige Umgang, den Heinrich von Kampen mit seinen Geschäftspartnern pflegen musste, um sie bei Laune zu halten. Zwei- oder dreimal war er Zeuge von Vertragsverhandlungen, und jedes Mal wurde ihm regelrecht übel davon, mit welcher Hinterhältigkeit die Beteiligten vorgingen. Das war nicht sein Ding, nicht seine Welt. Dessen war sich Manuel sehr bald gewiss. So begann er nach der Mittleren Reife gegen den Willen seines Vaters eine Lehre als Dekorateur.

Er war noch ein kleiner Junge, als er an der Hand seiner Mutter durch die Stuttgarter Königstraße spazierte und dabei eine Dekorateurin bei der Arbeit beobachtete. Hinter einem riesigen Schaufenster von Karstadt war sie gerade damit beschäftigt, die noch nackten Puppen in Position zu bringen, um ihnen danach die Kleidung anzulegen. Manuel fiel auf, dass sich die Frau weder um die Menschen auf der Straße noch um die Kunden im Kaufhaus kümmerte. Sie war ganz allein in ihrer kleinen Welt, und mit ihren Puppen konnte sie tun und lassen, was sie wollte. Das faszinierte ihn so sehr, dass ihn diese Szene und der Wunsch, genau das Gleiche zu tun, nicht mehr losließen. Seine Lehre schloss er mit Auszeichnung ab. Seitdem war er freiberuflich tätig.

Manuel nahm einen großen Schluck Kaffee, während sein Vater in ein Wurstbrötchen biss und ihn dabei erwartungsvoll ansah.

»Von ›mir nichts, dir nichts‹ kann überhaupt keine Rede sein. Die Reise habe ich schon vor fünf Wochen gebucht«, antwortete Manuel und bemühte sich dabei, auf die spitzfindige Bemerkung seines Vaters nicht gereizt zu reagieren. Alles sollte so normal wie möglich ablaufen.

»Fünf Wochen? Na gut. Und du reist tatsächlich allein? Was ist denn mit diesem Sascha, diesem ... diesem Autoklempner?«

»Mit dem komme ich schon Monate nicht mehr zusammen.«

»Hm, und deine Beziehung zu dieser Italienerin?«

»Aber Heinrich, das habe ich dir doch schon gesagt.«

Elisabeth von Kampen setzte ihre Tasse ab.

»Die beiden haben sich getrennt. Erinnerst du dich nicht?«

»Tut mir leid, das ging wohl an mir vorbei. Ist ja auch nicht so wichtig. Aber es ist gut so. Habe schon befürchtet, die Mafia könnte sich in unserer Familie breit machen.«

Beim letzten Satz lachte Heinrich von Kampen, aber sowohl seine Frau als auch Manuel wussten, dass er es ernst meinte. Die beiden schauten sich vielsagend an. Elisabeth sah, wie sich Manuels Wangenmuskulatur heftig bewegte und die Knöchel seiner rechten Faust, die den Griff des Küchenmessers umschloss, weiß wurden. Sie kannte ihren Sohn und wusste, dass er unter solchen Äußerungen seines Vaters litt.

»Sag mal, hast du etwas von Susanne gehört? Sie hat sich schon ewig nicht mehr bei uns gemeldet.«

Während sie diese Frage mit ihrer immer gutmütigen, sanften Stimme stellte, legte sie sachte ihre rechte Hand auf Manuels linken Handrücken. Das machte sie oft und meist dann, wenn sie ihrem Sohn ihre mütterliche Zuneigung zeigen wollte. Manuel empfand die warme, zarte Hand Elisabeths stets als wohltuend und beschützend. Im Gegensatz dazu fiel es ihm, je älter er wurde, schwer, für seinen Vater Liebe zu empfinden.

Die Mauer, die sich seit jeher zwischen den beiden befunden hatte, wuchs unaufhörlich. Bald konnte der kleine Manuel nicht mehr darüberspringen, wohingegen es in den ersten Jahren für Heinrich von Kampen ein Leichtes gewesen wäre, mit einem einzigen Schritt auf Manuels Seite zu gelangen. Manchmal versuchte Manuel, diese Mauer, deren Existenz er instinktiv spürte, zu überwinden. Doch er rutschte an den glatten Steinen ab. Inzwischen war diese Mauer schon so groß geworden, dass weder er noch sein Vater auf die jeweils andere Seite schauen, geschweige denn klettern konnten.

»Susanne?«

Manuel bekam plötzlich einen trockenen Hals. Sein Adamsapfel hüpfte zweimal auf und ab. War es ein Zufall, dass er gerade jetzt nach ihr gefragt wurde?

»Ja ... Moment mal, wir haben vorgestern telefoniert. Ihr Auto ist wieder einmal kaputt, und sie bat mich, bei Sascha zu intervenieren.«

»Und hast du?«, fragte Heinrich von Kampen in bissigem Ton.

»Nein, habe euch doch vorhin erklärt, dass ich mit dem Typen nichts mehr zu tun habe. Es gab richtig Krach zwischen uns. Da kann ich doch nicht plötzlich mit Susannes Auto kommen.«

»Hat Susanne sonst noch etwas gesagt? Wie geht es ihrem Mann?«, fragte Elisabeth neugierig.

»Zwischen den beiden ist offensichtlich mal wieder Stunk. Jedenfalls hat Susanne dergleichen angedeutet. Sie meinte, sie würde am liebsten ihre Sachen packen und sich von ihm auf immer und ewig trennen. Doch jetzt, wo sie soviel Geld in die Wohnung investiert hat, sei das nicht so einfach für sie.«

»Habe doch gleich gesagt, dass der Kerl nichts taugt! Nie im Leben konnte das gut gehen. Ein Langzeitstudent, ein Utopist, der nichts anderes kennt als sich auf Unis herumzudrücken. Was beliebt der Herr denn momentan zu studieren? Ich gehe jede Wette ein, dass der es nie zu einem Abschluss bringen wird.«

»Heinrich, bitte geh mit Jens nicht so hart ins Gericht. Er ist im vierten Semester der Betriebswirtschaft, wie mir Susanne vor Wochen gesagt hat. Am Ende schafft er vielleicht doch noch seinen Master, und dann sieht die Sache mit den beiden ganz bestimmt wieder anders aus.«

»Glaubst du an Wunder? Nicht einmal den Bachelor schafft diese Niete. Aber dein Wort in Gottes Ohr. Lassen wir uns überraschen.«

Schweigend wurde weiter gefrühstückt, bis Manuel sagte:

»Ich muss jetzt los. Mein Shuttle fährt in einer Stunde, und ich habe noch nicht alles gepackt.«

Manuel wischte sich mit der Serviette den Mund ab, faltete sie zusammen und legte sie neben seinen Teller. Dann stand er auf, beugte sich zu seiner Mutter hinüber und gab ihr einen Kuss auf die Wange.

»Auf Wiedersehen, Mutter. Ich bringe dir etwas mit. Hast du einen Wunsch?«

Elisabeth von Kampen winkte ab.

»Ach was, du brauchst mir nichts mitzubringen. Ich habe doch alles. Hauptsache, du kommst gesund wieder. Pass auf dich auf, mein Junge! Versprich mir das!«

»Was soll mir schon passieren? Aber ich verspreche dir, dass ich nicht in Autos fremder Mädchen einsteige«, gab Manuel lachend zur Antwort.

Bevor er sich umdrehte und das Esszimmer verließ, warf er seinem Vater noch einen Blick zu. Kurz nickend presste er ein schnelles »Tschüss« hervor.

Manuel fuhr auf direktem Weg nach Hause. Er wohnte in Stuttgart-Neugereut. Das große Wohnsilo in der Kormoranstraße 8 gefiel ihm anfangs recht gut. Es schien einigermaßen gepflegt, und man lebte anonym. Konnte in seinen eigenen vier Wänden tun und lassen, was man wollte. Zu Hause bei seinen Eltern war er nicht einmal in seinem Dekostudio, das er im Keller einrichten durfte, vor der Präsenz des Alten sicher.

Immerhin konnte er in diesem Raum seine Experimente mit Schaufensterpuppen und anderen Dekorationsartikeln durchführen. Hier wurden seine Ideen geboren, die er in den Kaufhäusern der Stadt umsetzte und mit denen er sich in der Branche so nach und nach den besten Ruf erwarb. Sein Labor, wie er den Raum nannte, durfte er nach dem Auszug aus dem Elternhaus weiter benutzen. Und immer wenn er einen größeren Auftrag bekam, begab er sich in sein Labor und experimentierte so lange, bis er mit sich und seiner Arbeit zufrieden war.

Er hatte noch genügend Zeit. Doch was, wenn er jetzt einen Unfall haben sollte? Wenn er dabei sogar verletzt werden würde? Das würde den ganzen Plan durcheinanderbringen. Er verdrängte den Gedanken, fuhr dann aber etwas vorsichtiger.

In seiner Wohnung angekommen, schloss er sämtliche Fenster, ließ die Rollläden herunter, ging noch einmal auf die Toilette und packte danach den Kulturbeutel in den Koffer. Anschließend klappte er den Koffer zu und legte darauf seinen Pass und das Flugticket ab. Dann schaltete er den Fernseher ein und wartete, bis der Fahrer des Shuttlebusses an der Haustür klingelte.

Es war schon Abend, als sich Manuel endlich auf das Bett seines Hotelzimmers legen konnte. Portugal war ein wunderschönes Land. Das konnte er schon beim Anflug, aber insbesondere auch während der Fahrt vom Flughafen zum Hotel feststellen. Zudem hatte er sich einen Reiseführer gekauft, in dem das Land in den schönsten Farben beschrieben wurde. Er würde versuchen, die zehn Tage Aufenthalt zu genießen, obgleich ihm bewusst war, dass dies unter den gegebenen Umständen nahezu unmöglich war. Zu viel stand auf dem Spiel, zu groß war sein Einsatz, den er einbringen, oder besser gesagt, opfern musste.

Nachdem er sich ein wenig ausgeruht hatte, begab er sich unter die Dusche. Länger als sonst ließ er warmes Wasser über seinen Körper laufen. Anschließend kleidete er sich an. Bevor er zum Abendessen ging, holte er sein Handy hervor, öffnete das hintere Gehäuseteil und tauschte den kleinen Chip gegen einen andern aus. Dann wählte er eine Nummer. Als die Verbindung hergestellt war, presste er mit leiser Stimme vier Worte zwischen seinen Lippen hervor:

»Das Paket ist angekommen.«

Anschließend schaltete er das Handy ab, öffnete es abermals und tauschte wieder die Telefonkarte aus. Danach verließ er sein Zimmer und ging ins Hotelrestaurant.

# 8

Er hatte die Örtlichkeiten und sein Opfer akribisch ausgekundschaftet. Den hierbei notierten Zeitablauf mit all seinen Abschnitten lernte er auswendig. Er spukte seit Tagen in seinem Kopf herum. War fester Bestandteil seines Lebens geworden. Ebenso die Alternativen, die es gab, falls nicht alles nach Plan lief. Dann war da noch dieser Selbstversuch, dessen zeitliche Abfolge er sich ebenfalls eingeprägt hatte. Nicht zu vergessen, die immer wiederkehrende Übung mit den einzusetzenden Mitteln, bis er sich sicher war, das Stadium eines wirklichen Profis erreicht zu haben.

Das Wetter spielte mit. Es war ein typisch grauer und nasskalter Novembertag, doch es schneite nicht, und der Boden war auch nicht gefroren.

»Hallo, Susanne!«

»Oh ... hallo Sascha! Jetzt bin ich aber platt! Welch ein Zufall? Was machst du zu so früher Morgenstunde hier?«

»Das Gleiche könnte ich dich fragen.«

»Ich muss zur Arbeit, was sonst. Mein Zug geht in vier Minuten. Sei mir nicht böse Sascha, ich muss auf Gleis 5, das ist noch ein ganzes Stück Weg.«

Sascha hatte sich mit dem Ellbogen auf einem der Stehtische, die sich im Durchgangsbereich des Bahnhofes befanden, abgestützt. Ein Becher mit dampfendem Kaffee stand vor ihm. In der rechten Hand hielt er eine Zigarette.

»Wo arbeitest du, warum fährst du nicht mit dem Auto?« Die Frage war eigentlich absurd, denn er kannte die Antwort bereits. Doch sie war Bestandteil seines tödlichen, in allen Einzelheiten durchdachten Plans.

»Gute Frage! Das Ding ist kaputt, und mir fehlt momentan die Kohle, um es in eine Werkstatt zu bringen. Dachte ja, dass du ... aber Manuel ... ich meine, ihr beide ...«

Susanne hatte sich schon halb von Sascha abgewandt und wollte mit eiligen Schritten ihren Weg fortsetzen. Er wusste, dass es jetzt auf jedes Wort ankam.

»Ich könnte ja mal nach deiner Karre schauen.«

»Okay, Sascha, ich rufe dich an.«

Mit diesen Worten drehte Susanne Sascha endgültig den Rücken zu

»Das mit Manuel ... weißt du ...«, rief Sascha der Davoneilenden hinterher. Dann etwas lauter:

»Susanne, halt mal! Lass den Zug. Ich kann dich doch zur Arbeit fahren. Und deine Karre ...«

Susanne blieb abrupt stehen und drehte sich zu Sascha um. Freudig und mit großen Augen antwortete sie:

»Ist das dein Ernst? Ich meine ... ich arbeite in Göppingen, und das mit der Karre würdest du wirklich machen?«

»Hätte ich es sonst gesagt? Hau mal den Rückwärtsgang rein und komm her. Ich spendiere dir einen Kaffee, und anschließend kutschiere ich dich nach Göppingen. Ist das ein Vorschlag oder nicht?«

»Vorschlag angenommen«, grinste Susanne und ging auf Sascha zu. Sie stellte ihre College-Tasche auf den Stehtisch, während Sascha sofort reagierte und sich zum Kaffeeautomaten begab.

»Wie trinkst du den Kaffee?«

»Mit Milch und Zucker, bitte.«

Sascha holte einen Euro aus seiner Hosentasche und ging zum Kaffeeautomaten. Als er die Münze in den Münzschlitz warf, fiel sie mit metallischem Klicken durch. Er holte den Euro aus dem Rückgabefach und warf ihn noch einmal in den Automaten. Wieder fiel er durch.

»Mist!«, entfuhr es ihm. Dann schlug er mit dem Handballen in Höhe des Geldschlitzes gegen den Automaten. Explosionsartig breiteten sich die Gedanken in seinem Hirn aus. Ich Oberrindvieh, von wegen Champions League, dachte er. Nicht einmal Oberliga, denn dann hätte ich an eine Ersatzmünze denken müssen. Anfänger! Der ganze Plan für die Katz. Das gesamte Unternehmen wird an diesem Scheißeuro scheitern. Er bekam schlagartig einen Schweißausbruch und musste sich zusammenreißen.

Champions League, schoss es ihm noch zwei-, dreimal durch den Kopf. »Verdammt noch mal«, zischte er. Ein Blick aus den Augenwinkeln verriet ihm, dass ihn Susanne beobachtete. Er drehte sich zu ihr um und zeigte ihr demonstrativ die Münze. Dabei zuckte er mit den Schultern. Das war ein weiterer Fehler. Noch bevor die Geste bei Susanne angekommen war, bereute er sie auch schon, denn deren Reaktion blieb nicht aus. Sie fing an, in ihrer Handtasche zu kramen. Dann kam sie auf ihn zu.

»Tut mir leid, hab kein Münzgeld bei mir. Lass das mit dem Kaffee. Wir können auch so quatschen, bis du deinen getrunken hast.«

»Susanne, geh sofort zum Tisch zurück! Du hast dort deine Tasche stehen, und die bekommt mit Sicherheit Beine, wenn du sie allein lässt«, stieß Sascha hastig hervor.

Susannes Hand fuhr an den Mund.

»Ups, du hast recht!«, rief sie, während sie sich auch schon umdrehte und mit zwei, drei großen Schritten zum Tisch zurückeilte.

Als Sascha wieder das metallische Klicken der durchgefallenen Münze vernahm, fiel ihm urplötzlich ein alter Trick ein, mit dem er sich als Halbwüchsiger immer behalf, wenn er an einem Zigarettenautomaten stand und das gleiche Problem hatte.

»Champions League«, sagte er leise zu sich selbst. Dann sammelte er dicken Speichel in seinem Mund und befeuchtete damit die Münze. Behutsam führte er das Geldstück an den Einwurfschlitz, und ebenso behutsam ließ er es los. Fast lautlos verschwand es in der länglichen Öffnung. Dann ein kaum hörbares Einrasten. Im gleichen Moment flammte die grüne Bereitschaftsleuchte auf.

»Champions League«, entfuhr es ihm. Ein kurzes Lächeln umspielte seinen Mund. Dann drückte er auf den grünen Knopf. Das Geräusch von einlaufendem Kaffee empfand er als so wohltuend, als so befreiend wie noch nie in seinem Leben. Und während sich der Becher füllte, griff er, Susanne den Rücken zugewandt, mit der rechten Hand in seine linke Brusttasche und entnahm daraus zwei winzig kleine, rosarote Tabletten, die er gekonnt zwischen Zeige- und Mittelfinger klemmte. Als das Füllgeräusch verstummte, beugte er sich ein wenig nach unten, schob mit der linken Hand den Spritzschutz des Automaten nach oben, griff mit der anderen Hand nach dem Becher und ließ die Tabletten in den Kaffee fallen, noch bevor seine Finger den oberen Rand des Gefäßes umschlossen hatten.

»Na, wer sagt's denn? Hat doch noch geklappt.«

Mit diesen Worten stellte er den Kaffee auf den Tisch. Susanne griff dankbar danach und nahm auch gleich einen kleinen Schluck. Ihr entging, dass Sascha sich mit dem Handrücken die Schweißperlen von der Stirn wischte.

»Sag mal, hast du Urlaub, oder was? Wieso treibst du dich hier herum?«

»Ich sage es nicht gern, und du musst mir versprechen, dass du es nicht weitersagst.«

»Versprochen! Werde schweigen wie ein Grab«, antwortete Susanne und verschloss demonstrativ mit zwei Fingern ihren Mund, so wie sie es als Kind immer getan hatte, wenn sie jemandem Verschwiegenheit versprach. Dann lachte sie verschmitzt.

»Die haben gleich zwölf Leute entlassen, und ich war einer davon. Vor Wochen schon. Seitdem bin ich arbeitslos und halte mich mit Gelegenheitsjobs über Wasser. Hier wollte ich nur Zigaretten holen und mir einen Kaffee gönnen, bevor ich in der Seelbergstraße den Schlitten eines Kumpels repariere. Wie gefällt es dir eigentlich in Cannstatt? Wo wohnst du gleich wieder?«

»Ich wohne in der Nauheimer Straße und fühle mich in Cannstatt pudelwohl. Wenn nicht ...« Susanne runzelte die Stirn. »Na ja, das wird dich nicht interessieren.«

»Schwierigkeiten mit Jens?«

Susanne nickte. Schlagartig wich die Fröhlichkeit aus ihrem Gesicht.

»Er ist mit allem unzufrieden, am meisten mit sich selbst. Aber die Schuld sucht er bei anderen. Er hat sich im Laufe der Jahre ganz schön verändert. Hätte echt Lust, mich scheiden zu lassen. War keine gute Idee, so schnell zu heiraten. Irgendwann packe ich meine Koffer und verschwinde auf Nimmerwiedersehen.«

»Und deine Eltern, was sagen die dazu?«

»Mutter habe ich mich ein bisschen anvertraut. Details habe ich ihr aber nicht erzählt. Ich wollte sie einfach nur vorbereiten, falls ich mal tatsächlich die Fliege mache. Sie soll sich nicht sorgen, wenn es so weit ist. Vater würde wohl vor lauter Schadenfreude einen Luftsprung machen. Er konnte Jens noch nie ausstehen. Mutter würde ganz sicher Verständnis zeigen, so wie sie es schon immer getan hat, wenn ich mein Herz bei ihr ausgeschüttet habe. Einfach ab in den Flieger. Sämtliche Brücken hinter mir einreißen. Jens sollte keine Chance haben, mich zu finden. Vielleicht noch eine einzige SMS an meine Mutter. Das wäre es doch, oder?« Susanne grinste verschmitzt. »Ich bin schon als Kind gern ausgebüxt. Meine Eltern haben mich manchmal stundenlang gesucht.«

»Stell dir das nicht so leicht vor, Susanne. Apropos, dein Vater, unterstützt er euch denn nicht? Ich meine, die Miete, das Auto, Jens' Studium, das alles ist ja nicht so ohne. Als Zahntechnikerin verdient man doch auch nicht so viel, oder irre ich mich da?«

»Hast recht, wir sind ganz schön knapp bei Kasse, und mein Herr Gatte ist nicht bereit, auch nur einen Cent dazuzuverdienen. Er braucht die ganze Energie für sein Studium, sagt er. Von meinem Vater bekomme ich nicht einen Cent. Er ist der Meinung, dass Manuel und ich erst mal lernen sollten, uns selbst zu ernähren, bevor an finanzielle Zuwendungen seinerseits zu denken wäre. Soll der Alte doch an seinem Geld ersticken!«

»Hm, na ja, vielleicht wird er's noch.« Sascha biss sich auf die Lippen. Champions League, dachte er. Zukünftig musste er sich solche Äußerungen abgewöhnen. Im schlimmsten Fall konnten die einen Kopf und Kragen kosten. Ein Glück, dass es Susanne überhört hatte.

»Wann musst du denn bei der Arbeit sein?«, lenkte er sofort auf ein anderes Thema.

»Wir haben Gott sei Dank Gleitzeitregelung im Labor. Aber ich möchte nicht so spät kommen, sonst muss ich die fehlende Zeit irgendwann nachholen.«

»Dann lass uns unseren Kaffee austrinken.« Sascha sah sich um. Er war sich absolut sicher, dass Susanne und er weder von den vorbeieilenden Menschen noch von den wenigen Personen, die in der Bahnhofshalle herumstanden, beachtet wurden. Um diese Zeit kümmerte sich keiner um den anderen. Keiner würde sich an ein Gesicht erinnern können, das er im Vorbeigehen für einen Moment gesehen hatte. Selbst die Leute, die an den anderen Tischen standen, würden keine brauchbaren Beschreibungen abgeben können, zumal Susanne eine unscheinbare, wenn auch nette Strickmütze trug, die ihr gesamtes Haar verdeckte.

Er selbst hatte entgegen seiner Gewohnheit eine Baseballmütze auf, die er tief ins Gesicht gezogen hatte. Bei der Witterung fiel auch nicht auf, dass er den Kragen seiner dicken, grauen Fleecejacke ganz nach oben gestellt hatte. Ein Blick auf die Uhr, und Sascha wusste, dass Susanne in den nächsten fünf Minuten von einer bleiernen Müdigkeit überfallen würde. Nach weiteren drei Minuten würde sie eingeschlafen sein.

Siedend heiß fiel ihm ein, dass er bei dem Selbstversuch nicht daran gedacht hatte, die Wirkung der beiden Tabletten einmal mit leerem Magen und einmal nach einem Frühstück zu testen. Was, wenn sie ihm jetzt gleich oder auf dem Weg zum Fahrzeug umkippte, weil sie nur den einen Kaffee im Magen hatte? Würde der Kaffee vielleicht die Wirkung abschwächen oder am Ende etwa verstärken, weil damit das Benzodiazepin schneller in den Kreislauf gelangte? Was, wenn Susanne plötzlich eine allergische Reaktion auf das Mittel zeigte oder wenn sie Schlafmittel gewohnt wäre, womit sich die Wirkung der beiden Adumbran erheblich abmilderte?

Die Tabletten hatte sich Sascha von seiner Mutter beschafft. Er hatte sie unbemerkt an sich genommen, als sie schlief. So konnte er auch den Beipackzettel lesen, den er im Kern so interpretierte, dass zwei Tabletten ausreichten, einen Erwachsenen in Tiefschlaf zu versetzen. Als er es an sich ausprobierte, war es tatsächlich so, dass es ihm nach vier Minuten erst etwas schwindelig wurde und er sich setzen musste. Nach weiteren drei Minuten war er kaum noch fähig, die Zeit zu notieren. Kurz darauf war er auch schon eingeschlafen. Sechs Stunden später wachte er das erste Mal benommen auf.

Sascha ertappte sich, wie er Susanne an einem Arm festhielt, während er die Schwingtür der Bahnhofshalle aufstieß. Sofort ließ er sie wieder los.

»Wo hast du denn deine Karre stehen?«

»Ist nicht weit. Da vorn auf dem Parkplatz.« Sascha deutete in die Richtung und beobachtete Susanne aus den Augenwinkeln. Sei tapfer, Mädchen, bald hast du es geschafft, dachte er.

»Mir ist ganz flau. Ich habe heute Morgen noch nichts gegessen«, klagte Susanne.

»Vielleicht habe ich im Auto noch was zu knabbern. Komm, häng dich die paar Meter bei mir ein.« Mit diesen Worten bot Sascha Susanne seinen rechten Arm, den diese dankbar annahm. Sascha beschleunigte seinen Schritt. Mit einem lauten »Huch« knickte Susanne plötzlich ein. Sie wäre sicherlich zu Boden gestürzt, wenn Sascha sie nicht aufgefangen hätte.

»Das kann nicht wahr sein. Ich bin doch nicht betrunken«, entschuldigte sich Susanne und ging weiter.

Sascha bemerkte, dass Susannes Bewegungen langsamer wurden. Noch zwanzig Meter bis zum Auto, dachte er. Noch zwanzig läppische Meter! Leute gingen an ihnen vorbei. Wenn Susanne jetzt kollabierte, wäre alles aus. Die Leute würden stehen bleiben. Im Nu würde sich eine Menschentraube um sie herum bilden, und einer würde über Handy bestimmt den Notarzt rufen. Heutzutage hat doch jeder Zweite ein Handy in der Tasche. Susanne würde in die Klinik gebracht werden. Dort würde man Untersuchungen durchführen, anhand derer sehr bald herauskommen würde, dass sich in Susannes Körper Benzodiazepin befand. Damit wäre alles aus.

Als Sascha mit Susanne endlich sein Fahrzeug erreicht hatte, schien Susanne schon so wackelig auf den Beinen zu sein, dass sie allein nicht mehr stehen konnte. Ihr Gesicht war aschfahl. Sascha öffnete die Beifahrertür und half Susanne ins Auto. Er legte ihr den Sicherheitsgurt um und schloss die Tür. Danach begab er sich hastig zur anderen Seite, öffnete die Tür und setzte sich hinter das Steuerrad. Nur ganz kurz kam ihm der Gedanke, dass Anlasser oder Batterien auch mal ihren Dienst versagen können. Dann vernahm er auch schon erleichtert das vertraute Motorengeräusch.

»Verdammt, was ist nur los mit mir? Ich bin auf einmal so müde!« Susannes Stimme klang schleppend. Sascha wusste, dass die Adumbran nun die von ihm erhoffte Wirkung zeigten und Susanne alsbald ihre Augen schließen würde.

»Kein Problem, Susanne. Schlaf ruhig ein bisschen. Ich wecke dich kurz vor Göppingen, damit du mir den Weg zu deiner Arbeitsstelle zeigen kannst.«

Sascha fuhr los. Er hatte zuvor mehrere Tage benötigt, um für sein weiteres Vorhaben eine geeignete Stelle zu finden. Jetzt galt es, erst einmal aus Cannstatt herauszukommen und so schnell wie möglich die B 10 zu erreichen. Auf der Talstraße fuhr er bis zur Gaisburger Brücke. Dort musste er an der Ampel der Linksabbiegespur zur B 10 anhalten. Vor ihm standen fünf Fahrzeuge. Als die Ampel auf Grün sprang, dauerte es ewig, bis das erste Auto losfuhr. Sascha spürte, wie ihm der Schweiß den Rücken hinunter rann und sich das Hemd an seiner Haut festsaugte. Die Ampel schaltete schon wieder auf Gelb. Würde er es noch schaffen?

Siedend heiß fiel ihm ein, dass dort eine Überwachungskamera stand, die ausgelöst würde, wenn er bei Rot über die Kreuzung fuhr. Als er das Bremspedal fast bis zum Anschlag durchtrat, wurde Susannes Körper nach vorn geschleudert. Ihr Kopf schlug auf dem Armaturenbrett auf. Im Bruchteil einer Sekunde fiel die Schlafende aber auch schon wieder in den Sitz zurück. Sie stöhnte laut. Wie in Zeitlupe hob sie ihre Hand und fasste sich an die Stirn. Ihre Augen waren nach wie vor geschlossen. Ein unverständliches Murmeln, dann senkte sich die Hand wieder nach unten. Susannes Oberkörper war schräg nach links gekippt und berührte Saschas Schulter. Langsam drückte er sie von sich weg. Danach beugte er sich hastig über den Unterkörper der Frau und betätigte den Drehgriff der Liegesitzfunktion, um die Rückenlehne schräger zu stellen.

Als es laut hinter ihm hupte, fuhr er zusammen. Die Ampel stand auf Grün. Mit quietschenden Reifen bog er nach links ab. Dreißig Sekunden später befand er sich auf der B 10. Sascha atmete durch. Er schaute zu seinem Opfer hinüber und stellte beruhigt fest, dass dessen Augen immer noch geschlossen waren. Auf keinen Fall durfte er sich noch einmal so einen Vorfall wie eben leisten. Sascha fuhr deshalb von nun an sehr vorsichtig. Bei jeder Ampel versuchte er, schon von Weitem abzuschätzen, ob er anhalten musste oder ohne zu bremsen durchfahren konnte.

Nach achtzehn Minuten war er an seinem Fahrtziel angelangt. Auf freier Strecke zwischen Plochingen und Hochberg, unmittelbar rechts neben der B 10, befand sich ein großes Waldstück. Er setzte den Blinker und bog in einen befestigten Waldweg ab. Bevor der Weg nach etwa vierzig Metern an einer geschlossenen Schranke endete, rollte er nach links in den Wald hinein. Tage zuvor hatte er es bereits ausprobiert. Man konnte an dieser Stelle mit einem Auto ungewöhnlich weit in den Wald hineinfahren, und zwar so weit, dass man das Fahrzeug vom Weg aus kaum noch sehen konnte.

Sascha schaltete den Motor ab und schaute zu Susanne hinüber. Sie schlief immer noch. Alles schien nach Plan zu laufen. Leise öffnete er die Fahrertür, stieg aus und begab sich ans Heck des Fahrzeuges. Vorsichtig klappte er den Kofferraumdeckel nach oben. Im Kofferraum befanden sich eine Decke, ein Springseil, ein Spaten und Lederhandschuhe, die er sofort anzog. Noch bevor er das Seil in die Hand nahm, hörte er, wie sich die Fahrzeugtür öffnete. Sascha fuhr zusammen. Blitzschnell drückte er den Kofferraumdeckel nach unten. Ihm stockte der Atem. Er sah, wie Susanne sich gerade aus dem Auto quälte. Dann stand sie auch schon schwankend, beide Hände an der Türoberkante festgekrallt, neben dem Wagen. Langsam drehte sie ihm den Kopf zu. Mit weit aufgerissenen Augen starrte sie ihn an. Sascha ließ den Kofferraumdeckel los und griff nach dem Seil. Er nahm es in beide Hände und ging damit langsam auf Susanne zu.

»Was soll das?«, keuchte sie halb lallend.

»Tut mir leid, Susanne, aber es muss sein. Manuel und ich wollen ...«

»Manuel? Mein Bruder? Das ... das ist ... unmöglich!«

»Doch! Wir wollen das Geld der Alten nicht mit dir teilen. So einfach ist das. Kapiert?«

Im Bruchteil einer Sekunde versuchte Susanne, ihre Gedanken zu ordnen. Sie schien plötzlich wieder hellwach zu sein. »Du kannst mich doch nicht ...«

Saschas Mund umspielte ein eigenartiges, böses Lächeln.

»Ich kann und ich muss, denn es gibt keine andere Möglichkeit.«

Mit diesen Worten spannte er zweimal ruckartig das Seil zwischen seinen Händen, so, als wolle er prüfen, ob es die kommende Belastung tatsächlich auch aushalten würde. Gleichzeitig ging er weiter auf Susanne zu.

Mit allem hatte Sascha gerechnet, nur nicht damit, dass Susanne, die sich bis eben kaum auf den Beinen halten konnte, wie von einer Tarantel gestochen plötzlich in Todesangst davonrannte. Sascha war so perplex, dass er erst reagierte, als Susanne bereits einen beachtlichen Vorsprung hatte. Der Wald war nicht besonders dicht, und Susanne mobilisierte alle Kräfte, um ihrem Mörder zu entrinnen.

Dumpf dröhnte es in ihrem Kopf, doch sie spürte nicht, wie die Äste ihr ins Gesicht peitschten. Sie hatte das Gefühl, ihre Lunge würde jeden Augenblick bersten. Ihr Herzschlag kam in den Nervenbahnen des Gehirns so laut an, dass er alle externen Geräusche übertönte. Längst hatte sie ihre Schuhe und ihre Mütze verloren.

Als Sascha wie ein Raubtier zum Sprung ansetzte, war er bis auf etwa einen Meter an Susanne herangekommen. Seine Hände wollten sich an ihrem Rücken festkrallen. Doch sie glitten an dem glatten Stoff ihrer Winterjacke ab. Durch den Schwung des Sprungs verlor Sascha das Gleichgewicht und stürzte zu Boden. Ohne sich umzudrehen, rannte Susanne weiter. Sie hatte keinerlei Orientierung. Eine Straße, hämmerte es in ihrem Kopf. Eine Straße wäre meine Rettung. Ich würde mich mitten auf die Fahrbahn stellen und das erstbeste Auto anhalten. Lieber Gott, mach, dass die Menschen eine Straße oder noch besser eine Autobahn durch diesen verdammten Wald gebaut haben.

Ich muss mich umschauen, dachte sie, wenigstens einmal umschauen, damit ich weiß, wie nah er ist. Vielleicht kann ich dann einen Moment stehen bleiben, um auf Fahrzeuggeräusche zu lauschen.

Ohne langsamer zu rennen, drehte Susanne ihren Kopf nach hinten. Erleichtert stellte sie fest, dass sie ihren Verfolger abgeschüttelt hatte. Im selben Moment spürte sie einen heftigen Schlag an ihrer rechten Schulter. Noch bevor sie realisierte, dass sie gegen einen Baum gerannt war, lag sie langgestreckt auf dem Boden. Ihre Schulter schmerzte höllisch, und ein lautes Stöhnen entfuhr ihrem Mund. Während intensiver Geruch modernden Laubes in ihre Nase drang, schaute sie hastig zurück. Gleichzeitig lauschte sie nach Straßenlärm.

Erst schemenhaft, dann aber ganz deutlich, sah sie Sascha herannahen. Er war noch etwa dreißig Meter von ihr entfernt. Statt Motorengeräusche hörte sie nur den eigenen Atem und den hämmernden Puls in ihrem Kopf. Wie eine Antilope, die den ersten Angriff eines Löwen überstanden hatte, sammelte Susanne noch einmal alle Kräfte. Es durchfuhr sie ein stechender Schmerz, der ihr fast die Besinnung raubte, als sie beim Aufstehen den rechten Arm zu Hilfe nehmen wollte. Irgendwie schaffte sie es, auf die Beine zu kommen. Dann rannte sie wieder um ihr Leben.

Sascha sah, dass Susanne nun unsicherer rannte und langsamer wurde. Sie hatte Probleme, ihren Körper auszubalancieren. Ihr rechter Arm hing schlaff herunter. Er wusste, bald würde er sie eingeholt haben.

Als Susanne das laute Hupen eines weit entfernten Truckers wahrnahm, änderte sie sofort ihre Laufrichtung. Das ist meine Rettung, schoss es ihr durch den Kopf. Sie versuchte, noch schneller zu rennen, merkte aber, dass ihre Kräfte nachließen. Nur nicht schlapp machen, dachte sie. Der bringt dich sonst um. Ich will leben, leben, leben! Susanne sah, dass der Wald vor ihr heller wurde. Das muss die Straße sein. Lieber Gott, lass es die Straße sein und lass dort Autos fahren, je mehr, desto besser!

Auch Sascha sah, dass sich in einiger Entfernung der Wald lichtete. Er musste Susanne erwischen, bevor der Wald zu Ende war. Susannes Richtungsänderung kam ihm entgegen. Er kürzte geschickt den Winkel ab. Nur noch drei Meter trennten ihn von ihr. Dieses Mal wollte er nicht den gleichen Fehler machen. Er wartete, bis er fast auf gleicher Höhe mit ihr war.

Susanne hörte Saschas keuchenden Atem hinter sich. Vergeblich versuchte sie, ihr Tempo zu erhöhen. Lähmendes Entsetzen machte sich in ihr breit. Sascha sprang sie von der linken Seite an und schlang sofort seinen rechten Arm um ihren Hals. Sie stieß einen langgezogenen, schrillen Schrei aus. Dann wurde sie von einer gespenstigen Lautlosigkeit umhüllt.

Auch während des Falls lockerte Sascha nicht die Umklammerung. Er kam halb auf Susannes Oberkörper zum Liegen. Erst jetzt überlegte er, wie er sein mörderisches Werk vollenden könnte. Das Springseil, mit dem er Susanne ursprünglich erdrosseln wollte, hatte er beim ersten Sturz verloren. Ebenso seine Baseballmütze. Indem er die andere Hand zu Hilfe nahm, erhöhte Sascha den Druck seines Armes auf Susannes Hals. Kann ich ihr so das Genick brechen?, dachte er. Dann vernahm er den keuchenden, aber gleichmäßigen Atem seines Opfers. Er drückte noch fester zu, stellte hierbei jedoch keine wesentliche Veränderung bei Susanne fest.

Nun musste er das tun, was er eigentlich vermeiden wollte. Er musste sie erwürgen und ihr dabei ins Gesicht schauen. Die zu Hause bis zur Perfektion trainierten Übungen, ihr von hinten das Springseil über den Kopf zu werfen, um es anschließend um den Hals zu schlingen, waren umsonst gewesen.

In Susannes Hirn explodierten kleine Sterne. Doch sie war noch fähig, zu denken und zu handeln. Sie konnte ihre linke Hand freimachen. Mit ihr tastete sie nach irgendetwas an Saschas Körper, an dem sie sich festkrallen konnte. Seine Haare waren zu kurz, um daran zu ziehen. Sie wollte ihre beiden Zeigefinger tief in die Augenhöhlen ihres Mörders drücken. Doch es gelang ihr nicht, über Saschas Kopf bis zu dessen Augen zu greifen. Instinktiv grub sie deshalb mit aller Kraft ihre Fingernägel in Saschas Genick.

Als Sascha den glühenden Schmerz spürte, löste er sofort die Umklammerung. Mit beiden Händen griff er nach hinten und umfasste Susannes Handgelenk. Er fühlte, wie warmes Blut seinen Rücken hinunterrann. Susannes Unterarm fest umklammert, richtete er sich etwas auf, bis er neben seinem Opfer kniete. Die Hebelwirkung des festgehaltenen Armes ausnützend, drehte er Susanne nun auf den Rücken. Gleichzeitig schwang er sein rechtes Knie über ihren Oberkörper. Jetzt hatte er sie vollständig fixiert.

Susanne schaute Sascha mit weit aufgerissenen Augen an. Trotz Saschas Gewicht hob und senkte sich ihr Brustkorb im Takt ihrer schnell aufeinanderfolgenden Atemzüge. Sascha war zu stark. Sie konnte sich nicht wehren, als er ihren Arm langsam nach unten drückte, um ihn unter seinem Knie zu arretieren. Ganz deutlich spürte sie, wie sich seine beiden Hände um ihren Hals legten. In diesem Moment wusste sie, dass sie verloren hatte. Sie bäumte sich noch ein letztes Mal auf, und bald darauf erschlaffte ihr Körper.

Sascha konnte den Gesichtsausdruck seines Opfers nicht ertragen. Er schaute zur Seite, als er den Griff um Susannes Hals und den Druck auf ihren Kehlkopf verstärkte. Beim Aufbäumen von Susannes Körper wäre er beinahe nach vorn über ihren Kopf gekippt. Doch er konnte die Bewegung abfangen. Er drückte so lange mit aller Kraft, bis er bei seinem Opfer kein Lebenszeichen mehr feststellen konnte. Immer noch zur Seite schauend, blieb er auf dem Oberkörper der Toten sitzen. Er hatte kein Zeitgefühl mehr. Irgendwann stand er auf.

Jetzt, aus der Distanz seiner Körpergröße, wagte er zum ersten Mal, die Tote anzuschauen. Susannes Gesicht war von eigentümlicher Blässe überzogen. Teile ihrer langen Haare klebten beidseitig an den Wangen. Auf Nase und Stirn hafteten dunkler Waldboden und braunes Laub. An den leicht geöffneten Lippen klebte Blut. Die Augenlider waren halb geschlossen. Sascha vermied es, sie genauer anzuschauen. Er scheute sich auch, ihren Puls zu fühlen, um sicher zu gehen, dass sie tot war. Stattdessen stellte er einen Fuß auf den Brustkorb der Toten und drückte ihn nach unten. Als der leblose Körper keinerlei Reaktion zeigte, wusste er, dass Susanne tot war.

Nun musste er überlegen, wie er die Leiche beseitigen sollte. Ursprünglich sollte Susanne von ihm im Fahrzeug mit dem Springseil erdrosselt werden. Danach wollte er sie in den Kofferraum schaffen, um sie erst in der folgenden Nacht auf freiem Feld zwischen Stuttgart und Waiblingen zu vergraben. Er hatte sich bereits eine Stelle ausgesucht, die er mit dem

Auto problemlos erreichen und wo man ihn im Schutz der Dunkelheit kaum sehen konnte.

Sascha versuchte, sich zu orientieren. Er hatte keine Ahnung, wo genau er war und in welcher Entfernung sein Fahrzeug stand. Die Kampfspuren am Boden ließen ihn erahnen, aus welcher Richtung sie gekommen waren. Bevor er sich von der Leiche entfernte, brach er von einem Baum ein paar Zweige ab und deckte damit sein Opfer notdürftig zu. Damit wollte er sichergehen, dass der Leichnam in dem lichten Wald nicht schon von Weitem gesehen wurde.

Anschließend machte er sich auf die Suche nach seinem Auto. Es beunruhigte ihn sehr, in mehr oder weniger großen Abständen immer wieder deutliche Spuren des Kampfes in Form von aufgewühltem Herbstlaub zu finden, die bis zu seinem Fahrzeug führten. Unterwegs fand er sowohl seine als auch Susannes Mütze, ihre Schuhe und das Springseil. Er sammelte die Gegenstände auf und warf sie in den offenen Kofferraum des Autos. Anschließend überlegte er, ob er die Tote holen sollte, um sie, wie geplant, auf dem Schmidener Feld zwischen Stuttgart-Neugereut und Waiblingen zu vergraben, oder ob er sie direkt im Wald verscharren sollte.

Sascha entschloss sich für die zweite Variante. Zu weit war die Strecke, um die Leiche zum Auto zu tragen. Er holte den Spaten aus dem Kofferraum, schloss das Fahrzeug ab und ging zurück zu der Toten. Dort suchte er eine Stelle, an der in einem Umkreis von mindestens fünf Metern keine Bäume standen. Das war kein leichtes Unterfangen, und Sascha fing an mehreren Stellen zu graben an. Wiederholt musste er feststellen, dass es dort wegen des Wurzelwerks unmöglich war, ein tiefes Loch zu buddeln. Genau aus diesem Grund hatte er sich ja von Anfang an für freies Feld mit sandhaltigem Boden entschieden.

Schließlich fand er doch noch eine Stelle, an der er einigermaßen tief graben konnte. Es war eine äußerst mühselige Arbeit, denn er stieß ständig auf dicke Wurzeln, die man mit dem Spaten gerade noch durchtrennen konnte. Dann war es geschafft.

Er ging zu der Toten, packte sie unter den Achseln und schleifte sie zu dem Erdloch. Als er sie hinabließ, hörte er einen seltsam gurgelnden Laut. Erschreckt wich Sascha einen Schritt zurück. War Susanne am Ende doch nicht tot? Der bizarr verdrehte Körper und die halb geöffneten, starren Augen Susannes verschafften ihm jedoch Gewissheit. Ihm fiel ein, dass das Geräusch nur durch entweichende Luft aus der Lunge der Toten hervorgerufen worden sein konnte.

Nachdem Sascha das Loch endlich zugeschaufelt hatte, stellte er fest, dass noch eine größere Menge Erde übrig war, die er weiträumig verteilen musste. Anschließend sammelte er Laub, das er über Susannes Grab verstreute. Bevor er zum Fahrzeug zurückging, schaute er sich das Ganze noch einmal aus der Distanz an. Er war zufrieden mit seiner Arbeit. Niemand würde je die Leiche entdecken.

Am Fahrzeug angekommen, holte Sascha Susannes Handy aus deren College-Tasche. Es war ein Nokia, fast bauartgleich mit seinem eigenen. Problemlos fand er die Handynummer von Susannes Mann. Dann setzte er folgende SMS ab: »Habe die Nase voll von dir. Nehme Auszeit. Versuche nicht, mich zu finden. Melde mich wieder.«

Anschließend schaltete er das Handy ab, nahm sein eigenes, wechselte die SIM-Karte aus und schickte folgende Mitteilung über den Mobilfunk: »Nummer 3 erledigt.«

# 9

Nawrod vernahm das Klingeln des Telefons wie aus weiter Ferne. Mit dem Kissen deckte er seinen Kopf zu und ließ es klingeln. Zwanzig oder dreißig Mal, dann hörte es auf. Sein Schädel brummte von dem billigen Cognac, den er am Abend zuvor in sich reingeschüttet hatte. Er hatte das Gefühl, unter dem Kissen zu ersticken. Mit einem unwirschen Stöhnen schob er es beiseite. Es klingelte wieder. Jetzt rief der schrille Ton noch mehr schmerzhafte Impulse in seinem Kopf hervor als beim ersten Mal. Nawrod fiel plötzlich ein, dass etwas Schlimmes passiert sein könnte. Wochenlang hatte er nichts von Eva und Samia gehört. Das war gut so, fand er, obgleich er nach beiden Sehnsucht hatte. Doch er wollte allein sein. Allein mit seinem Elend, seinem Schmerz und seiner Verantwortung für den Verlust des besten Freundes.

Alkohol und Tabletten waren jetzt seine Freunde. Er litt unter fürchterlichen Albträumen, die sich oft wiederholten. Darin sah er sich auf dem Grunde eines großen schwarzen Loches, in einem riesigen Eierbecher oder in einer Badewanne. Egal, wo er sich befand, der Traum lief immer gleich ab. Manchmal als Spinne, ein anderes Mal als Mensch versuchte er, aus seinem nach oben offenen Gefängnis zu entfliehen. Doch so sehr er sich auch anstrengte, es gelang ihm nie, mit seinen Händen die obere Kante zu erreichen, um sich daran herauszuziehen. Egal, wie sehr er sich streckte, egal, wie lang er seine Arme ausstreckte. Denn die Innenseite war glatt und wurde immer steiler, je höher er daran hochkletterte. Manchmal sah er über sich die Sonne, die für ihn aber unerreichbar schien. Meistens ergoss sich jedoch Regen über ihn, sodass die Wand und seine Hände noch rutschiger wurden und er nicht den Hauch einer Chance hatte, auch nur auf halbe Höhe zu kommen.

War er eine Spinne, wurde er von Angstschüben geschüttelt, weil er jeden Augenblick damit rechnen musste, dass er von einem Menschen mit der Brause in eines der sechs kleinen Abflusslöcher und damit in die todbringende Unterwelt des fäkalienverseuchten Kanalsystems gespült wurde.

Meist wachte Nawrod dann schweißgebadet und stöhnend auf. Der Griff zu den auf dem Nachttisch bereitliegenden Beruhigungstabletten war für ihn schon zur Routine geworden. Die Pillen bestellte er problemlos über das Internet. Zwei Tage später lagen sie in seinem Briefkasten.

Manchmal wusch und rasierte er sich tagelang nicht. Dann ließ er auch Fenster und Rollläden geschlossen, vegetierte vor sich hin. Erst wenn es gar nicht mehr anders ging und er einkaufen musste, weil er nichts mehr in seinem Kühlschrank fand oder ihm der Alkohol ausgegangen war, riss er sich zusammen und ging ins Bad. Oft stand er sehr lange unter der Brause, seifte sich mehrfach ein und stellte das Wasser so heiß, dass er es gerade noch aushalten konnte.

Aber seine Schuldgefühle, die wie schwarzer Teer auf seiner Haut klebten, ließen sich auch nicht mit dem heißesten Wasser wegspülen. Er vermied es, das Gesicht, das ihn aus dem Spiegel heraus anschaute, genauer anzusehen. Wenn möglich rasierte er sich mit geschlossenen Augen.

Ging er aus dem Haus, empfand er alles als fremd und bedrohlich. Sogar die frische Luft störte ihn, und wenn die Sonne schien, musste er seine Augenlider zu schmalen Schlitzen zusammenkneifen, damit er das grelle Licht überhaupt aushalten konnte. Kaum in die Wohnung zurückgekehrt, fiel er, auch ohne zu schlafen, wieder in das schwarze Loch.

Mehrfach schon hatte er sich mit dem Gedanken getragen, seinem erbärmlichen Leben ein Ende zu setzen. Doch dazu muss man wohl geboren sein. Ab dem Zeitpunkt, als Nawrod den Polizeiberuf gewählt hatte und damit zwangsläufig immer mal wieder mit Selbstmorden konfrontiert wurde, vertrat er die Meinung, dass sogenannte Suizidanten entweder feige Egoisten oder psychisch kranke Personen sind. Er wollte keiner der beiden Gruppen angehören.

Nachdem das auf dem Nachttisch stehende Telefon nicht aufhörte schrill zu klingeln, setzte er sich mühsam auf die Bettkante und nahm den Hörer ab.

»Ja«, brummte er unwirsch in die Sprechmuschel.

»Herr Nawrod?«

»Wer will das wissen?«

»Götz, Vorzimmer des Herrn Polizeipräsidenten. Moment, ich verbinde.«

Die Frauenstimme klang höflich, aber bestimmt. Nawrod hatte nicht einmal Zeit ein ›Aber‹ herauszubringen, als er auch schon die schnarrende Stimme des Polizeipräsidenten vernahm.

»Guten Morgen, Nawrod. Wie geht es Ihnen?« Ohne eine Antwort abzuwarten, fuhr er fort: »Habe gehört, dass Sie nicht zum Dienst erscheinen, obwohl Ihre Suspendierung längst aufgehoben ist. Was soll das? Mensch, Nawrod, reißen Sie sich zusammen. Der Vorfall ist ausgestanden. Gegen Sie wurde keine Anklage erhoben. Was wollen Sie noch mehr?«

»Nichts ist ausgestan…«

»Papperlapapp!«, unterbrach ihn der Präsident. Und mit sonorer, befehlender Stimme, keinen Widerspruch duldend: »Nawrod, Sie bewegen jetzt Ihren Arsch und sind in einer Stunde bei mir, oder ich lasse Sie holen, wenn es sein muss mit Gewalt. Haben Sie verstanden?«

»Aber …«

»Nichts aber! Ich denke, ich habe mich klar genug ausgedrückt. Und Nawrod, das ist ein dienstlicher Befehl. Ich hoffe, Ihnen ist bewusst, was das heißt. Punkt zehn sind Sie bei mir! Verstanden?«

Bevor Nawrod Luft holen konnte, hatte der Polizeipräsident auch schon aufgelegt. Nawrod legte das Telefon beiseite und fuhr sich mit beiden Händen über den Kopf. Fieberhaft überlegte er. Mit Böhm war nicht zu spaßen. Er hatte keine Wahl.

Sollte er sich ins Auto setzen und einfach verschwinden? Wie ein Geächteter untertauchen, und wie lange? Sie würden nach ihm suchen. Ihn wie jede andere verschwundene Person mit ähnlichen Problemen als vermisst im Fahndungssystem ausschreiben und ihm womöglich unterstellen, Selbstmord begehen zu wollen. Sobald sie ihn gefunden hätten, würden sie ihn erst einmal in die Klapsmühle stecken. Dafür würde Böhm persönlich sorgen. Sollte er jetzt gleich zu einem Arzt gehen und sich krankschreiben lassen? Auch das war auf Dauer kein Ausweg. Nawrod hörte noch die Stimme Böhms in seinem Ohr. Sie hatte ihn buchstäblich aus seiner Lethargie herausgerissen. Er stand auf und ging ins Bad. Dreißig Minuten später saß er in seinem BMW-Cabrio Z4.

Gewöhnlich fuhr Nawrod über die Stresemannstraße bis zum Pragsattel, wo er dann links abbog, um nach wenigen hundert Metern zum Präsidium zu gelangen. Aber dieses Mal bog er am Pragsattel rechts ab. Warum, wusste er nicht. Er wunderte sich, dass er einer inneren Stimme folgte und einen Umweg nahm. So kam er unbeabsichtigt an der Stelle vorbei, an der Charly erschossen worden war. Ein kurzer Blick nach rechts. Der Parkplatz war leer. Nichts schien an den tödlichen Vorfall zu erinnern. Bei Tag sah sowieso alles anders aus.

Nawrod überlegte, ob er auf den Parkplatz einbiegen sollte. Er sah aber davon ab. Irgendwie kam ihm die Örtlichkeit heute so unwirklich vor. Als er schließlich in die Cannstatter Straße einbog, wurde ihm klar, weshalb er den längeren Weg gewählt hatte: Er wollte nach Wochen und Monaten mehr von der Stadt sehen. Von seiner Stadt, in der er sich auskannte, die ihn geprägt hatte, die seine Heimat war. So fuhr er nach dem Schwanentunnel links ab und bog gleich darauf am Gebäude des Südwestrundfunks rechts in die Neckarstraße ein. Hier hatte die Staatsanwaltschaft ihren Sitz.

Zu Oberstaatsanwalt Thiel hatte Nawrod ein ganz besonderes Verhältnis, das über die Jahre fast zu einer Freundschaft gewachsen war. Mit ihm konnte er die kniffligsten Fälle durchziehen. Er war einer der wenigen in dieser Behörde, der auch einmal ein Risiko einging, das ihn den Kopf gekostet hätte, wenn es schiefgegangen wäre. Über Nawrods Lippen huschte ein Lächeln, als er an dem Gebäude vorbeifuhr und an Thiel dachte. Seine Absicht, auch am Landgericht vorbeizufahren, in dem schon viele der Straftäter verurteilt worden waren, die er dingfest gemacht hatte, gab er auf, als er auf die Uhr schaute. Fünfzehn Minuten hatte er noch Zeit. Genug, um über die Wolframstraße zu fahren, wo sich an der Ecke Heilbronner Straße ein Kiosk befand, an dem er sich etwas zu trinken kaufen konnte. Er entschied sich für einen Wodka-Flachmann. Wodka ist der einzige Alkohol, den man kaum riecht. Das wusste Nawrod. Als er wieder in seinem BMW saß, nahm er einen kräftigen Schluck. Danach fuhr er auf direktem Weg zum Präsidium.

»Guten Tag, Herr Nawrod«, empfing ihn die Vorzimmerdame. »Herr Böhm wartet schon auf Sie.« Mit diesen Worten deutete sie auf die Tür zum Büro des Polizeipräsidenten. Nawrod nickte, ging zur Tür und klopfte. Bevor er die Tür öffnete, hielt er kurz inne. Anschließend trat er ein. Der Polizeipräsident saß hinter seinem riesigen Schreibtisch, auf dem Akten, Schriftstücke und Zeitungen abgelegt waren. Nawrod blieb in gebührendem Abstand stehen. So, als würde er in einem Museum eine Skulptur betrachten, schaute Böhm einige Sekunden zu ihm hoch. Dann erhob er seinen massigen Körper, kam hinter dem Schreibtisch hervor und ging mit ausgestreckter Hand auf Nawrod zu.

»Nawrod, da sind Sie ja! Guten Tag, wie geht es Ihnen?« Mit diesen Worten streckte er Nawrod die Hand entgegen.

»Gut ... gut«, brachte Nawrod heiser hervor. Sein Mund und seine Kehle fühlten sich so trocken an wie eine Handvoll Wüstensand. Böhm war nach langer Zeit der erste Mensch, mit dem er sich nun von Angesicht zu Angesicht unterhalten musste.

»Setzen wir uns.« Böhm deutete auf eine kleine Sitzgruppe mit Tisch, auf dem zwei Tassen und eine Kanne Kaffee standen. Die beiden ließen sich nieder. Wieder schien sich Böhm mit ein paar Sekunden des Beobachtens Klarheit darüber verschaffen zu wollen, wie er sein Gegenüber einzuschätzen hatte.

»Darf ich Ihnen einen Kaffee anbieten?«

Nawrod nickte und räusperte sich. »Ja, gern«, antwortete er verhalten.

Böhm goss den Kaffee ein. »Milch, Zucker?«, fragte er.

»Bitte schwarz«, war Nawrods knappe Antwort.

Nachdem Böhm den Kaffee eingegossen hatte, nahm er seine Tasse in die Hand und bedeutete Nawrod, das gleiche zu tun.

»Na, dann trinken wir erst einmal einen Schluck Kaffee. Ist schon die dritte Tasse heute. Brauche ich einfach, um in Fahrt zu bleiben.« Böhm presste ein gespieltes Lachen heraus.

Nawrod streckte seine Hand nach der Tasse aus. In dem Moment stellte er auch schon fest, dass sie stark zitterte. Er hielt kurz inne, um sich zu konzentrieren. Im Bruchteil einer Sekunde wurde ihm bewusst, dass er nicht zu Hause und auch nicht allein war. Böhm würde es sofort sehen. Doch es gab kein Zurück. Das kurze Stück bis zur Tasse kam ihm unendlich lang vor. Dann hatte er es geschafft, den Zeigefinger in den Henkel zu schieben. Als er die Tasse anhob, kam, was kommen musste. Seine Hand zitterte so stark, dass der Kaffee überschwappte und auf den Tisch tropfte. Mit Hilfe seiner anderen Hand konnte Nawrod Schlimmeres verhindern und die Tasse zum Mund führen. Er nahm einen großen Schluck, da er sicher gehen wollte, dass der Kaffee nicht noch einmal überschwappte. Böhm entging das nicht. Er konnte sich denken, was mit Nawrod los war.

»Wohl zu wenig geschlafen?«, versuchte er die Situation zu überspielen. Dann nach einer kleinen Pause: »Ich möchte es kurz machen. Sie sind ein verdienter Mitarbeiter unseres Hauses. Mein Gott, was sage ich: Sie sind ... Sie waren der Beste Ihres Fachs. Der Innenminister persönlich hat sich dieser Tage nach Ihnen erkundigt. Ich hatte mit ihm ein langes Gespräch. Er, das heißt, wir sind übereingekommen, Sie für eine gewisse Zeit aus dem Rampenlicht zu nehmen, um Sie vor den Pressefritzen zu schützen. Ich hoffe, das ist auch in Ihrem Interesse.«

Wie gewohnt wartete Böhm nicht auf Nawrods Antwort, sondern fuhr fort: »Morgen fangen Sie im Dezernat 1 an. Neumann weiß Bescheid. Er freut sich schon auf Sie. Ich denke, dass sich ein Mann Ihres Formats dort mehr als nützlich machen kann. Sie werden Drexler unterstützen.«

»Und was ist mit meinem Dezernat?« Nawrod kam seine eigene Stimme plötzlich fremd vor. »Meinem Dezernat ...«, hallte es zwei-, dreimal in seinem Hirn nach.

»Kriminalhauptkommissar Prestel führt zurzeit Ihr Dezernat und das, nebenbei bemerkt, mit großem Erfolg«, antwortete Böhm in unterschwelligem Ton.

»Wolfgang also«, murmelte Nawrod und nickte gedankenversunken.

»Nawrod, Sie werden sehen, wenn Sie erst mal wieder die Luft in unserem altehrwürdigen Präsidium geschnuppert haben, geht alles wie von selbst. Bin sicher, die Arbeit im D 1 gefällt Ihnen.«

Böhm schaute demonstrativ auf seine Armbanduhr. »Mein Gott, wie die Zeit vergeht. Habe gleich einen Termin mit den Abteilungsleitern. Geht mal wieder um das leidige Thema von Beurteilungen.« Mit diesen Worten erhob sich Böhm vom Stuhl und streckte Nawrod die Hand entgegen.

»Wenn Sie keine Fragen mehr haben, würde ich Sie bitten, mich zu entschuldigen. Muss runter in die Manege.«

Auch Nawrod erhob sich. Er wusste, dass alles gesagt war und er sich jede weitere Frage sparen konnte. Böhm hatte noch immer Nawrods Hand umfasst, als er sagte: »Ich darf Sie hinausbegleiten?«

Erst als Nawrod Anstalten machte, in Richtung Tür zu gehen, ließ Böhm seine Hand los. Beide verließen das Büro. Böhm ging zu seiner Sekretärin und sprach leise mit ihr, während er Nawrod zum Abschied noch einmal zunickte. Nawrod reagierte nicht darauf. Wortlos verließ er das Vorzimmer des Präsidenten. Draußen im Flur atmete er kräftig durch. Er musste raus, sofort hinaus aus diesen Mauern, bevor sie ihn erdrückten. Als er mit eiligen Schritten die breite Treppe bis zum Ausgang hinunterrannte, kam ihm Martin Kunz entgegen, sein zukünftiger Kollege von Dezernat 1. Kunz hatte ein breites Grinsen im Gesicht, als er Nawrod zurief:

»Oh, unser neuer Kollege! Warum denn so eilig?«

Dann war Nawrod auch schon an ihm vorbei. Das Öffnen der großen, schweren Ausgangstür bereitete ihm Mühe. Ich habe verdammt nichts mehr drauf, dachte er. Mir ist noch nie aufgefallen, dass sich diese Tür so schwer und träge bewegen lässt.

Die frische Luft tat ihm gut. Nawrod begab sich zu seinem Wagen und stieg ein. Endlich befand er sich an einem Ort, an dem er sich sicher fühlte. Er schaute sich um. Keiner der Passanten nahm Notiz von ihm. Der Flachmann in seiner rechten Jackentasche fühlte sich gut an. Das glatte Glas war warm und freundlich zu ihm. Mit Daumen und Zeigefinger fühlte er die feine Rändelung der Verschlusskappe. Sie lud explizit dazu ein, die drei oder vier Umdrehungen nach links zu machen. Er holte das Fläschchen aus der Tasche und schaute es ein paar Sekunden lang an. Langsam, ganz langsam drehte er die Verschlusskappe auf. Seine Hände zitterten. Dann nahm er den feinen Geruch des Wodkas wahr. Er kannte ihn bereits, aber noch nicht in dieser Intensität. Ein bitteres Lächeln umspielte Nawrods Mund. Ein neuer Freund war gefunden. Ein richtiger Freund, auf den Verlass war und den er vor den anderen gut verstecken konnte.

Als der Wodka seine Kehle hinunterrann, kratzte er nicht wie der billige Cognac, den er zu Hause hatte. Vielmehr hinterließ er sowohl im Mund als auch auf dem Weg zum Magen ein wohliges Gefühl. Nawrod atmete durch und startete den Motor. Ohne ein Ziel vor Augen fuhr er über die Heilbronner Straße Richtung Innenstadt, bog am Hauptbahnhof links ab und nach dem Passieren des Bahnhofs nach rechts in die Konrad-Adenauer-Straße. Dabei kam er am Staatstheater vorbei. Wann war er das letzte Mal dort gewesen? Ach ja, das war noch gar nicht so lange her, dachte er. Vielleicht drei Monate. Oder lag das schon länger zurück?

So sehr Nawrod auch versuchte, sich daran zu erinnern, es gelang ihm nicht. Zumindest wusste er noch, dass Tschaikowskis *Schwanensee* gespielt worden war. Eva war ganz verrückt darauf gewesen, ihn dort hinzuschleppen. Er hatte ihr den Gefallen getan und sich über ihre Vorfreude amüsiert. Geduldig ließ er sich von ihr im Foyer des Theaters noch einmal den Schlips zurechtziehen. Er hatte zuvor einen extra starken Kaffee getrunken, weil er befürchtete, bei der Vorstellung einzuschlafen. Denn mit Ballett konnte er überhaupt nichts anfangen.

Er wollte Eva nicht enttäuschen und zumindest so tun, als würde es ihm auch gefallen. Was er dann aber sah, raubte ihm zeitweise den Atem. Denn er hatte keine Ahnung, wie anmutig, schön und ausdrucksstark Ballett sein konnte. Und er wusste auch nicht, dass durch Tanz eine Geschichte so wundervoll und mitreißend erzählt werden konnte, ohne dass auch nur ein Wort gesprochen wurde.

Nawrod bemerkte, dass seine Augen wässrig wurden. Bevor eine Träne seine Wange herunterlief, wischte er sie mit dem Handrücken weg. Am Neckartor stand die Ampel auf Grün, und ehe er es sich versah, war er am Schwanentunnel angelangt. Dort musste er anhalten. Er überlegte, ob er links abbiegen und an der Wilhelma vorbei über die Pragstraße und den Killesberg gleich nach Hause oder noch woanders hin fahren sollte. Schließlich entschied er sich, Richtung Cannstatt zu fahren.

Als er in der Ferne die Grabkapelle auf dem Württemberg vor sich sah, beschloss er, das Mausoleum mal wieder aufzusuchen. Dort konnte er vielleicht zu sich finden und seine Gedanken ordnen. Als Junge war er öfter in der Kapelle auf dem Rotenberg gewesen. Von dort oben hatte man bei klarem Wetter einen herrlichen Rundblick über das Neckartal und den Schurwald bis zur Schwäbischen Alb. Im Vordergrund lag Stuttgart im Talkessel mit seinen berühmten Weinvororten Cannstatt und Untertürkheim, eingebettet in Wälder und Weinberge.

Nawrod musste beim Anstieg zum Grabmal zweimal innehalten. Es wurde ihm schwarz vor den Augen, und seine Hände krallten sich an das Geländer der steilen Treppe. Schließlich hatte er die Plattform der Kapelle erreicht und war froh, endlich oben zu sein. Ein frischer Wind blies ihm ins Gesicht. Sofort begann er zu frösteln. Er vergrub seine Hände tief in den Taschen und stellte den Kragen seiner Jacke auf.

Der Innenminister wollte ihm also einen Denkzettel verpassen, und der Präsident kuschte. Vergessen waren die großen Erfolge, die Nawrod für das Polizeipräsidium Stuttgart in unregelmäßigen Abständen eingefahren hatte und die Böhm nur zu gern als Gesamterfolg der tüchtigen Stuttgarter Polizei der Presse zu verkaufen versuchte. Natürlich wurde von Zeit zu Zeit in den groß aufgemachten Artikeln der Lokalseiten auch der Name Nawrod erwähnt. Doch nie wurde er in den Mittelpunkt gerückt. Meist prangte das siegesgewohnte Konterfei Böhms neben den Artikeln in den Blättern.

Nawrod war das mehr als recht. Er wollte auf keinen Fall zur Zielscheibe überregionaler Rauschgiftbosse werden, die sich auf dem Handelsplatz Stuttgart tummelten. Ebenso wollte er beim Stadtbummel mit seiner Frau nicht von jedem zugeknallten Fixer angemacht und beschimpft werden.

Nawrods Gehirn begann in der frischen Luft richtig zu arbeiten. Er war als einziger auf der Plattform der Grabkapelle. Den Blick weit in die Neckarebene gerichtet, versuchte er, seine Gedanken zu sortieren. Eines war ihm klar: Die Versetzung ins Dezernat 1 kam einer vollständigen Demontage seiner Reputation gleich. Jeder im Polizeipräsidium Stuttgart wusste, dass sich der Dezernatsleiter und Nawrod spinnefeind waren. Nawrod hatte nie einen Hehl daraus gemacht, was er von Neumann hielt.

Insider wussten, dass der Dezernatsleiter die Inkompetenz in Person war, ein aalglattes Ekelpaket. Seine Untergebenen hielt er in dem dumpfen Wissen um seine Unfähigkeit nur dadurch nieder, dass er seine Machtposition ausspielte. Seine Stellung hatte er sich durch Schleimerei und Intrigen erkämpft. Er hatte unverschämtes Glück, dass sein Dezernat größtenteils aus den tüchtigsten Kriminalbeamten des Präsidiums bestand. Dieses Schiff war leicht zu steuern. Es hielt sich auch bei schwerer See fast allein im Wind.

Neumann war fünfundfünfzig Jahre alt, klein und korpulent. Seine körperlichen Defizite versuchte er vergeblich durch überkorrekte, aber längst aus der Mode gekommene Kleidung auszugleichen. Man sah ihn nie in Jeans und T-Shirts. Selbst im Sommer legte er sein Jackett nicht ab. Niemand sollte die Schweißflecken unter seinen Armen sehen, die obligatorisch durch seine ständige Überforderung und weniger durch sommerliche Temperaturen entstanden. Und dieser Neumann saß nun plötzlich am längeren Hebel, war über Nacht zu Nawrods Vorgesetztem geworden.

Mit allem hatte Nawrod gerechnet, nur nicht damit. Wollte man ihn vernichten? Oder wollte man ihn nur auf die Probe stellen? Sollte er am Ende vielleicht derjenige sein, der Neumann bei der erstbesten Gelegenheit ein Bein stellte, damit man einen Grund hatte, Neumanns Stelle neu zu besetzen? Die Vorstellung, unter Neumann zu arbeiten, verursachte Nawrod Übelkeit. Das konnte unmöglich gut gehen. Böhm musste doch wissen, dass da ein Crash vorprogrammiert war. Warum ordnete er diese unsinnige Versetzung an? Hatte der Innenminister tatsächlich darauf gedrängt, oder war das nur ein Vorwand, um ihn demontieren zu können?

Und dann noch die Bemerkung, er solle Drexler unterstützen. Drexler war eine der wenigen Luschen im D 1. Er bearbeitete fast ausschließlich lapidare Vermisstenfälle und stand in dem Ruf, ein unnachahmliches Talent dafür zu haben, der Arbeit aus dem Weg zu gehen. Begann ein Vermisstenfall auch nur ganz wenig nach einem Kapitalverbrechen zu riechen, gab er Neumann die Akte mit der Anmerkung zurück, dass an dem Fall mehr dran sein könnte, er aber wegen der vielen Vermisstenfälle, die er zu bearbeiten habe, keine Zeit hätte, sich intensiv um die Klärung der Sache zu kümmern. Da es sich bei Drexler um den eifrigsten Speichellecker Neumanns handelte, tat der Dezernatsleiter seinem unfähigen Mitarbeiter den Gefallen und teilte den Fall einem anderen zu.

Und nun sollte Nawrod mit diesem Drexler zusammenarbeiten. Mehr noch: Drexler war quasi Nawrods direkter Vorgesetzter, da Nawrod laut Böhm den Vermisstensachbearbeiter unterstützen sollte. Nawrod dachte weiter nach. Ihm war klar, dass Drexler auf ihn angesetzt wurde. Beim geringsten Fehler, den er sich jetzt noch leistete, würde man seine Entlassung betreiben. Wut kam in ihm auf. Am liebsten hätte er Böhm seinen Dienstausweis vor die Füße geworfen und den Dienst quittiert. Aber den Gefallen wollte er diesen Leuten nicht tun. Noch nicht, schwor er sich.

## 10

Über vier Monate waren vergangen. Susanne hatte sich nicht mehr gemeldet. In Elisabeths Gesicht hatten sich tiefe Sorgenfalten gegraben. Ihre Kleine, wie sie Susanne stets nannte, blieb spurlos verschwunden.

»Das sieht ihr ähnlich«, meinte Heinrich von Kampen. »Die ist doch schon als Kind ständig ausgebüxt, wenn ihr etwas nicht gepasst hat. Weißt du noch, wie sie sich mal vor dem Zahnarzt gedrückt hat und eine ganze Nacht lang verschwunden war? Da war sie gerade mal sechs Jahre alt.« Heinrich von Kampen aß genüsslich weiter. Seine Frau hatte wie immer ein hervorragendes Mittagessen zubereitet.

»Ja, wir haben sie überall gesucht. Die Polizei, die Feuerwehr, alle haben sie gesucht.«

»Diese Göre! Auf dem Dachboden hatte sie sich versteckt. Ganz oben im Giebelraum saß sie in einem alten Pappkarton und gab keinen Muckser von sich. Ich war zweimal oben und habe nach ihr gerufen. Mein Gott, haben wir Ängste ausgestanden. Wenn sie nicht der Hunger nach unten getrieben hätte, säße sie heute noch in der Pappschachtel«, lachte Heinrich.

»Ihr fürchterlicher Dickschädel wird ihr noch mal zum Verhängnis. Wo sie sich nur herumtreiben mag? Ich meine, sie kann doch nicht einfach verschwinden, ohne uns Bescheid zu sagen.«

»Typisch Susanne! Eine SMS an Jens und ab die Post. Wahrscheinlich lässt sie sich irgendwo im Süden die Sonne auf den Bauch scheinen.«

»Aber sie muss doch von etwas leben. Sie hatte doch kaum Geld, und Jens konnte noch nicht einmal sagen, was sie mitgenommen hat.«

»Ist eben ein Student. Hast du bei unserem letzten Besuch mal darauf geachtet, wie es bei denen zu Hause aussieht? Kein Wunder, dass der nicht weiß, welche Sachen Susanne mitgenommen hat. Ihren Pass und ihre Geldbörse hat sie jedenfalls dabei.«

»Jens hat mir erzählt, der Polizist, bei dem er die Vermisstenanzeige erstattet hat, habe zu ihm gesagt, er solle sich mal keine Sorgen machen. Heutzutage käme es öfter vor, dass sich junge Frauen auf diese Weise eine Auszeit nehmen. In einem Fall wäre die Frau erst nach über zwei Jahren zurückgekommen. Sie habe sich in Amerika bei einer Sekte aufgehalten, die sich von der Außenwelt total abgeschottet hatte. Auch gäbe es Männer, die von ihren Frauen als vermisst gemeldet werden und nie mehr auftauchen. Eigentlich seien dies keine echten Vermisstenfälle, da Erwachsene verreisen können, wohin und so lange sie wollen.«

»Wenn du mich fragst, Susanne war schon immer ein Mensch, der sich keine Gedanken darüber machte, wenn sich andere um sie sorgten. So war sie bereits als Kind. Sie ist ja nicht nur einmal ausgebüxt. Irgendwann hätte sie kapieren müssen, dass ihre Mutter fast umkommt vor Sorge.«

»Dass sie aber bis zum heutigen Tag nicht ein einziges Mal Geld vom Konto abgehoben hat, ist schon seltsam.«

Heinrich lachte wieder. »Sie wusste wohl, dass eh nichts mehr drauf war, und stolz war sie schon immer. Nie hätte sie Jens in die Miesen geritten.«

»Heinrich, ich habe inzwischen so ein komisches Gefühl. Susanne wird doch nichts passiert sein?«

»Mach dir mal um die keine Sorgen. Die kann sich wehren. Wirst sehen, es dauert nicht lange, und sie steht mit Sack und Pack vor der Tür.«

»Hoffentlich hast du recht! Manuel lässt sich auch kaum noch blicken. Seit er aus dem Urlaub in Portugal zurück ist, verhält er sich komisch. Meinst du nicht auch?«

»Ich hatte in den letzten Monaten kaum Gelegenheit, das festzustellen. Aber du hast recht, der Junge macht sich sehr rar. Wird viel zu tun haben.«

»Das hatte er früher auch, und dennoch ließ er es sich nicht nehmen, mir regelmäßig einen Besuch abzustatten. Hast du ihn vielleicht verärgert?«

»Elisabeth, wie kommst du darauf?«, entrüstete sich Heinrich. »Du warst doch immer zugegen, wenn sich der feine Herr Sohn mal hat blicken lassen.«

»Oh, diese Kopfschmerzen machen mich noch verrückt!« Elisabeth griff sich mit beiden Händen an den Kopf. Heinrich sah seiner Frau an, dass es sich nicht um die üblichen Schmerzen handelte, die man eben mal durch einen Wetterumschwung hat.

»Wann musst du im Klinikum sein?«

»Morgen früh um zehn Uhr. Hoffentlich kann mir Professor Gundermann helfen. Möchte nicht ein Leben lang unter diesen fürchterlichen Schmerzschüben leiden. Ich habe das Gefühl, dass die Abstände immer kürzer werden.«

»Man sagt, er sei eine Koryphäe auf seinem Gebiet. Bei ihm bist du bestimmt in guten Händen. Ich werde dich begleiten. Vier Ohren hören mehr als zwei.«

»Danke, Heinrich, sehr lieb von dir. Wird schon nichts Ernstes sein. Wahrscheinlich habe ich nur Verspannungen an der Wirbelsäule. War schon mal der Fall. Erinnerst du dich? Das war vor sieben oder acht Jahren.«

»Selbstverständlich erinnere ich mich. Der Masseur in der Badstraße, wie hieß er doch gleich?«

»Mein Gott, Heinrich, daran kann ich mich auch nicht mehr erinnern. Auf jeden Fall hat der seinen Job mehr als gut gemacht. Ich habe mich jedes Mal gefühlt wie neu geboren, wenn ich aus seiner Praxis kam.«

»Wenn Professor Gundermann der Meinung ist, dass Massagen helfen, finden wir diesen Wunderheiler im Branchenverzeichnis bestimmt wieder. In ein paar Tagen hast du einen Termin, das verspreche ich dir, Liebling.«

»Das hast du schon lange nicht mehr gesagt.«

»Was habe ich schon lange nicht mehr gesagt?«, fragte Heinrich verwundert.

»Na das«, antwortete Elisabeth trotz der bohrenden Kopfschmerzen mit einem glücklichen Lächeln im Gesicht.

»Was? Ach so, ja, ist mir nur so rausge... Ich meine, ich sage das doch öfter, oder?«, grinste Heinrich.

Elisabeth schüttelte lächelnd den Kopf. Sie griff über den Tisch, ergriff Heinrichs Hand und sagte in dankbarem Ton: »Tut gut, Heinrich. Tut einfach gut.« Dann ließ sie seine Hand wieder los.

Heinrich räusperte sich. Er hatte sich dabei ertappt, wie in diesem Moment ungewollt ein kleines Stück seiner rauen Schale wegplatzte.

Obwohl Elisabeth von Kampen Privatpatientin war, musste sie über eine halbe Stunde warten, bis sie aufgerufen wurde. Als es schließlich so weit war, wurde sie von einer Sprechstundenhilfe in eines der typischen Untersuchungszimmer begleitet. Heinrich von Kampen blieb zunächst im Wartezimmer. Es vergingen noch einmal endlos lange Minuten, bis eine Assistenzärztin erschien und Elisabeth unzählige Fragen stellte. Danach musste sie sich einer Kernspintomografie unterziehen.

Obwohl hierbei lediglich ihr Kopf weit in die Röhre des Apparates ragte, bekam sie etwas Platzangst. Das hämmernde Geräusch des Gerätes verursachte ihr sofort wieder höllische Kopfschmerzen. Doch sie durfte sich nicht bewegen, was ihr in dieser Situation äußerst schwerfiel. Elisabeth schloss die Augen und betete, dass die Prozedur nicht allzu lange dauern möge.

Schließlich hatte sie es überstanden. Danach wurde sie wieder zum Wartezimmer begleitet, wo Heinrich saß und geduldig in einer Zeitschrift blätterte. Nach fünfzehn Minuten wurde Elisabeth erneut aufgerufen. Man sagte ihr, man müsse bei ihr Blut für eine Untersuchung abnehmen. Heinrich vermutete, dass das nur ein Vorwand war, denn unmittelbar danach wurde er aufgerufen und zu Professor Gundermann gebracht.

Bevor sich Heinrich von Kampen richtig darüber wundern konnte, dass der Arzt noch relativ jung war, sprach Professor Gundermann ihn auch schon an.

»Sie sind der Ehemann von Frau von Kampen, richtig?«

»Ja, mein Name ist Heinrich von Kampen, und Elisabeth ist meine Frau. Aber was ...«

»Ihre Frau ist schwer krank.« Gundermann senkte kurz den Blick, und als er wieder aufschaute, sah er direkt in Heinrichs Augen. In diesem Augenblick fühlte Heinrich, dass es zwischen ihm und dem Arzt keinerlei Barrieren mehr gab.

»Die Patientin, ich meine, Ihre Frau, leidet an einem sogenannten Glioplastom im fortgeschrittenen Stadium.«

Die Stimme Gundermanns wurde verhaltener, als er weitersprach. »Das ist ein bösartiger, schnell wachsender Hirntumor, der nicht mehr operabel ist. Ist Ihre Frau schon einmal überraschend ohnmächtig geworden, oder hatte sie irgendwann einmal einen epileptischen Anfall?«

»Nichts dergleichen«, antwortete Heinrich. Und mit stockender Stimme fuhr er fort: »Sie litt in letzter Zeit immer öfter unter rasenden Kopfschmerzen, die jedoch auch relativ schnell wieder abklangen. Wir haben uns darüber keine besonderen Sorgen gemacht.«

»Umso besser, Herr von Kampen. Es gibt Patienten, die in dem Stadium, in dem sich Ihre Frau befindet, bereits die Hölle durchlebt haben. Es besteht deshalb die berechtigte Hoffnung, dass sich bei ihr die Schmerzen auch weiterhin in Grenzen halten werden. Mit der entsprechenden Therapie kann man ihr vermutlich das schlimmste Leid ersparen.«

»Was heißt das, Herr Professor?«, stieß Heinrich heiser hervor.

»Nun, Ihre Frau wird in absehbarer Zeit sterben. Sie hat bereits einen tennisballgroßen Tumor im Großhirn. Wir können sie nicht mehr retten. Es gibt jedoch Medikamente, mit denen wir die Schmerzen in einem erträglichen Maß halten können. Es tut mir sehr leid, Herr von Kampen.«

Heinrich senkte seinen Kopf und schüttelte ihn ein paar Mal hin und her. Es vergingen Sekunden des Schweigens. Er bemerkte, wie ihm das Wasser in die Augen schoss. Als er fragen wollte, wie lange Elisabeth noch zu leben hatte, brachte er keinen Ton hervor.

Gundermann kannte diese Momente der Ohnmacht. Schon unzählige Male hatte er immer wieder die gleiche Reaktion der Betroffenen erlebt. Es traf sie wie ein Keulenschlag und betäubte sie blitzartig. Er wusste auch, dass Heinrich von Kampen einige Zeit brauchte, um aus der Ohnmächtigkeit zu erwachen. Im Lauf seiner Tätigkeit als Neurologe hatte er es sich angewöhnt, während dieser kleinen Ewigkeit ganz still sitzen zu bleiben. Kein Geräusch, keine Bewegung sollte stören. Das Personal war angewiesen, weder ins Zimmer zu kommen noch Telefonate durchzustellen. Als Heinrich von Kampen endlich aufblickte, wusste Gundermann, was er zu sagen hatte.

»Ihre Frau hat höchstens noch sechs Monate zu leben. Es könnte sein, dass sie schon vorher stirbt. Das wird dann der Fall sein, wenn der Tumor eine wichtige Arterie im Gehirn abdrückt. Wir könnten den Tumor noch bestrahlen, wenn Sie und Ihre Frau das wollen. Bestenfalls würden wir damit das Leben Ihrer Frau etwas verlängern. Ihren Leidensweg würden wir damit aber höchstwahrscheinlich verschlimmern. Wenn Sie damit einverstanden sind, werden wir jetzt Ihre Frau zum Gespräch dazuholen. Ich werde versuchen, ihr die Diagnose so schonend wie möglich beizubringen.«

»Dafür wäre ich Ihnen sehr dankbar, Herr Professor.«

Heinrich von Kampens Gesicht war blütenweiß. Kalter Schweiß hatte sich auf seiner Stirn gebildet. Als Elisabeth in Begleitung einer Arzthelferin ins Zimmer kam und sich die beiden anschaute, wusste sie sofort, wie es um sie stand. Sie sah Heinrich fragend an, und dieser nickte nur. In all den Jahren ihres Zusammenseins hatten sie gelernt, dass nonverbale Signale oft eine größere Aussagekraft haben als gesprochene Worte.

Professor Gundermanns Stimme war belegt. Traurigkeit schwang in ihr mit. Obwohl er doch schon oft gezwungen gewesen war, diese Sätze, diese Todesurteile zu verkünden, und eigentlich Routine darin hätte haben müssen, kostete es ihn von Mal zu Mal mehr Energie. Manchmal raubten ihm diese Todesurteile auch in der Nacht den Schlaf.

Elisabeth nahm mit versteinerter Miene die Ausführungen des Professors wahr, verstand sie aber nicht. Sie hatte das Gefühl, als würde ihr der Boden unter den Füßen weggezogen.

»Ich hätte Ihnen gern eine andere Diagnose mitgeteilt. Es tut mir wirklich sehr, sehr leid, Frau von Kampen.« Mit diesen Worten schloss Professor Gundermann seine Ausführungen.

# 11

Manuel und Sascha verhielten sich schon monatelang äußerst konspirativ. Wenn überhaupt, telefonierten sie nur mit Hilfe der in Straßburg illegal gekauften SIM-Karten, die sie regelmäßig aufluden, damit sie nicht verfielen. Sie vermieden es, über die von Sascha begangenen Morde auch nur ein Wort zu reden. Das, was zu erledigen war, war getan. Darüber musste man nicht mehr reden.

Um von anderen nicht zusammen gesehen zu werden, achteten sie darauf, dass sie sich in der Stadt nicht über den Weg liefen. Sie gestalteten ihr Leben so unauffällig wie nur möglich. Sascha hatte inzwischen wieder eine Arbeitsstelle in einer kleinen Kfz-Werkstatt gefunden. Sein Arbeitgeber bezahlte ihm einen Hungerlohn, doch Sascha machte das nichts. Er brauchte den Job nur, um im Ernstfall ein geregeltes Leben vorweisen zu können.

Manuel ging seiner Arbeit als freiberuflicher Dekorateur nach. Die Auftragslage war gut, doch reich werden konnte man dabei nicht. Solange er von seinen Auftraggebern keine Vorschriften gemacht bekam, hatte er sehr viel Spaß an dem Job. Doch oft mäkelten die Abteilungsleiter der Kaufhäuser an seiner Arbeit herum, und dann hätte ihnen Manuel am liebsten die Dekoration um die Ohren gehauen. Sobald sie ihr großes Ziel erreicht und in Neuseeland Fuß gefasst hatten, würde er eine eigene Firma mit einem Stab von Dekorateuren gründen, die im ganzen Land arbeiteten.

Das hatte sich Manuel geschworen. Dann würde er sich nichts mehr von Leuten sagen lassen, die keine Ahnung von guter Dekoration hatten. Denn so ganz auf der faulen Haut liegen, wie es Sascha vorschwebte, wollte Manuel nicht. Dafür liebte er seinen Beruf zu sehr. Er liebte auch hübsche Frauen und konnte nicht verstehen, dass Sascha diesem Thema gleichgültig gegenüberstand. Sicher wird es in Neuseeland für zwei vermögende, junge Männer genug hübsche Frauen geben, die man auf die Schnelle mal vernaschen kann. Eine feste Bindung wollte Manuel in Neuseeland vorerst nicht eingehen.

Nach Erreichen des großen Ziels sahen Saschas weitere Pläne ganz anders aus. Doch er redete nicht darüber, auch nicht mit Manuel. Auf jeden Fall wollte er sich nicht mehr die Hände an spießigen Karren schmutzig machen und auch nicht mehr das Genörgel der spießigen Kunden über sich ergehen lassen. Sobald sie in einer schicken Villa wohnen würden, wäre sein nächster Schritt der Kauf eines roten Ferrari F430. Es war schon immer ein großer Traum von ihm, einmal 490 PS unter dem Hintern zu haben.

Sicher würde es auch in Neuseeland Händler geben, über die man die Karre importieren konnte. Der F430 hatte es Sascha besonders angetan. Sein V8-Motor konnte bei entsprechender Fahrwerks- und Getriebeeinstellung das rote Geschoss in vier Sekunden von null auf hundert katapultieren. Unter anderem machte dies das erstmals in einen Ferrari eingebaute, elektronisch gesteuerte Differenzial möglich. Die Höchstgeschwindigkeit des F430 betrug laut Werk 311 Stundenkilometer. Sascha bekam eine Gänsehaut, wenn er nur an dieses Auto dachte.

Sie trafen sich wieder weit draußen auf dem Schmidener Feld, wo sie einigermaßen sicher sein konnten, von niemandem gesehen zu werden. Manuel war zuerst dort. Er ließ sein Fahrzeug in einiger Entfernung stehen und ging zu Fuß zu dem bekannten Treffpunkt. Während er auf Sascha wartete, versuchte er sich klar zu werden, wie es jetzt weitergehen sollte. Das große Ziel des forcierten Erbens vor Augen, mussten nun die nächsten Aktionen geplant werden. Hierbei war äußerste Vorsicht geboten.

Nichts, nicht einmal die geringste Kleinigkeit durfte darauf hinweisen, dass er als einziger Überlebender die Hand im Spiel hatte. Manuel entwickelte verschiedene Ideen, verwarf sie aber allesamt wieder, da er feststellte, dass wohl der dümmste Bulle dahinter kommen würde, wenn man die Leichen seiner Eltern fand. Und sie einfach so wie Susanne verschwinden zu lassen, war keine gute Lösung.

Manuel hörte Saschas Volvo nahen. Typisch Sascha, dachte er. Muss immer bis vor die Haustür fahren. Das Geräusch der Fahrzeugtür war Manuel vertraut. Kurz danach begrüßten sich die beiden. Sascha nahm Manuel in den Arm und drückte ihn fest an sich.

»Hey, Alter, lange nicht mehr gesehen.«

»Ja, war mal wieder Zeit. Und hast du dir schon Gedanken gemacht, wie es weitergeht?«

»Logisch, aber das Problem ist, dass die Bullen dich sofort ins Visier nehmen, wenn sie darauf kommen, dass du der Alleinerbe bist.«

»Na, das bin ich eben noch nicht. Susanne gilt ja immer noch als vermisst. Solange sie nicht auftaucht, kommen wir an die zweite Hälfte frühestens in zehn Jahren ran. Vorher kann ich sie leider nicht für tot erklären lassen.«

»Klar, das hatten wir ja schon besprochen. Sobald wir uns mit der ersten Hälfte in Neuseeland eingerichtet haben, wird Susanne auf der Bildfläche erscheinen, zumindest ein Teil von ihr. Den Bullen wird das genügen, um sie sicher zu identifizieren.« Sascha grinste.

»Ich habe schon hin und her überlegt, bin aber noch auf keinen Nenner gekommen. Eins ist sicher, wir kommen nicht an die Kohle ran, solange die Alten noch leben.«

»Hey, Kumpel, was hältst du davon, es wie ein Attentat von Terroristen aussehen zu lassen?«

»Du meinst mit Bombe und so?«

»Ja, Bombe wäre eine Lösung. Lass uns das mal durchspielen. Wir müssten genau wissen, wo die Alten Anlaufstellen haben, die sie regelmäßig zu festen Zeiten aufsuchen. Hast du einen Schimmer?«

»Schwierig, verdammt schwierig. Seit der Alte in Rente ist, hängen die beiden meistens zu Hause herum. Wenn sie einmal wegfahren, geschieht das in der Regel spontan. Einmal in der Woche gehen sie golfen, aber auch nur, wenn es ihnen gerade einfällt.«

»Dann können wir das mit der Bombe vergessen. Schade, war nur so eine Idee.«

»Wäre mir auch zu unsicher gewesen. Denk nur mal an Graf Stauffenberg, der absolut davon überzeugt war, mit seiner Bombe Adolf Hitler zu erwischen. Er hatte den Sprengsatz sogar in dessen unmittelbarer Nähe platziert und scheiterte dennoch.«

»Wir könnten uns Maschinenpistolen beschaffen, mitten in der Stadt eine Straßenfalle aufbauen und mehrere Autos beschießen. In einem der Fahrzeuge würde dann zufällig das Ehepaar von Kampen sitzen. Was meinst du dazu?«

»Hm, das wäre eine Möglichkeit. Hätte ich dir gar nicht zugetraut.« Manuel grinste und gab Sascha einen deftigen Klaps auf die Schulter. Dann dachte er kurz nach.

»Wir müssten dabei mindestens zehn Leute kaltmachen, besser mehr. Und anschließend müssten wir uns als Terrorzelle mit anonymen Schreiben für das fürchterliche Versehen entschuldigen, das uns unterlaufen ist.«

»Killerkommando der Mafia wäre glaubhafter. Terroristen sind in Deutschland nicht mehr up to date«, meinte Sascha, und in seinem Gesicht war eine tiefe Entschlossenheit zu sehen.

»Lass uns das alles noch einmal genauestens überlegen. Schlage vor, wir treffen uns in einer Woche wieder hier. Bis dahin macht sich jeder von uns über das Für und Wider des Plans Gedanken.«

»Meinst du, das Beschaffen der Maschinenpistolen könnte zum Problem werden?«

»Denke, das würden wir in den Griff bekommen. Wir spielen schließlich Champions League. Hast du das vergessen, Alter?« Manuel schlug Sascha abermals lachend auf die Schulter und sagte: »Hey, Kiffer, dreh mal 'ne Tüte! Bin gerade in Stimmung.«

»Woher weißt du denn, dass ich was dabei habe?«

»Du hast doch immer was dabei, oder?«

»Ja schon, habe es aber in der Karre deponiert. Muss es erst holen. Bin vorsichtiger geworden. Bei einer Kontrolle würden es die Bullen nie und nimmer finden. Will auf jeden Fall vermeiden, dass sie was bei mir in den Taschen finden, sollte ich zufällig mal gefilzt werden. Man weiß ja nie.«

»Hey, Kleiner, das gefällt mir! Bist tatsächlich ein richtiger Profi geworden.«

»Hoffe, du hältst dich auch an das, was wir besprochen haben. Wenn dich die Bullen erst einmal am Arsch haben, sind wir geliefert. Das ist dir hoffentlich klar«, mahnte Sascha.

»Die können uns nichts beweisen. Antonia hat sich im Oberen Schlossgarten zu Tode gespritzt. Das stand sogar in der Zeitung. Und Susanne ist verschwunden, weil sie von Jens die Nase voll hatte. Du siehst, alles im grünen Bereich.«

»Aber wir sind noch nicht im Finale. Das wird noch ein hartes Match werden, vergiss das nicht«, antwortete Sascha in ernstem Ton.

»Keine Sorge, Kleiner! Wir werden gewinnen. Da bin ich mir sicher. Keiner kann uns aufhalten. Und wenn uns bei dem Anschlag zufällig eine Streife in die Quere kommt, müssen die eben auch dran glauben. Das würde die Sache mit dem Killerkommando noch realer erscheinen lassen. Habe ich recht?«

»Mal den Teufel nicht an die Wand. Wenn wir erst einmal einen Bullen umgelegt haben, werden seine Artgenossen alles daran setzen, uns zu schnappen. Die fahren dann Geschütze auf, von deren Wirkungen wir nicht die geringste Ahnung haben.«

Sascha stand auf und ging zum Volvo, um den Stoff zu holen. Als er zurückkam, hatte er die Tüte schon gedreht. Er setzte sich dicht neben Manuel auf den Boden und zündete sie an. Dann überreichte er sie seinem Freund. Langsam und genüsslich rauchten beide abwechselnd an der Haschischzigarette. Keiner sagte ein Wort. Als die Tüte zu Ende geraucht war, standen sie auf. Sascha nahm Manuel in den Arm und sagte: »Halt die Ohren steif. Wir treffen uns nächste Woche um die gleiche Zeit. Dann sehen wir weiter.«

»Ist geritzt, Kleiner. Bis dahin wird uns schon noch das Richtige einfallen.« Manuel löste sich aus der Umarmung, hob den Zeigefinger und sagte: »Und Sascha, keine Telefonate. Wir nehmen nur Verbindung auf, wenn es unbedingt notwendig ist. Wer weiß, was es mit diesen SIM-Karten auf sich hat. Am Ende hört da noch der französische Geheimdienst mit.«

»Du siehst Gespenster, Kumpel. Aber selbst wenn, die hätten bis jetzt noch keinen Grund, irgendeinen Verdacht zu schöpfen.«

»Und so soll es auch bleiben. Klar?«

»Klar, Boss!«

»Give me five, Mücke!«

Die beiden klatschten sich ab, gingen zu ihren Fahrzeugen und fuhren davon.

# 12

Als Heinrich von Kampen seinen Sohn anrief, um ihn zum Abendessen einzuladen, klang seine Stimme bedrückt. Manuel fiel es sofort auf. Es fehlte das Oberschullehrerhafte, das ständig tadelnde Gerede, das sein Vater sonst an sich hatte. Heinrich tat sich schwer, die Einladung in richtige Worte zu kleiden. Er redete um den heißen Brei herum, bis Manuel ihn fragte, ob etwas nicht in Ordnung sei.

»Nun, mein Junge, deine Mutter und ich haben dir etwas mitzuteilen«, antwortete Heinrich in einem seltsam melancholischen Ton.

Manuels erster Gedanke war, dass man die Leiche Susannes gefunden hatte. Für einige Sekunden nahm er den

Hörer vom Ohr und atmete kräftig durch. Sollte Sascha einen Fehler gemacht haben? Dann würde alles umsonst gewesen sein. Denn dann wäre ihr Plan mit einem Schlag nicht mehr umsetzbar. Ein unangenehmes Gefühl stieg in ihm auf. Er drückte den Hörer wieder an sein Ohr und konzentrierte sich darauf, seiner Stimme Halt zu geben.

»Wenn du mir etwas Wichtiges zu sagen hast, kannst du es auch jetzt tun. Dazu braucht ihr mich nicht zum Abendessen einzuladen.«

»Du warst schon eine ganze Weile nicht mehr bei uns«, wich Heinrich aus. »Tu deiner Mutter den Gefallen und komm. Sie sagte, sie würde dir extra dein Lieblingsessen kochen, wenn du kommst.«

Manuel wusste nicht so recht, was er davon halten sollte. Seit dem Mord an Susanne ging er auf Distanz zu seinen Eltern. Er war zu feige, ihnen in die Augen zu schauen. Und obwohl er seine Mutter liebte, war es beschlossene Sache, dass auch sie letzten Endes getötet werden musste, um an das Erbe der Alten zu gelangen. Es war nur noch die Frage, wie und wann Elisabeth sterben würde, vor oder nach Heinrich oder zusammen mit ihm.

Wollte ihn Heinrich vielleicht in eine Falle locken? Es war doch sehr ungewöhnlich, dass sein Vater ihn anrief, um ihn zum Abendessen einzuladen. Er konnte sich nicht erinnern, dass das jemals zuvor der Fall gewesen war. Irgendetwas stimmte da nicht. Manuel war klar, dass er nicht Nein sagen konnte. Letztlich würde sich dann auch herausstellen, welchen Grund die Einladung hatte.

»Also gut, ich komme, aber nur, wenn mir Mutter tatsächlich ein mit Ragout fin überbackenes Kalbsrückensteak kredenzt.« Manuel bemühte sich, ein kurzes Lachen hervorzubringen. »Wann soll ich kommen?«

»Wir essen wie immer um neunzehn Uhr. Ist dir das recht?«

»Geht klar. Werde pünktlich sein. Bis dann.« Manuel legte

den Hörer auf. Sein Hirn arbeitete auf Hochtouren. Sollte er Sascha anrufen? Er entschied sich, erst einmal abzuwarten.

Seit dem Mord an Susanne war in Manuels Unterbewusstsein das Gefühl entstanden, er müsse seinen Körper besonders gründlich reinigen, um den Schmutz dieser heimtückischen Tat von sich abzuwaschen. So verbrachte er kurioserweise doppelt so viel Zeit im Bad wie früher, ohne sich dessen bewusst zu sein. Dieser Umstand hatte sich bereits so in seinen Alltag eingeschlichen, dass er ihn bei seiner Zeiteinteilung stets mit einkalkulierte.

Wie angekündigt, erschien Manuel kurz vor neunzehn Uhr in der Enzstraße 8. Er drückte zweimal kurz hintereinander die Klingel, öffnete dann aber mit seinem Schlüssel die Haustür. Heinrich kam ihm im Flur entgegen.

»Hallo, Manuel, schön dass du gekommen bist. Deine Mutter ist in der Küche und verpasst dem Essen noch den letzten Schliff.« Obwohl Heinrich mit dieser Bemerkung und einem aufgesetzten Grinsen versuchte, entspannt zu wirken, sah ihm Manuel sofort an, dass der alte Herr etwas mit sich herumtrug, was ihn sehr zu belasten schien.

Die beiden begaben sich ins Esszimmer. Elisabeth hatte wie immer den Tisch liebevoll gedeckt. Ihr bestes Porzellan hatte sie dazu verwendet. Für einen kurzen Augenblick machte sich in Manuel Wehmut breit. Doch dann dachte er sofort wieder an das riesige Vermögen, an Neuseeland und an den Luxus, den er sich dort leisten würde. Das große Ziel vor Augen ließ jegliches Mitgefühl für seine Eltern erstarren. Der Alte sollte für seinen Geiz bezahlen.

Manuel setzte sich auf seinen angestammten Platz, der sich rechts neben Elisabeths Stuhl befand. Heinrich setzte sich ebenfalls.

»Hast du etwas von Susanne gehört?«, fragte Heinrich in einem unterschwelligen Ton.

Also doch, schoss es Manuel durch den Kopf. Der Alte will mich in eine Falle locken. Dachte ich mir's doch. Manuel fühlte, wie sich ein unangenehmes Gefühl in ihm breit machte. Röte stieg ihm ins Gesicht. Bevor er antwortete, musste er sich räuspern.

»Nein, Susanne hat sich bei mir nicht gemeldet. Was ist mit Jens, weiß er etwas von Susanne?«

Elisabeth kam mit einer dampfenden Terrine ins Esszimmer. Sofort breitete sich ein köstlicher Duft im Raum aus. »Voilà«, sagte sie stolz, als sie die Schüssel auf den Tisch stellte. Dann eilte sie in die Küche zurück, um ein weiteres Essen zu holen. Nachdem sie auch noch den Salat gebracht hatte, setzte sie sich mit an den Tisch.

»Bitte greift zu! Ich wünsche euch einen guten Appetit.« Sie legte ihre Hand auf Manuels linken Handrücken, schaute ihm in die Augen und sagte: »Ich hoffe, es schmeckt dir, mein Junge.« Danach machte sie ein Kreuzzeichen, was gleichzeitig das Signal war, mit dem Essen zu beginnen.

Der kurze Moment, in dem Manuel seiner Mutter ins Gesicht geschaut hatte, genügte. Er erschrak, versuchte aber, sich nichts anmerken zu lassen. Elisabeth war um Jahre gealtert.

»Ich habe Manuel gefragt, ob er etwas von Susanne gehört hat«, begann Heinrich das Tischgespräch.

»Und, hast du? Sie ist ja schon so lange weg.«

»Nein, ich habe nichts von ihr gehört. Hast du in letzter Zeit schon mal mit Jens gesprochen?«

»Ach, weißt du, Jens ... Du kennst ihn doch. Der kümmert sich um rein gar nichts.«

»Dann sollten wir vielleicht noch mal zur Polizei gehen«, schlug Heinrich vor und aß weiter.

Manuel entspannte sich etwas, denn er hatte jetzt nicht mehr das Gefühl, in eine Falle gelockt zu werden. Es gelang ihm sogar, das köstlich zubereitete Essen zu genießen.

»Ich würde damit noch etwas warten. Ihr kennt ja Susanne. Sie ist und bleibt eine Ausreißerin. Und ist sie erst mal weg, vergisst sie, wo ihre Wurzeln sind. Ich schätze, irgendwann kommt eine Karte aus Peru oder aus einem Dorf am Amazonas.« Manuel versuchte, seinen Worten etwas Humor beizumischen.

»Mein kleines Mädchen. Ich mache mir solche Sorgen um sie. Wenn sie sich wenigstens einmal melden würde.«

Manuel schaute auf seinen Teller und versuchte, Elisabeths Leid in seinem Kopf zu verdrängen, indem er sich wieder und wieder das große Ziel in Erinnerung rief.

»Du sagst ja gar nichts. Schmeckt es dir nicht?«, fragte Elisabeth mit weicher Stimme.

»O doch, es ist köstlich. Entschuldige, ich war gerade in Gedanken bei meiner Arbeit. Habe einen neuen Auftrag von Karstadt bekommen«, log Manuel.

»Apropos Arbeit. Benötigst du eigentlich noch den großen Kellerraum, in dem du mit den Schaufensterpuppen übst?«

»Wenn es dir nichts ausmacht, würde ich ihn gern behalten. Er war mir schon sehr nützlich. Hatte in den letzten Wochen nur keine Zeit mehr, meine Experimente darin durchzuführen. Das wird sich aber sicher bald ändern.«

»Ja, es wäre schön, wenn du wieder öfter zu Besuch kommen würdest. Heinrich, lass Manuel diesen Raum. Wir brauchen ihn sowieso nicht.«

»War ja nur so 'ne Frage, Elisabeth. Natürlich steht Manuel die Räumlichkeit zur Verfügung, so lange er will.«

Manuel wunderte sich über die Erklärung Heinrichs. Normalerweise hätte er jetzt eine Belehrung darüber erwartet, wie unnütz doch das ganze Getue mit den Schaufensterpuppen sei und dass man diesen Raum bestimmt viel sinnvoller nutzen könne. Doch nichts dergleichen kam. Sollte sich der Alte tatsächlich um 180 Grad gedreht haben? Und wenn ja, aus welchem Grund? Ich muss auf der Hut sein, dachte er.

Heinrich fing an, über Politik zu reden. Manuel und Elisabeth hörten geduldig zu. Sie wussten, dass sich Heinrich über Gebühr ereifern konnte, wenn man versuchte, seine Meinung in Zweifel zu ziehen. Dieses Mal wollte Manuel seinen Vater nicht herausfordern, obwohl es ihm mehr als einmal auf der Zunge lag. Nachdem alle die köstliche Mousse au Chocolat genossen hatten und Manuel noch einmal die Kochkünste Elisabeths gelobt hatte, ergriff Elisabeth das Wort.

»Manuel, wir haben dich heute Abend eingeladen, weil wir dir etwas Wichtiges zu sagen haben.«

»Mach es nicht so spannend, Mutter. Am Telefon klang die Einladung schon so geheimnisvoll, dass ich Angst bekommen habe.« Manuel setzte ein gespieltes Lachen auf.

»Heinrich, bitte sag du es ihm«, bat Elisabeth ihren Mann.

Heinrich hustete kurz in seine Faust. Dann begann er stockend:

»Manuel, es ist ... wir wollten es dir schon früher ... aber wir wollten noch andere Ergebnisse abwarten. Ich weiß nun nicht, wie ... wie ich es dir am besten sagen soll. Es ist so furchtbar, weißt du. Deine Mutter ... sie ist ... nun, sie ist an einem Glioplastom erkrankt.«

»Was heißt das? Dieses Wort habe ich noch nie gehört.«

»Ein Glioplastom ist ein bösartiger, schnell wachsender Hirntumor«, sagte Elisabeth. Den Satz brachte sie seltsam gedehnt und mit einer tiefen Traurigkeit hervor.

»Manuel, wir müssen jetzt sehr stark sein«, fügte Heinrich hinzu. »Professor Gundermann meinte ... nun, er meinte ...« Heinrich sah zu Elisabeth.

»Ich muss sterben, mein Junge«, sagte Elisabeth leise. Sie griff nach Manuels Hand. Beide schauten sich an. Manuel sah die Tränen in Elisabeths Augen, und für einen kurzen Augenblick vergaß er, dass er über seine Mutter bereits das Todesurteil gefällt hatte. Er senkte den Kopf und schaute auf Elisabeths Handrücken. Von dunkelblauen Adern durchzogen, wirkte die Hand so zart, so zerbrechlich.

# 13

Als Manuel an jenem Abend zurückkehrte, zog er hastig seine Jacke aus, warf sie in eine Ecke und setzte sich gleich an seinen PC. Endlose Sekunden vergingen, bis der Rechner hochgefahren war, und er endlich auf die Google-Seite kam. Dann tippte er das Wort »Glioplastom« ein. Er las jeden einzelnen Satz, studierte jedes Wort, das Google ihm anbot. Als er damit fertig war, setzte er sich in einen bequemen Sessel und begann, seine Gedanken kreisen zu lassen. Fast hätte er Sascha angerufen. Doch dann entschloss er sich, noch abzuwarten. In zwei Tagen würden sie sich treffen. Bis dahin hatte er genügend Zeit, alles in Ruhe zu überdenken.

Sie trafen sich wieder unten am Neckar. Dieses Mal war Sascha als Erster am Treffpunkt. Ungeduldig trat er von einem Fuß auf den anderen. Endlich kam auch Manuel. Nach kurzer Begrüßung sprudelte es auch schon aus Sascha heraus.

»Das mit den Maschinenpistolen geht klar. Ich konnte einen Waffenhändler ausfindig machen, der absolut dicht hält. Der verrät uns nicht, selbst wenn wir mit den Knarren den Papst umlegen würden. Ein Profi, sage ich dir. Wir ziehen das Ding durch, und keiner wird uns je verdächtigen. Als Gegenleistung will er einen Porsche Cayenne. Ist zwar kein Kinderspiel, aber mit ein bisschen Übung müsste so eine Karre zu knacken sein. Wir müssen sie dann nur nach Mannheim bringen und an einer bestimmten Adresse abliefern. Alles andere übernimmt er. Hey, Kumpel, was meinst du dazu? Hört sich doch super an, oder?«

»Hast du dem Typen schon Einzelheiten erzählt? Ich meine, kennt er deinen Namen?« In Manuels Stimme klang Besorgnis.

»Bist du verrückt, Mann! An den bin ich über den Franzosen rangekommen. Du weißt ja, der, der mir das High Speed für Antonia verkauft hat. Dem Franzmann habe ich auch nie meinen Namen genannt. Das Ganze ging völlig anonym über die Bühne. Bin doch kein Anfänger!«

»Dann ist ja gut, Kleiner.«

»Wir können losschlagen, wann wir wollen«, ereiferte sich Sascha. »Der hat die Knarren auf Lager.«

»Halt mal die Luft an, Kumpel. Habe Neuigkeiten für dich, die eine ganz neue Lage ergeben.«

»Die Nummer mit dem Killerkommando würde mir aber gefallen. Ist ein gewisses Risiko dabei, jedoch im Endeffekt so wirkungsvoll wie keine andere.«

»Mutter ist an Krebs erkrankt. Sie hat ein Glioplastom im Kopf. Das ist ein Tumor, der sie nur noch etwa sechs Monate leben lässt. Wir müssen also nur abwarten, bis sie stirbt. Anschließend kommt der Alte dran.«

»Sechs Monate sind eine verdammt lange Zeit. Dachte, wir könnten schon zum Winter in unser Traumland übersiedeln.«

»Hm, das dachte ich eigentlich auch. Hatte zwei Tage Zeit, mir den Kopf über mögliche Alternativen zu zerbrechen. Von der Mafia-Nummer bin ich völlig abgekommen. Die ist einfach zu riskant. Die Bullen werden alles dransetzen, so ein Blutbad zu klären. So etwas kommt in Deutschland nun mal nicht alle Tage vor. Sie werden bestimmt 100 000 Euro Kopfgeld oder noch mehr aussetzen, und die Presse wird gewaltigen Druck machen. Ob da dein so zuverlässiger Waffenhändler oder der Franzmann dichthalten, wage ich zu bezweifeln. Die Bullen sichern in solchen Fällen Verrätern Verschwiegenheit zu. Die lassen sie laufen, zahlen sie aus, und uns kassieren sie.«

»Was schlägst du also vor?«

»Wenn wir es geschickt anstellen, kommt uns keiner auf die Schliche. Hör genau zu, was ich dir jetzt sage.« Manuel erzählte Sascha nun in allen Einzelheiten seinen Plan, den er in den beiden vergangenen Tagen ausgeheckt hatte. Als er damit fertig war, nickte Sascha zustimmend. Er war von der Perfektion des Vorhabens mehr als beeindruckt. Manuel hatte recht, wenn alles glattging, würde kein Bulle der Welt das mörderische Spiel durchschauen. Neuseeland schien in Sichtweite zu sein.

# 14

Obwohl er drei Schlaftabletten eingenommen hatte, konnte Nawrod in dieser Nacht kaum schlafen. Um die Wirkung zu verstärken, hatte er bisher stets Alkohol dazu getrunken. Aber das konnte er dieses Mal nicht riskieren. Er musste am nächsten Morgen seinen Dienst beim Dezernat 1 antreten, und da wollte er zumindest einigermaßen fit sein.

Kaum war er eingeschlafen, wurde er wieder von schrecklichen Albträumen aufgeschreckt. Die Träume ähnelten sich. In letzter Zeit kam ein Traum hinzu, in dem er seine Hände und seine Kleidung furchtbar mit Blut besudelt sah. In diesem Zustand war er dazu verdammt, sich in der Stadt zu bewegen. Egal, wo er war und was er tat, die Leute sahen das Blut und deuteten mit dem Finger auf ihn. Wenn er dann in einem Kaufhaus eine Toilette aufsuchen wollte, um das Blut abzuwaschen, verirrte er sich in einem Labyrinth von Fluren und Räumen, bis er schließlich auf der Straße landete, wo er von den Menschen mit erschrockenen Augen angestarrt wurde. Kinder schrien und flohen in panischer Angst vor ihm. Gelegentlich kamen auch Eva und Samia in seinen Träumen vor. Doch sie wandten sich genauso von ihm ab wie alle anderen Menschen.

Nawrod stand schon um 5.30 Uhr auf. Er konnte einfach nicht mehr im Bett liegen bleiben. Ihm war klar, dass er nun eineinhalb Stunden Zeit für Toilette und Frühstück hatte. So langsam wie er sich bewegte, so langsam ließ er seine Gedanken kreisen. Er malte sich aus, was heute auf ihn zukam, und er wusste, dass er keine Wahl hatte, wollte er nicht ganz vor die Hunde gehen. Wer weiß, vielleicht würden auch mal wieder bessere Zeiten für ihn kommen, dachte er. »Ich werde ihnen nicht den Gefallen tun«, murmelte er vor sich hin.

Er nahm den Elektrorasierer, da er befürchtete, sich mit dem Nassrasierer zu schneiden. Seine Knochen schmerzten. Nachdem er sich mit heißem Wasser geduscht hatte, waren die Schmerzen vorbei. Im Kleiderschrank fand er kein einziges frisch gebügeltes Hemd. Er entschied sich für ein Poloshirt, das er nach der letzten Wäsche schon mehrfach getragen hatte. Der Blazer, den er wählte, hatte ebenfalls Knitterfalten. Aber er machte von allen Jacken noch den besten Eindruck.

Nawrod wusste nicht mehr, wann er damit angefangen hatte, zum Frühstück nur blankes Knäckebrot zu essen und schwarzen Pulverkaffee zu trinken. Für Knäckebrot hatte er sich wohl entschieden, weil es nie verdarb und weil es, zwischendurch gegessen, für Durstgefühl sorgte. Und Nawrod brauchte den Durst, denn der war sein Alibi dafür, dass er ständig zur Flasche greifen musste.

Die Dose mit dem Kaffee und die Tasse hatte er auf einer alten Illustrierten stehen. So konnte er das Kaffeepulver, das er regelmäßig wegen seiner stark zitternden Hände verschüttete, auffangen und wieder in die Dose füllen. Inzwischen war dieser Vorgang fast schon zu einem Ritual geworden. Solange er in seinen eigenen vier Wänden war und niemand es sehen konnte, musste er sich darüber keine Gedanken machen. Auch nicht darüber, dass der Pulverkaffee nicht mit einem frisch aufgebrühten Bohnenkaffee zu vergleichen war. Seine Geschmacksnerven waren durch den hohen Alkoholkonsum sowieso taub geworden.

Als Nawrod in seinem Z4 Platz genommen hatte, bekam er trotz der morgendlichen Kühle einen Schweißausbruch. »Verdammt, ich muss mich zusammenreißen«, stieß er zwischen den Zähnen hervor. Dann startete er den Motor und fuhr los. Wie tags zuvor bog er an der Heilbronner Straße rechts ab. Schon nach den ersten hundert Metern spürte er, dass er die nächsten Stunden nicht ohne Alkohol durchhalten würde. Der Kioskbesitzer begrüßte ihn mit einem freundlichen »Guten Morgen« und fragte ebenso freundlich: »Das Gleiche wie gestern?«

Nawrod nickte, worauf der Mann den Flachmann aus dem Regal nahm und ihn auf die kleine Theke stellte. Wodka Gorbatschow, diese beiden Worte riefen bei Nawrod ein gutes Gefühl hervor.

»Macht Dreifünfzig, bitte!«

»Geben Sie mir noch einen«, brummte Nawrod und schaute sich um. Erleichtert stellte er fest, dass niemand hinter ihm stand.

»Das macht dann sieben Euro. Darf es noch etwas sein?«

Nawrod schüttelte den Kopf und griff in seine Gesäßtasche. Es traf ihn wie ein Keulenschlag, als er feststellte, dass er seine Geldbörse vergessen hatte. Den Blick starr auf die beiden Flachmänner gerichtet, presste er mit schmalen Lippen hervor: »Tut mir leid, ich ... ich ... ich habe kein Geld ... Ich meine, ich habe meine Geldbörse zu Hause liegen ...«

»Aber das macht doch nichts, guter Mann«, unterbrach ihn der Kioskbesitzer. »Dann zahlen Sie halt morgen früh, wenn Sie wieder vorbeikommen.«

Der Kioskbesitzer rang sich ein kurzes Lachen ab. Er wusste, dass er soeben in Nawrod einen neuen Kunden gewonnen hatte, der ihm treu bleiben würde, solange dieser Mann Alkoholiker war. Und er hatte den BMW Nawrods gesehen, woraus er schloss, dass der Mann keine finanziellen Probleme hatte.

Nawrod schaute sich noch einmal um. Dann nahm er die kleinen Flaschen und steckte sie hastig rechts und links in die Taschen seines Blazers. Ohne den Kioskbesitzer anzuschauen, murmelte er ein leises »Danke«, drehte sich um und begab sich, den Blick auf den Boden gerichtet, zu seinem Fahrzeug.

Mit dem Trinken wartete er, bis er im Polizeipräsidium war. Im Erdgeschoss begab er sich auf die erstbeste Toilette, schloss sich in einer Kabine ein und nahm einen kräftigen Schluck. Danach verließ er die Kabine wieder und spülte am Waschbecken seinen Mund aus. Der Wodka begann sofort zu wirken. Nawrod spürte, dass er ruhiger wurde. In seinem Bauch machte sich ein angenehmes Gefühl von Wärme breit.

Als er die Toilette verließ, sah er sich für das Kommende gerüstet. Zielstrebig ging er ins dritte Obergeschoss, wo sich die Räumlichkeiten des Dezernates 1 befanden. Als er auf der

Treppe das erste Mal anhalten musste, weil ihm die Luft ausging, schaute er auf seine Armbanduhr. Es war genau 7.30 Uhr. Er würde also pünktlich sein. Der Besprechungsraum des Dezernates befand sich am Ende des Flurs. Hier fand jeden Morgen die Frühbesprechung statt. Nawrod wusste, dass Neumann seine Mitarbeiter angehalten hatte, morgens pünktlich zu erscheinen, damit jeder mitbekam, was der Chef zu sagen hatte.

In seinem eigenen Dezernat hatte Nawrod die tägliche Frühbesprechung kurzerhand auf neun Uhr verlegt. Das kam insbesondere denen zugute, die die Gleitzeitregelung nutzten und morgens gern etwas länger schliefen. Die Klientel des Rauschgiftdezernates war auch ein anderes als beim D 1. Die Kiffer, Fixer und Dealer kamen meist vor zehn oder elf Uhr nicht in die Gänge. Das war auch gut so. Denn man konnte sich mit der Vollstreckung von Durchsuchungs- und Haftbefehlen etwas Zeit lassen und musste bei denen nicht schon frühmorgens um sechs Uhr auf der Matte stehen, um sie zu erwischen.

Durch die dünne Tür hörte Nawrod lautes Stimmengewirr. Seine Hand verharrte kurz auf der Türklinke, bevor er sie herunterdrückte und die Tür öffnete. Als er eintrat, verstummten alle Anwesenden schlagartig. Im wahrsten Sinne des Wortes hätte man in diesem Moment die berühmte Nadel fallen hören können. Der Dezernatsleiter schaute Nawrod mit einem hämischen Grinsen an. Dann ließ er zwei, drei Sekunden verstreichen, bevor er seinem Gesicht eine eigentümliche Starre verlieh.

»Ah, Herr Nawrod, schön dass Sie uns mit Ihrer Anwesenheit beehren, wenn auch etwas verspätet. Ich dachte, es hätte sich herumgesprochen, dass man beim D 1 pünktlich um 7.30 Uhr zu erscheinen hat.« Neumann schaute beifallheischend zu Drexler, der rechts von ihm saß. Drexler lächelte süffisant, verkniff sich aber ein Nicken. Nawrod sah demonstrativ auf seine Armbanduhr. Es war genau 7.32 Uhr.

»Nehmen Sie sich einen Stuhl und setzen Sie sich, damit ich endlich beginnen kann.«

An dem riesigen ovalen Tisch gab es jedoch keinen einzigen freien Platz mehr. Nawrod schaute sich um und sah in einer Ecke einen Stuhl, auf dem ein Aktenbündel abgelegt war. Er ging hin, nahm die Akte und legte sie auf den Fußboden. Anschließend hob er den Stuhl hoch und hielt nach einer Lücke am Tisch Ausschau. Als er jedoch keine sah, stellte er den Stuhl wieder hin und setzte sich. Das D I schien offensichtlich vollzählig zu sein. Neumann stand auf und ergriff das Wort. Aufgrund seiner geringen Körpergröße war er gezwungen aufzustehen, denn sitzend schien er der Winzling in Person zu sein. Durch das Wölben seiner Brust versuchte er, seinem Äußeren etwas mehr Bedeutung zu geben. Bevor er zu reden begann, steckte er die rechte Hand seitlich in sein zugeknöpftes Jackett. Nun konnte der große Feldherr das Zepter schwingen.

»Meine Damen, meine Herren, liebe Kolleginnen und Kollegen«, begann er pathetisch. »Wie Sie alle wissen, wurde unser sehr geschätzter Kollege Nawrod in unser Dezernat versetzt. Die Gründe dürften wohl hinreichend bekannt sein. Ich erspare mir deshalb nähere Ausführungen hierzu.«

Sofort machte sich lautes Gemurmel breit. Die Anwesenden steckten die Köpfe zusammen, und es begann eine heftige Diskussion. Fichtner, der unweit seines Chefs saß, flüsterte über seinen Nebenmann hinweg Schilling mehr laut als leise zu:

»Der große Rauschgiftspezialist, guck ihn dir an. Er hätte den Befehl zum Schießen geben sollen, dann würde Charly noch leben.«

»Angeblich soll Charly sein bester Freund gewesen sein. Dass ich nicht lache. Jeder bei dem Einsatz wusste, dass der andere Charly umlegt.« Schillings Kojotengesicht verzog sich zu einem ironischen Grinsen.

»Ich sage nur: karrieregeil! Der Nawrod ist nichts als karrieregeil gewesen, als er Charly auf die Schlachtbank geführt hat. Der wollte doch immer nur den Erfolg, egal, zu welchem

Preis.« Fichtner hatte sich weit zu Schilling hinübergebeugt. Jansen, der dazwischen saß, schaltete sich ein:

»Ich weiß nicht. Es war sicher eine schwierige Entscheidung. Wollte nicht in seiner Haut gesteckt haben. Ich meine, wie fühlt man sich, wenn man ›Feuer frei‹ durch den Äther gibt, und im nächsten Moment ist ein Mensch tot?«

»Red doch keinen Stuss, Jansen! Es gab in dieser Situation keine andere Alternative«, antwortete Fichtner rechthaberisch.

»Die Schweine hätten Charly auch nur das Geld wegnehmen können. Warum mussten sie ihm gleich den Kopf wegschießen? Das konnte Nawrod doch nicht wissen.«

»In welcher Welt lebst du denn, Jansen? Es ging um einen Haufen Kohle. Da hätte Nawrod mit allem rechnen müssen«, antwortete Schilling großspurig.

»Die Penner wollten einfach sicher gehen und sich die Mäuse krallen. Stoff hatten sie ja angeblich nicht dabei«, meinte Fichtner.

»Und Jansen, ich sage es dir noch mal: Als der andere mit der Knarre auftauchte, hätte unser Superagent wissen müssen, dass Charlys letzte Stunde schlägt, wenn er nicht sofort reagiert.« Schilling schlug nach dem letzten Wort mit der flachen Hand auf den Tisch. Das nicht zu überhörende Geräusch nahm Neumann zum Anlass, die Diskussion vorläufig zu beenden.

»Ruhe, bitte, Ruhe!«, gebot er laut. Die Anwesenden verstummten. »Kolleginnen und Kollegen, ich stelle fest, die Versetzung unseres sehr verehrten Kollegen Nawrod in unser Dezernat erregt die Gemüter. Gleichwohl muss ich euch mitteilen, dass es eine Entscheidung von höchster Stelle war, gegen die kein Einspruch geduldet wird. Ich für meine Person kann sagen, dass ich mich auf die Zusammenarbeit mit dem Kollegen Nawrod schon seit Tagen sehr freue.« Neumann lachte vielsagend.

»Ich bin sicher, dass er auch in unserem Dezernat seine außerordentlichen Fähigkeiten alsbald unter Beweis stellen wird.« Dieses Mal setzte Neuman ein Gesicht auf, das dem einer vor Blutbrunst geifernden Hyäne glich. »Kollege Nawrod wird ab sofort Drexler bei der Bearbeitung von Vermisstenfällen unterstützen.«

Lautes Gelächter erfüllte den Raum. Jeder wusste, dass das die niedrigste Tätigkeit war, die im D 1 vergeben werden konnte. Doch dem war nicht genug. Der Strafversetzung Nawrods wurde die Krone aufgesetzt, indem er als ehemaliger Leiter des Rauschgiftdezernates nun einem Beamten unterstellt wurde, der in der Hierarchie ohnehin schon ganz unten stand. Neumann genoss die Wirkung seiner Worte und fuhr fort:

»Kollege Drexler, ich weiß, dass Ihr Urlaub bevorsteht. Aber danach werden Sie den Kollegen Nawrod unter Ihre Fittiche nehmen und mir zu gegebener Zeit berichten, wie die Zusammenarbeit mit ihm gedeiht. Sollte es Probleme geben, wenden Sie sich unverzüglich und direkt an mich. Haben Sie verstanden?«

»Jawohl, Herr Neumann, wird selbstverständlich gemacht.« Drexler nickte demütig.

»Haben Sie noch Fragen, Kollege Nawrod?« Neumann schaute in Richtung des Angesprochenen. Nawrod, der die ganze Zeit in sich zusammengesunken auf den Boden starrte, sah nicht auf, sondern schüttelte kaum merklich den Kopf.

Neumann setzte die Besprechung fort. Er berichtete von einer Tagung der Dienststellenleiter und von Fällen, die dem Dezernat zur Weiterbearbeitung zugewiesen worden waren. Anschließend teilte er die Fälle verschiedenen Sachbearbeitern zu. Danach beendete er mit dem obligatorischen Spruch »Ich wünsche frohes Schaffen« die Frühbesprechung.

# 15

Obwohl es bei diesem Telefonat darauf ankam, wie Heinrich von Kampen reagierte, vermied es Manuel nach wie vor, ihn mit Vater anzusprechen. Er konnte es einfach nicht mehr. Manuel hatte einen günstigen Zeitpunkt gewählt, als er mit seinem Handy den alten Herrn anrief. Es war kurz vor zweiundzwanzig Uhr. Er wusste, dass seine Eltern um diese Zeit gewöhnlich zu Bett gingen.

»Hallo, ich bin's«, meldete er sich.

»Ja, hallo Manuel, ist etwas passiert?«

»Ja, ich habe eine Panne und stehe auf einem Autobahnparkplatz auf der A 81 kurz vor der Ausfahrt Stuttgart-Feuerbach in Richtung Leonberg. Kannst du kommen und mich abschleppen? Ich möchte mein Auto da nicht stehen lassen und ein Taxi nehmen, da ich befürchte, dass es über Nacht aufgebrochen wird.«

»Aber Manuel, weißt du, wie spät es ist? Mutter ist schon zu Bett gegangen, und das wollte ich auch gerade tun.«

»Natürlich weiß ich, wie spät es ist. Ich hätte dich auch nicht angerufen, wenn ich es nicht unbedingt für notwendig halten würde.«

»Kannst du nicht einen Abschleppdienst rufen?«

»Da bin ich ratzfatz dreihundert Euro los, und wenn ich die Karre nach Stuttgart schleppen lasse, noch wesentlich mehr.«

»Hast du ein Abschleppseil dabei?«

»Ja, das habe ich. Sogar eines mit Zugfeder, die dir das Anfahren erleichtert.«

»Na gut, ich setze mich gleich in den Wagen und komme. Wo stehst du noch mal?«

»Du musst bei Zuffenhausen auf die A 81 Richtung Stuttgart bzw. Leonberg und Karlsruhe. Ich stehe dann auf dem Parkplatz vor der Ausfahrt Feuerbach/Ditzingen in Richtung Karlsruhe.«

»Ja, habe verstanden. Denke, dass ich in einer halben Stunde bei dir bin.«

»Das wäre toll. Bis dann.«

Manuel drückte zufrieden auf die rote Taste seines Handys. Anschließend stieg er aus seinem Fahrzeug. Er wartete noch zehn Minuten, bis er auf die gespeicherte Nummer der Wettervorhersage drückte, um die neuesten Wetterdaten abzurufen. Danach setzte er sich wieder in sein Auto und wartete die Ankunft seines Vaters ab.

# 16

Er wusste genau, wie und vor allem wo er sich zu bewegen hatte, um den unsichtbaren Strahlen des Bewegungsmelders zu entgehen, der mit zwei Lampen gekoppelt war. So blieb der großzügig gestaltete, nischenähnliche Hauseingang der Villa im dunklen Schatten der mondlosen Nacht. Der Schlüssel glitt lautlos ins Schloss, und ebenso lautlos ließ er sich drehen. Noch ein kurzer Blick zurück in Richtung Straße, und dann war er auch schon in dem Haus verschwunden. Er schloss hinter sich die Tür und blieb einige Zeit stehen, um seine Augen an die Dunkelheit zu gewöhnen. Sein Atem ging gleichmäßig ruhig. Er hörte, wie der Motor des Kühlschranks in der Küche ansprang. Ansonsten war kein Laut, kein Geräusch zu hören. Leise wie eine Katze bewegte er sich zum Treppenaufgang. Dort blieb er noch einmal stehen und lauschte.

Dann schlich er vorsichtig Stufe für Stufe die Treppe hoch, bis er im Obergeschoss angelangt war. Wieder blieb er stehen. Er ließ sich viel Zeit. Nichts sollte ihn überraschen. Das leise Ticken einer alten Wanduhr wirkte beruhigend auf ihn. Die Tür des Zimmers, in das er eindringen wollte, war einen Spalt breit offen. Er sah, dass es in dem Zimmer nicht ganz so dunkel war wie hier im Flur. Gerade als er zum nächsten Schritt ansetzen wollte, fing die Wanduhr an zu schlagen. Er erschrak so sehr, dass ihm ein kurzer Schrei entfuhr. Wie versteinert blieb er stehen. Ein leises Stöhnen drang aus dem Zimmer.

Dann war alles wieder ruhig. Er wartete noch etwa zwei Minuten, bis er sich wieder in Bewegung setzte.

Wenn die Tür beim Öffnen knarrte, musste er unter Umständen sehr schnell reagieren. Doch er hatte Glück. Sie verursachte nicht das geringste Geräusch. Jetzt stand er im Zimmer. Er hatte vorhin richtig gesehen. Das Display eines Digitalweckers, der vor ihm auf dem linken Nachttisch stand, strahlte etwas Licht ab, sodass er sich in dem Raum gut orientieren konnte. Rechts neben ihm stand ein großer Kleiderschrank. An der gegenüberliegenden Wand eine Spiegelkommode und vor ihm, nicht einmal eineinhalb Meter entfernt, das große Doppelbett. Schemenhaft sah er, dass auf der rechten Seite des Bettes eine Person lag, die fast bis zum Hals zugedeckt war. Er hielt den Atem an, um etwaige Geräusche besser wahrnehmen zu können. Nichts! Außer dem leisen, gleichmäßigen Atmen der im Bett liegenden Person hörte er absolut nichts.

Nahezu lautlos begab er sich an die linke Seite des Bettes. Als er am Kopfende angelangt war, beugte er sich hinunter und griff nach dem großen, freien Kopfkissen. Es fühlte sich relativ fest an. Er hob es an. Ein kaum wahrnehmbares Stöhnen drang an sein Ohr. Er hielt inne und wartete ein paar Sekunden. Das Kissen mit beiden Händen umfasst, begab er sich auf die andere Seite des Bettes. Von dort aus konnte er die Konturen des Gesichts und die Haare der schlafenden Person besser erkennen. Zufrieden stellte er fest, dass kein Irrtum vorlag. Es war Elisabeth von Kampen. Seine Hände krallten sich in das Kopfkissen.

»Heinrich? Heinrich, bist du es?«, fragte die aus dem Schlaf Erwachte leise.

Er sah, wie ihre linke Hand unter der Bettdecke hervorkam und sich zur Nachttischlampe tastete. Jetzt musste er handeln. Blitzschnell drückte er Elisabeth von Kampen das Kissen auf den Kopf. Er hörte lautes, verzweifeltes, durch das Kissen aber gedämpftes Stöhnen. Elisabeth von Kampen wehrte sich mit

Leibeskräften. Mit der linken Hand schlug sie wild um sich. Ihr Oberkörper bäumte sich auf, und die Beine zappelten in heftigem Stakkato. Plötzlich erlahmten die Bewegungen schlagartig. Seine Kräfte hatten ebenfalls nachgelassen. Er verminderte den Druck auf das Kissen. Laut und stoßweise kam sein Atem. Gerade als er sich entschließen wollte, das Kissen wegzunehmen, bäumte sich sein Opfer noch einmal auf. So fest er nur konnte, drückte er noch einmal das Kissen auf Elisabeths Kopf. Dieses Mal erlahmte die Gegenwehr schneller. Doch er wollte sicher gehen und ließ erst nach, als auch er mit seiner Kraft am Ende war.

Schwer atmend richtete er sich auf. Schweiß rann von seiner Stirn. Er wartete noch eine geraume Zeit, bis er die Nachttischlampe anschaltete. Anschließend nahm er das Kissen von seinem Opfer und trug es zur anderen Bettseite. Er achtete peinlich darauf, es so hinzulegen, wie er es vorgefunden hatte. Danach begab er sich wieder zu der Toten. Die Haare hingen ihr ins Gesicht. Ansonsten lag Elisabeth da, als würde sie tief schlafen. Zuerst brachte er das Bettzeug in Ordnung. Anschließend strich er der Toten die Haare aus dem Gesicht und drückte ihr die Augenlider zu. Er richtete sich auf und schaute Elisabeth noch einmal genauer an.

Nichts deutete bei ihr auf einen gewaltsamen Tod hin. Bevor er die Nachttischlampe ausmachte, sah er sich auch noch einmal im Zimmer um. Sein Mund verzog sich zu einem eigentümlich hässlichen Lächeln. Er hatte gute Arbeit geleistet und war mit sich sehr zufrieden.

# 17

»Es sind vermutlich wieder diese verdammten Zündkerzen. Die Karre raubt mir noch den letzten Nerv. Der Motor hatte plötzlich Fehlzündungen. Ich habe es gerade noch bis auf diesen Parkplatz geschafft«, fluchte Manuel, als Heinrich von Kampen vor ihm anhielt und aus seinem Fahrzeug stieg.

»Du solltest dir mal ein neues Auto zulegen«, sagte Heinrich belehrend. »Das hier kannst du ja in Zahlung geben. Wie alt ist es überhaupt?«

»Erst fünf Jahre, und ich möchte eigentlich kein anderes. Der Volvo ist mir irgendwie ans Herz gewachsen.«

Den Wagen hatten er und Sascha gestohlen und so umfrisiert, dass er damit ohne Angst vor einer Polizeikontrolle überallhin fahren konnte. Beide hatten ein Faible für die Marke Volvo. Das Auto lief hervorragend. Die Panne war nur vorgetäuscht. Heinrich sollte aus dem Haus gelockt werden und gleichzeitig Manuel ein sicheres Alibi liefern. Dem Alten würde es nie in den Sinn kommen, dass er etwas mit dem plötzlichen Ableben Elisabeths zu tun hatte.

»Was hältst du davon, wenn ich dir, sagen wir mal, die Hälfte des Geldes für einen neuen Wagen geben würde? Fängt so ein Vehikel nämlich erst einmal an, Probleme zu machen, reißen die nicht mehr ab.«

Zu spät, dachte Manuel. Das hätte dir ein paar Jahre früher einfallen müssen.

»Täte mir schon leid um die Karre«, antwortete er und tätschelte zwei-, dreimal das Dach des Volvos. »Werde es mir aber überlegen.« Manuel begann, das Abschleppseil an beiden Fahrzeugen zu befestigen.

»Wie lange, denkst du, brauchen wir nach Hause? Ich möchte Mutter nicht über einen längeren Zeitraum allein lassen.«

»Schätze, es wird nicht länger als eine Stunde dauern.«

»Versteh mich nicht falsch, Manuel. Ich möchte nicht drängeln. Aber ich würde mir Vorwürfe machen, wenn es Elisabeth gerade jetzt wieder schlecht ginge oder ... In den letzten Tagen hatte sie in immer kürzeren Abständen diese Schmerzattacken.«

»Das wusste ich nicht. Wenn ich das geahnt hätte, hätte ich dich nicht um Hilfe gebeten«, log Manuel.

»Ist schon gut, mein Junge. Wie ich schon sagte, wir müssen in dieser schweren Zeit besonders zusammenhalten.«

Auch das hätte dir früher einfallen sollen, dachte Manuel bei sich. Er hatte inzwischen beide Enden des Seiles befestigt.

»Es kann losgehen«, sagte er zu Heinrich. Sie bestiegen ihre Fahrzeuge und fuhren los. Eine Dreiviertelstunde später verließen sie die A 81 an der Ausfahrt Stuttgart-Zuffenhausen. Kaum hatten sie Zuffenhausen erreicht, wurden sie von einer Polizeistreife angehalten. Die kommen ja wie gerufen, murmelte Manuel leise. Nachdem die Beamten die Führerscheine und Fahrzeugpapiere kontrolliert und sich dabei vergewissert hatten, dass alles seine Ordnung hatte, durften sie weiterfahren. In der Kormoranstraße angekommen, stellten sie den Volvo vor Manuels Haus ab. Heinrich verabschiedete sich eilig von seinem Sohn und fuhr nach Hause.

Bevor Manuel in seine Wohnung hochging, schaute er noch in seinen Briefkasten. Er nahm einen Schlüssel heraus, den er seinem Schlüsselbund hinzufügte. Nachdem er seine Wohnung betreten hatte, holte er sich ein Bier aus dem Kühlschrank, setzte sich damit in einen Sessel und wartete. Dreißig Minuten später klingelte das Telefon. Er tat schlaftrunken, als er sich meldete.

»Ja, wer ist da?«, gähnte er ins Telefon. Sekundenlange Stille. Dann hörte er ein heftiges Schluchzen.

»Mutter ist tot. Sie ist gestorben, als ich weg war. Der Notarzt konnte ihr nicht mehr helfen.« Heinrich weinte. Manuel ließ einige Zeit verstreichen, bevor er antwortete.

»Ich ... ich kann das nicht glauben«, log er. »Mutter war doch noch ... ich meine, sie war doch noch nicht so krank. Vorgestern haben wir noch miteinander telefoniert. Sie schien mir heiter und hat nicht geklagt. Nichts deutete darauf hin, dass es ihr schlecht ging.«

»Ja, sie hat selten geklagt«, erwiderte Heinrich mit trauriger Stimme.

»Dann ist also doch eingetreten, was dieser Professor vorausgesagt hat.«

»Es wird wohl so gewesen sein. Mein Gott ... Elisabeth ...«, schluchzte Heinrich wieder.

»Meinst du, sie hat sehr gelitten?«, heuchelte Manuel weiter. Er bemühte sich, seiner Stimme tiefe Traurigkeit zu verleihen.

»Ich glaube nicht. Sie lag im Bett, und ich dachte, sie würde schlafen. Um sie nicht aufzuwecken, habe ich kein Licht gemacht. Als ich neben ihr lag und wie immer meine Hand nach ihr ausstreckte, habe ich gleich gespürt, dass etwas mit ihr nicht stimmte. Ich habe Licht gemacht und gesehen, dass sie furchtbar blass und starr im Gesicht war. Sie hat nicht mehr geatmet. ›Elisabeth, Elisabeth‹, habe ich gerufen, doch es kam keine Antwort. Dann bin ich aus dem Bett gesprungen und habe den Notarzt alarmiert. Er brauchte nur wenige Minuten, bis er da war, konnte aber nur noch Mutters Tod feststellen.« Heinrich weinte abermals.

»Soll ich zu dir kommen? Ich meine, ich könnte ...«

»Ja, bitte komm. Vielleicht kannst du dich noch von Mutter verabschieden, solange sie in ihrem Bett liegt. Die Rettungssanitäter haben bereits einen Leichenbestatter angerufen. Der müsste bald hier sein. Ein Notfallseelsorger ist noch bei mir. Der will so lange warten, bis sie Mutter weggebracht haben. Der Arzt hat mir zwar eine Beruhigungstablette gegeben, aber ich fürchte, die wird nicht viel helfen.«

»Okay, ich komme so schnell wie möglich.« Mit diesen Worten legte Manuel auf. Er trank in aller Ruhe sein Bier leer und bestellte danach ein Taxi. Es dauerte lange, bis das Taxi endlich eintraf. Aber Manuel kam das sehr entgegen. Er war nämlich nicht erpicht darauf, seine ermordete Mutter im Bett liegen zu sehen, wenngleich er an ihrer Tötung maßgeblichen Anteil hatte.

Als er schließlich am Haus seiner Eltern eintraf, sah er aus der Entfernung, wie Elisabeth gerade in einem Zinksarg herausgetragen wurde. Manuel ließ sich beim Bezahlen Zeit und gab dem Taxifahrer einen Hundert-Euro-Schein. Dieser wiederholte die Summe von 14,25 Euro in der Hoffnung, dass Manuel aufrundete. Doch Manuel reagierte nicht, auch nicht als der Taxifahrer auffällig langsam und kopfschüttelnd in seiner großen Geldbörse nach passenden Münzen suchte.

Nachdem er das Rückgeld erhalten hatte, stieg er aus dem Taxi. Er ging langsam auf den Leichenwagen zu. Heinrich stand hinter dem Fahrzeug und unterhielt sich mit einem der Leichenbestatter. Der Sarg befand sich bereits im Wagen. Er sah Manuel kommen. Beide fielen sich in die Arme.

»Ich bin gekommen, so schnell ich konnte«, log Manuel. »Ist sie schon …? Ich meine, ist sie …?«

»Ja, sie ist da drinnen.« Heinrich machte eine Kopfbewegung in Richtung Leichenwagen. Er umarmte Manuel nochmals.

»Wie schrecklich«, heuchelte Manuel und versuchte vergebens, Tränen hervorzubringen. Mir ist es ein Rätsel, wie das die Schauspieler machen, dachte er. Ich hätte es vielleicht vorher üben müssen.

Der Leichenbestatter räusperte sich und sagte zu Manuel: »Entschuldigen Sie, sind Sie der Sohn der Verstorbenen?« Als Manuel nickte, fuhr er fort: »Ich möchte Ihnen mein Beileid aussprechen, junger Mann.« Er streckte Manuel die Hand entgegen. Dann wandte er sich zu Heinrich und sagte: »Ich will Sie nicht weiter stören. Wir werden Sie morgen anrufen, dann können wir Näheres besprechen. Sie müssten dann auch zu uns kommen, um einen Sarg auszusuchen, und wir müssten ein paar Dinge regeln.«

Heinrich nickte kurz und gab dem Leichenbestatter die Hand.

»Danke, Herr Blasseck, vielen Dank für alles.«

Blasseck verabschiedete sich, stieg in den Leichenwagen und fuhr davon. Heinrich und Manuel begaben sich ins Haus. Sie nahmen im Wohnzimmer Platz, tranken Cognac und unterhielten sich über das plötzliche Ableben Elisabeths, über ihre Krankheit und die bevorstehende Beerdigung. Es ging bereits in den Morgen hinein, als sich die beiden schlafen legten. Heinrich schlief im Gästezimmer, und Manuel begab sich in sein Zimmer, das ihm immer noch zur Verfügung stand.

## 18

Elisabeths Beerdigung verschob sich wegen des bevorstehenden Wochenendes um mehrere Tage. So hatten Heinrich und Manuel genügend Zeit, sich um die Formalitäten zu kümmern. Heinrich ging der Tod seiner Frau sehr nahe. Er aß in diesen Tagen kaum etwas. Dagegen stieg sein Alkoholkonsum weit über das übliche Maß hinaus. Auf Anraten Manuels suchte Heinrich seinen Hausarzt auf, der ihm starke Beruhigungstabletten verschrieb. So konnte Heinrich wenigstens einigermaßen schlafen. Nach wie vor nächtigte er im Gästezimmer. Er konnte sich einfach nicht in das Bett legen, in dem Elisabeth gestorben war. Insgeheim machte er sich Vorwürfe, dass er an dem Abend Elisabeth allein gelassen hatte.

Vielleicht hätte er ihr doch helfen können. Zumindest wäre er in ihrer letzten Stunde bei ihr gewesen. Wenn diese Gedanken in ihm aufkamen, saß er gramgebeugt und schweigend da, den Blick in eine Ecke des Zimmers gerichtet. Manchmal weinte er dabei. Doch gelegentlich kam auch Groll gegen Manuel auf. Denn im Grunde genommen war er es, der dafür verantwortlich war, dass er an dem Abend noch einmal das Haus verlassen hatte.

Heinrich zeigte seinen Groll nicht. Er brauchte in diesen schweren Tagen den Beistand Manuels. Noch lieber wäre es ihm gewesen, wenn ihn auch Susanne unterstützt und getröstet hätte. Wo sie sich nur herumtrieb? Nun bekam sie nicht einmal mit, dass ihre Mutter gestorben war. Im Gegensatz zu seiner Frau hatte es Heinrich verpasst, zu den beiden Kindern ein herzliches Verhältnis aufzubauen, als sie langsam erwachsen wurden. Er gab sich die größte Mühe, doch die Mauer zwischen ihm und ihnen wurde immer höher und dicker. Aus seiner Sicht hatten die Kinder Eigenarten an sich, die er weder verstand noch akzeptieren konnte.

Manuel geriet zum Beispiel sehr leicht in Zorn. Er rastete manchmal regelrecht aus. Dann machte er Dinge kaputt, die ihm eigentlich wertvoll waren. So warf er einmal aus nichtigem Anlass sein schönstes Spielzeugauto derart fest gegen die Wand, dass es in mehrere Stücke zerbrach. Im Alter von sechzehn Jahren zertrümmerte er seine Stereoanlage. Keiner wusste warum, er selbst am wenigsten.

Heinrich regte sich darüber sehr auf, denn die Anlage hatte viel Geld gekostet, und er gehörte einer Generation an, die sparen musste, um es zu etwas zu bringen. Wegen des Vorfalles geriet er mit Elisabeth heftig in Streit, denn wie immer nahm sie Manuel in Schutz.

Seit damals verschlechterte sich das Verhältnis zu Manuel immer mehr. Heinrich wurde das Gefühl nicht los, dass in Manuel eine kriminelle Energie unbekannten Ausmaßes schlummerte, die jederzeit zum Ausbruch kommen konnte. Doch seine Fantasie reichte nicht aus, sich auszumalen, wie recht er hatte.

Susanne hingegen geriet nur selten in Wut. Doch wenn ihr etwas nicht passte, verschwand sie einfach. Sie zog sich nicht nur in ihr Schneckenhaus zurück, sondern verschwand spurlos. Einmal hatte sie sich im Geräteschuppen versteckt. Elisabeth fand sie und ertappte sie dabei, wie sie sich mit einer imaginären Person unterhielt. Als sie Susanne fragte, mit wem sie redete, verstummte diese und sprach stundenlang kein Wort mehr.

Elisabeth versuchte, den Kindern ein Höchstmaß an Liebe zukommen zu lassen. Dies gelang ihr auch die meiste Zeit. Nie verurteilte sie die beiden, nie war sie über ihr Benehmen ungehalten. Stets zeigte sie Verständnis, wenn sich Probleme ergaben. Drei Tage vor der Beerdigung suchte Heinrich noch einmal seinen Hausarzt auf, da ihm die Beruhigungstabletten ausgegangen waren. Als der Arzt ihn fragte, wie er sich fühle, rang Heinrich um eine passende Antwort. Der Arzt verstand und verschrieb etwas stärkere Tabletten. Zu Hause nahm Heinrich sofort eine dieser Pillen ein, woraufhin er sehr müde wurde und auf der Couch einschlief. Bevor er in den Schlaf versank, bekam er noch mit, dass ihn Manuel zudeckte, damit er nicht fror.

Überhaupt kümmerte sich Manuel in diesen Tagen rührend um Heinrich, wobei er sich in seiner Schauspielkunst mehrmals übertraf. Er begleitete ihn bei allen Besorgungen und ging sogar mit ihm zum Arzt. Dabei achtete er darauf, dass andere das mitbekamen. Es passte auch in seinen Plan, als Heinrich ihn bat, ihn zu seinen beiden alten Tanten zu begleiten. Die neugierigen Tanten wollten aus Heinrichs Mund wissen, an was genau Elisabeth erkrankt und wie sie gestorben war.

Bei diesem Besuch warf Manuel sein gesamtes schauspielerisches Können in die Waagschale. Er weinte derart herzzerreißend, dass er damit sogar Heinrich in den Schatten stellte. Eine der beiden Tanten war davon so beeindruckt, dass sie ihren Neffen liebevoll in den Arm nahm und ihm über den Kopf streichelte. Auch Heinrich konnte seine Tränen nicht zurückhalten.

Nun lag Heinrich auf der Couch und schlief fest. Manuel war sich sicher, dass er in den nächsten zwei Stunden nicht aufwachen würde. Er schlich sich aus dem Haus, ging zur Garage, öffnete leise das Tor und schloss es wieder hinter sich.

Einem kleinen Werkzeugschrank, der an der Wand hing, entnahm er einen Schraubenzieher und schraubte damit an Heinrichs Wagen das hintere Kennzeichen ab. Dann stellte er eine Kerze auf den Kofferraumdeckel und zündete sie an. Anschließend zog er Handschuhe an. Nun hielt er in einigem Abstand die Rückseite des Nummernschildes an der Stelle über die Flamme, an der sich der TÜV-Stempel befand. Sascha hatte ihm diesen Trick schon vor Jahren gezeigt. Es war eigentlich ganz leicht. Er musste nur den richtigen Augenblick abwarten, bis der Kleber weich wurde. Dann konnte er die TÜV-Plakette nach links um zwei Monate zurückdrehen.

Bevor er das Nummernschild wieder ans Fahrzeug schraubte, wischte er den Ruß ab, den die brennende Kerze auf der Rückseite des Kennzeichens hinterlassen hatte.

Im Haus vergewisserte er sich zuerst, ob Heinrich noch schlief. Danach schenkte er sich einen Whisky ein, den er, in einem Sessel sitzend, neben dem Schlafenden genüsslich trank.

Heinrich schlief mehr als zwei Stunden. Als er aufwachte, befand sich Manuel in seinem Zimmer. Er hatte den Kopfhörer auf und hörte nun schon zum vierten Mal den Song *Stunde des Siegers* von Böhse Onkelz. Den Text sang er leise mit:

*Du erträgst die Erniedrigung*
*Mit einem Lächeln im Gesicht*
*Doch was mal aus Dir werden soll*
*Das weißt Du nicht*

»Ich weiß es sehr wohl«, brummte Manuel zwischen den Klängen der Bassgitarre.

...
*Dein Weg führt Dich durch dunkle Straßen*
*Hörst Du, wie man über Dich lacht*

»Über mich wird todsicher keiner lachen, denn ich werde mich über alle erheben«, fügte Manuel mit wilder Entschlossenheit ein.

*Die Stunde des Siegers kommt für jeden irgendwann*
*Für Dich, für mich, für jeden irgendwann*
…

Manuel hatte die Augen geschlossen, und sein Körper bewegte sich im Rhythmus des Songs.

*Doch laß sie lachen, laß sie schrei'n*
*Bis ihre Rotze sie erstickt*
*Denn bald ist Deine Zeit gekommen*

Und wieder zwischen den Klängen der Instrumente: »Sehr bald sogar!« Manuel musste sich beherrschen, diese Worte nicht laut hinauszuschreien. Heinrich durfte nichts mitbekommen. Es wäre fatal, wenn er jetzt Verdacht schöpfen würde.

…
*Dann tanzt Du auf ihren Köpfen*
*Bis das Hirn aus ihren Augen quillt*
*Siehst Du das Zappeln der fetten Leiber*
*Hast Du Dein Ziel erreicht*

Heinrich klopfte an die Tür. Als er keine Antwort bekam, drückte er langsam die Klinke nach unten, streckte seinen Kopf in Manuels Zimmer und fragte:

»Hast du Lust auf einen Kaffee, mein Junge?« Heinrich wirkte noch ganz verschlafen. Seine Haare waren ungekämmt, das Hemd und die Hose zerknittert. Manuel zuckte zusammen, als er Heinrich bemerkte. Mit einer hastigen Bewegung nahm er den Kopfhörer ab.

»Ist was? War ich zu laut? Bist du wegen mir aufgewacht?«

»Nein, nein, du warst nicht laut. Hattest ja den Kopfhörer auf«, erwiderte Heinrich und rang sich ein Lächeln ab.

Manuel entspannte sich und schaute Heinrich fragend an.

»Ich mache mir einen Kaffee, trinkst du einen mit?«

»Gern«, erwiderte Manuel. »Ich kann welchen machen. Ruh du dich aus.«

»Ich habe mich genug ausgeruht. Ich denke, es tut mir gut, wenn ich auch mal wieder etwas tue und wenn es auch nur die Zubereitung von Kaffee ist.«

»Wie du willst. Ich schau mal, ob Mutter noch was Süßes in der Gefriertruhe gehamstert hat.«

»Nein, bitte nicht!«, stieß Heinrich hastig hervor. »Ich meine ... ich ... ich habe keinen Hunger.«

Manuel verstand sofort. Heinrich wollte so kurz nach dem Tod von Elisabeth die riesige Wunde nicht noch mehr aufreißen.

»Wie du willst«, antwortete Manuel. »Werde auch nichts essen. Habe heute Abend noch genügend Gelegenheit, mir den Bauch vollzuschlagen. Ich muss nämlich unbedingt an einem Arbeitsessen teilnehmen. Konnte unmöglich absagen«, log er. »Ich hoffe, es macht dir nichts aus, für ein paar Stunden allein zu sein.«

»Geh nur, mein Junge, werde es überleben. Vielleicht werde ich ein wenig spazieren gehen. Frische Luft wird mir gut tun.«

»Sag mal, könntest du mich dort hinfahren. Weißt ja, meine Karre spinnt. Bin noch nicht dazu gekommen, mich darum zu kümmern.«

»Wo musst du denn hin? Kann dich nicht jemand anders fahren?«

»Wüsste momentan nicht, wer mir diesen Gefallen tun könnte.«

»Was ist denn mit diesem ... wie heißt er noch? Dieser Automechaniker, der könnte ja auch deinen Wagen reparieren?«

»Ich habe dir doch schon einmal gesagt, dass ich mit dem nichts mehr zu tun habe. Den habe ich schon Schaltjahre nicht mehr gesehen.«

»Warum hast du den eigentlich nie mit nach Hause gebracht?«

Vielleicht weil dir ein einfacher Junge aus dem Hallschlag als Freund deines Sohnes nie gut genug war, dachte Manuel. Doch er antwortete:

»Weiß auch nicht. Der wollte nie so ein vornehmes Haus wie das unsrige betreten. Er kam aus dem Hallschlag, und da hatte er wahrscheinlich irgendwelche Komplexe.«

»Ich habe nie verstanden, dass du ...« Heinrich hielt inne. Er merkte, dass das Thema zu heiß wurde. Er wollte sich in diesen Tagen der Trauer auf keinen Fall mit Manuel überwerfen. »Lassen wir das, mein Junge. Wohin, sagtest du, soll ich dich fahren?«

»Das Essen findet auf dem Kappelberg im Restaurant Waldschlössle statt. Wir müssen also durch Fellbach fahren. Vielleicht kannst du dir auf der Rückfahrt dort die Beine etwas vertreten.«

»Das ist eine gute Idee. Ich werde durch die Fußgängerzone in Fellbach schlendern und mir anschließend im Engelbräu ein Bier genehmigen. Und wer weiß, vielleicht werde ich mich dort so lange aufhalten, bis du mit deinem Arbeitsessen fertig bist. Dann kann ich dich wieder mit nach Hause nehmen. Von Fellbach zum Kappelberg ist es ja nicht weit.«

»Das wäre super! Muss aber nicht sein. Weiß auch nicht, wie lange die Besprechung geht.«

»Du rufst mich einfach auf meinem Handy an. Wenn ich dann noch in Fellbach bin, steht einer gemeinsamen Heimfahrt nichts mehr im Weg.«

»Okay, das ist ein Angebot, das ich gern annehme.«

»Wann fahren wir?«

»Ich denke, wenn wir um 19.40 Uhr losfahren, reicht das.«

»Abgemacht, mein Junge.«

Manuel konnte es nicht mehr hören, wenn Heinrich ihn ›mein Junge‹ nannte. Zum einen war er schon lange erwachsen, und zum anderen war das Verhältnis zwischen ihm und

Heinrich nicht so gut, dass er von seinem Vater auf diese Weise angesprochen werden wollte. Doch er beherrschte sich und dachte an den Böhse-Onkelz-Text:

*Denn bald ist Deine Zeit gekommen*
…
*Dann tanzt Du auf ihren Köpfen*
*Bis das Hirn aus ihren Augen quillt*
*Siehst Du das Zappeln der fetten Leiber*
*Hast Du Dein Ziel erreicht*

Manuel begab sich auf sein Zimmer. In einem dicken Buch hatte er die französische SIM-Karte versteckt. Er legte sie in sein Handy ein und versandte anschließend eine SMS, bestehend aus vier Zahlen: 1940. Danach nahm er den Chip wieder aus dem Handy und legte seine reguläre Karte ein.

Sie fuhren pünktlich los. Als sie die Enzstraße verließen, nach links in die Nagoldstraße und am Ende nach rechts in die Löwentorstraße in Richtung Aubrücke und Stuttgart-Mühlhausen einbogen, schaute Manuel auf der Beifahrerseite in den Außenspiegel. Er sah, dass ihnen in einem Abstand von etwa dreißig Metern ein silbergrauer Passat folgte. Zufrieden lehnte er sich in den Sitz zurück. Kurze Zeit später waren sie auf der Augsburger Straße und bogen vor dem ehemaligen Eszet-Steg nach links in die Dietbachstraße in Richtung Fellbach ein. Es waren erstaunlich viele Fahrzeuge unterwegs.

Auf Höhe des Fellbacher Freibades sah Manuel wieder in den Spiegel. Ein Daimler hatte sich zwischen sie gedrängt. An der nächsten Kreuzung stand die Ampel auf Grün. Heinrich gab Gas; er wollte die Kreuzung unbedingt überquert haben, bevor die Ampel auf Gelb schaltete, was ihm auch gelang.

»Warum schaust du denn ständig in den Rückspiegel?«, fragte Heinrich.

»Entschuldige, ist eine blöde Angewohnheit von mir. Bin nicht so oft als Beifahrer unterwegs.«

»Du traust meinen Fahrkünsten wohl nicht viel zu?« Heinrich lachte gequält.

»Nein, ... oh, ... doch, ... ich meine, du fährst gut.«

»Wenn es so dunkel ist wie jetzt, habe ich schon meine Schwierigkeiten. Im Alter lässt die Sehkraft einfach nach. Aber wir werden das Kind schon schaukeln.«

Manuel antwortete nicht. Kurze Zeit später versuchte er, so unauffällig wie möglich in den Spiegel zu schauen. Doch er kam nicht umhin, sich dabei etwas vorzubeugen. Würde es der Alte bemerken? Von dem Passat war nichts zu sehen. Fellbach lag hinter ihnen. Sie bogen rechts ab in die Kappelbergstraße und folgten den wegweisenden Schildern. Die kurvenreiche, schmale Landstraße stieg leicht, aber stetig an. Innerhalb der nächsten vier Kilometer musste die Entscheidung fallen. Heinrich fuhr langsam. Er kannte die Strecke nicht so gut. Jetzt umsäumten auf beiden Seiten dichter Wald und Weinberge die Straße, auf der ihnen nur ganz wenige Autos entgegenkamen. Manuel begann zu schwitzen, denn er konnte hinter sich keinen Lichtschein sehen. Sollte die Sache schiefgehen?

In einer langgezogenen Kurve, die Heinrich relativ langsam nahm, wurde der Innenraum für einen kurzen Augenblick von hinten erhellt. Dann war das Licht wieder weg. Doch ein paar Sekunden später tauchte es wieder auf und kam schnell näher – und zwar so nahe, dass Heinrich befürchtete, man würde ihn von hinten rammen.

»Was ist denn das für ein Idiot?«, stieß er ärgerlich hervor.

Manuel drehte sich um und sah durch die Heckscheibe. In diesem Moment schaltete das Fahrzeug hinter ihnen Blaulicht ein.

»Das ist die Polizei. Ich glaube, wir müssen anhalten. Da vorn ist ein Parkplatz. Fahr einfach langsamer, damit die wissen, dass wir sie bemerkt haben. Dann biegst du auf den Parkplatz ab.«

Heinrich tat, was Manuel ihm geraten hatte, und ging vom Gas herunter. Dann setzte er den rechten Blinker.

»Was wollen die von uns? Wir sind doch anständig gefahren, oder nicht?«

»Vielleicht ein wenig zu langsam, aber das ist ja nicht verboten«, erwiderte Manuel. »Hast du deine Papiere dabei?«

»Natürlich habe ich die dabei. Meinst du, die können mir noch was, weil ich vor zwei Stunden noch einen Brandy getrunken habe?«

»Das glaube ich nicht. Wir werden sehen.«

Heinrich bog auf den Parkplatz ab, der durch eine dichte, hohe Hecke von der Straße abgetrennt war. Nachdem er angehalten hatte, stoppte auch das Polizeifahrzeug hinter ihm. Das Blaulicht war jetzt ausgeschaltet. Heinrich kramte im Handschuhfach nach dem Fahrzeugschein. Seinen Führerschein bewahrte er in der Geldbörse auf. Es klopfte am Fenster der Fahrerseite. Heinrich drückte auf den Knopf, und die Scheibe versank in der Türverkleidung.

»Fahrzeugkontrolle«, sagte der Polizist. »Bitte Führerschein und Fahrzeugschein!«

Heinrich kam der Order des Polizisten nach und händigte ihm die gewünschten Dokumente aus.

»Haben Sie Alkohol getrunken?«

»Nein, ich habe nichts getrunken«, gab Heinrich unsicher zur Antwort.

Der Beamte schaltete seine große Stabtaschenlampe an und leuchtete damit zuerst auf den Fahrzeugschein.

»Hm«, brummte er. »Da stimmt was nicht! Ihre TÜV-Plakette ist längst abgelaufen. Laut Fahrzeugschein wäre der TÜV aber erst nächsten Monat fällig. Wie erklären Sie sich das?«

Heinrich war perplex. Er ließ den Wagen regelmäßig warten. Noch nie hatte es mit dieser Mercedes-Werkstatt Probleme gegeben.

»Steigen Sie bitte mal aus und schauen Sie selbst.«

Heinrich sah Manuel fragend an. Dieser zuckte mit den Schultern und öffnete die Beifahrertür, um den Wagen zu verlassen. Heinrich stieg daraufhin auch aus. Zu dritt begaben sie sich hinter das Fahrzeug. In der Dunkelheit fiel Heinrich nicht auf, dass der Polizist mit einem Zivilwagen unterwegs war. Er nahm nur das ausgeschaltete Blaulicht auf dem Dach des Fahrzeugs wahr. Am Heck des Daimler angekommen, sagte der Polizeibeamte zu Manuel:

»Halten Sie mal bitte!« Dabei streckte er Manuel die Taschenlampe und die Fahrzeugpapiere entgegen. Manuel steckte die Dokumente sofort ein, während er die schwere Stabtaschenlampe in seiner rechten Hand hielt. Der Polizeibeamte bückte sich im Licht der Scheinwerfer zu dem Nummernschild hinunter und sagte zu Heinrich:

»Sehen Sie, auf zwölf Uhr ist die Zahl acht zu sehen. Wir haben jetzt aber schon Oktober. Das heißt, Sie haben die vorgeschriebene Hauptuntersuchung zwei Monate überschritten.«

Heinrich bückte sich ebenfalls zu dem Kennzeichen hinunter. Noch bevor er sich selbst vergewissern konnte, traf die Taschenlampe seinen Hinterkopf. Heinrich fiel nach vorn, konnte sich aber mit beiden Händen auf dem Boden abstützen.

Er hörte, wie der Polizist zweimal laut schrie: »Schlag zu, verdammt noch mal, schlag zu!«

Dann nahm er wahr, wie etwas an seinem Kopf vorbeisauste und sein linkes Schlüsselbein traf. Heinrich durchfuhr ein giftiger Schmerz, der gleichzeitig soviel Adrenalin in ihm ausschüttete, das er es schaffte, irgendwie auf die Beine zu kommen. Er drehte sich um und sah in Manuels hasserfülltes Gesicht. Den nächsten Schlag konnte Heinrich abwehren, indem er seine Arme schützend über den Kopf hielt. Dann ging er schreiend zum Gegenangriff über: »Du Bastard, du elender Bastard! Du willst mich umbringen! Stimmt's?«

»Schlag endlich zu, Manuel! Mach ihn alle!«, hörte Heinrich den Polizisten brüllen.

Doch Manuels Schläge verpufften an den abwehrenden Armen seines Opfers. Heinrich konnte seinen Sohn an dessen Jacke packen. Dann stürzte er sich mit der Verzweiflung des Todgeweihten auf Manuel. Beide kamen zu Fall. Als Heinrich ausholte, um Manuel einen Faustschlag ins Gesicht zu versetzen, griff der als Polizist verkleidete Sascha endlich ein. Mit voller Wucht trat er Heinrich in die Seite, sodass dieser von Manuel herunterfiel. Manuel rollte sich sofort von Heinrich weg. Dann peitschten kurz hintereinander drei Schüsse durch die Nacht. Tödlich getroffen blieb Heinrich auf dem Rücken liegen. Manuel fiel wie eine blutrünstige Bestie über seinen leblosen Vater her, umklammerte mit aller Kraft dessen Hals und würgte ihn, undefinierbare Laute ausstoßend, bis er fast nicht mehr konnte und Sascha schreien hörte:

»Bist du verrückt! Der ist doch schon längst tot. Runter von ihm!« Sascha stieß Manuel den Fuß in die Seite, und Manuel richtete sich danach langsam und keuchend auf. An seiner Unterlippe hing weißlicher Mundschleim. Schweiß rann über sein Gesicht. Mit weit aufgerissenen Augen schaute er den anderen an.

Sascha steckte seinen Revolver ein und schrie: »Wir müssen so schnell wie möglich hier weg!«

Manuel kam wieder zu sich und fluchte laut: »Scheiße, scheiße, scheiße!« Dann vorwurfsvoll zu Sascha: »Was hast du da für einen Bockmist gemacht. Musstest du ihn abknallen? Jetzt können wir die Nummer mit dem Selbstmord auf den Gleisen vergessen! Die Bullen würden die Kugeln im Körper des Alten finden. Verdammt noch mal!«

Sascha schrie zurück: »Du hast dich so saublöd angestellt, und ich dachte, bevor dir dein Alter ein paar Schrammen verpasst, puste ich ihn weg. Kratzer in deinem Gesicht sind meines Erachtens schlimmer als die Kugeln im Bauch deines Alten. Die Bullen würden dich sofort verdächtigen.«

»Scheiße, verdammt noch mal!«, fluchte Manuel weiter. »Was machen wir jetzt?«

»Hm, wir lassen ihn einfach liegen.«

»Spinnst du? Ich habe kein Alibi! Da haben sie mich gleich am Arsch. Wir müssen hier so schnell wie möglich die Platte putzen. Wenn jemand vorbeikommt, sind wir geliefert. Los, pack an!«, befahl er Sascha. »Wir verfrachten ihn zuerst einmal in den Kofferraum des Passat. Du lässt ihn dann verschwinden, kapiert?«

»Okay, ich werde ihn verbuddeln. Den findet niemand, das garantier ich dir«, stieß Sascha hervor.

»Das will ich dir auch geraten haben!«, stieß Manuel immer noch wutentbrannt hervor.

»Ich fahre unterdessen den Daimler an den Hauptbahnhof. Die Bullen werden glauben, der Alte habe aus Gram und Schiss vor der Beerdigung das Weite gesucht. Zumindest werde ich versuchen, es ihnen so zu verkaufen.«

Heinrich war groß und kräftig. Er wog sicher an die hundert Kilo. Die beiden ächzten und stöhnten, bis sie seine Leiche endlich in den Kofferraum des Passat verfrachtet hatten. Anschließend nahm Sascha das Blaulicht vom Dach, zog die Polizistenmütze vom Kopf und tauschte die Uniformjacke gegen seinen braunen Parka. Dann fuhren beide los.

Sascha fuhr zuerst zu seiner Wohnung. Dort versteckte er die Polizeiuniform und das Blaulicht. Von den Sachen wollte er sich einfach nicht trennen. Mütze und Jacke hatte er schon vor Jahren gestohlen. Bei einem Spiel des VFB Stuttgart gegen den Karlsruher SC hatte es damals zwischen den rivalisierenden Fans eine Massenschlägerei gegeben, bei der auch die Polizei kräftig mitgemischt hatte. Sascha war hinzugekommen und hatte die Polizeimütze auf dem Boden liegen sehen. In dem Trubel war niemandem aufgefallen, dass er die Kopfbedeckung unter seiner Jacke hatte verschwinden lassen.

Seit diesem Tag hatte er bei jedem Spiel des VFB darauf gelauert, auch noch eine Jacke stehlen zu können. Die Gelegenheit hatte nicht lange auf sich warten lassen. Wieder hatte er Krawalle zwischen Polizei und Fans nutzen können, um aus einem offenen Streifenwagen eine Uniformjacke zu entwenden. Schon damals hatte er die Idee gehabt, als falscher Polizist Dinge zu tun, die ihm sonst nicht möglich waren. Als Manuel ihm den Plan über die Ermordung seiner Eltern erklärt und ihn gefragt hatte, ob er die gestohlene Uniform noch hätte, war er sofort Feuer und Flamme gewesen, endlich bei einer wichtigen Aktion als Polizist auftreten zu können.

Nachdem Sascha seine Wohnung wieder verlassen hatte, begab er sich zu seinem Volvo, um aus dem Kofferraum den Spaten zu holen, der ihm schon bei Susannes Beseitigung gute Dienste geleistet hatte. Danach wollte er mit dem Passat auf direktem Weg zum Ebnisee bei Winnenden fahren. Dort kannte er sich aus, und vor allem wusste er, dass er im weiten Bereich des Sees sandigen Boden ohne irgendwelche Wurzelgeflechte vorfinden würde.

Sascha fuhr auf der B 14 durch Fellbach in Richtung Winnenden. Der Verkehr war mäßig. Jetzt nur nicht in eine Radarfalle oder Polizeikontrolle geraten, dachte er. An der letzten Kreuzung am Ortsausgang Fellbach musste er anhalten. Er überlegte gerade, wie lange er wohl brauchen würde, um den Toten zu verscharren, als er das laute Quietschen von Reifen vernahm. Ein Blick in den Rückspiegel, und im Bruchteil einer Sekunde wusste er, dass er keine Chance hatte, den Unfall zu verhindern. Ein dumpfes Krachen drang an sein Ohr, und er spürte, wie sein Rücken in den Sitz gedrückt wurde. Der Passat wurde zwei, drei Meter nach vorn in die Kreuzung geschoben, da Sascha beim Anhalten das Kupplungspedal getreten und die Handbremse nicht angezogen hatte.

Adrenalin schoss in Saschas Nervenbahnen. Dennoch kam ihm seine Reaktion unendlich langsam vor. Er drehte seinen Kopf und sah nach hinten. Der Kofferraumdeckel war durch den Aufprall aufgesprungen. Blitzschnell löste Sascha den Sicherheitsgurt und öffnete die Beifahrertür. Als er mit einem Satz an das Heck seines Wagens hechtete, registrierte er, dass in dem unfallverursachenden Fahrzeug die Airbags ausgelöst worden waren. Am Steuer saß ein junger Mann und daneben eine Frau. Beide schienen etwas benommen zu sein.

Sascha stand jetzt unmittelbar vor dem offenen Kofferraum des Passat. Dem Unfallverursacher zugewandt, versuchte er instinktiv, mit seinem Oberkörper und den Armen die Öffnung abzudecken. Er sah, wie die Beifahrerin schrie und sich die Hände vor das Gesicht schlug. Der junge Mann beugte sich helfend über sie. Sascha drehte sich rasch um, fasste den Kofferraumdeckel und drückte ihn nach unten. Es knarrte und quietschte. Offensichtlich waren die Scharniere verbogen, denn er musste einige Kraft aufwenden, bis er den Deckel ganz heruntergedrückt hatte. Mit einem festen Ruck versuchte er, das Schloss einrasten zu lassen. Doch als er losließ, ging der Kofferraumdeckel langsam wieder auf.

Am besten ich verschwinde, renne einfach weg, schoss es Sascha durch den Kopf. Doch was würde dann passieren? Man würde die Leiche finden und sofort die Polizei rufen. Die Bullen würden in null Komma nix Manuel kassieren, und von Manuel auf ihn zu kommen, wäre ein Leichtes.

Champions League! Hey, Mann, du spielst Champions League! Hast du das vergessen? Verlier jetzt nur nicht die Nerven, Kleiner. Noch ist nichts verloren. Fieberhaft und in Sekundenschnelle überlegte Sascha, wie er seinen Kopf aus der Schlinge ziehen könnte. Er drückte noch einmal den Kofferraumdeckel nach unten und stellte fest, dass die beiden Schlossteile nicht mehr ineinander griffen. Mit dem Mut der Verzweiflung ließ er den Deckel noch einmal los und zog mit aller Kraft am Schlossunterteil, bis er das Gefühl hatte, es jetzt wieder in die richtige Stellung gebracht zu haben. Er hörte, wie hinter ihm eine Fahrzeugtür geöffnet wurde, und er sah vor sich das wachsbleiche Gesicht Heinrich von Kampens. Die Leiche lag in seltsam gekrümmter Haltung im Kofferraum.

»Entschuldigen Sie bitte!«, hörte er von hinten eine Stimme sagen.

Sascha fuhr zusammen. Er schaffte es gerade noch, den Kofferraumdeckel nach unten zu drücken. Ohne ihn loszulassen drehte er sich um.

»Entschuldigen Sie bitte!«, sagte der andere noch einmal. »Es tut mir furchtbar leid. Wir haben herumgealbert, und ich habe nicht aufgepasst. Sind Sie verletzt?«, fragte der Mann in besorgtem Ton.

»Nein, ich bin nicht verletzt«, antwortete Sascha knapp.

»Wir rufen die Polizei, damit alles seine Richtigkeit hat«, meinte der andere. »Natürlich trage ich die Schuld an diesem Unfall.«

»Die Polizei? ... ähm, nein, das ist nicht nötig.« Sascha überlegte, wie er aus der Sache am besten herauskam.

»Wissen Sie, ich habe es sehr, sehr eilig. Muss dringend zum Flughafen. Geben Sie mir eine Karte von Ihnen, und ich werde Sie in den nächsten Tagen anrufen.«

Inzwischen hatte sich hinter der Unfallstelle schon ein Stau gebildet. Sascha wusste, dass es jetzt um jede Sekunde ging. Sicher würde irgendjemand über Handy die Polizei anrufen. Nicht auszudenken, wenn jetzt plötzlich ein Streifenwagen auftauchen würde.

»Eine Karte? Moment, muss mal schauen, ob ich eine bei mir habe.«

Der junge Mann zog seine Geldbörse aus der Tasche und schaute in aller Ruhe nach. Es verging eine Ewigkeit, bis er feststellte, dass er keine dabei hatte.

»Tut mir leid, mit einer Karte kann ich Ihnen leider nicht dienen. Aber ich kann Ihnen meinen Namen aufschreiben.«

»Nein, nein«, stieß Sascha hastig hervor. »Ist nicht nötig. Sagen Sie mir Ihre Telefonnummer, und ich rufe Sie in der nächsten Woche an.«

Sascha schaute auf seine Armbanduhr, während er mit der rechten Hand immer noch den Kofferraumdeckel zuhielt.

»Bitte, schnell Ihre Telefonnummer. Ich verpasse sonst noch mein Flugzeug.«

»Ich schreibe sie Ihnen auf.«

»Um Gottes Will..., nein, ich meine, sagen Sie mir die Nummer. Ich kann sie mir merken Ich habe ein gutes Zahlengedächtnis.«

»Meinen Sie wirklich?«

»Ja, machen Sie schon!« Sascha musste sich beherrschen, sein Gegenüber nicht anzuschreien.

»Was meinen Sie, ist der Schaden an Ihrem Auto groß? Zeigen Sie mal!«

Der junge Mann machte einen Schritt auf Sascha zu und bückte sich etwas hinunter, um die Beschädigungen zu begutachten.

»Der Schaden hält sich sicherlich in Grenzen«, erwiderte Sascha, jetzt schon etwas ärgerlich. »Sie sehen ja, nicht einmal die Rückleuchten haben etwas abgekriegt. Bitte, Ihre Telefonnummer!«, drängte Sascha. Natürlich würde er den Unfallverursacher niemals anrufen. Und er hoffte, dass er ihm auch nie mehr zufällig begegnen würde.

»Ich habe drei Nummern. Welche möchten Sie? Die private, die berufliche oder meine Handynummer?«

»Das ist mir schei... egal, irgendeine Nummer. Ich kann mir jede merken.«

»Dann gebe ich Ihnen am besten die Handynummer. Sind Sie sicher, dass Sie sich die auch merken können?«

Sascha wäre seinem Gegenüber am liebsten an die Gurgel gesprungen. Aber er musste jetzt die Nerven behalten. Wenn nur keine Bullen auftauchen, dachte er.

Nachdem der junge Mann endlich seine Handynummer genannt hatte, bedankte sich Sascha und drehte sich um. Danach ließ er den Kofferraumdeckel einen Spalt nach oben, um ihn gleich danach unter Aufbietung seiner ganzen Kraft ruckartig nach unten zu drücken. Als er, um sicher zu gehen, noch ein zweites Mal nach unten drückte, sah er zwei Hände neben den seinen.

»Zu zweit schaffen wir es vielleicht«, sagte der junge Mann und lächelte Sascha schuldbewusst und unsicher an. Plötzlich hörte Sascha ein leises Knacken. Da wusste er, dass das Schloss jetzt eingerastet war. Dennoch ließ er den Kofferraumdeckel nur zaghaft los. Sascha hatte Glück. Er blieb tatsächlich zu.

Als er endlich wieder am Steuer saß, atmete er tief durch. Dann fuhr er langsam an. Nicht auszudenken, wenn dabei der Kofferraumdeckel wieder aufgesprungen wäre. Der Unfallverursacher stand nämlich immer noch unmittelbar hinter dem Passat.

Auf der B 14 fuhr er weiter in Richtung Waiblingen und Winnenden. Obwohl er die Beseitigung der Leiche am liebsten ganz schnell hinter sich gebracht hätte, musste er sich an die Geschwindigkeitsbeschränkungen halten, denn er wusste, dass sich auf der Strecke mehrere Radarfallen befanden. Bis zum Ebnisee hätte er zwanzig Minuten benötigt. Das war ihm angesichts des sichtlich beschädigten Autos zu riskant. Er wollte keine Polizeikontrolle riskieren.

Deshalb fuhr er bei Waiblingen von der B 14 runter und auf direktem Weg zum Schmidener Feld. Dort parkte er den Wagen in sicherer Deckung der hohen Hecke eines einsam gelegenen, verwilderten Schrebergartens. Mit dem Spaten in der Hand suchte er dann in genügender Entfernung eine geeignete Stelle.

Er hatte bereits Übung mit dem Spaten, und dieses Mal war es tatsächlich wesentlich leichter, die Grube auszuheben. Als er sich sicher war, dass das Erdloch die richtige Größe und Tiefe hatte, holte er den Passat, fuhr rückwärts ganz nah an die Grube heran, öffnete den Kofferraum, zog den Toten heraus und ließ ihn direkt in das Erdloch fallen.

Danach schaufelte er hastig den Aushub über die Leiche. In mehreren Schichten trat er die Erde fest. Als er bei der ersten Schicht unter seinen Schuhsohlen noch den Leichnam spürte, bekam er eine Gänsehaut. Doch schon die zweite Schicht verschluckte das Gefühl des direkten Kontaktes mit dem Toten. Heinrich von Kampen würde für immer verschwunden bleiben, dessen war sich Sascha sicher, nachdem er das Loch vollends zugeschaufelt und den Rest der Erde weit verstreut hatte.

Nun musste er sich noch des gestohlenen Passats entledigen. Bestimmt befand sich noch Blut im Kofferraum, dachte

Sascha. Von meinen Fingerabdrücken ganz zu schweigen. Also muss ich ganze Arbeit leisten. Er fuhr einen knappen Kilometer bis zu einem stillgelegten Kieswerk am Ortsrand von Aldingen. Bei laufendem Motor öffnete er die Motorhaube, holte sein Taschenmesser heraus und schnitt die Benzinleitung etwa bis zur Hälfte durch. Sofort spritzte Benzin auf den heißen Motorblock.

Sascha entfernte sich einige Schritte von dem Fahrzeug und wartete. Nach kurzer Zeit sah er eine Stichflamme aus dem Motorraum schießen. Und dann ging es sehr schnell. Im Nu breitete sich das Feuer auf das ganze Fahrzeug aus. Sascha wandte sich ab und ging zur nahe gelegenen Endhaltestelle der Stadtbahn. Nach rund einer halben Stunde Fahrzeit hatte er den Stuttgarter Hauptbahnhof erreicht.

Wie besprochen, stellte Manuel Heinrichs Mercedes in der Nähe des Stuttgarter Hauptbahnhofs ab, und zwar so, dass er nicht gleich am ersten Tag gefunden wurde. Anschließend fuhr er mit der Stadtbahn U2 zu seiner Wohnung. Als er etwas später im Bett lag, überlegte er fieberhaft, wie es weitergehen sollte. Auf die Schnelle kamen er und Sascha nun nicht mehr an das Erbe der Alten. Das ist sicher, dachte Manuel. Im Lauf des kommenden Tages, nein, besser erst am übernächsten Tag, würde er seinen Vater bei der Polizei zunächst als vermisst melden. Danach würde er sich darum bemühen, dass Elisabeth trotz Abwesenheit ihres vermissten Mannes baldmöglichst beerdigt wurde.

Wenn erst einmal Gras über die Sache gewachsen ist, werden sich schon noch Mittel und Wege finden, um an das Geld zu kommen, ging es Manuel durch den Kopf. Die zehn Jahre, nach denen man einen Vermissten für tot erklären lassen kann, wollten er und Sascha auf keinen Fall abwarten. Schon in den nächsten Tagen werde ich schauen, was ich aus dem Besitz der Alten baldmöglichst und unauffällig versilbern kann. Das Erbe kann mir auf jeden Fall niemand mehr streitig machen. Manuel lächelte bei dem Gedanken, und mit diesem Lächeln schlief er ein.

# 19

»Haben Sie schon gesehen, wir haben morgens frische Brezeln?« Der Kioskbesitzer deutete auf das Laugengebäck, das mit einer Plexiglashaube abgedeckt war.

»Nein, danke«, brummte Nawrod.

»Dasselbe wie gestern?«, fragte der Kioskbesitzer in freundlichem Ton. Ohne die Antwort abzuwarten, stellte er zwei Wodka-Flachmänner auf den Tresen. Nawrod antwortete nicht.

»Macht sieben Euro.« Eigentlich hätte er sich die drei Worte sparen können. Überhaupt schien jegliche Konversation bei dieser Art von Kundschaft überflüssig zu sein. Doch für den Mann war sein Kiosk alles und in gewisser Weise auch seine Kunden, von denen ein nicht unerheblicher Teil alkoholkrank war, insbesondere jene, die schon frühmorgens kamen. Nur bei ganz wenigen brachte er es mit der Zeit fertig, ein gewisses Vertrauensverhältnis aufzubauen, und dann kamen auch kurze Gespräche zustande. Nawrod schien jedoch keiner von denen zu sein. Als er in seiner Geldbörse erst nach Münzen kramte und dann schließlich doch einen Zehn-Euro-Schein hingab, machte der Kioskbesitzer einen zaghaften Versuch.

»Drei für zehn. Sozusagen als Service des Hauses.« Er lächelte Nawrod an. Dieser hob kurz den Kopf und nickte. Er hatte es eilig, denn er hatte verschlafen, weil er in der Nacht einmal mehr versucht hatte, seine Albträume mit Schlaftabletten zu bekämpfen. Sicher würde er heute wieder zu spät zum Dienst kommen. Und natürlich war er wieder nicht rasiert; zum Duschen hatte er ebenfalls keine Zeit gehabt.

Innerhalb des Polizeipräsidiums war er vorsichtiger geworden. Unter anderem wechselte er ständig die Toiletten. Niemandem sollte auffallen, dass er jeden Morgen kurz nach dem Betreten des Dienstgebäudes eine Toilette aufsuchte. Er achtete auch darauf, dass er auf jene Toiletten ging, die am wenigsten frequentiert wurden. Für den Notfall hatte er in einem der Spülkästen einen Flachmann deponiert, an dem er vorher seine Fingerabdrücke abgewischt hatte. Niemand würde ihm etwas nachweisen können, falls das Fläschchen gefunden werden sollte.

Heute suchte er gleich die erste Toilette im Erdgeschoss auf. An einem der vier Pissoirs stand Harry, ein Kollege von der Fahndung, den er gut kannte. Mit ihm hatte er gelegentlich zusammengearbeitet, wenn es galt, einen untergetauchten Dealer aufzuspüren. Es hieß, Harry sei wohl als Fahnder auf die Welt gekommen. Seine Spürnase war weit und breit bekannt und übertraf die eines Bluthundes um Längen. Wenn er sich an die Fersen eines Verbrechers geheftet hatte, war es nur noch eine Frage der Zeit, bis der Bursche in den Genuss kam, gesiebte Luft einzuatmen.

»Grüß dich, Jürgen! Wie geht's?«

»Hallo Harry, beschissen wäre geprahlt«, brummte Nawrod und stellte sich neben den Fahnder. Er konnte jetzt unmöglich eine Kabine aufsuchen. Harry hätte sofort Lunte gerochen. Denn ihm konnte man nichts vormachen.

»Habe gehört, dass dir Neumann die Hölle heiß macht. Sag mal, stimmt das?«

»Kennst ja die Pfeife«, gab sich Nawrod wortkarg.

»An deiner Stelle würde ich dem mal eine richtig vor den Latz knallen. Wirst sehen, dann lässt dich diese Kröte ein für alle Mal in Ruhe.«

Nawrod antwortete nicht. Er hoffte, dass Harry bald fertig sein würde, damit er schnell in eine Kabine verschwinden konnte. Doch Harry tat ihm nicht den Gefallen. Als er endlich fertig war, begab er sich langsam zum Waschbecken, wo er ebenso langsam seine Hände wusch und anschließend auf Nawrod wartete.

»Was machst du eigentlich beim Dezernat 1? Rennst du Leichen hinterher?« Harry lachte. Es war ein ehrliches Lachen, und Nawrod wusste das. Der Fahnder war einer, dem man trauen konnte. Einer, der mitunter sehr direkt war, aber gegenüber Kollegen immer loyal.

»Was ich dort mache?« Nawrod rang um eine Antwort. »Das weiß ich selbst noch nicht so richtig. Ich soll Drexler unterstützen.«

»Drexler, diese Lusche? Der ist doch für Vermisste zuständig, oder?«

Nawrod ging zum Waschbecken. Harry machte ihm Platz.

»Da liegst du richtig.«

»Und das macht dir Spaß?«

»Anordnung von ganz oben, kapiert?«

»Und das heißt?«

»Na, die fragen nicht, ob es mir Spaß macht. Ganz im Gegenteil.«

»Hmm, verstehe. Die Sache mit Charly, oder?«

»Ja«, brummte Nawrod missmutig.

»Na dann, packen wir's mal wieder an.« Mit diesen Worten legte er eine Hand auf Nawrods Schulter und mit der anderen öffnete er die Toilettentür. Nawrod blieb nichts anderes übrig, als Harrys Geste zu folgen. Draußen auf dem Flur blieb Harry noch einmal kurz stehen. Einen Augenblick schaute er Nawrod von oben bis unten an und sagte:

»Hey, Kumpel, wenn's mal brennt, du weißt ja, wie du mich erreichen kannst. Klar?« Harry schlug seine Faust zweimal sanft gegen Nawrods Brust.

»Klar«, antwortete Nawrod und sah betreten zu Boden. Danach ging jeder seines Weges.

Die Frühbesprechung war bereits in vollem Gange. Als Nawrod eintrat, unterbrach Neumann abrupt seine Ansprache. Absolute Stille trat ein. Mit gesenktem Kopf steuerte

Nawrod auf seinen Stuhl zu, der, wie am ersten Tag seines Dienstantrittes, immer noch in der Ecke stand. Auf halbem Weg flog ein zusammengeknülltes Papier an seinen Hinterkopf. Aus den Augenwinkeln sah Nawrod, dass es Schilling war, der geworfen hatte. Nawrod reagierte nicht. Er hörte das hämische Lachen von zwei oder drei Kollegen. Nachdem er Platz genommen hatte, steckte Neumann seine rechte Hand wieder vor der Brust ins Jackett, holte tief Luft und polterte los:

»Kollege Nawrod, Sie sind offensichtlich der Einzige, der nicht begreifen will oder kann, dass hier beim Dezernat 1 auf Pünktlichkeit geachtet wird.«

Mit hochrotem Kopf schaute er auf seine Armbanduhr. »Es sind nun schon wieder sechzehn Minuten, die Sie zu spät kommen. Ich hatte Sie gewarnt. Hiermit erteile ich Ihnen eine Abmahnung, die Ihnen im Lauf des Tages noch schriftlich zukommen wird. Der Polizeipräsident hat mich gebeten, solche Vorgänge unverzüglich zu melden. Dem Ansinnen unseres verehrten Präsidenten werde ich nachkommen, sobald die Besprechung hier zu Ende ist.«

»Leck mich am Arsch«, brummte Nawrod leise, ohne seinen Kopf zu heben. Beide Ellenbogen auf seinen Knien abgestützt, starrte er auf den Fußboden. Man sah deutlich, wie seine Kiefermuskeln mahlten. Jetzt war es Fichtner, der mit einer kleinen Papierkugel seine Schulter traf. Neumann hatte die Äußerung Nawrods nicht verstanden, weshalb er ihn fragte:

»Herr Nawrod, haben Sie eben etwas gesagt, oder irre ich mich da.«

Nawrod gab keine Antwort, sondern starrte weiter auf den Boden. Neumann sah man an, dass er vor Zorn fast platzte, als er schrie:

»Herr Nawrod, ich geben Ihnen kraft meines Amtes den Befehl, dass Sie ab sofort pünktlich zum Dienst zu kommen haben. Jede Missachtung des Befehls hat für Sie Konsequenzen. Ich werde nicht dulden, dass Sie ständig zu spät kommen und damit Unruhe in die Mannschaft bringen. Haben Sie mich verstanden?«

Als Nawrod wieder nicht antwortete, atmete Neumann noch einmal tief ein. Er holte nun zum vorläufig letzten Schlag aus, als er voll beißender Ironie mehr in die Runde als in Richtung Nawrod rief: »Und, lieber Herr Kriminalhauptkommissar Nawrod, wenn Ihr Friseur vielleicht gestorben ist, eingebuchtet wurde oder sich aus nachvollziehbaren Gründen weigert, Ihnen die Haare zu schneiden, ändert das nichts an der Tatsache, dass sie hier mit einer ordentlichen Frisur zu erscheinen haben. Was Ihr übriges Outfit anbelangt, könnten wir für einen neuen Rasierapparat sammeln, falls Ihrer kaputt ist.«

Neumanns Worte wurden von der Mannschaft mit schallendem Gelächter belohnt.

»Und ich werde mal mit meiner Frau reden, vielleicht erbarmt sie sich, wenigstens einmal die Hemden unseres Superagenten zu waschen und zu bügeln«, rief Fichtner dazwischen.

»Dann übernimmt meine Frau seine Hosen«, warf Schilling laut lachend ein.

Nawrod überlegte, ob er einfach aufstehen und den Raum verlassen sollte. Dann entschloss er sich aber, sitzen zu bleiben. Er hob seinen Kopf und sah Schilling direkt in die Augen. Der stechende Blick ließ Schillings Lachen schlagartig verstummen. Er hob seine Hände, als wolle er sich ergeben, und sagte scheinbar bedauernd zu Nawrod: »Nichts für ungut, Kollege. War nicht so gemeint.«

Dann jedoch wieder im Ton einer Giftschlange: »Hey, Nawrod, ich meine es ernst! Wenn Sie tatsächlich Hilfe benötigen, dürfen Sie sich getrost an mich wenden. Ich helfe, wo ich kann.«

Wieder ertönte lautes Lachen, denn jeder wusste, dass Schilling der Letzte gewesen wäre, der Nawrod geholfen hätte.

Neumann bat schließlich um Ruhe und fuhr mit der Besprechung fort. Während er die einzelnen Fälle vortrug, verteilte er auch gleichzeitig die Aufträge und Akten an die jeweiligen Sachbearbeiter.

Vermutlich war es der jämmerliche Zustand Nawrods, der die Sekretärin ausnahmsweise dazu veranlasste, ihm aus Mitleid einen Kaffee zu bringen. Nawrod nahm es erst wahr, als sie schon direkt vor ihm stand und ihn ansprach.

»Herr Nawrod, einen Kaffee?« Dann fast flüsternd: »Er wird Ihnen gut tun.«

Nawrod sah auf. Am liebsten hätte er der Frau die Tasse samt Unterteller aus der Hand geschlagen, denn er begriff sofort, was das bedeutete. Doch er sah im Gesicht der Sekretärin so viel Güte und Herzlichkeit, dass er sich beherrschen musste. Frau Lange hielt ihm den Kaffee entgegen. Nawrod streckte seine rechte Hand aus und verfluchte in diesem Moment den Umstand, dass er heute noch keinen Tropfen getrunken hatte. Wenigstens einen kurzen Schluck hätte er sich genehmigen sollen.

Mit Daumen und Zeigefinger versuchte er, den Rand des kleinen Untertellers festzuhalten. Als die Sekretärin losließ, begannen Tasse und Kaffeelöffel so laut zu scheppern, dass Neumann abrupt innehielt. Im nächsten Augenblick fiel das Geschirr zu Boden. Nawrod saß wie paralysiert auf seinem Stuhl und starrte Frau Lange an. Seine rechte Hand zitterte so stark, dass die kleine Menge Kaffee, die sich auf dem Unterteller befand, überschwappte. Noch bevor er seine andere Hand zu Hilfe nehmen konnte, sagte Neumann laut in die Runde: »Na, sind wir heute ein bisschen nervös, Kollege Nawrod?«

Wieder ertönte schallendes Gelächter. Der Sekretärin schien der Vorfall sichtlich peinlich zu sein. Sie entschuldigte sich bei Nawrod, holte eilig Putzlappen, Handfeger und Schaufel aus der Küchenzeile, um die Scherben und den verschütteten Kaffee aufzuwischen. Währenddessen wurde in der Runde laut diskutiert und gelacht, bis Neumann dem Treiben mit erhobener Stimme Einhalt gebot.

»Bitte um Ruhe!« Dann in gespielt sanftem und väterlichem Ton: »Das kann doch jedem mal passieren, nicht wahr? Frau Lange wird das in Ordnung bringen.«

Da war es wieder, das Chamäleon, das in Neumann schlummerte und immer dann erwachte, wenn es gerade gebraucht wurde. Neumann mochte fachlich vielleicht die größte Pfeife des Polizeipräsidiums Stuttgart sein, aber eines konnte man ihm nicht absprechen: Er vermochte, sich den Gegebenheiten anzupassen wie kein Zweiter, insbesondere im Umgang mit höhergestellten Persönlichkeiten, aber auch dann, wenn er, wie in diesem Fall, durch eine plötzliche Wandlung einen geschickten Schachzug einleiten konnte. Denn niemand sollte ihm irgendwann nachsagen können, er hätte dem armen, alkoholkranken Nawrod nicht auch einmal Beistand geleistet, wenn es galt, ihn vor dem Spott der Kollegen zu schützen.

Neumann nahm die nächste Akte in die Hand und blätterte darin. Währenddessen fuhr er fort: »Schauen wir mal, mit was uns der Abschaum der Menschheit heute noch beglückt hat.« Man sah, dass er die einzelnen Seiten nur überflog.

»So wie die Sache hier aussieht, sind heute Nacht ein paar Schlitzaugen mit Messern aufeinander losgegangen. Zigarettenmafia, Vietnamesen, wie immer.« Neumann lachte abwertend. »Eines muss man denen aber lassen: Die leisten ganze Arbeit. Ein Toter und zwei Schwerverletzte. Die Kollegen der Schutzpolizei haben sieben Tatverdächtige in den Bau gesteckt und den Tatort abgesichert.«

Neumann schaute in die Runde. Sein Blick blieb bei zwei Personen hängen: »Schröter, Frau Knaup, das übernehmen Sie beide, ist das klar?«

Neumann schlug die Akte zu und warf sie mit gekonntem Schwung vor Schröter auf den Tisch. Dieser stoppte sie mit der flachen Hand.

»Geht klar, Chef«, sagte er unterwürfig.

»Der Fall ist schon so gut wie geklärt, Herr Neumann«, warf Kriminalkommissarin Knaup selbstbewusst ein.

»Das will ich auch meinen! Wenn Sie Unterstützung brauchen, melden Sie sich. Dann stellen wir eine Kommission zusammen.«

Neumann begann, in der nächsten Akte zu blättern und tat überrascht: »Na, was haben wir denn da?« Er schüttelte den Kopf, während er die Akte weiter überflog. »Ah ja«, sagte er gedehnt. »Eine Vergewaltigung im Puff mit anschließendem Strangulierungsversuch. Das ist ja ganz was Neues. Strangulieren ja, aber seit wann kann man eine Nutte vergewaltigen?« Neumann lachte beifallheischend, und die Mannschaft brach ebenfalls in Gelächter aus, bis der Dezernatsleiter majestätisch Einhalt gebot.

»Bitte um Ruhe! Kunz, Fichtner, Sie nehmen sich der Sache gebührend an!« Er schaute noch einmal in die Akte und sagte grinsend: »Wie ich lese, ist der Freier nach der Tat abgehauen. Die Dame liegt im Krankenhaus. Da brennt also nichts mehr an. Somit können Sie Ihren Kaffee in aller Ruhe austrinken.«

Dieses Mal legte die Akte einen etwas längeren Flug zurück, bis sie zielgenau vor Fichtner landete.

»Danke, Chef«, antwortete Fichtner.

»Werden das Kind schon schaukeln«, meinte Kunz übertrieben lässig.

»Übernehmen Sie sich aber nicht! Und Kunz, egal, wie gut sie aussieht, Finger weg von der Nutte!«, warnte Neumann.

Kunz schaute sich theatralisch um und gab sich verwundert. Dann antwortete er in gespielter Verlegenheit: »Meinen Sie mich, Chef?«

»Jawohl Sie, Herr Kunz. Habe gehört, dass Sie seit Ihrer Scheidung zu einer Art Bezirksbefruchter avanciert sind.« Neumann schaute in die Runde, verkniff sich aber ein Lachen, da er sich sicher war, dass die Anwesenden an seiner Stelle diesen Satz mit schallendem Gelächter quittieren würden. Er genoss es, dass sein Humor, der stets auf Kosten anderer ging, beim Großteil seiner Mannschaft gut ankam. Schließlich bat er wieder um Ruhe und nahm die letzte Akte in die Hand.

Sie bestand nur aus drei oder vier Blättern. Um die ungeteilte Aufmerksamkeit seiner Zuhörer zu erhalten, erhob er noch einmal pathetisch die Stimme:

»Liebe Kolleginnen und Kollegen, hier habe ich noch einen Fall, der eigentlich gar keiner ist. Ein 64-jähriger Mann ist seit gestern verschwunden. Seine Frau ist vor ein paar Tagen offensichtlich an Krebs gestorben. Wahrscheinlich hängt der Arme nun in irgendwelchen Kneipen herum und begießt das freudige Ereignis. Wir haben also einen sogenannten Pseudo-Vermisstenfall. Da Drexler derzeit im Urlaub weilt, wird sich unser hochgeschätzter Kriminalhauptkommissar Nawrod um den Fall kümmern müssen.«

Neumann grinste hämisch, als er sich mit der Akte in der Hand zu Nawrod begab. Nawrod hatte die ganze Zeit den Kopf gesenkt. Als Neumanns Beine in sein Blickfeld gerieten, schaute er auf. Neumann blieb unmittelbar vor Nawrod stehen und hielt ihm die Akte entgegen. Nawrod hielt seine Arme vor der Brust verschränkt und zeigte keine Reaktion. Es war einfach weit unter seiner Würde, als ehemaliger Leiter des Rauschgiftdezernates einen solch lapidaren Vorgang von einem inkompetenten Menschen wie Neumann zugeteilt zu bekommen.

Innerhalb einer Sekunde lag eine hochexplosive Spannung in der Luft. Jedem der Anwesenden war klar, dass dies die erste richtige Machtprobe zwischen Nawrod und Neumann war. Neumann spürte instinktiv, dass seine Stunde noch nicht gekommen war. Ohne sich seine Unsicherheit anmerken zu lassen, ließ er die Akte direkt über Nawrods Schoß fallen. Dort blieb sie liegen. Nach wie vor zeigte Nawrod keinerlei Regung. Er schaute durch Neumann hindurch, als wäre dieser Luft. Neumann machte auf dem Absatz kehrt und ging zu seinem Platz zurück. Danach sagte er in die Runde:

»Das ist alles, meine Damen und Herren. Hat noch jemand Fragen oder Vorschläge?«

Schilling hob die Hand, worauf ihm Neumann das Wort erteilte. Er machte eine Kopfbewegung in Richtung Nawrod.

»Hey, Nawrod, vielleicht hängt der arme Witwer irgendwo im Wald an einem schönen Baum. Das soll es ja geben. Und wenn man sich Arbeit ersparen will, muss man nur lange genug warten, dann fällt er allein runter.« Schilling lachte derb. »Ich hatte mal einen ähnlichen Fall und ...«

Neumann unterbrach ihn: »Ersparen Sie uns Ihre alten Kamellen, Schilling! So wie die Sache aussieht, gibt es keine Hinweise auf einen Suizid. Der Fall ist also nicht das Papier wert, auf dem er geschrieben steht.«

»Dann ist unser Spezialagent doch der richtige Mann dafür«, rief Kunz dazwischen. »Wenn der Alte wirklich in den Stuttgarter Altstadtkneipen rumhängt, kann Nawrod die Gelegenheit beim Schopf packen und sich bei der Suche nach dem Vermissten ein kleines Vergnügen gönnen.« Kunz untermalte seine Worte mit einer Trinkgeste, und alle verstanden.

»Er soll ja auch alle Spelunken kennen. Und wenn er früher abgefuckte Dealer aufgespürt hat, müsste es für ihn wohl eine Kleinigkeit sein, den älteren Herrn zu finden«, warf Fichtner ein.

»Die beiden könnten sich dann gegenseitig trösten«, flüsterte Schilling halblaut und ohne dass es die anderen hörten Jansen zu, der neben ihm saß.

»Wie meinst du das?«, erwiderte Jansen.

»Hast du nicht gehört? Seine Alte ...«

»Was ist mit seiner Frau?«, fragte Jansen verwundert.

»Sie hat ihn vor ein paar Wochen verlassen«, feixte Schilling. »Man erzählt, dass sie einen anderen hat«, log er.

»Nawrods Frau? Das habe ich gar nicht mitbekommen.«

»Wenn ich es dir sage«, antwortete Schilling.

»Gerade in der Situation hätte Nawrod den Rückhalt seiner Frau dringend gebraucht«, meinte Jansen mitfühlend.

»Mir kommen gleich die Tränen.«

Schilling setzte voller Verachtung nach: »Ich sage dir, Nawrod ist fertig. Schau ihn dir an! Der kommt nicht mehr auf die Beine. Er ist ein Penner, mehr nicht.«

Nawrod konnte Schillings Worte teilweise hören. Die Bewegung seiner Kiefermuskulatur verriet, dass er kurz davor war, zu explodieren. Seine Hände krallten sich in die immer noch auf seinem Schoß liegende Akte. Es schien, als wolle er sie jeden Augenblick zerreißen.

»Ach, Nawrod, bevor ich es vergesse: Vor der Kneipentour sollten Sie die üblichen Maßnahmen durchführen. Sie wissen ja, Funkfahndung, Inpol-Ausschreibung, Befragung von Angehörigen und so weiter.« Die Arroganz in Neumanns Worten war kaum noch zu überbieten. »Kolleginnen und Kollegen, damit ist die heutige Besprechung beendet. Frisch ans Werk!«

Neumann klatschte zweimal in die Hände, was für die Anwesenden das Zeichen war, aufzustehen und sich in die jeweiligen Büros zu begeben.

Nawrod brachte die Vermisstenakte in sein Büro und suchte anschließend sofort die Toilette im übernächsten Stockwerk auf. Dort schloss er sich in eine Kabine ein. Er klappte den offenen Klosettdeckel herunter, setzte sich darauf und atmete erst einmal tief durch. Dann begann er nachzudenken. Neumann wollte ihn fertigmachen, das war klar. Schilling, Fichtner und ein paar andere Typen halfen ihm dabei. Er musste sich wehren, wenn er nicht ganz vor die Hunde gehen wollte. Doch dabei durfte er keinen Fehler machen. Das Wolfsrudel wartet nur darauf, ihm die Kehle durchzubeißen.

Meine Chance wird kommen, dachte Nawrod. Er griff in die Jackentasche und holte den Flachmann heraus. »Reiß dich zusammen«, presste er leise zwischen den Lippen hervor. Dann nahm er einen großen Schluck. Nawrod hörte, wie die Toilettentür geöffnet wurde und jemand den Vorraum betrat. Er überlegte kurz, ob er warten sollte, bis die Person wieder weg war, entschied sich dann aber, auf die Spülung zu drücken und die Kabinentür zu öffnen. Draußen stand Schilling. Offensichtlich war er ihm gefolgt.

»Hey Nawrod, was machst du hier?« In Schillings Stimme schwang Überheblichkeit.

»Blöde Frage! Das Gleiche, was du machst«, antwortete Nawrod ruhig.

»Ist dir das Scheißhaus auf unserer Etage nicht gut genug?«

»War besetzt«, gab Nawrod zur Antwort.

Schilling lachte dreckig. »Das halte ich für ein Gerücht, Kumpel. Weißt du, was ich denke, du ...«

Weiter kam er nicht. Nawrods rechte Hand schoss blitzschnell hervor und krallte sich am Revers von Schillings Jacke fest. Gleichzeitig drückte sein Unterarm so fest gegen Schillings Hals, dass der Kriminalbeamte gegen die Wand klatschte und keine Luft mehr bekam. Bei aggressiven Dealern hatte er schon viele Male diesen Griff mit verblüffender Wirkung angewandt. Dazu gehörte, dass seine linke Hand zeitgleich an die Hoden des Gegners fasste, um diese mit aller Kraft zusammenzudrücken. Nawrod sah, dass Schillings Augen weit hervortraten. Ein schwaches Röcheln kam aus seinem Mund.

»Lass mich in Ruhe, Schilling! Ich rate dir, lass mich einfach in Ruhe! Beim nächsten Mal reiße ich dir nämlich die Eier weg, das gebe ich dir schriftlich. Und das ist für das Papierknöllchen!« Bei den letzten Worten verstärkte Nawrod nicht nur kurzzeitig noch einmal den Druck in seiner linken Hand, sondern drehte sie eine viertel Umdrehung nach rechts, worauf aus Schillings Mund ein gurgelnder Laut kam und seine Augen noch weiter hervortraten.

»Hast du das verstanden, du Schwein?«

Schilling war durch Nawrods kräftigen Unterarm an seinem Hals nicht fähig zu nicken, geschweige denn, etwas zu sagen. Das Blut staute sich in seinem Kopf, und er fürchtete zu ersticken. Sein einziger Gedanke war, dass Nawrod ihn endlich losließ, damit er wieder Luft bekam und von den fürchterlichen, nicht zu ertragenden Schmerzen an seinen Hoden befreit wurde.

In diesem Moment ging die Toilettentür auf. Claus Weber vom Rauschgiftdezernat trat ein.

»Oh, pardon, störe ich?«, sagte er grinsend.

»Nein, Claus, du störst nicht. Wir sind uns gerade einig geworden.« Nawrod ließ Schilling los. Voll Verachtung strich er Schillings Jacke glatt und gab ihm noch eine kleine Ohrfeige, die mehr einem Klaps auf die Wange gleichkam.

»Verschwinde, du Ratte, du stinkst!«

»Hast du das gesehen, Weber? Hast du das gesehen?«, rief Schilling, nach Luft japsend.

»Was soll ich gesehen haben?«

»Nawrod hat ...«

»Jürgen hat nichts gemacht, rein gar nichts«, antwortete Weber. »Aber er hat recht, du stinkst. Mach, dass du hier rauskommst!«

Schilling begriff. Wie ein geprügelter Hund schlich er sich aus der Toilette.

»Danke, Claus«, sagte Nawrod ernst.

»Wofür denn, Jürgen? Ich habe tatsächlich nichts gesehen«, grinste Weber. »Habe gehört, du fühlst dich bei Neumann nicht wohl.«

»Seit wann drückst du dich so vornehm aus?«

»Hör mal, Jürgen, das ganze Präsidium weiß, dass Neumann dich abservieren will. Nimm dich vor dem in Acht. Fachlich ist der zwar eine Pfeife, aber ich traue ihm alles zu. Wenn du dir nur eine Blöße gibst, bist du geliefert.«

»Für wie doof hältst du mich? Das weiß ich schon längst.«

»Dann sei bitte bei Aktionen wie dieser eben etwas vorsichtiger. Nicht auszudenken, wenn jemand anderes reingekommen wäre.«

»Schilling hat mich blöd angemacht, und da musste ich ihm an Ort und Stelle eine Lektion erteilen.«

»Denke, die saß.«

»Das hoffe ich, denn beim nächsten Mal kommt er mir nicht mehr so glimpflich davon.«

»So gefällst du mir, Jürgen. Schau dass du bald wieder bei uns an Land schwimmst. Denn da gehörst du hin. Die wollen dich beim D 1 nur testen. Halte durch, Chef. Das Rauschgiftdezernat steht zu dir, das weißt du.«

»Danke, Claus. Grüß mir die anderen!« Nawrod verließ die Toilette. Er wusste, dass er sich auf die Verschwiegenheit von Claus Weber verlassen konnte. Weber war nicht nur einer der Fähigsten seines Teams, sondern auch an Loyalität kaum zu überbieten. Er würde für seinen ehemaligen Chef im wahrsten Sinne des Wortes durchs Feuer gehen.

# 20

Für Nawrod war die Suche nach Vermissten Neuland. In seiner Ausbildungszeit hatte dieses Thema keinen allzu großen Raum eingenommen. Deshalb hatte er sich vor Übertragung des Falls ›von Kampen‹ in einige Vorschriften und Anleitungen eingelesen. Obwohl ihm sein neuer Aufgabenbereich äußerst zuwider war und seine Motivation gen null tendierte, wollte er sich vor Drexler und schon gar nicht vor Neumann die Blöße geben.

Es war früher Vormittag, als Nawrod mit seiner Suche nach Heinrich von Kampen begann. Zuerst galt es, sich zu vergewissern, dass sich der Vermisste nicht vielleicht doch noch in einem versteckten Winkel seines Anwesens aufhielt. Dem Bericht des aufnehmenden Beamten zufolge hatte der Sohn angegeben, zu Hause alle Räume durchsucht zu haben. Doch Nawrod wusste, dass es in jedem Haus Nischen und Winkel gab, die man leicht übersah und an die vor allem die Bewohner am wenigsten dachten. Vielleicht war Heinrich von Kampen wegen des Ablebens seiner Frau tatsächlich in eine tiefe Depression verfallen und saß jetzt in einer dunklen Ecke des Kellers oder Dachbodens.

Nawrod hatte durch interne Vorkommnis- und Lageberichte immer mal wieder Kenntnis davon erhalten, dass Vermisste nach Tagen, Wochen oder gar Monaten zu Hause tot aufgefunden wurden. Er konnte sich an einen Fall erinnern, in dem sich ein Familienvater im obersten, nur schwer zugänglichen Giebelraum seines Haus erschossen hatte. Seine Leiche wurde erst nach vierundneunzig Tagen entdeckt. Der Tote war zu dem Zeitpunkt bereits mumifiziert, weil die Luft in diesem Teil des Dachbodens extrem trocken und über die Sommermonate sehr heiß war.

Eine Mumifizierung tritt nämlich immer dann ein, wenn der Austrocknungsprozess einer Leiche schneller vonstatten geht als der Verwesungsprozess. So war es auch zu erklären, dass sich der sonst äußerst penetrante und ekelerregende Leichengeruch von Beginn an in Grenzen hielt. Die Beamten, die das Einfamilienhaus einen Tag nach dem Verschwinden des Mannes durchsuchten, waren zwar auf dem Dachboden gewesen, doch der Giebelraum war von unten mit Nut- und Federbrettern verschalt. Die kleine Falltür, durch die sich der Selbstmörder gezwängt und die er hinter sich wieder hochgezogen hatte, wurde im spärlichen Schein einer Vierzig-Watt-Birne übersehen.

Im Vermisstenfall ›von Kampen‹ hatte der Kollege von der Schutzpolizei, der die Vermisstenanzeige aufgenommen hatte, Gott sei Dank die Erreichbarkeit des Anzeigeerstatters notiert. Auch hatte er ein kleines Vernehmungsprotokoll erstellt, aus dem die Beschreibung des Vermissten und die Zeit seines Verschwindens hervorgingen.

Nawrod versuchte als erstes, sich mit Manuel von Kampen telefonisch in Verbindung zu setzen. Doch er konnte ihn weder auf dem Festnetz noch auf seinem Handy erreichen. Obwohl ihm bewusst war, dass er Alkohol zu sich genommen hatte und damit ein gewisses Risiko einging, rang er sich durch, zunächst das Haus der Familie von Kampen aufzusuchen.

Auf der Fahrt zur Enzstraße 8 schien die Sonne zwischen den Häuserzeilen mehrfach in flachem Winkel durch die Windschutzscheibe seines Dienstwagens. Natürlich konnte Nawrod sich das nicht eingestehen, aber seit er alkohol- und tablettensüchtig war, empfand er das Sonnenlicht als besonders grell. Es schmerzte geradezu in seinen Augen, und wie immer hatte er vergessen, eine Sonnenbrille mitzunehmen, sodass er gezwungen war, seine Augen zu engen Schlitzen zusammenzukneifen.

Nawrod hielt direkt vor der Villa. Bereits beim Aussteigen fiel ihm die eigentümliche Schönheit des Hauses und Gartens auf. Er klingelte an der Eingangstür. Die Sprechanlage war mit einer kleinen Kamera ausgerüstet. Nichts regte sich. Sämtliche Rollläden des Hauses waren hochgezogen. Die Türen der Doppelgarage waren geschlossen.

Natürlich werden die Rollläden in solchen Häusern automatisch durch einen elektrischen Helligkeitsregler hochgezogen, fiel Nawrod ein. Insofern konnte er nicht davon ausgehen, dass sich in dem Haus jemand aufhielt. Er klingelte noch zwei-, dreimal und überlegte anschließend, ob er über das schmiedeeiserne, zirka einen Meter sechzig hohe Tor klettern sollte, um durch die Fenster ins Innere des Hauses schauen zu können, sah jedoch davon ab. Er entschloss sich, beim Nachbarhaus zu klingeln. Vielleicht konnte er dort etwas in Erfahrung bringen, das ihm bei der Suche nach dem Vermissten helfen könnte.

Das Haus war ebenfalls sehr ansprechend. Bereits nach dem ersten Klingeln quäkte eine Frauenstimme aus der Sprechanlage.

»Ja, bitte?«

»Guten Tag, mein Name ist Nawrod. Ich bin von der Kriminalpolizei Stuttgart und würde Ihnen gern ein paar Fragen stellen.«

»Kriminalpolizei? Einen kleinen Moment bitte.«

Es dauerte gut eine Minute, bis die Haustür geöffnet wurde und eine ältere Frau heraustrat. Sie ging zielstrebig auf Nawrod zu, der vor dem mit Rosetten kunstvoll verzierten Hoftor auf dem Gehweg wartete. Nawrod sah der Frau an, dass sie gut situiert war. Ihre adrette Kleidung war sehr geschmackvoll auf das Alter abgestimmt, und um den Hals trug sie ein dezentes Collier in Weißgold.

»Würden Sie sich bitte ausweisen«, sagte die Frau mit einer angenehm ruhigen Stimme. Dabei musterte sie Nawrod misstrauisch. Er bemerkte dies und dachte bei sich, dass er, unrasiert und ungeduscht wie er war, mit seiner schmuddeligen Kleidung wohl keinen vertrauenswürdigen Eindruck machte. Nawrod zückte seinen Ausweis, den sich die Dame sehr genau anschaute.

»Sie sind also tatsächlich Kriminalbeamter und Hauptkommissar noch dazu.« Die Frau schaute Nawrod noch einmal zweifelnd von oben bis unten an.

»Herr Nawrod, wie kann ich Ihnen helfen?«, fragte sie höflich.

»Ihr Nachbar, Herr von Kampen, ist seit gestern früh verschwunden. Sein Sohn hat ihn als vermisst gemeldet. Können Sie mir bitte sagen ...«

»Mit den von Kampens haben wir so gut wie keinen Kontakt«, schnitt die Frau ihm das Wort ab. »Ich werde Ihnen leider nicht sehr hilfreich sein können.«

»Wann haben Sie Herrn von Kampen das letzte Mal gesehen?«

»Vor ein paar Tagen ist Frau von Kampen gestorben. Ich habe den Rettungswagen gehört und sah von meinem Wohnzimmerfenster aus, wie Herr von Kampen dem Notarzt die Tür aufmachte. Später habe ich ihn zusammen mit seinem Sohn hinter dem Leichenwagen stehen sehen. Das war das letzte Mal, dass ich die beiden gesehen habe.«

»Hielt sich der junge Herr von Kampen oft im Haus seiner Eltern auf?«

»Wie ich schon sagte, wir haben keinen so guten Kontakt zu den Herrschaften. Ich habe nie darauf geachtet, ob und wann der Sohn zu Besuch kam. Vor etwa zwei Jahren zog er aus. Er soll sich eine eigene Wohnung in der Oststadt genommen haben. Mehr kann ich darüber nicht sagen.«

»Wissen Sie, wo Manuel von Kampen arbeitet?«

»Frau von Kampen hat einmal erwähnt, er sei als Dekorateur tätig. Angeblich dekoriert er die Schaufenster von einigen renommierten Kaufhäusern in Stuttgart. Mehr weiß ich wirklich nicht.«

»Und was wissen Sie über den Senior?«

»Nun, er soll ein erfolgreicher Geschäftsmann gewesen sein, der sich vor nicht allzu langer Zeit zur Ruhe gesetzt hat. Mein Mann erzählte mir, Herr von Kampen hätte seine Firma verkauft, da der Sohn sie nicht übernehmen wollte.«

»Wo könnte Herr von Kampen sich jetzt aufhalten?«

»Tut mir leid, das weiß ich wirklich nicht. Vielleicht ist er in seiner Trauer zu Verwandten gereist? Sein Sohn wird ihm wenig Halt geben können. Ich hatte den Eindruck, dass die beiden sich in letzter Zeit nicht mehr so gut verstanden haben.«

Nawrod bedankte sich bei der Frau und stieg ins Auto. Er wartete, bis die Zeugin die Haustür hinter sich geschlossen hatte. Dann holte er den Flachmann aus der Tasche und nahm einen kräftigen Schluck. Danach fuhr er in die Oststadt zur Wohnung Manuels. Doch auch dort traf er ihn nicht an. »Scheißvermisstenjob!«, fluchte Nawrod. Ich muss unbedingt den Jungen erreichen. Er ist der einzige, den ich in der Sache befragen kann. Wenn er sein Handy ausgeschaltet hat, ist er vielleicht in einer Besprechung oder bei der Arbeit, überlegte Nawrod.

Er fuhr zum Kaufhaus Karstadt. Vielleicht hatte er Glück und würde dort Manuel von Kampen beim Dekorieren eines Schaufensters antreffen. Aber mit Nawrods Glück war es nicht weit her. Es hatte ihn wohl in dem Moment verlassen, als Charly tödlich getroffen zu Boden sank, und es war seitdem ganz offensichtlich nicht mehr zurückgekehrt.

Nachdem er erfolglos das Kaufhaus umrundet hatte, begab er sich in das oberste Stockwerk. Er wusste, dass sich dort die Büros der leitenden Angestellten befanden. Bei einer Vorzimmerdame, die ihn mit hochgezogenen Augenbrauen musterte, zückte er seinen Dienstausweis und brachte sein Anliegen vor. Die Frau meldete ihn beim Personalchef an. Keine fünf Minuten später saß er in dessen Büro.

»Mein Name ist Kölmel. Womit kann ich Ihnen dienen, Herr Nawrod?«, fragte der Mann höflich, während sein Blick an Nawrod hinunterglitt und sich an dessen ungeputzten, abgelaufenen Schuhen für einen kurzen Augenblick festsaugte.

»Nun ja, es ist eigentlich nur eine Kleinigkeit«, begann Nawrod. »Ich bearbeite einen Vermisstenfall. Ein Mann namens Heinrich von Kampen ist verschwunden. Sein Sohn, Manuel von Kampen, könnte mir vielleicht bei der Suche nach dem Vermissten helfen, aber ich erreiche ihn nicht. Man sagte mir, dass er eventuell in Ihrem Haus arbeitet.«

»Ja, Herr von Kampen ist bei uns als freiberuflicher Dekorateur tätig. Aber es tut mir leid, heute ist er nicht im Haus. Wer weiß, vielleicht arbeitet er gerade bei der Konkurrenz. Die Branche reißt sich um ihn.«

»Wie soll ich das verstehen?«

»Nun, er ist weit und breit der Beste seines Fachs. Seit er für uns arbeitet, ist der Umsatz kontinuierlich in die Höhe gegangen. Eine gute Dekoration war schon immer sehr wichtig. Die Leute kaufen mit den Augen, verstehen Sie?«

»Sie sind also mit seiner Arbeit zufrieden?«

»Zufrieden?«, lachte Kölmel. »Er ist ein Virtuose auf seinem Gebiet. Unser Haus hat keinen Besseren. Aber weshalb fragen Sie?«

»Ja, ähm ...«, Nawrod hüstelte. »Wie ich schon sagte, sein Vater ist verschwunden. Kennen Sie Herrn von Kampen senior?«

»Nein, ich hatte nie das Vergnügen.«

»Hm, dann können Sie mir wohl nicht weiterhelfen.«

»Vielleicht ist der Mann vor lauter Trauer um seine Frau davongelaufen und irrt nun irgendwo umher. So etwas soll es ja geben.«

»Woher wissen Sie, dass Frau von Kampen gestorben ist?«

»Ich hatte vor zwei Tagen ein Telefonat mit Manuel von Kampen. Es ging um die Winterkollektion. Dabei erwähnte er, dass seine Mutter den Kampf gegen den Krebs verloren hat. Mir war bis dahin nicht bekannt, dass Frau von Kampen so schwer erkrankt war.«

Nawrod überlegte kurz. Dann sagte er: »Das wäre es schon gewesen. Tut mir leid, wenn ich Sie aufgehalten habe. Ich dachte, Manuel von ...«

»Das braucht Ihnen nicht leid zu tun, Herr Nawrod«, unterbrach ihn Kölmel. »Ich wäre Ihnen gern behilflich gewesen. Vielleicht beim nächsten Mal.«

Nawrod stand auf, entnahm seiner Geldbörse eine Visitenkarte und übergab sie Kölmel, der ebenfalls aufgestanden war.

»Ich würde Sie bitten, mir Bescheid zu geben, wenn sich Manuel von Kampen bei Ihnen meldet.«

»Natürlich, gern.«

Kölmel streckte Nawrod seine Hand entgegen. Die beiden verabschiedeten sich. Nawrod ging in Richtung Tür.

»Ach, Herr Nawrod, Sie sollten sich mal wieder einen neuen Anzug gönnen. Wir haben in unserer Herrenabteilung günstige ...«

Nawrod hielt inne und drehte sich halb zu Kölmel hin. »Vielleicht haben Sie recht«, unterbrach er den Personalleiter. »Sobald ich mal Zeit dafür habe, werde ich mir bei Ihnen einen neuen Zwirn kaufen, versprochen!« Nawrod huschte ein gequältes Lächeln über die Lippen, als er sich abwandte und das Büro verließ.

Draußen musste er tief durchatmen. Die Befragung hatte ihn angestrengt. Dieses Gefühl war ihm bisher unbekannt. Im Rauschgiftdezernat war es gang und gäbe, Dealer stundenlang zu verhören. Oft dauerten solche Vernehmungen bis tief in die Nacht. Meist war es Nawrod, der die hartgesottensten Rauschgifthändler mit endlos bohrenden Fragen weichkochte. Und jetzt ging ihm schon die simple Befragung dieses Personalleiters an die Substanz. Ich bin zu lange aus dem Geschäft gewesen, dachte er. Das wird schon wieder, beruhigte er sich.

Bevor er das Dienstfahrzeug startete, griff er aus Routine in die Jackentasche und zog den Flachmann heraus. Der Wodka tat ihm gut, denn er verlieh Nawrod ein Gefühl von Sicherheit. Er musste kurz husten, als der Alkohol an seine Stimmbänder gelangte. Dann war der Wodka aber auch schon im Magen, wo er kurzzeitig eine wohlige Wärme verbreitete.

Nawrod dachte in solchen Momenten überhaupt nicht daran, dass ihn der Alkohol den Job kosten könnte. Nur ein kleiner Unfall. Er musste ihn nicht einmal selbst verschuldet haben. Wenn die Kollegen von der grünen Fraktion den leisesten Verdacht auf Alkoholeinnahme schöpften, wäre er seinen Führerschein los gewesen.

Nawrod fuhr ins Präsidium. Er musste die üblichen Fahndungsmaßnahmen einleiten, obwohl es ihm ohne die Befragung des Von-Kampen-Sohnes mehr als fraglich schien, ob es sich hierbei um einen echten Vermisstenfall handelte. Die Vorschriften besagten eindeutig, dass volljährige Personen nur dann als vermisst gelten, wenn sie ohne Angabe von Gründen plötzlich verschwinden und es zudem Anhaltspunkte für eine Gefährdung ihrer Person oder einen Suizid gibt. Die Betonung lag auf dem ›und‹.

Bei Heinrich von Kampen traf bislang keines dieser Kriterien wirklich zu. Der Sohn hatte zwar angegeben, dass er sich um seinen Vater sorgte, hatte sich aber nicht festlegen wollen, ob für den Vermissten irgendeine Gefährdung bestand. Von dem Schutzpolizeibeamten konkret nach Selbstmordabsichten befragt, meinte er, dem Vater sei der Tod seiner Ehefrau sehr nahe gegangen, und er hätte versucht, seinen Schmerz mit Antidepressiva zu lindern. Dies sei ihm bis zu einem gewissen Grad auch gelungen. Selbsttötungsgedanken habe er jedoch nie geäußert. Aus der Akte ging weiter hervor, dass der Sohn vermutete, sein Vater könnte vielleicht untergetaucht sein, um der seelischen Belastung der bevorstehenden Beerdigung zu entgehen.

Nawrod wusste, dass in solchen Fällen sogenannte Erstvernehmungen oft nur sehr kurz ausfielen und sich zu einem späteren Zeitpunkt auch in grundlegendem Maße relativieren konnten. Deshalb wollte er alles daransetzen, Manuel von Kampen baldmöglichst ausfindig zu machen. Er musste ihn unbedingt noch einmal detaillierter befragen.

Das Einzige, was Nawrod jetzt tun konnte, war, Heinrich von Kampen in die Inpol-Personenfahndung einzustellen. In diesem elektronischen Fahndungssystem sind alle Personen erfasst, die im Inland und dem europäischen Ausland aus irgendeinem Grund von der Polizei gesucht werden. Würde der Vermisste in eine Polizeikontrolle geraten oder in hilflosem Zustand, vielleicht sogar tot, aufgefunden werden, bekäme Nawrod sofort Nachricht hiervon.

Nachdem er die Formalitäten der Inpol-Ausschreibung erledigt hatte, forderte er beim Passamt per E-Mail ein Foto des Vermissten an. Das Bild erschien zehn Minuten später als Anhang einer kurzen E-Mail auf Nawrods Bildschirm. Er machte ein paar Abzüge davon. Anschließend fuhr er mit dem Wagen in die Innenstadt und parkte in der Nähe des Rotebühlplatzes.

Sein Magen knurrte. Zudem brauchte er eine gewisse Grundlage für weiteren Alkoholkonsum, denn er merkte, dass sein Körper danach verlangte. Nach wenigen Gehminuten erreichte Nawrod das *Paulaner*, ein im Stil einer bayrischen Brauereigaststätte eingerichtetes Traditionslokal mit gutbürgerlicher Küche. Tagsüber gibt es dort einige ruhige Ecken, in die man sich, abseits des üblichen Trubels, zurückziehen kann. Nawrod hatte Glück und fand einen kleinen Tisch im Nichtraucherbereich.

Er bestellte sich zuerst ein Bier und einen Korn. An diesem Tag hatte er nicht die Absicht, noch einmal ins Präsidium zurückzukehren. Nachdem die Kellnerin die Getränke serviert hatte, nahm Nawrod einen großen Schluck Bier. Anschließend bestellte er Bratkartoffeln mit Leberkäse, Ei und Salat. Er ließ sich beim Essen sehr viel Zeit. Währenddessen überlegte er, was er noch tun könnte, um Heinrich von Kampen zu finden. Je länger er darüber nachdachte, desto mehr Gefallen fand er daran, den gehässigen Ratschlag Neumanns zu befolgen und nach dem Vermissten in den einschlägigen Stuttgarter Kneipen zu suchen. Er sah es nur als kleine Chance, aber nichts ist unmöglich. Das hatte er im Laufe seines Polizistendaseins gelernt.

»Drei Bier, drei Korn und das Essen, macht zusammen 33,80«, sagte die Bedienung freundlich lächelnd, als sie die Rechnung präsentierte. Nawrod sah die Frau an und fand, dass ihr Lächeln zu ihrem Äußeren passte. Sie war ein paar Jahre jünger als er, hatte kurze brünette Haare, eine sehr gute Figur und weiche, schön geformte Gesichtszüge. Seit Eva ihn verlassen hatte, interessierte er sich eigentlich nicht mehr für Frauen. Seine Depressionen, der Alkohol sowie die Tabletten schienen jegliches Verlangen nach einer Frau zu unterdrücken. Aber diese Bedienung rüttelte plötzlich an seinen längst verloren geglaubten Lebensgeistern, wenn auch nur ganz schwach. In der Hoffnung, von ihr ein entsprechendes Signal zu erhalten, schaute er ihr in die Augen, gab vierzig Euro und sagte: »Stimmt so, schöne Frau!«

»Sehr großzügig, vielen Dank«, erwiderte die Bedienung mit einem Lächeln, das zwar nett, aber so unverbindlich und professionell war, dass Nawrod sich in diesem Augenblick absolut lächerlich vorkam. Er trank sein Bier aus und ging zur Toilette. Als er sich die Hände wusch und dabei in den Spiegel schaute, schüttelte er den Kopf. Wie konnte er sich nur einbilden, dass eine hübsche Frau wie diese Kellnerin auch nur ansatzweise an ihm interessiert sein könnte. Zum ersten Mal nahm er richtig wahr, dass sein Gesicht nicht nur unrasiert und ungepflegt, sondern durch den Alkohol auch noch aufgedunsen war. Und Neumann hatte recht: Er musste dringend zum Friseur.

Frustriert verließ er das Lokal und schlenderte gemütlich in Richtung Gaißstraße. In dieser Altstadtgasse hatte sich Anfang der neunziger Jahre eine der schlimmsten Brandkatastrophen der Nachkriegsgeschichte ereignet. Nawrod konnte sich noch gut an das Inferno erinnern, obwohl er nur am Rande in die Ermittlungen um die Brandursache eingebunden gewesen war. Im Bereich zwischen Rathaus und Eberhardstraße befanden sich einige Szenelokale, die stets gut besucht waren. Vielleicht hielt sich Heinrich von Kampen in einer dieser Kneipen auf, dachte Nawrod.

Als Erstes ging er in die Weinstube *Kachelofen* beim berühmten Hans-im-Glück-Brunnen. Hier kannte er sich ein wenig aus. Das Lokal wurde hauptsächlich von der mittleren Schicht Stuttgarts besucht. Manche meinten, darin verkehre regelmäßig die Schickeria, was aber nicht stimmte. Es hatte jedoch ein besonderes Flair, das sich Nawrod nicht erklären konnte. Wenn Heinrich von Kampen als ehemaliger Firmeninhaber etwas auf sich hielt, würde er bei einem Kneipentrip sicher auch diese Gaststätte aufsuchen.

Als Nawrod die Tür öffnete, schlug ihm Stimmengewirr entgegen. Unmittelbar nach dem Betreten schaute er zunächst nach rechts. Dort befand sich der große, mit stilvollen Sitzgruppen ausgestattete Gästeraum des *Kachelofens*. Obwohl er sich das Bild Heinrich von Kampens gut eingeprägt hatte, war es ihm unmöglich, auf die Schnelle den Raum nach ihm abzusuchen, da dort eine stattliche Anzahl von Personen saß.

Nawrod ging deshalb an die Bar, die sich halblinks vor ihm befand. Da kein Barhocker frei war, stellte er sich in eine schmale Lücke zwischen zwei Gruppen. Der Barkeeper sprach ihn sofort an, und Nawrod bestellte einen doppelten Ballantines. Er wartete, bis der Scotch vor ihm stand, nahm genüsslich einen Schluck und drehte sich dann um. So konnte er auch den kleinen Gästeraum, halb rechts vor sich, überblicken. Zur Sicherheit zog er noch einmal das Bild des Vermissten aus der Innentasche und sah es sich an.

Er versuchte, den Blick im Uhrzeigersinn über die Gesichter der Gäste gleiten zu lassen. Dabei merkte er, dass ihm der Whiskey schon etwas zu schaffen machte. Er musste sich zusammennehmen, um alle älteren Männer gewissenhaft abzuchecken. Heinrich von Kampen war nicht unter ihnen. Dessen war er sich bald sicher. Er kippte seinen Whiskey hinunter, rief den Barkeeper zu sich und zeigte ihm diskret seine Kripomarke. Ebenso diskret nickte ihm der Mann wortlos zu. Nawrod schob das Foto des Vermissten über den Tresen.

»Kennen Sie den Mann?«

Wieder nickte der Barkeeper. »Herr von Kampen«, sagte er in gedämpftem Ton. »kam gelegentlich mit seiner Frau vorbei. Nette Leute, die beiden. Was ist mit ihm?«

»Wann war er das letzte Mal hier?«

»Schlecht zu sagen. Moment mal.« Der Barkeeper drehte sich um und verschwand hinter einer Tür. Nawrod vermutete, dass sich dahinter eine Art Küche befand. Nach kurzer Zeit kam der Mann in Begleitung einer jungen Frau heraus.

»Sie haben Glück! Corinna, meine Ablösung, ist gerade gekommen.« Er nahm das Bild und zeigte es seiner Kollegin.

»Herr von Kampen«, sagte Corinna. »Was ist mit ihm?«

Nawrod wiederholte seine Frage.

»Der war vor zwei oder drei Tagen hier«, erwiderte die Bedienung.«

»Wie lange hielt er sich hier auf?«

»Ich habe nicht auf die Uhr gesehen, aber allzu lange war es nicht. Er trank ein Glas Wein, das er gleich bezahlt hat, und ehe ich mich's versah, war er wieder weg. Irgendwie kam er mir verändert vor.«

»Was meinen Sie mit verändert?«

»Er schien Sorgen zu haben und machte einen niedergeschlagenen Eindruck. Sonst hat er immer ein paar Takte mit mir geredet, aber an diesem Abend hat er nur kurz gegrüßt und seinen Wein bestellt.«

»Vor zwei oder drei Tagen? Könnten Sie das bitte eingrenzen? Um welche Uhrzeit war das genau?«

»Oh, tut mir leid. Was meinen Sie, wie viele Gäste ich pro Tag bediene. Aber ...« Corinna überlegte. »Ich hab's! Als ich ihn bediente, hat mein Freund angerufen. Moment mal!«

Corinna holte ihr Handy aus der Tasche und drückte ein paar Tasten. »Es war vor zwei Tagen, exakt um 21.34 Uhr«, sagte sie, nicht ohne Stolz.

»Das ist doch mal ein Wort! Vielen Dank, junge Frau.«

»Er hat doch wohl nichts ausgefressen?«, fragte der Barkeeper.

Corinna lachte. »Das ist unmöglich. Dieser Mann? Der ist doch die Anständigkeit in Person.«

»Er wurde gestern von seinem Sohn als vermisst gemeldet.«

»Und seine Frau, was meint die zu der Sache?« Corinna machte ein besorgtes Gesicht.

»Die ist tot. Vor ein paar Tagen an einem Krebsleiden verstorben«, antwortete Nawrod.

»Wenn Sie mich fragen, hat sich der Mann das zu sehr zu Herzen genommen. Ich kenne mich mit Menschen aus, das dürfen Sie mir glauben. Habe täglich mit ihnen zu tun. Man bekommt einen Blick dafür. Dieser Mann hier ...«, der Barkeeper deutete auf das Bild. »... dieser Mann hier hat seine Frau geliebt. Die beiden waren ein Herz und eine Seele. Man muss kein Psychologe sein, um das zu erkennen.«

»Seine Frau wird übermorgen beerdigt«, sagte Nawrod.

Der Barkeeper runzelte die Stirn. »Die Beisetzung lässt er sich bestimmt nicht entgehen, da bin ich mir fast sicher.«

»Das denke ich auch. Er wird seiner Frau bestimmt die letzte Ehre erweisen«, sagte Corinna betroffen.

Nawrod zückte eine Visitenkarte. »Würden Sie mich bitte sofort anrufen, wenn Herr von Kampen hier erscheint? Sein Sohn macht sich ernsthaft Sorgen um ihn.«

»Selbstverständlich«, erwiderten die beiden.

»Noch einen auf Kosten des Hauses?«, fragte der Barkeeper. Ohne eine Antwort abzuwarten, schenkte er Nawrod einen doppelten Scotch ein. Nawrod bedankte sich kurz, während seine Gesprächspartner wieder ihrer Arbeit nachgingen.

Es war inzwischen 21.30 Uhr. Nawrod verließ den *Kachelofen* und klapperte der Reihe nach die Lokale und Kneipen um den Hans-im-Glück-Brunnen und in der Eberhardstraße ab. Überall zeigte er dem Personal das Bild des Vermissten. Doch ohne Erfolg. Heinrich von Kampen war dort in den letzten Tagen weder gesehen worden, noch war er in einem der Lokale bekannt.

Wieder am Marktplatz angekommen, entschloss er sich, auch im Stuttgarter Rotlichtviertel nachzuforschen, obwohl die Aussagen der beiden Mitarbeiter des *Kachelofens* gegen eine derartige Aktion sprachen. Wer weiß, dachte er, vielleicht suchte der Vermisste Trost bei einer Prostituierten. Nichts war unmöglich. Wenn Heinrich von Kampen in das Netz einer geschäftstüchtigen Liebesdienerin geraten war, würde diese ihn aussaugen wie eine Spinne die Fliege.

Es kommt häufiger vor, dass sich ein Freier tagelang bei einer Prostituierten vergnügt und dabei ein kleines Vermögen liegen lässt, dachte Nawrod. Denn die Damen des horizontalen Gewerbes haben allesamt eines gemeinsam: Wenn sie Geld riechen, tun sie alles, um den Freier davon zu erleichtern – und zwar bis auf den letzten Cent. Je fetter die Beute, desto emsiger gehen sie ans Werk.

Nawrod erinnerte sich an einen Fall, der tagelang in der *Stuttgarter Zeitung* für Schlagzeilen gesorgt hatte. Ein reicher und in der Stadt sehr bekannter Bauunternehmer war damals von seiner Frau als vermisst gemeldet worden. Man hatte schon befürchtet, er sei ermordet worden, da er ein Heer von osteuropäischen Leiharbeitern beschäftigt hatte, mit denen es immer wieder Schwierigkeiten gab. Die Herrschaften waren nicht zimperlich gewesen, wenn es darum gegangen war, ausstehende Löhne einzufordern, auch Löhne, für die sie vorher keinen Finger krumm gemacht hatten.

Nach einer Woche war der Bauunternehmer wieder auf der Bildfläche erschienen. Er war braungebrannt gewesen und hatte vorgegeben, eine kleine Auszeit in der Karibik genommen zu haben. Seine naive Gattin hatte ihm das abgenommen. Die Presse hatte sich vornehm zurückgehalten, da sie nicht auf die wöchentlichen, halbseitigen Werbeanzeigen der Baufirma hatte verzichten wollen.

Wieder eine Woche später hatte der Blitzurlauber mit dem Polizeipräsidenten persönlich Kontakt aufgenommen. Die beiden waren durch Wohltätigkeitsbälle und ähnliche Veranstaltungen bekannt. Unter größter Geheimhaltung war eilends eine Ermittlungsgruppe gebildet worden, die einen gut organisierten Ring von Callgirls und Zuhältern auffliegen hatte lassen. Die Damen und Herren hatten sich auf die Erpressung von reichen Freiern spezialisiert, wobei die Liebesdienerin, an die der Bauunternehmer geraten war, sich als besonders tüchtig erwiesen hatte. Sie hatte ihren Galan dazu gebracht, mit ihr auf die Malediven zu fliegen. Dort waren viele heimliche Aufnahmen und Filme von dem auf Wolke Sieben schwebenden und schon etwas in die Jahre gekommenen Freier gemacht worden.

Zu Hause war die junge Dame aus dem Blickfeld des Bauunternehmers verschwunden: Wie eine Fee hatte sie sich in Luft aufgelöst. Dafür waren zwei ›böse‹ Männer im Büro des vor Liebe blind gewordenen Kavaliers erschienen und hatten 20 000 Euro von ihm gefordert. Wenn er nicht bezahlte, würden sie der Presse äußerst pikante, zum Teil sogar widerliche Aufnahmen des Liebespaares zuspielen. Der Erpresste hatte geglaubt, mit dem berühmten Griff in die Portokasse wäre die Angelegenheit ein für alle Mal erledigt.

Bei der dritten Forderung, die sich auf 100 000 Euro belaufen hatte, war es dem Mann dann doch zu viel geworden. Er hatte sich an seinen Duzfreund bei der Polizei erinnert. Der hatte nicht lang gefackelt. Innerhalb von Tagen waren die fraglichen Damen und Herren des horizontalen Gewerbes hinter Schloss und Riegel, ohne dass auch nur ein Wort an die Presse gelangte. Der ganze Spaß hatte den Galan rund 60 000 Euro gekostet, die er nicht wiedergesehen hatte. Dafür würde er den Traumurlaub mit der heißblütigen, jungen Schönheit für ewige Zeiten in Erinnerung behalten.

Nawrods nächstes Ziel war die *Lola-Bar* in der Weberstraße mit ihrer karminroten Fassade. Er kannte den Besitzer, der ihm in einem größeren Rauschgiftverfahren einmal wichtige Hinweise gegeben hatte. Ein Lächeln huschte über Nawrods Gesicht, als er Minuten später vor dem Schaufenster der Nachtbar stand. Es war mit rosarotem Tüll und Lichtbildern nackter Damen geschmückt und an Geschmacklosigkeit nicht mehr zu überbieten. Manuel von Kampen würde bei diesem Anblick sicher die Hände über dem Kopf zusammenschlagen. Eine neue Dekoration wäre hier mehr als angebracht.

Nawrod stieg die drei Stufen zum Eingang hoch und öffnete die Tür. Ihm kam der typische Mief entgegen, der jeder Nachtbar anhaftet. Direkt hinter der Tür befand sich ein schwerer, zweigeteilter Vorhang, der als Windfang diente. Nawrod drückte ihn beiseite und betrat den relativ kleinen Raum. Die Theke zog sich in L-Form fast durch die gesamte Bar. Auf einem Barhocker saß eine kleine, dünne Animierdame. Sie hatte langes, hellblondes Haar, das wallend auf ihre nackten, knochigen Schultern fiel. Ihre Bekleidung bestand aus einer roten, sehr engen Korsage, die ihren kleinen Brustansatz übernatürlich hervorhob, sowie aus dünnen, schwarzen Netzstrümpfen. Am rechten Oberschenkel trug sie ein rotes Strumpfband, an dem Nawrod trotz des diffusen Lichts deutliche Verschleißerscheinungen erkennen konnte. Die junge Frau unterhielt sich säuselnd mit einem älteren Gast. Vor ihnen standen eine Flasche Champagner und zwei halb gefüllte Gläser.

An einer kleinen Tischgruppe saßen drei junge Burschen, die belustigt auf einen Monitor schauten, der auf einer hohen Konsole in der hinteren Ecke des Lokals stand. Es lief ein Pornofilm, in dem gerade eine Sexorgie gezeigt wurde. Der Ton war so weit heruntergedreht, dass das wilde Gestöhne nur leise zu hören war. Die Jungs tranken Bier und machten laut Witze über den Film.

Zwei weitere Animierdamen saßen allein an der Theke und nippten an ihren Cocktails. Sie waren nicht minder aufreizend angezogen. Doch es war nicht zu übersehen, dass sie schon bessere Zeiten gesehen hatten. Eine der beiden hauchte Nawrod ein verführerisches »Hallo Süßer« entgegen. Nawrod nickte ihr kurz zu, und an seinem »Hallo« erkannte die Dame sofort, dass dies kein Kunde war, an dem sie etwas verdienen konnte.

Die Inneneinrichtung der Bar war ähnlich wie die Schaufenster-Dekoration. Überall äußerst kitschige Accessoires. Nawrod kam sich vor wie in der Puppenküche eines Kleinkindes. Zweifellos setzte der Besitzer auf diesen Stil, um damit ein besonderes Klientel anzulocken. Eine der Damen trug Reizwäsche, die sehr stark an ein Schulmädchen erinnerte. Dazu passend hatte sie sich neckische Zöpfe geflochten. Alles in allem wirkte ihre Erscheinung jedoch grotesk und irgendwie würdelos.

Nawrod sah sich um. Seine Augen hatten sich schnell an das schummrige Licht gewöhnt. Er entdeckte den Barbesitzer am Ende der Theke. Der große, bullige Mann telefonierte gerade. Nawrod ging langsam auf ihn zu. Natürlich hatte er ihn schon längst gesehen. Itzak Heim nickte Nawrod zu, sprach noch ein paar Worte in sein Handy und beendete dann das Gespräch.

»Schalom, Bruder! Was führt dich in meine bescheidenen Räume?« Heims Worte klangen in Nawrods Ohren wie schmieriges Altöl. Doch ihn störte das nicht, denn er wusste, dass es in Heims Mentalität lag, so zu reden. Obwohl in Deutschland geboren und aufgewachsen, war seine Sprache mit einem deutlichen Akzent eingefärbt. Wie viele Juden in Deutschland war er in einem engen Familien- und Verwandtschaftsverband groß geworden, in dem eine eigene Sprache gepflegt wurde. Nur wenige Mitglieder dieser Clans schafften es, im Alltag absolut akzentfrei zu sprechen.

Itzak Heim war angeblich strenggläubig und von seiner

äußeren Erscheinung her kein unsympathischer Mensch. Wie er den strengen jüdischen Glauben mit der Tätigkeit als Barbesitzer und ›Betreuer‹ seiner Damen unter einen Hut brachte, hatte Nawrod nie verstanden. Vielleicht würde er bei einem Gläschen Bier einmal mit ihm darüber diskutieren.

»Schalom, Itzak! Wie geht es dir? Was machen die Geschäfte?«

»Frag mich lieber nicht, mein Freund«, jammerte Heim. »Du siehst ja, nur ein Gast, der vielleicht etwas dalässt, und die drei Jungs da, die schon seit zwei Stunden vor ihrem Bier hocken und blöde Witze machen.« Heim machte eine abfällige Kopfbewegung in Richtung seiner Gäste.

Nawrod rang sich ein kurzes Grinsen ab. »Das wird bestimmt noch. Übrigens, ich hab nicht viel Zeit und suche einen älteren Mann, der seit gestern verschwunden ist. Dachte mir, dass er vielleicht in einem der Nachtclubs versumpft sein könnte.«

»Keine Zeit, keine Zeit!«, rief Heim theatralisch. »Mensch Jürgen, wenn du schon mal hier bist, dann trinken wir einen auf dein Wohl!«

Heim lachte herzhaft und gab der Dame hinter dem Tresen ein kurzes Zeichen.

»Gestern Abend waren zwei ältere Knaben hier. Hast du ein Bild von dem Vermissten?«, fuhr der Barbesitzer fort.

Nawrod zog ein Bild des Vermissten aus der Jacke und gab es Heim.

»Was ist mit ihm?«

»Seine Frau ist vor ein paar Tagen gestorben, und nun ist er verschwunden. Er wurde von seinem Sohn als vermisst gemeldet.«

»Wieso suchst du jetzt Vermisste?«, fragte Heim verwundert.

»Das frage ich mich auch.«

Heim sah Nawrod ungläubig an. Dann schaute er noch einmal genauer auf das Bild. »Der Mann macht einen ordentlichen Eindruck. Im Rauschgiftgeschäft ist der jedenfalls nicht. Da bin ich mir sicher.«

Der Barbesitzer schüttelte nachdenklich den Kopf. »Könnte sein, dass er vorgestern Abend hier war. Lilli, kommst du mal«, rief er in Richtung der Frau, die drei Meter entfernt hinter den Tresen stand.

Nachdem sie einen kurzen Blick auf das Bild geworfen hatte, sagte Lilli mit rauchiger Stimme: »Das ist doch der geknickte Alte, der zum Lachen in den Keller geht. Jedenfalls sieht der Typ hier fast genauso aus.« Lilli deutete auf die Aufnahme.

»Was heißt hier fast?«, fragte Nawrod und bemühte sich, freundlich zu sein.

»Na hör mal, in dem Licht hier. Und außerdem habe ich ihn nur von Weitem gesehen. Er hat da hinten gesessen und sich mit Chantal unterhalten. War aber nicht lange hier. Hat nur ein Bier getrunken. Dann war er wieder weg. Chantal hatte es einfach nicht drauf, so einen bei der Stange zu halten.« Lilli lachte derb, als sie sich dabei ertappte, eine Metapher verwendet zu haben, die nicht besser passen konnte. Heim und Nawrod lachten mit.

»Welche von den Damen hier ist Chantal?«, fragte Nawrod und blickte in die Runde.

»Keine«, sagte Heim. »Die war nur einen Tag hier. Ich habe sie gleich wieder rausgeworfen, weil sie es nicht geschafft hat, auch nur einen einzigen Kunden an Land zu ziehen.«

»Verstehe«, nickte Nawrod. »Und wo finde ich Chantal jetzt?«

»Frag mal im *Dreifarbenhaus* nach«, antwortete Lilli. »Ich glaube, sie wollte sich dort einchecken. Sie meinte, im Puff würde sie ihr Geld leichter verdienen als hier. Wenn du dich da mal nicht täuschst, habe ich zu ihr gesagt. Doch ich denke, dass ich bei ihr auf taube Ohren gestoßen bin.«

»Wie heißt Chantal noch?«, fragte Nawrod.

»Chantal heißt Chantal. Meinst du, ich frage die Mädels gleich nach ihrem Stammbaum, wenn sie hier antanzen? Da hätte ich viel zu tun, mein Freund«, erwiderte Heim mit einem breiten Grinsen. »Ich lasse die Damen drei Tage zur Probe arbeiten, und wenn sie gut sind, melde ich sie ordnungsgemäß an. Das ist in der Branche so üblich.«

»Verstehe«, brummte Naword. »Dann werde ich mich mal in den Tempel der Lust begeben. Ich muss wissen, worüber er mit Chantal gesprochen hat.«

Die Barkeeperin stellte zwei gefüllte Gläser auf den Tisch.

»Was ist das?«, fragte Nawrod.

»Trink, mein Freund, es wird dir schmecken. Ist ein spezielles Rezept von mir.«

Nawrod wusste, dass Heim ihm nur das Beste vom Besten anbieten würde. Als er an dem Glas kurz nippte, wurde seine Annahme zur Gewissheit.

»Hm, das schmeckt ja himmlisch!«, sagte er genüsslich. »Verrätst du mir das Rezept?«

»Vielleicht beim nächsten Mal, Chawer.« Heim lächelte zufrieden. ›Chawer‹ nannte er nur wenige. Nawrod wusste, dass das die Bezeichnung für Freund ist, und lächelte zurück. In diesem Geschäft wäscht eine Hand die andere, dachte er.

»Ich lasse dir mal ein Bild von dem Mann da. Ruf mich an, wenn er wieder auftauchen sollte.«

»Okay, werde mich auch in der Szene umhören. Vielleicht war er noch in einer anderen Bar.«

»Mach aber nicht so viel Wind. Es ist nur ein Vermisster, klar!«

Nawrod wusste, dass Heim ihm gern den Gefallen tun würde, sich bei seinen Stuttgarter Kollegen nach dem Vermissten zu erkundigen. Ein paar Telefonate, und Heim würde mit Bestimmtheit sagen können, ob der Gesuchte sich in den letzten vierundzwanzig Stunden in einer der rund fünfundzwanzig Bars aufgehalten hatte. Heim wusste, dass er Nawrod Tag und Nacht auf dem Handy erreichen konnte, wenn er eine wichtige Mitteilung in der Sache zu machen hatte.

Natürlich ging Nawrod damit auch eine Verpflichtung ein. Es war ein sehr schmaler Grat, auf dem er sich bewegte. Denn zu gegebener Zeit würde Heim ihn um einen Gefallen bitten, und dann würde Nawrod genau abwägen müssen, inwieweit er die Bitte seines Informanten erfüllen konnte. In den zurückliegenden Jahren hatte es einige wenige Beispiele innerhalb des Polizeipräsidiums Stuttgart gegeben, bei denen Polizisten auf dem schmalen Grat ausgerutscht und in die Tiefe gestürzt waren.

»Lilli, mach uns noch zwei!«, wies Heim die Barkeeperin an.

Nawrod spürte, dass der Alkohol inzwischen deutlich seine Wirkung zeigte. Der Cocktail schmeckte zwar köstlich, war aber derart hochprozentig, dass er eigentlich nicht mehr als einen hätte trinken dürfen.

Heim beugte sich vor. Sein Mund war keine fünf Zentimeter von Nawrods Ohr weg, während er sich mit der Hand an der Schulter des Polizisten festhielt.

»Jürgen, du weißt, meine Tipps waren schon immer ihr Geld wert«, flüsterte er. »Demnächst sollen vier Kilo Hochprozentiges auf den Markt kommen. Weiß nur noch nicht, wo und wann genau.«

Nawrod zuckte bedauernd mit den Schultern. »Bin draußen aus dem Geschäft. Jage Vermissten nach.«

Dann jedoch wieder ganz der Rauschgiftfahnder: »Wenn du Näheres über den Deal weißt, ruf mich an. Habe Kollegen, die sich für solche Infos erkenntlich zeigen. Werde dafür sorgen, dass es sich für dich rentiert.«

Die beiden prosteten sich zu, und Nawrod trank sein Glas in einem Zug leer.

Als er die Bar verließ und draußen die frische Luft einatmete, zeigte der Alkohol schon nach wenigen Schritten seine volle Wirkung. Nawrod musste sich am Außenspiegel eines geparkten Autos festhalten, um nicht auf den Gehweg zu stürzen. Schwankend atmete er ein paar Mal kräftig durch. Ich muss mich zusammenreißen, hämmerte es in seinem Kopf, muss das Ding durchziehen.

»Bist du ein Schlappschwanz, oder was?«, rief er laut. Dann ließ er den Spiegel los und ging leicht schwankend weiter. »Jürgen, ich weiß gar nicht, was du hast«, sagte er mit schwerer Zunge überlaut zu sich selbst. »Geht doch!« Er lachte glucksend.

Kurze Zeit später stand er vor dem sehr bekannten Stuttgarter Bordell. Er überlegte kurz und entschloss sich dann, Gaby, die im *Dreifarbenhaus* als Prostituierte arbeitete, aufzusuchen. Er kannte sie schon einige Jahre. Wenn sich Chantal hier ein Zimmer genommen hatte, würde das Gabi nicht entgangen sein.

Wer weiß, vielleicht habe ich sogar das Glück, und Heinrich von Kampen ist im Puff hängen geblieben, dachte Nawrod.

Er wusste, dass sich so etwas bei den Damen, die dort arbeiteten, bestimmt herumgesprochen hätte. Denn es kam nur sehr selten vor, dass sich Kunden in diesen Etablissements längere Zeit aufhielten. In der Regel benötigten die hochprofessionellen Liebesdienerinnen nicht mehr als 20 Minuten, um ihrem Gast die gewünschte Befriedigung zu verschaffen.

Ganz anders sah das in den etwa zweihundert Terminwohnungen aus, die außerhalb des Sperrbezirks und auf fast alle Stuttgarter Vororte verteilt waren. Hier ging alles viel persönlicher und in gemütlicherer Atmosphäre zu. Je nachdem wie liquide der Freier war, durfte er stundenlang bleiben. Oft hatten die Damen Stammfreier, mit denen sie die ganze Nacht verbrachten. Dafür mussten die Herren natürlich tief in die Tasche greifen. Während eine schnelle Nummer im *Dreifarbenhaus* schon ab dreißig Euro aufwärts zu haben war, waren fünfhundert bis tausend Euro für eine Nacht in einer Terminwohnung branchenüblich, wobei nach oben hin keine Grenzen gesetzt waren.

In Stuttgart gab es durchschnittlich zwischen 3000 und 3500 registrierte Dirnen. Sie arbeiteten nicht alle kontinuierlich, doch sie standen in hartem Konkurrenzkampf zueinander. Ihnen war fast jedes Mittel recht, Werbung für den Verkauf ihres Körpers zu machen.

Immer weniger Prostituierte tummelten sich noch auf dem Straßenstrich. Diese Frauen hatten das härteste Los gezogen. Meist leicht bekleidet, mussten sie bei Wind und Wetter auf der Straße stehen. Beim Einsteigen in das Fahrzeug des Freiers gingen sie ein sehr hohes Risiko ein. Nicht selten kam es vor, dass ihnen Gewalt angetan wurde oder sie sogar einem Mord zum Opfer fielen. Sie schützten sich, indem ihre Kolleginnen sich die Autokennzeichen der Freier beim Wegfahren notierten. Die meisten der Kunden wussten das und hüteten sich davor, den Prostituierten etwas anzutun oder sie ohne den verdienten Lohn aus dem Fahrzeug zu werfen. Denn dann konnte es sein, dass sie am nächsten Tag Besuch von zwei muskelbepackten Typen bekamen, die den Liebeslohn in vierfacher Höhe derart überzeugend einforderten, dass der Freier froh war, zahlen zu dürfen, ohne irgendwelche Blessuren davonzutragen.

Gaby war vor Jahren von ihrem ersten Zuhälter angefixt worden. Er hatte gewusst, dass er die damals gut aussehende Zwanzigjährige am besten bei der Stange hielt, wenn er sie von dem Stoff und vor allen Dingen von sich abhängig machte. Seine Rechnung war aufgegangen. Als Gaby bereits nach dem zweiten Schuss nach Heroin nur so gegiert hatte, hatte er darauf geachtet, dass sie ihren Stoff ausschließlich durch ihn bekam. Dafür hatte sie ihre Einkünfte bis auf den letzten Cent bei ihm abliefern müssen. Der Zuhälter, für den zu dieser Zeit noch zwei weitere Frauen anschaffen gingen, hatte nur darauf achten müssen, dass Gaby auf einem bestimmten Level blieb, damit sie ihre Arbeit zur vollsten Zufriedenheit der Kunden erledigen konnte. Ein zu hoher Drogenkonsum hätte sie kaputt und damit unbrauchbar für das Geschäft gemacht.

Nawrod hatte Gaby kennengelernt, als er ihren Zuhälter bei einem Rauschgiftdeal erwischt und eingebuchtet hatte.

Damals hatte sich Nawrod noch der Illusion hingegeben, er hätte die junge Frau aus dem Sumpf von Drogen und Prostitution retten können. Gaby hätte alle Voraussetzungen dafür gehabt. Sie hatte einen ordentlichen Beruf erlernt, war intelligent und stammte aus geordneten Familienverhältnissen.

Ganze drei Tage hatte Nawrod die junge Prostituierte unter seinen Fittichen halten können. Dann war ihr die Sucht zum Verhängnis geworden. Sie war wieder in den Sumpf geraten und hatte den rettenden Ast zerbrochen, an dem sie sich hätte herausziehen können. Doch Gaby hatte nie vergessen, dass Nawrod ihr einmal uneigennützig die Hand gereicht hatte. In all den Jahren hatten die beiden eine lose Verbindung zueinander unterhalten. Ab und zu bekam Nawrod einen guten Tipp von ihr, während Gaby sich damit begnügte, sich bei dem Bullen gelegentlich auszuweinen.

Zielstrebig begab er sich zum Eingang des Laufhauses. Das Bordell wird so genannt, weil die Freier durch das Haus gehen und sich dabei die Liebesdienerinnen in aller Ruhe anschauen und mit ihnen verhandeln können. Die durchweg sehr aufreizend gekleideten und oft auch gut aussehenden Damen saßen auf Barhockern in den Fluren vor ihren Zimmern. Mit verführerischen Gesten und Worten versuchten sie, die Freier für sich zu gewinnen. Schloss sich erst einmal die Tür hinter einem sexhungrigen Mann, würde er es schwer haben, tatsächlich die Liebe zu erhalten, die er sich wünschte.

Nahezu alle Prostituierten wollten möglichst viel Geld mit wenig Aufwand verdienen. Gaby hatte Nawrod einmal erzählt, dass etwa neunzig Prozent der Dirnen ›die Falle schieben‹. Nawrod hatte mit dem Begriff überhaupt nichts anfangen können. Gaby hatte ihm deshalb erklärt, was es damit auf sich hat: Die Dirne setzt sich auf den auf dem Rücken liegenden Freier und täuscht vor, sein bestes Stück bei sich einzuführen. Tatsächlich lenkt sie es aber geschickt nach hinten zwischen ihre Pofurche und drückt es sanft mit halbhohler Hand in die Kimme.

Gaby hatte versichert, seitens der Kunden habe es noch nie Reklamationen gegeben. Kein Mann habe je den Trick bei ihr durchschaut. Nawrod hatte laut und ungläubig lachen müssen, als Gaby derart offen aus dem Nähkästchen geplaudert hatte.

Sie hatte auch erzählt, dass ihr Männer mit Erektionsproblemen am liebsten seien. Bei denen tat sie zunächst so, als gebe sie sich die größte Mühe. Doch schnell setzte sie dann ihre tüchtigste Arbeitskollegin ein. Als Nawrod fragend die Augenbrauen hochgezogen hatte, hatte Gaby erklärt, wer ihre Arbeitskollegin war. Sie bestand aus hochwertigem Weichgummi, hatte im Zentrum die Form einer Vagina und war sehr dehnbar. Das Besondere daran war jedoch, dass sie auf Knopfdruck im Innern ein wohl dosiertes Vakuum erzeugte, das mit nahezu jeder Impotenz fertig wurde. Nawrod hatte sich vor Lachen gebogen, als er das gehört hatte.

Gaby hatte ein Zimmer auf der dritten Etage, für das sie hundert Euro pro Nacht bezahlen musste. In den fünf Stockwerken befanden sich siebenundsechzig Zimmer, sodass die Eigentümergemeinschaft des Gebäudes satte 6700 Euro pro Tag und somit knapp 200 000 Euro pro Monat einstrich, wenn alle Zimmer belegt waren. Das war zwar nicht immer der Fall. So ein Puff war aber allemal ein echtes Renditeobjekt.

Nawrod hatte Mühe, die drei Stockwerke hinaufzugehen. Doch Gabys Zimmertür war geschlossen. Sie hatte also einen Kunden. Es war ihm ganz recht, etwas warten zu müssen, da er durch das Treppensteigen ziemlich außer Puste war. Als schließlich die Tür aufging und ein etwa 20-jähriger Mann mit zufriedenem Grinsen herauskam, wusste Nawrod, dass Gaby ihren Job wieder einmal gut gemacht hatte.

Gaby verabschiedete ihren Kunden unter der Tür mit einem gehauchten »Tschüss und jederzeit wieder, mein Süßer«. Danach wandte sie sich Nawrod zu.

»Wen haben wir denn da? Das ist mal 'ne Überraschung! Was führt den großen Zampano ins Reich der Sünde? Komm rein und mach es dir gemütlich.« Gaby holte zu einer einladenden Geste aus.

Nawrod betrat das nur mäßig beleuchtete Zimmer. Es roch nach billigem Parfüm und frischem Sex. Gaby öffnete das Fenster, zog aber den Rollladen nicht hoch. Dann nahm sie zwei frische Gläser aus einem kleinen Hängeschrank und schenkte aus der angebrochenen Flasche, die in einem Kübel auf dem Tisch stand, Sekt ein.

»Mach es dir gemütlich, Süßer.« Gaby prostete Nawrod zu.

»Danke«, sagte Nawrod und trank. »Du sagst wohl zu allen Männern ›Süßer‹, oder?« In Nawrods Stimme schwang ein kleiner Vorwurf mit.

»Ist 'ne blöde Angewohnheit, ich weiß. Wenn du willst, darfst du mein fescher Bulle oder mein gescheiterter Retter sein.« Gaby lachte.

»Bitte keiner von beiden!«

»Dann nenne ich dich Hero. Das klingt gut, wenngleich du momentan nicht danach aussiehst.«

Nawrod ärgerte sich über diese Bemerkung und konterte: »Bist du immer noch auf der Nadel?« Kaum hatte er das letzte Wort ausgesprochen, als er auch schon bereute, diese Frage gestellt zu haben. Sie war gemein und unehrlich. Obwohl er mehr oder weniger stark betrunken war, funktionierte sein Verstand noch einigermaßen gut. Er wusste, dass Gaby darauf sauer regieren könnte, weshalb er sofort weitersprach.

»Du siehst wie immer blendend aus, Herzchen. Wie machst du das nur?«

»Ja, ich bin immer noch drauf und komme auch nicht weg davon«, antwortete Gaby mit einer Mischung aus Trotz und Resignation.

»Und die Antwort auf deine zweite Frage lautet: Ich denke, ich bin eine der wenigen, die genau wissen, was sie ihrem Körper zumuten können. Ich arbeite rationell, habe Spaß an meinem Beruf und halte mich fit durch Wellness und ein wenig Sport. Genügt dir das, Herr Kommissar?«

Nawrod lächelte anerkennend. »Du warst schon immer anders als die anderen, und du bist nicht nur sehr schön, sondern auch klug. Es ist einfach unglaublich, die Zeit scheint dir nichts anhaben zu können.« Nawrods Kompliment war ehrlich gemeint, und das spürte Gaby.

»Süßer, geh mal runter vom Gas! Sorry, wollte natürlich Hero sagen.« Gaby lachte. »Du solltest mich mal bei Tageslicht sehen. Da haben sich schon ein paar Fältchen bei mir eingegraben.«

»Bin sicher, die tun deiner Schönheit keinen Abbruch, Herzchen.«

»Mach mal halblang und rück endlich raus: Warum bist du gekommen?«

»Ich suche einen älteren Herrn, der seit gestern spurlos verschwunden ist, und da dachte ich mir, er könnte vielleicht im Puff hängen geblieben sein.« Nawrod zog das Bild des Vermissten hervor und reichte es Gaby.

»Nein, den habe ich noch nie gesehen.« Gaby schüttelte den Kopf, während sie sich die Aufnahme genau ansah. »Momentan gibt es im ganzen *Dreifarbenhaus* auch keinen Freier, der ein Zelt aufgeschlagen hat. So etwas hätte sich rumgesprochen.«

»Natürlich, deshalb bin ich auch zu dir gekommen. Du bist die Einzige hier, die mich nicht anlügt.«

»Und, mein toller Hero?« Gaby schaute Nawrod fragend an. »Was ist mit dir los?«

»Was soll los sein?«, wollte Nawrod ausweichen.

»Du siehst verboten aus, und du bist besoffen. Ist es die Sache mit den vier Toten an der Mercedesstraße?« Gaby wusste, dass sie damit ins Schwarze traf. Es hatte in allen Zeitungen gestanden. Sogar im Fernsehen war darüber berichtet worden, und selbstverständlich funktionierte der Buschfunk der Stuttgarter Unterwelt in solchen Dingen vorzüglich. Bereits am nächsten Tag hatten alle gewusst, wer den Einsatz geleitet hatte und dass Nawrods bester Freund dabei umgekommen war.

Nawrod nickte, und sein Blick senkte sich zu Boden. Schweigend und regungslos saß er auf dem Stuhl. Gaby kannte sich mit Männern aus. Unzählige Male schon hatte sie dieses Bild gesehen. Hilflose, verzweifelte Männer, die bei ihr Trost und meist auch Bestätigung ihrer Männlichkeit suchten. Sie stand auf, ging um den kleinen Tisch herum und fasste Nawrod ins ungekämmte Haar.

»Hey Süßer, nimm's nicht so schwer. Das Leben geht weiter. Wenn du willst, kannst du hier bleiben, und wir reden drüber.«

Sekunden vergingen, bis Nawrod tief durchatmete, kurz den Kopf schüttelte und aufstand.

»Ich lasse das Bild hier. Wenn der Typ auftaucht, gib mir Bescheid. Hast ja meine Handynummer«, sagte er gefasst.

»Möchtest du nicht noch ein wenig hier bleiben. Ich könnte dich ein bisschen verwöh...«

»Danke, Mädchen, vielen Dank! Vielleicht ein anderes Mal. Ich muss weiter.« Nawrod trank sein Glas aus.

»Sei vorsichtig, Jürgen, und nimm dir ein Taxi. So kannst du nicht mehr nach Hause fahren.«

Nawrod nickte, stand auf und ging zur Tür.

»Ach, fast hätte ich es vergessen.« Nawrod drehte sich langsam um. »Hat sich bei euch eine Chantal eingebucht?«

»Ja, gestern. Was willst du von der?«

»Sie war wahrscheinlich mit dem, den ich suche, zusammen. In welchem Zimmer arbeitet sie?«

»Sie ist eine Etage über mir, am Ende des Flurs auf der rechten Seite.«

»Danke!«

Die Tür zu Chantals Zimmer war geschlossen. Als Nawrod klopfte, hörte er eine Stimme in seinem Rücken. »Die ist gerade weggegangen. Macht 'ne Kunstpause. Aber du kannst Gift drauf nehmen, Süßer, es gibt nichts, was die besser kann als ich. Kriegst auch 'nen Sonderpreis.«

Nawrod machte kehrt und ging auf die Dirne zu. Er schätzte die Frau auf gute vierzig, und er sah sofort, dass sie schon einige Jahre in dem Gewerbe tätig war. »Weißt du, wo sie hin ist?«

»Hör mal, Kleiner, ich bin doch hier nicht die Auskunft. Entweder wir kommen ins Geschäft oder du verdrückst dich. Ist das klar?«

»Du wirst es nicht glauben, aber ich mag Frauen wie dich«, antwortete Nawrod, wobei er sich die größte Mühe gab, charmant zu wirken. Dann zückte er seine Marke.

»Sorry, so gerne ich auch möchte, ich kann heute dein Angebot leider nicht annehmen.« Nawrod lächelte.

Die Prostituierte bekam große Augen als sie die kleine, ovale Messingscheibe mit dem Landeswappen sah. »Was will denn die Bullerei von Chantal? Die ist doch erst gestern eingezogen. Hat sie was ausgefressen?«

»Nein, ich brauche nur eine Info von ihr, mehr nicht. Also wo ist sie?«

»Ich verkaufe keine Kolleginnen und schon gar nicht an einen Bullen.«

»Du bist doch schon ewig lange in dem Geschäft, oder?«

»Über zwanzig Jahre. Aber was hat das damit zu tun?«

»Dann müsstest du doch wissen, wie der Hase läuft.« Nawrod lächelte wieder. Aber dieses Mal war das Lächeln anders. Die Dirne spürte es sofort.

»Entweder du sagst mir jetzt gleich, wo ich deine entzückende Kollegin finden kann, oder ...«

»Ist ja schon gut.« Die Frau hob beschwichtigend die Hände. »Hab's nicht so gemeint. Sie ist mal schnell rüber zum *Domino*. Hatte 'nen üblen Freier und brauchte 'ne kurze Auszeit.«

»Wie sieht sie aus, was hat sie an?«

»Die kannst du nicht übersehen. Sie hat ganz kurze, knallrote Haare und ist spindeldürr. Weiß nicht, was die Kerle an der finden. Heute trägt sie eine schwarze Lederhose und einen weißen Blazer. Darunter nichts. Reicht das?«

»Ja, danke, Mädchen, das reicht. Hast mir sehr geholfen.«

Natürlich wusste Nawrod, dass sich im *Domino* die übelsten Stuttgarter Zuhälter und Ganoven aufhielten. Aber er hatte noch nie Angst, vor nichts und niemandem. Auch nicht vor Darius, dem Besitzer des Lokals, vor dem die Stuttgarter Unterwelt nur so kuschte. Nawrod ahnte nicht, was auf ihn zukam.

Im Gegensatz zur *Lola-Bar* war die Fassade des *Domino* in einem auffälligen Lindgrün gestrichen. Es sah jedoch ebenso ungepflegt aus wie alle anderen Etablissements in den umliegenden Straßen.

Die Luft im *Domino* war rauchgeschwängert. Hier kümmerte sich keiner um das Rauchverbot. Hätte sich jemand über die schlechte Luft beschwert, hätte er sich keine halbe Minute mehr Gast nennen können.

Chantal saß am Tresen und trank einen Kaffee. Nawrod nahm neben ihr Platz und bestellte sich ein Bier und einen Korn. Eine etwa fünfzigjährige Frau mit langen, schwarzen Haaren bediente ihn. Sie hatte etwas Südländisches an sich. Ihr Gesicht wirkte verbraucht. Das Nachtleben hatte deutliche Spuren hinterlassen.

Wortlos und ohne dass die anderen Gäste Notiz davon nahmen, legte Nawrod seine Kriminalmarke und das Bild Heinrich von Kampens neben Chantals Kaffeetasse. Dabei sah er die Dirne fragend an. Die Frau verstand sofort, betrachtete die Aufnahme und schüttelte den Kopf.

Nawrod schaute sich um. Der Gastraum des *Domino* mit etwa acht kleinen Tischgruppen war nicht besonders groß, sodass er sich schnell einen Überblick verschaffen konnte. Das Lokal war gut besucht. An den Wänden hingen alte Bilder und Fotos, die mit einer dicken Nikotinschicht überzogen waren. Mehrere Glücksspielautomaten blinkten, um Spielsüchtige auf sich aufmerksam zu machen.

Nawrod trank den Klaren und spülte mit einem großen Schluck Bier nach. Solange er auf dem Hocker saß, bemerkte er nicht viel von der Wirkung des Alkohols. Bestimmt sitzen da ein paar hundert Jahre Knast, wenn nicht noch mehr, dachte er. Wenn ich jetzt die Kleine in die Mangel nehme und sie dabei Zicken macht, kann es gewaltige Probleme geben.

»Ich soll dir einen schönen Gruß von Itzak bestellen«, sagte Nawrod leise, sodass es die übrigen Gäste nicht mitbekamen. »Er meinte, dieser Typ saß vor drei Tagen mit dir am Tisch.«

Chantal sah wieder auf das Bild. »Das war nicht der.« Sie deutete auf das Foto. »Mein Kunde sah dem zwar ähnlich, aber dem da fehlt das Muttermal auf der linken Wange. Außerdem hatte der Kunde einen etwas breiteren Mund.«

»Bist du dir ganz sicher?«, fragte Nawrod leicht enttäuscht.

»Das ist so sicher wie das Amen in der Kirche. Das Muttermal konnte man nicht übersehen. Ich kann mich noch genau erinnern. Wieso, was ist mit dem Typen?«

»Nichts weiter, er wird nur vermisst.«

»Und deswegen machst du mich hier an?«, erwiderte sie vorwurfsvoll. »Habt ihr Bullen nichts besseres mehr zu tun?«

Nawrod ging nicht auf die spitze Bemerkung ein. Er wollte unter allen Umständen vermeiden, sich mit der Frau anzulegen. »Darf ich dir einen Kaffee spendieren?«

»Ich nehme eine Remy, okay?« Nawrod bestellte den Cognac und wollte gerade ein zweites Mal sein Bier in die Hand nehmen, als er von hinten angetippt wurde.

»Heh du, dich kenn ich doch!«, hörte er eine Bassstimme sagen.

Trotz des hohen Alkoholpegels waren in Nawrod plötzlich alle Sinne wach.

»Wenn mich nicht alles täuscht, bist du der Bulle, der mir sieben Jahre und sechs Monate verpasst hat. Dreh dich um, ich will die Fratze richtig sehen, die mich Tag und Nacht im Knast verfolgt hat.«

Nawrod drehte sich langsam um. Instinktiv spürte er die Gefahr, die von den Worten des Mannes ausging, und versuchte, in eine günstigere Position zu kommen.

Er erkannte ihn sofort. Die tiefe, lange Narbe, die sich über die linke Wange des Zuhälters zog, war zu prägnant, als dass man sie jemals hätte vergessen können, wenn man einmal mit ihm zu tun gehabt hatte. Innerhalb von ein paar Sekunden lief in Nawrod ein Film ab. Nach tagelanger Observation durch das MEK hatte er den Mann dabei erwischt, wie er drei Kilo reinstes Heroin verticken wollte. Nawrod hatte es sich damals nicht nehmen lassen, diesem Schwerverbrecher persönlich die Handschellen anzulegen. Das war vor etwa neun Jahren gewesen. Und nun stand dieser Einhundertkilomann vor ihm.

»Siehst abgerissen aus, mein Junge. Biste nich mehr bei der Bullerei, oder was?«

Das Wort ›Bullerei‹ hatte wohl eine magische Kraft. Mit einem Schlag war es mucksmäuschenstill in der Kneipe. Sogar die beiden Bedienungen hinter dem Tresen hielten inne.

»Wer will das wissen?«, fragte Nawrod mit gewohnter Coolness.

»Du kennst meinen Namen nicht mehr, Scheißbulle? Na dann werde ich deinem Gedächtnis mal etwas nachhelfen.«

Nüchtern wäre es für Nawrod kein Problem gewesen, auszuweichen und zu parieren. In Kollegenkreisen war er weit über das Polizeipräsidium Stuttgart hinaus bekannt dafür, im Nahkampf der Beste zu sein. Vor fünf Jahren hatte er als Schwarzgurtträger noch den Titel eines Landesmeisters in Karate errungen.

Der Kopfstoß des Zuhälters traf sein Nasenbein. Nawrod hörte es krachen, und gleichzeitig sprühten Funken vor seinem inneren Auge. Als unmittelbar danach eine Faust auf ihn zuflog, versuchte er zu reagieren. Doch der Kopfstoß und der Alkohol hatten seine Reaktion nahezu auf null reduziert.

Nach dem dritten Schlag verlor Nawrod das Bewusstsein. Er ging in die Knie. Die Tritte gegen seinen Brustkorb spürte er nicht mehr. Kräftige Hände packten ihn und schleiften ihn aus der Kneipe. Draußen ließ man ihn unsanft fallen. Sein Kopf schlug derb auf dem Asphalt auf. Einer der Umstehenden versetzte ihm noch einen Tritt.

»Mensch, Olli, dem Bullen hast du's aber gegeben. Mal sehen, ob der noch mal auf die Beine kommt.« Mit diesen Worten schüttete einer der Zuhälter lachend ein fast volles Glas Bier über Nawrods Kopf. Lautes Gelächter der anderen folgte. Zwei der Ganoven, die mit ihrem Bier in der Hand nach draußen gekommen waren, gossen ebenfalls mit höhnischen Bemerkungen ihren Gerstensaft über den am Boden Liegenden. Darauf kam Nawrod langsam wieder zu sich. Er stöhnte vor Schmerzen und bemühte sich, auf die Knie zu kommen, als ihn ein wuchtiger Tritt in die Seite traf und ihn abermals der Länge nach niederstreckte.

»Es reicht jetzt, Jungs! Ich will keine Scherereien mit den Bullen bekommen. Lasst es gut sein!«, herrschte Darius die Zuhälter mit rauer Stimme an.

»Du verstehst wohl keinen Spaß, Darius?«

»Spaß? Ihr habt euren Spaß gehabt, Jungs. Wenn ihr ihn totschlagt, hat keiner etwas davon. Mir machen sie die Bude zu, und euch reißen sie den Arsch auf«, antwortete Darius eiskalt. »Kommt rein, ich schmeiße eine Runde!«

»Das ist mal ein Wort!«, rief einer. »Lasst den Bullen liegen. Ich kenne ihn, er ist ein zäher Bursche. Der kommt wieder auf die Beine.« Mit diesen Worten drehte sich der Mann um und ging zurück in die Kneipe. Die anderen folgten ihm.

Nawrod rappelte sich mühsam auf. Als er endlich wieder auf den Beinen stand, musste er sich an der Außenwand des *Domino* festhalten, um nicht gleich wieder zu Boden zu stürzen. Er verspürte höllische Schmerzen am ganzen Körper. Als Erstes tastete er nach seiner Heckler & Koch, die er in einem Gürtelhalfter an der rechten Hüftseite trug. Trotz wahnsinniger Kopfschmerzen kam ihm der Gedanke, mit der Waffe in der Hand sofort ins *Domino* zu stürmen und sich an dem Mann mit dem Narbengesicht zu rächen. Doch dann wurde ihm klar, dass Neumann und die anderen nur auf solch eine Entgleisung von ihm warteten. So gab er sich damit zufrieden, dass man ihm die Waffe nicht abgenommen hatte. Das hätte weitreichende disziplinarische Konsequenzen nach sich gezogen. Nicht auszudenken, wenn mit seiner Waffe irgendwann sogar noch ein Mensch erschossen worden wäre.

# 21

Nawrod fühlte sich wie durch den Fleischwolf gedreht. Das Taxi hatte ihn gegen 2.20 Uhr nach Hause gebracht. Dort legte er sich sofort ins Bett. Er war todmüde. Doch er konnte wegen der Schmerzen kaum ein Auge zumachen. Um 6.30 Uhr stand er auf. Es bereitete ihm größte Mühe, sich der Unterwäsche zu entledigen und unter die Dusche zu gehen. Die höllischen Schmerzen waren in den Nervenbahnen allgegenwärtig, sodass er nicht sagen konnte, ob der Brustkorb mehr wehtat als der Kopf. Er ließ längere Zeit warmes Wasser über den geschundenen Körper laufen, trank anschließend einen starken Kaffee und aß zwei Scheiben Knäckebrot. Danach fühlte er sich etwas besser. Am liebsten hätte er sich krank gemeldet, aber das ging nicht. Er musste an dem Vermisstenfall dranbleiben, ob er wollte oder nicht. Er bestellte sich ein Taxi, um sich damit zu seinem Wagen in der Stadt fahren zu lassen.

Claus Weber vom Rauschgiftdezernat hatte recht: Man wollte ihn beim Dezernat 1 testen. Nawrod vermutete, dass es in der Führungsetage Leute gab, denen er schon lange vor der Sache mit Charly ein Dorn im Auge gewesen war. Denn er hatte das Rauschgiftdezernat ziemlich autark und ohne Einbindung der Führungsgruppe geleitet. Wenn er in seinem eigenen Dezernat je wieder Fuß fassen wollte, musste er sich die nächsten Monate und vielleicht sogar Jahre zusammenreißen, egal, was Neumann mit ihm noch anstellen würde.

Wenig später traf das Taxi ein und brachte Nawrod in die Hospitalstraße zu seinem BMW. Als er zehn Minuten später vor dem Kiosk stand, hupte es hinter ihm. Er drehte sich um und sah Bea Kleiber, eine Kollegin aus dem Rauschgiftdezernat, mit ihrem Mazda MX vorbeifahren. Sie winkte.

»Wie immer?«, hörte er den Kioskbesitzer fragen.

Nawrod drehte sich ihm wieder zu und nickte. »Bitte geben Sie mir noch eine Ihrer frischen Brezeln.«

»Oh, heute ein bisschen hungrig, wie?« Der Kioskbesitzer setzte ein freundliches Lächeln auf. Als Nawrod nicht reagierte, sagte er: »Macht 10,80.«

Nawrod legte fünfzehn Euro auf den kleinen Tresen und wartete, bis er das Rückgeld erhielt. Anschließend stieg er in seinen Wagen und fuhr los.

Ich werde in Zukunft immer eine Brezel kaufen. Wer weiß, wer da noch vorbeifährt und mich sieht, dachte er bei sich.

Obwohl er überzeugt war, zu Hause pünktlich aufgebrochen zu sein, kam er wieder ein paar Minuten zu spät zur Frühbesprechung. Er hatte sich wegen der blaugeschwollenen Hämatome in seinem Gesicht nicht rasiert. Doch er wusste, dass er Neumann damit wieder einen Grund lieferte, ihn vor der Mannschaft zu provozieren.

Als Nawrod den Besprechungsraum betrat, war Fichtner gerade dabei, in seinem Ermittlungserfolg zu schwelgen. Er hielt abrupt inne, und alle waren mucksmäuschenstill. Nawrod nahm auf seinem Stuhl Platz. Dann fuhr Fichtner fort.

»Und wie ich schon sagte, unsere Dame vom horizontalen Gewerbe konnte eine vorzügliche Täterbeschreibung abgeben.«

»Seine Tätowierungen sind ihm schließlich zum Verhängnis geworden. Mit den Kunstwerken lag er in unserem schlauen POLAS-Rechner ein. Alles andere war nur noch ein Kinderspiel«, bemerkte Martin Kunz.

»Und was ist mit der Nutte?«, grinste Neumann schmierig.

»Was soll mit der sein?«, antwortete Kunz.

»Ich hatte Ihnen doch einen Ratschlag gegeben. Hoffentlich haben Sie ihn sich zu Herzen genommen?«

»Wenn Sie mich fragen, Chef, Kunz hat ganz schön nach Luft geschnappt, als der die Dame in ihrem durchsichtigen Etwas im Bett liegen sah.« Fichtner grinste.

»Halt die Klappe, Fichtner. Dir sind doch auch die Augen übergelaufen«, antwortete Kunz vorwurfsvoll.

»Das war aber auch ein steiler Zahn. Mein lieber Mann!« Fichtner pfiff zwischen den Zähnen.

»Ich sehe schon, da passt einer auf den anderen auf. Habe mal wieder beim Verteilen der Aufgaben die richtige Wahl getroffen«, sagte Neumann selbstherrlich.

»Und nun wollen wir hören, was unser sehr verehrter Herr Kollege Nawrod über den Vermisstenfall zu berichten hat«, fuhr Neumann ironisch fort. »Wir sind alle sehr gespannt. Herr Nawrod, Sie haben das Wort!«

Nawrod kämpfte mit sich. Er wusste nicht, ob er überhaupt etwas sagen sollte, oder ob es nicht besser wäre, gleich aufzustehen und den Besprechungsraum zu verlassen. Als Neumann ihn dann noch einmal zur Berichterstattung aufforderte, räusperte er sich und fing an: »Ähm ... ich ... der ... von dem Vermissten gibt es bis jetzt ... er ist spurlos verschwunden.«

»Seien Sie nicht so bescheiden, Kollege Nawrod«, sagte Neumann voller Ironie.

»Es hat sich doch in aller Frühe schon herumgesprochen, dass Sie heute Nacht nicht ganz so erfolglos waren, wie Sie vorgeben. Man hört, Sie haben im *Domino* mehrere Zuhälter in ihre Schranken verwiesen«, sagte Neumann scheinheilig. »Oder war es umgekehrt?«

Der Dezernatsleiter grinste hämisch, und die Anwesenden schüttelten sich vor Lachen. Lautes Gemurmel erfüllte den Raum. Wie ein Lauffeuer hatte sich im Polizeipräsidium die Kunde verbreitet, Nawrod sei in der Nacht von Zuhältern zusammengeschlagen worden.

Fichtner rief laut: »Unser verehrter Kollege sieht aus, als sei er heute Nacht unter die Räder eines Bulldozers gekommen!«

»Vielleicht ist ihm auch nur die Straße ins Gesicht gefallen?«, rief ein anderer. Dieser uralte Spruch zeigte immer noch Wirkung. Man brach in schallendes Gelächter aus.

»Ruhe bitte! Bitte Ruhe, meine Damen und Herren!«, rief Neumann laut.

Dann zu Nawrod gewandt: »Sie sehen, Kollege Nawrod, Ihre Arbeit wird von den Kolleginnen und Kollegen durchaus geschätzt, wenn das Ergebnis auch alles andere als zufriedenstellend ist.« Neumann lachte kurz. Danach erhob er wieder seine Stimme:

»Kolleginnen und Kollegen, das Gröbste hätten wir also. Nun können wir zum angenehmen Teil der heutigen Frühbesprechung kommen. Wie Sie alle wissen, hatte ich gestern mit unserem verehrten Polizeipräsidenten ein Gespräch unter vier Augen. Den Inhalt und das Ergebnis dieser sehr fruchtbaren Unterhaltung möchte ich Ihnen nicht vorenthalten. Es ging um die Aufwertung unseres Dezernates und um die Beförderung einzelner Beamtinnen und Beamten, für die ich mich seit längerer Zeit rückhaltlos eingesetzt habe. Ich habe ...«

Nawrod unterbrach Neumanns Rede, als er wortlos aufstand und in Richtung Tür ging, angewidert von der geschwollenen, selbstherrlichen Redensart des Dezernatsleiters. Er konnte das Geschwafel einfach nicht mehr ertragen und hatte das Gefühl, in dem Raum zu ersticken.

Neumanns Gesicht färbte sich rot. Seine Halsschlagadern traten dick hervor, als er Nawrod scharf befehlend hinterherrief: »Nawrod, die Frühbesprechung ist erst zu Ende, wenn ich das sage. Gehen Sie zurück auf Ihren Platz!«

Nawrod reagierte nicht.

»Ich befehle Ihnen, sich auf Ihren Arsch zu setzen!« Keiner der Anwesenden hatte Neumann jemals so laut schreien hören.

Ohne Neumann auch nur eines Blickes zu würdigen, ging Nawrod weiter auf die Tür zu.

»Nawrod, Sie ...«

In diesem Moment tat Nawrod etwas, das Neumann im wahrsten Sinne des Wortes die Sprache verschlug und das es im Polizeipräsidium Stuttgart noch nie gegeben hatte. Der abgesetzte ehemalige Leiter des Rauschgiftdezernates zeigte dem Leiter des sogenannten Königsdezernates vor dessen Untergebenen den Stinkefinger. In einem Apparat, in dem immer noch eine relativ strenge Hierarchie gepflegt und das Schlagwort »Befehl und Gehorsam« hochgehalten wurde, war das ein unerhörter Vorgang.

»Nawrod, das wird Folgen ...«

Nawrod schlug die Tür hinter sich zu und hörte nicht mehr, mit welchen Worten Neumann den Satz beendete. Draußen auf dem Flur holte er den Flachmann aus der Tasche und setzte ihn an den Mund. In diesem Augenblick kam Bea Kleiber mit einer Akte unter dem Arm eiligen Schritts um die Ecke. Nawrod zuckte zusammen. Blitzschnell versuchte er, den Flachmann in seiner Hand verschwinden zu lassen. Bea hielt abrupt inne.

»Hallo, Jürgen!« Peinlich berührt von dem Anblick ihres ehemaligen Chefs senkte sie den Blick zu Boden.

»Hi, Bea!« Auch Nawrod sah betreten nach unten.

Nach langen Sekunden des Schweigens fasste sich Bea ein Herz. Ihre Stimme kam ihr selbst fremd, fast mütterlich vor. Sie war erstaunt darüber.

»Hey, Jürgen, was ist mit dir los? Hast du das da nötig?« Bea zeigte auf die Hand, in der Nawrod den Flachmann zu verstecken suchte.

»Neumann, dieses ignorante Schwein, will mich fertig machen. Es nimmt mir die Luft zum Atmen, wenn ich ihn reden höre oder mit ihm in einem Raum sein muss.«

»Neumann!? Mensch Jürgen, der kann dir doch das Wasser nicht reichen!«

Nawrod zuckte resignierend mit den Achseln und blickte zur Seite. »Das sagst du. In den oberen Etagen ist man da anderer Meinung. Seit der Sache mit Charly ...«

»Das hätte jedem passieren können.«

»Mir aber nicht! Wolfgang hatte recht: Ich, der große Zampano, hätte sofort den Zugriff befehlen müssen, als der andere mit der Knarre auftauchte.« In Nawrods Worten schwang Ironie.

»Es ist nun mal passiert. Das Leben geht weiter, Jürgen«, sagte Bea und fasste ganz kurz Nawrods freie Hand.

Nawrod zog die Hand zurück. »Das Leben ..., das Leben? Hm, was weißt du schon«, sagte er gereizt. Er lachte gequält und führte ungeniert den Flachmann an seinen Mund.

»Und du meinst, damit kriegst du dein Leben in den Griff?«, sagte Bea traurig und ohne Vorwurf. Sie deutete auf den Flachmann.

»Nein, aber damit lässt es sich leichter ertragen.«

Bea blutete das Herz, ihr einstiges Vorbild in diesem jämmerlichen Zustand zu sehen. Insgeheim hatte sie ihn sogar als Mann verehrt. Doch er war glücklich verheiratet, weshalb sich Bea nie irgendwelchen Illusionen hingegeben hatte.

Die Kriminalbeamtin stand mit beiden Beinen im Leben. Vor zirka zwei Jahren war ihre langjährige Beziehung in die Brüche gegangen. Die unregelmäßigen Arbeitszeiten und vielen Überstunden im Rauschgiftdezernat hatten ihren Tribut gefordert. Bea war da keine Ausnahme, denn nur etwa die Hälfte der Beamtinnen und Beamten dieses Dezernates lebten in einer festen, einigermaßen geordneten Beziehung. Nachdem ihr Freund sie verlassen hatte, hatte sie sich voll und ganz auf ihren Job konzentriert. Darin fand sie Bestätigung und vor allem innere Befriedigung.

Bea war siebenunddreißig und ausgesprochen schön. Sie hatte kräftige, schwarze Haare, die sie fast zu kurz trug. Obwohl sie mit ihren 1,63 Metern nicht besonders groß war, verlieh ihr der durchtrainierte Körper ein Erscheinungsbild, das dem einer hübschen Ninja-Kämpferin gleichkam.

Ihr selbstsicheres, couragiertes Auftreten konnte Männer abschrecken. Hinzu kam, dass sie den meisten Männern intellektuell überlegen war. Kaum ein Mann wollte eine solche Frau als Auserwählte über die Schwelle in die eigenen vier Wände tragen. Das Klischee, der Mann habe in einer Beziehung der starke Leitwolf zu sein, war beim männlichen Geschlecht zu sehr eingebrannt. Nur ganz wenige Männer akzeptierten deshalb eine ihnen überlegene Frau an ihrer Seite.

Bea wollte Nawrod helfen, wusste im Moment aber nicht wie. Sie fühlte sich von der Situation ein wenig überrascht.

»Es ist aber keine Lösung«, sagte sie und gab sich Mühe, nicht belehrend zu wirken. »Das weißt du so gut wie ich, dass du dir mit dem Zeug das eigene Grab schaufelst.«

Nawrod reagierte gereizt: »Ach ja? Spar dir deine guten Ratschläge. Ich weiß, was du mir sagen willst. Halt einfach die Klappe, Bea. Es bringt nichts!«

»Hm, wenn du meinst, ich hätte Mitleid mit dir, bist du auf dem Holzweg. Der einzige, der Mitleid mir dir hat, bist du selbst.« Jetzt schwang doch etwas Ärger in Beas Stimme.

Nawrod lachte bitter. »Das ist wohl der springende Punkt! Es ist wohl mein Schicksal, dass Charly ...«

Bea fiel Nawrod abrupt ins Wort: »Ich möchte mich nicht aufspielen, Jürgen, aber ich sage dir, Schicksal ist das, was man draus macht!«

Zwei Kriminalbeamte kamen den Flur entlang. Sie hatten einen Mann in Handschellen in ihrer Mitte und grüßten kurz, wobei sie Nawrod verstohlen ansahen.

»Glotzt nicht so blöde!«, rief Nawrod den beiden hinterher.

Beas Stimme war von eigenartiger Traurigkeit, als sie in gedämpftem Ton sagte: »Ich möchte dir nur so viel sagen, du bist nicht mehr der Jürgen, den ich kannte und der mein Chef war. Das tut mir leid. Nicht für dich, sondern für mich, wenn du begreifst, was ich damit sagen will.«

Nawrod lächelte sarkastisch. »Das ist mir im Moment zu hoch.«

Dann konnte er sich den traurigen Augen Beas jedoch nicht mehr entziehen. Ihm wurde plötzlich bewusst, dass er einen Menschen vor sich hatte, der sich aufrichtig Sorgen um ihn machte.

»Ich gelobe Besserung«, sagte er mit einem charmanten Lächeln, das Bea an die alten Zeiten mit ihm erinnerte. »Zufrieden?«

Bea lächelte mit einem tiefen Blick in seine Augen genauso charmant zurück. »Zufrieden, großer Meister!« Die beiden klatschten sich wie alte Freunde ab.

»Zeig den Scheißern, wer du bist und was in dir steckt!«

»Werde mein Bestes geben.«

»Entschuldige, Jürgen, aber ich hab es eilig und müsste schon längst in der Gerichtsmedizin sein.«

»Was liegt denn an?«

»Ein toter Junkie, du weißt ja.«

»Verstehe!«

»Ruf mich doch mal an!« Mit diesen Worten drehte sich Bea um und ging.

»Okay, Bea, versprochen.«

»Bis dann, Jürgen!«

»Mach's gut, Bea!«

Nawrod schaute Bea gedankenversunken hinterher. Erst jetzt bemerkte er, dass er in der einen Hand noch den Flachmann hielt. Er überlegte kurz, ob er noch einen Schluck nehmen sollte. Wodka Gorbatschow waren in der letzten Zeit zwei verdammt schöne Worte für ihn geworden, so schön, dass er ihnen kaum widerstehen konnte.

Nawrod sah sich um. Der Flur war menschenleer. Kurz vor seinem Mund stoppte seine Hand. Der Geruch des Wodkas erreichte bereits seine Nase.

Zeig ihnen, wer du bist, hatte Bea gesagt. Die Worte erschienen in übergroßen Buchstaben vor seinem inneren Auge. Er sah in der Nähe einen Papierkorb stehen. Nawrod ging auf ihn zu, zögerte. Doch dann warf er, angewidert von seinem eigenen Verhalten, den Flachmann weg.

Die Tür zum Besprechungsraum öffnete sich. Kollegen

gingen hinter ihm vorbei und tuschelten. Neumann trat seitlich hinter ihn und zischte ihm ins Ohr: »Ich werde dafür sorgen, dass Sie sehr bald in Uniform auf der Kreuzung stehen und im Feierabendverkehr die Kelle schwingen. Verlassen Sie sich darauf!«

Nawrod zeigte keinerlei Regung. Er tat so, als wäre Neumann Luft für ihn.

# 22

»Guten Tag, Herr von Kampen!«

»Guten Tag, Herr Nawrod.«

»Nehmen Sie doch bitte Platz!« Nawrod zeigte auf den freien Stuhl vor seinem Schreibtisch.

»Danke.« Manuel von Kampen setzte sich.

»Noch einmal mein herzliches Beileid zum Tod Ihrer Frau Mutter.«

»Danke, vielen Dank, Herr Nawrod!«

»Ihr Vater ist also immer noch verschwunden?«

»Ja, leider. Ich mache mir inzwischen ernsthaft Sorgen, obgleich er nicht der Typ ist, der sich etwas antut.«

»Sind Sie sich da sicher?«

»Sicher? Was heißt sicher? Das kann man in solchen Fällen nie sein. Aber ich denke, nein, ich hoffe, dass er bis spätestens morgen Nachmittag wieder hier ist. Morgen wird Mutter beerdigt.«

»In welchen Fällen?«

»Wie bitte?«

»Sie sagten: ›in solchen Fällen‹. Wie haben Sie das gemeint?«

»Nun, ich denke, wenn jemand spurlos verschwindet, kann es viele Gründe dafür geben.«

»Ach so! Ja, da haben Sie recht. Um wie viel Uhr ist das Begräbnis?«

»Die Beerdigung findet um 14 Uhr statt.«

»Wann genau haben Sie Ihren Vater zum letzten Mal gesehen?«

»An die genaue Uhrzeit kann ich mich nicht mehr erinnern. Ich habe auch nicht auf die Uhr geschaut, als ich wegfuhr. Es war auf jeden Fall vor drei Tagen, und es war abends. Ich denke, es könnte so zwischen 18 und 19 Uhr gewesen sein. Am nächsten Morgen wollte ich kurz nach ihm schauen, aber er war nicht zu Hause. Nachdem ich tagsüber mehrfach vergeblich versucht hatte, ihn telefonisch zu erreichen, wollte ich ihn nach Feierabend daheim aufsuchen. Er war nicht da. Als ich gesehen habe, dass auf dem Wohnzimmertisch immer noch die Cognacflasche und unsere Gläser vom Vorabend standen, kam mir das komisch vor. Ich glaube, er hat noch am selben Abend das Haus verlassen und ist seitdem nicht mehr zurückgekehrt.«

»Das ist schon seltsam. Ist Ihnen beim Abschied an Ihrem Vater irgendetwas aufgefallen? Ich meine, war er depressiv, machte er irgendwelche Anspielungen, die man nun im Nachhinein so deuten könnte, dass er sich etwas antun wollte?«

»Nein, nicht direkt.«

»Was meinen Sie damit?«

»Mutters Tod hatte ihn sehr mitgenommen. Er war danach ein Schatten seiner selbst, aß kaum noch etwas und konnte auch nur schlecht schlafen. Auf mein Anraten hin hatte ihm der Hausarzt Tabletten verschrieben, mit denen er einigermaßen über die Runden kam. Er hat mehrfach erwähnt, dass er über den Sinn seines Lebens nachgedacht hat und dabei zu keinem Ergebnis gekommen war.«

»Dann könnte er wohl doch den Freitod als Lösung gewählt haben?«

»Das kann ich mir bei ihm einfach nicht vorstellen. Er hat eine Firma mit 65 Beschäftigten geleitet, und man sagt ihm heute noch nach, dass er mit eiserner Hand regiert hat, wenn es darauf ankam. Vielleicht wollte er sich vor der Beerdigung einfach eine Auszeit nehmen und ist irgendwo in eine einsame Gegend gefahren. Das würde besser zu ihm passen.«

»Wenn das so ist, liegt eigentlich kein Vermisstenfall vor. Nach den Vorschriften gelten erwachsene Personen nämlich nur dann als vermisst, wenn sie ihren gewohnten Lebenskreis verlassen haben, ihr Aufenthalt unbekannt ist und eine Gefahr für Leib oder Leben besteht. Die Betonung liegt auf ›und‹, wenn Sie verstehen, was ich meine?«

Manuel von Kampen dachte kurz nach. »Nein, ich glaube nicht, dass ihm etwas zugestoßen ist.«

»Haben Sie überhaupt keine Vorstellung, wo sich Ihr Vater jetzt aufhalten könnte?«

»Nein, tut mir leid. Ich habe schon verschiedene Verwandte und Bekannte angerufen. Niemand weiß etwas.«

»Ist Ihr Vater im Besitz eines Handys?«

»Ja, er hat ein Handy. Ob er es allerdings dabei hat, weiß ich nicht. Ich habe schon zwei-, dreimal versucht, ihn anzurufen, aber sein Handy ist wohl abgeschaltet.«

Nawrod grinste. »Da fällt der Apfel wohl nicht weit vom Stamm?«

»Wie bitte?«

»Na ja, ich habe gestern auch mehrfach vergeblich versucht, Sie telefonisch zu erreichen. Sie waren weder auf Ihrem Handy noch auf dem Festnetz-Anschluss zu erreichen.«

»Ähm ... ja ... ähm, ich ... ich wollte meine Ruhe haben. Die letzten Tage ... Sie können sich vorstellen ... ist alles etwas zu viel für mich.«

»Verstehe. Ist Ihr Vater mit einem Fahrzeug unterwegs?«

»Anzunehmen. Sein Auto steht jedenfalls nicht in der Garage.«

»Ist Ihnen das Kennzeichen und der Typ des Fahrzeugs bekannt?«

»Ja, er fährt einen relativ neuen, silbergrauen Daimler Benz der S-Klasse. Das Kennzeichen lautet S–HK 500.«

»Noch eine letzte Frage, Herr von Kampen: Hat Ihr Vater irgendwelche Feinde?«

»Nicht dass ich wüsste.«

Nawrod stand auf. »Das wäre zunächst alles, Herr von Kampen.«

Manuel erhob sich ebenfalls. »Danke, Herr Nawrod.« Er reichte dem Kriminalhauptkommissar die Hand und wandte sich zur Tür.

»Ach, jetzt muss ich Sie doch noch etwas fragen.«

»Ja, bitte!«

»Waren Sie dabei, als die Schutzpolizei nach Ihrer Anzeigenerstattung das Haus Ihres Vaters durchsucht hat?«

»Ja, ich musste doch aufschließen. Ihre Kollegen sind vom Dachboden bis zum Keller jeden einzelnen Raum mit mir durchgegangen, haben alle Schränke und sonstigen größeren Behältnisse durchsucht. Leider ohne Erfolg.«

»Dann bleibt uns jetzt nichts anderes übrig, als die morgige Beerdigung abzuwarten. Bitte informieren Sie mich sofort, wenn Ihr Vater wieder auftauchen sollte. Auf Wiedersehen, Herr von Kampen.«

»Auf Wiedersehen«, erwiderte Manuel und gab Nawrod nochmals die Hand.

Nachdem Manuel von Kampen das Büro verlassen hatte, kam Nawrod ins Grübeln. Obwohl die Befragung nichts Neues ergeben hatte, beschlich ihn ein eigenartiges Gefühl. Irgendetwas stimmte nicht. Das, was er bis jetzt über den Vermissten wusste, passte nicht zu seinem plötzlichen, unangekündigten Verschwinden. Auch schienen die Antworten des Sohnes etwas zu glatt zu sein. Sie boten keinerlei Angriffsfläche, was Nawrod seltsam vorkam. Allerdings hatte er keine Erfahrung in Vermisstenfällen, weshalb er sich hütete, vorschnelle Schlüsse zu ziehen.

Er hängte sich ans Telefon und rief die Datenstation an, um das Fahrzeug des Vermissten in die sogenannte Sachfahndung einzustellen. Nachdem dies erledigt war, nahm er zum zweiten Mal mit allen Krankenhäusern im Großraum Stuttgart sowie mit der Rettungsleitstelle Kontakt auf. Abermals ohne Erfolg. Es hatte zwar in den letzten drei Tagen einige Einlieferungen von Männern gegeben, aber Heinrich von Kampen war nicht unter ihnen.

# 23

Nawrod hatte sich zunächst zwischen den unzähligen Gräbern aufgehalten, um aus sicherem Abstand zu beobachten, wer zum Begräbnis Elisabeth von Kampens kam. Er war vormittags endlich beim Frisör gewesen und hatte einen schwarzen Anzug an, den er aus der hintersten Ecke seines Kleiderschrankes hervorgeholt hatte.

Als die Friedhofsglocke läutete, begab er sich in die Aussegnungshalle und nahm in der hintersten Reihe Platz. Es fröstelte ihn, obwohl es nicht besonders kalt war. Ganz vorn saßen die engsten Angehörigen und Freunde der Verstorbenen. Soweit Nawrod sehen konnte, war kein Mann dabei, auf den die Beschreibung Heinrich von Kampens passte. Er musste abwarten, bis die Zeremonie hier zu Ende war. Erst dann würde er sicher sagen können, ob sich Heinrich von Kampen unter den etwa vierzig Trauergästen befand oder nicht. Nawrod hatte jedoch nicht viel Hoffnung.

Er überlegte, was nach der Beisetzung für ihn zu tun sei, holte sein kleines Notizbuch heraus und schrieb die Maßnahmen auf, die ihm spontan einfielen. Denn eines war klar: Wenn Heinrich von Kampen seiner geliebten Frau nicht die letzte Ehre erwies, konnte man einen Selbstmord, Unglücksfall oder gar ein Verbrechen nicht mehr ausschließen. Man musste vielmehr davon ausgehen, dass mit an Sicherheit grenzender Wahrscheinlichkeit ein solches Ereignis stattgefunden hatte.

Aber was soll ich mir den Kopf zerbrechen, sinnierte Nawrod. Vielleicht ist Heinrich von Kampen doch hier, und dann kann ich die Akte schließen.

Er lehnte sich zurück und hörte dem Pfarrer eine Weile zu. Seine Worte klangen stereotyp. Sie enthielten kaum Persönliches. Selbst als der Geistliche zu einer kleinen Predigt ansetzte, meinte Nawrod herauszuhören, dass die Mauern der Leichenhalle solche Worte schon unzählige Male hatten hören müssen.

Der schlichte Sarg war mit einem großen Bukett aus weißen Lilien geschmückt. Daneben war auf einem Ständer ein Bild der Verstorbenen zu sehen. Nawrod ertappte sich dabei, wie er an Eva und Samia dachte. Waren es die Trauerfeier und die Umgebung, die dazu beitrugen, dass er plötzlich Tränen in den Augen hatte? Was würden die beiden jetzt wohl machen? Wie ging es ihnen? Eva hatte sich nicht ein einziges Mal bei ihm gemeldet. Oder vielleicht doch? Er war in den letzten Wochen oft nicht ans Telefon gegangen, wenn es klingelte. Das war immer dann der Fall, wenn er betrunken auf dem Sofa oder im Bett lag.

Sobald ich mein Leben wieder in Ordnung gebracht habe, werde ich die beiden zurückholen, dachte er. Aber wirklich erst dann. Vorher machte es keinen Sinn. Doch was ist, wenn es dann zu spät ist? Eva ist eine attraktive Frau, die bestimmt bei Männern Chancen hat. Vielleicht ist sie schon längst mit einem anderen zusammen?

Wenn ich diesen Fall abgeschlossen habe, werde ich die beiden anrufen. Dann werden wir weiter sehen.

Die Trauerfeier dauerte etwa fünfundzwanzig Minuten. Auf ein Zeichen des Pfarrers hin kamen vier Friedhofsbedienstete herein, die den Sarg auf einen Handkarren hoben. Dann setzten sich die Trauergäste in Bewegung und gaben der Toten das letzte Geleit. Heinrich von Kampen war nicht unter ihnen. Sein Sohn, eingerahmt von zwei alten Frauen, führte den Trauerzug an. Nawrod folgte in großem Abstand. Er hatte die

Hoffnung noch nicht ganz aufgegeben, Heinrich von Kampen irgendwo zwischen den Gräbern zu entdecken.

Der Sarg wurde ins Grab gesenkt. »Asche zu Asche, Staub zu Staub«, hörte Nawrod den Priester sagen. Die Worte verloren sich im Freien zu nichtssagenden Tönen, weil ihnen die Resonanz von Mauern fehlte.

Als sich die Trauergemeinde auflöste, redete Manuel von Kampen noch kurz mit den beiden älteren Frauen, die rechts und links neben ihm standen. Nachdem die Frauen sich entfernt hatten, blieb er noch vor dem offenen Grab stehen.

Nawrod spähte in alle Richtungen. Heinrich von Kampen war weit und breit nicht zu sehen. Er überlegte sich, ob er zu Manuel von Kampen gehen sollte, da er noch einige wichtige Fragen an ihn hatte. Doch dann entschied er sich, den Trauernden beim Abschied von seiner Mutter nicht zu stören. Er schloss sich auf dem Hauptweg, der zum Ausgang führte, dem sich langsam auflösenden Trauerzug an. Drei Schritte vor ihm gingen die beiden älteren Damen. Sie unterhielten sich lautstark. Offensichtlich waren beide etwas schwerhörig, was Nawrod zugute kam, denn er konnte jedes Wort verstehen.

»Wie wird das noch enden?«, fragte die Größere.

»Das weiß nur Gott allein, Klara.«

»Und ich sage dir, auf dieser Familie lastet ein Fluch. Manuel ist der Letzte, wenn Heinrich nicht mehr kommt. Ich spüre, dass ihm etwas zugestoßen ist. Er ist kein Mensch, der sich vor der Beerdigung der eigenen Frau drückt. Die beiden haben sich geliebt.«

»Das haben sie.« Die Kleinere nickte zweimal und fuhr fort: »Erst Raymond, dann Susanne, dann Elisabeth und nun auch noch Heinrich!«

»Und ich sage dir, Cordula, Manuel wird der Nächste sein. Ich habe da so ein Gefühl, und mein Gefühl hat mich noch nie getäuscht.«

»Hoffentlich täuschst du dich dieses Mal!«

»Nicht auszudenken, wenn dem Jungen auch noch etwas zustößt.«

Da die beiden das Friedhofstor inzwischen passiert hatten und Nawrod befürchtete, dass sie sich gleich trennen könnten, schloss er mit zwei schnellen Schritten zu ihnen auf und sprach sie an: »Entschuldigen Sie, mein Name ist Nawrod, und bitte erschrecken Sie nicht, ich bin Kriminalbeamter.«

»Kriminalbeamter?«, antwortete die Größere misstrauisch.

»Was sucht die Kriminalpolizei auf dem Friedhof?«

»Was für eine dumme Frage, Cordula! Leichen natürlich!« Die Größere schmunzelte belustigt.

»Du meinst, wenn sie sonst keine finden, gehen sie auf den Friedhof?« Cordula lachte spitzbübisch.

Klara schmunzelte wieder, während sie Nawrod genauer anschaute.

»Weshalb sollte dieser fesche, junge Mann sonst hier sein? Oder hast du etwas verbrochen? Cordula, hast du vielleicht heute Morgen dem Briefträger eins auf die Mütze gegeben, weil er wieder einmal anzügliche Bemerkungen gemacht hat?«

»Ich dem Briefträger? Nie im Leben! Der ist doch die einzige männliche Abwechslung, die wir noch haben, und seine Bemerkungen finde ich überhaupt nicht anzüglich, allenfalls ein wenig frivol.«

»Wo ist denn da der Unterschied, liebe Cordula?« Obwohl sie gerade noch an einer Beerdigung teilgenommen hatten, lachten beide zu Nawrods Verwunderung jetzt herzhaft.

»Ähm ... entschuldigen Sie bitte. Ich bin wegen Heinrich von Kampen hier. Dachte, er würde vielleicht zum Begräbnis seiner Frau kommen. Sein Sohn hat ihn vor drei Tagen bei der Polizei als vermisst gemeldet. Ich habe die Aufgabe, den Vermissten zu finden.«

»Keine leichte Aufgabe, Herr Wachtmeister«, warf Klara ehrfürchtig ein.

»Der arme Junge! Ist nun ganz allein«, sagte die Kleinere.

»Noch hat er ja uns!«

»Ich bitte dich, Klara, du bist achtundachtzig und ich sechsundachtzig. Wir sind für Manuel praktisch schon nicht mehr auf dieser Welt. Meinst du im Ernst, dass wir ihm noch irgendwie beistehen können?«

»Wir werden ihn gelegentlich zum Essen einladen und ihm einen Kuchen backen.«

»Das ist aber auch alles, was wir für ihn tun können.«

»Haben Sie eine Ahnung, wo sich Heinrich von Kampen aufhalten könnte?«

Die beiden schüttelten den Kopf.

»Sie sagten, der Sohn sei nun ganz allein. Hat er keine Geschwister?«

»Er hatte noch einen Bruder und eine Schwester«, antwortete Cordula.

»Der Bruder, Raymond, ist im Alter von vier oder fünf Jahren gestorben, und seine Schwester Susanne ist seit einigen Monaten verschwunden«, antwortete Klara.

»Ebenso spurlos wie Heinrich«, fuhr sie fort. »Ich habe ein ungutes Gefühl, Herr Wachtmeister.«

»Gefühle interessieren die Kriminalpolizei nicht, Klara!«, belehrte Cordula ihre zwei Jahre ältere Schwester.

»Darf ich fragen, in welcher Beziehung Sie zu Elisabeth von Kampen standen?«

»Entschuldigen Sie, Herr Wachtmeister, wir haben uns noch gar nicht vorgestellt. Ich bin Klara Stolz, und das ist meine Schwester Cordula Stolz.«

»Elisabeth war unsere Nichte, und da wir selbst keine Kinder haben, hatten wir ein sehr enges Verhältnis zu ihr«, sagte Cordula Stolz.

»Sie war für uns wie eine Tochter!«

»Aber ihr Tod war sicher eine Erlösung für sie. Wir werden für sie beten.«

»Wenn ich ehrlich bin, ging es mir etwas zu schnell. Natürlich hatte sie diesen Hirntumor, aber sie war noch zwei

Wochen vor ihrem Ableben bei uns, und da sah sie so vital aus. Die Krankheit sah man ihr überhaupt nicht an.«

»Dann sind Sie also die Großtanten von Manuel von Kampen?«

»Ja, das sind wir.«

»Der Junge tut uns leid. Erst vor ein paar Tagen hat er uns mit seinem Vater besucht, und er weinte wegen des Ablebens seiner Mutter bitterlich.«

»Es konnte einem fast das Herz zerreißen«, schloss sich die andere an.

»Und der Vater? Wie verhielt er sich?«

»Er war nur noch ein Häufchen Elend«, sagte Cordula.

»Der hatte in den letzten Tagen mindestens drei Kilo abgenommen.«

»Und ich sage es noch einmal, Cordula, auf dieser Familie lastet ein Fluch!« Klaras Stimme klang geheimnisvoll und unheilahnend, als sie sich zum Ohr ihrer etwas kleineren Schwester leicht hinunterbückte.

Nawrods Gehirn fing plötzlich an, auf Hochtouren zu arbeiten. Doch er wollte nicht mit der Tür ins Haus fallen.

»Ich war vorgestern in der Enzstraße in Münster, weil ich dachte, ich würde Heinrich von Kampen dort vielleicht antreffen. Das Haus machte mir einen sehr guten Eindruck. Wohnten die von Kampens schon immer in dieser schönen Gegend?«

»Heinrichs Firma lief anfangs nicht so gut. Doch er hat geschuftet wie ein Tier. Das war vor über dreißig Jahren«, antwortete Klara. »Damals wohnten sie noch in Cannstatt in einem Mehrfamilienhaus.«

»Er war sehr, sehr tüchtig, und schon bald konnten sie sich ein eigenes Haus leisten. Heinrich ließ das Haus in der Enzstraße nach seinen eigenen Wünschen bauen.«

»Das stimmt nicht ganz. Elisabeth hatte auch ein gehöriges Wörtchen mitzureden«, korrigierte Cordula ihre Schwester.

»Und dann ging es wohl irgendwann bergab, mit der Firma des Herrn von Kampen?«, fragte Nawrod, ein bestimmtes Ziel vor Augen.

»Wie kommen Sie denn darauf, junger Mann?« In Klaras Stimme schwang Entrüstung mit.

»Na ja, ich dachte, wenn Herr von Kampen seine Firma verkauft hat, dann wird sie wohl nicht mehr so gut floriert haben.«

»Nein, nein! Das war ganz anders. Heinrich wollte, dass Manuel die Firma übernimmt. Die beiden verstanden sich damals aber nicht so gut. Manuel hatte keine Lust, unter Heinrich zu buckeln, denn Heinrich wollte natürlich nach wie vor die Fäden in der Hand behalten.«

»Und Manuel hatte sich dann ja auch schon sehr früh für seinen Traumberuf entschieden, den er wegen der Firma nicht aufgeben wollte«, warf Cordula Stolz ein.

Nawrod wunderte sich über die Wortwahl und geistige Regsamkeit der alten Frauen, insbesondere auch über ihren Humor, der ständig präsent zu sein schien.

»Dann muss man wohl annehmen, dass es Heinrich von Kampen finanziell nicht schlecht geht«, bohrte er weiter.

»Finanziell schlecht?« Klara lachte laut. »So weit wir wissen, verkaufte er damals die Firma für gut fünf Millionen Euro.«

»Das hat er uns jedenfalls so gesagt«, meinte Cordula.

Nawrod pfiff leise durch die Zähne, während er die Augenbrauen hob.

»Wann war das?«, fragte er vorsichtig weiter.

»Das war vor etwa vier Jahren«, antwortete Klara Stolz. »Heinrich war der Auffassung, er und Elisabeth hätten genug gearbeitet und sich ein ruhiges, angenehmes Leben mehr als verdient.«

»Den Stress als Firmenchef konnte er mit zunehmendem Alter immer schwerer wegstecken«, meinte die andere.

»Verstehe.« Nawrod versuchte, die Flut von seiner Meinung nach sehr wichtigen Informationen zu ordnen und zu verarbeiten. Schlagartig hatten sich in seinem Kopf Bilder ausgebreitet, die wie ein Puzzle zusammengefügt werden mussten.

»Klara, wir sollten uns beeilen, sonst verpassen wir noch den Leichenschmaus. Die anderen sind schon alle weg.«

»Oh, das habe ich gar nicht bemerkt. Wir sind die Letzten hier.«

»Wenn Sie keine weiteren Fragen haben, würden wir uns beeilen, um noch ein gutes Tässchen Kaffee und ein Stück Kuchen zu ergattern.«

Die beiden grinsten schelmisch. Gleichzeitig sahen sie in Nawrods Gesicht Erstaunen.

»Sie wundern sich wohl darüber, dass wir hier nicht in Tränen aufgelöst vor Ihnen stehen, Herr Wachtmeister?«

Nawrod fühlte sich ertappt und zuckte verlegen mit den Schultern. Noch bevor er etwas sagen konnte, ergriff Cordula das Wort: »Wissen Sie, junger Mann, in unserem Alter ist uns der Tod verdammt dicht auf den Fersen. Wenn man nicht verrückt oder depressiv werden will, muss man sich mit ihm arrangieren.«

»Wir spielen ›Der Wettlauf zwischen dem Hasen und dem Igel‹ mit ihm. Kennen Sie die Geschichte?«, kicherte Klara.

»Ich bin das Igelmännchen und sie die Igelfrau, und immer wenn der Tod meint, er hat das Rennen gewonnen, steht eine von uns auf und zeigt ihm die Nase.« In Cordulas Gesicht spiegelte sich so viel Schalk, dass auch Nawrod lachen musste.

»Ja, und so ist uns der Tod schon fast ein guter Freund geworden. Bei einer Beerdigung wie heute sagen wir kurz ›Hallo‹ zu ihm, und er grüßt zurück.«

»Irgendwann einmal lassen wir ihn sicher gewinnen. Er kann einem ja schon ein wenig leidtun«, lachte Cordula.

»Nun müssen wir uns aber wirklich beeilen!« Mit diesen Worten hakte Klara Stolz ihre Schwester ein.

»Entschuldigen Sie bitte, dass ich Sie so lange aufgehalten habe. Darf ich Sie anrufen, wenn ich noch Fragen habe?«

»Gerne, junger Mann.«

»Stehen Sie im Telefonbuch? Wo wohnen Sie?«

»Sie sagten doch, Sie seien Kriminalbeamter. Finden Sie es heraus!«

Die beiden steckten kurz ihre Köpfe zusammen und entfernten sich lachend.

Nawrod war verwundert und amüsiert zugleich. Alte Menschen mit solch einer Lebenseinstellung und diesem Humor findet man leider viel zu selten, dachte er. Er musste noch einmal an die Geschichte mit dem Hasen und dem Igel denken und schmunzelte. Als er noch ein kleines Kind war, hatte ihm seine Mutter dieses Märchen einmal vorgelesen. Nur ein oder zwei Jahre später konnte er es auch bei einer Kindersendung im Fernsehen anschauen. Der Eindruck, dass Igel nicht nur sehr possierlich, sondern auch besonders schlau sind, blieb ihm bis heute erhalten. Nun stellte er sich die beiden alten Damen als kleine, putzige Igel vor. Wie lange würden sie es fertigbringen, immer einen Schritt schneller zu sein als der Hase – sprich der Tod.

Er ging noch einmal zurück auf den Friedhof. Manuel von Kampen war nicht mehr zu sehen. Nawrod nahm an, dass er in irgendeiner Gaststätte für die engsten Angehörigen einen kleinen Leichenschmaus organisiert hatte.

Er ging zum Grab. Die Friedhofsbediensteten hatten noch nicht begonnen, es zuzuschaufeln. Als Erstes fiel Nawrod auf, dass das Grab überaus akkurat ausgehoben war. Als wäre es mit einer Präzisionsmaschine aus dem Boden gestanzt worden. Da waren wirklich Fachleute am Werk, dachte er. Auf dem Sarg waren die weißen Lilien des prunkvollen Buketts teilweise mit Erde bedeckt. Nawrod fand es schade, doch es erschien ihm als Synonym für Vergänglichkeit. Die ganze Schönheit und Pracht einer Lilienblüte konnte mit einer kleinen Schippe Erde, geworfen aus einer Höhe von zwei Metern, auf einen Schlag zerstört sein.

Nawrod versuchte, sich Elisabeth von Kampen vorzustellen. War sie sehr von der Krankheit gezeichnet? War sie groß und schlank oder eher klein und dick. Welche Haare trug sie? Wie sprach sie? Welche Eigenarten hatte die Verstorbene?

Und Heinrich von Kampen? Was ist bzw. was war er für ein Mensch? Nach dem Gespräch mit den beiden alten Damen war sich Nawrod sicher, dass der Vermisste nicht mehr lebte. Der Satz von Klara Stolz »So weit wir wissen, verkaufte er damals die Firma für gut fünf Millionen Euro« hallte immer noch in Nawrods Ohr. Kaum waren diese Worte ausgesprochen, schrillten bei ihm alle Alarmglocken. In Verbindung mit dem Verschwinden zweier Familienangehöriger und dem doch überraschenden Ableben der krebskranken Elisabeth von Kampen bekam nun alles einen Sinn.

»Hier will sich jemand das Vermögen der Familie von Kampen vorzeitig unter den Nagel reißen«, stieß Nawrod leise zwischen den Zähnen hervor.

Wer würde von Manuels Tod profitieren? Sollte Klara Stolzes Vorahnung auf schreckliche Weise in Erfüllung gehen, dass Manuel der Nächste wäre, den das Unglück heimsuchen würde?

Nawrod sah noch ein letztes Mal zum Sarg hinab. Fest entschlossen murmelte er: »Elisabeth von Kampen, ich rieche es, nein, ich bin mir sicher, dass Sie nicht an Krebs gestorben sind. Und ich bin mir auch sicher, dass Sie jetzt mit Ihrem Mann und Ihren beiden Kindern zusammen sind. Ich verspreche Ihnen, ich werde mein Möglichstes tun herauszufinden, wer dafür verantwortlich ist.«

Nawrod machte auf dem Absatz kehrt und verließ den Friedhof.

# 24

Am nächsten Morgen bekam Neumann in aller Frühe ein Fax auf den Tisch. Daraus ging hervor, dass in der Nacht eine Streife das Fahrzeug Heinrich von Kampens in der Bahnhofstraße gefunden hatte. Den jungen Kollegen von der Schutzpolizei war aufgefallen, dass der TÜV abgelaufen war. Bei einer Halterfeststellung über Funk hatte sich herausgestellt, dass der Daimler zur Fahndung ausgeschrieben war. Der Wagen befand sich noch an Ort und Stelle. Maßnahmen wurden bislang keine getroffen.

Neumann machte diese Mitteilung zum letzten Punkt der Frühbesprechung. Obwohl er das Fax schon zweimal gelesen hatte und dessen Inhalt in einem Satz hätte wiedergeben können, nahm er es theatralisch in die Hand.

»Na, was haben wir denn da?«, begann er und las den Text genüsslich vor, wobei er zweimal anerkennend nickte. Als er fertig war, ließ er einige Sekunden verstreichen, ehe er zu einem seiner berühmten Nadelstiche ausholte: »Den Kollegen von der Schutzpolizei ist also das gelungen, wovon der Sachbearbeiter anscheinend nur träumen durfte.« Neumann grinste dreckig. »Ist ja unglaublich, die Karre steht nur einen Katzensprung vom Polizeipräsidium entfernt in einer Parknische.«

Dann vorwurfsvoll zu Nawrod: »Herr Nawrod, sind Sie als Sachbearbeiter nie auf die Idee gekommen, dass der Vermisste mit dem Zug abgehauen sein könnte? Wären Sie mal in Richtung Bahnhof gefahren, hätten Sie das Fahrzeug gesehen! Was haben Sie denn die ganze Zeit gemacht? Däumchen gedreht, oder was?«

Nawrod hatte sich vorgenommen, auf Neumanns Provokationen nicht zu reagieren, obwohl es ihm sehr schwer fiel. Aber der Dezernatsleiter saß nun mal am längeren Hebel.

»Werde mich um den Wagen kümmern«, sagte er in ruhigem Ton.

»Sie sollen sich nicht um den Wagen kümmern, sondern um den Vermissten«, befahl Neumann laut. »Den Wagen haben wir ja. Jetzt fehlt nur noch dieser ... dieser ... na, wie heißt der Mann?«

»Heinrich von Kampen«, antwortete Nawrod.

»Zumindest ist Ihnen noch der Name bekannt. Dann ist Deutschland ja nicht ganz verloren.« Neumann lachte hämisch, und einige Anwesende lachten eifrig mit.

»Rufen Sie die Angehörigen des Vermissten an. Die sollen die Karre auf dem Parkplatz am Nordeingang des Hauptbahnhofs abholen. Und dann bewegen Sie Ihren Arsch zum Bahnhof. Vielleicht haben wir Glück, und ein Schalterbeamter kann sich an den Kampus erinnern.«

»Von Kampen heißt der Mann«, antwortete Nawrod mit stoischer Ruhe.

»Ist doch scheißegal, wie der heißt. Hauptsache, Sie finden ihn bald. Mein Gott, das kann doch nicht so schwer sein!«

»Werde den Wagen von der Kriminaltechnik untersuchen lassen.«

»Sind Sie verrückt, Nawrod! Die haben Wichtigeres zu tun, als das Fahrzeug eines Vermissten auseinanderzunehmen.«

»Es könnte ein Kapitalverbrechen vorliegen und ...«

Nawrod kam nicht weiter. Neumann unterbrach ihn mit schallendem Gelächter. »Das ist der beste Witz, den ich je gehört habe!«, brüllte er. »Wo kämen wir denn hin, wenn wir hinter jedem Vermisstenfall ein Kapitalverbrechen vermuteten. Mein lieber Nawrod, anscheinend haben Sie keine Ahnung, wie man an so eine Sache rangeht. Drexler hat Ihnen, bevor er in Urlaub ging, wohl in den paar Tagen noch nicht viel beigebracht, wie?« Neumanns Chamäleongesicht hatte sich einmal mehr zu einer heimtückischen Fratze verwandelt.

»Fichtner, Sie organisieren gleich nach der Frühbesprechung den Hubschrauber mit Infrarotkamera. Die sollen mal im Umkreis von zehn Kilometern um den Wohnort des Vermissten die Waldstücke, Gärten und Felder absuchen. Wenn den Mann beim Spaziergang der Schlag getroffen hat, besteht die Möglichkeit, dass er sich vielleicht mit letzter Kraft irgendwohin geschleppt hat. So etwas gab es schon oft. Die sollen auch sämtliche Gewässer absuchen. Es ist jetzt der vierte Tag. Bei dieser Witterung müsste die Leiche eigentlich an der Wasseroberfläche treiben.

Und Sie, Schilling, Sie führen die üblichen Recherchen am Flughafen und an den Grenzstellen durch.

Kunz, Sie übernehmen die Pressearbeit! Ich möchte morgen ein Bild dieses Herrn Kampus in allen Stuttgarter Zeitungen sehen. Hit Radio, Antenne 1 und SWR 1 sollen auch davon berichten. Verstanden?«

Kunz nickte beflissen. »Geht klar, Chef!«

Kunz musste sich auf die Zunge beißen, um seinen Vorgesetzten nicht wegen des falsch ausgesprochenen Namens zu korrigieren. Denn er wusste, dass es ihm Neumann sehr übel nehmen würde.

»Und, Kunz, Sie sorgen auch dafür, dass im Wohngebiet des Kampus eine Lautsprecherdurchsage und eine Fahndungsblattaktion durchgeführt wird.«

»Jawohl, Chef!«

»Jansen, Sie fragen noch einmal bei allen Krankenhäusern und der Rettungsleitstelle nach. Es ist nicht auszuschließen, dass der Mann gerade in dieser Minute völlig entkräftet oder verletzt eingeliefert wird.«

Neumann atmete tief durch. Die Befehle hatte er laut und unmissverständlich gegeben. Jeder wusste, dass Neumann in dieser Situation keinen Widerspruch duldete. Die nächsten Worte sprach er dann in ruhigerem Ton.

»Nawrod, Sie können meinetwegen tun und lassen, was Sie wollen, aber kommen Sie uns nicht in die Quere! Haben Sie mich verstanden?«

Nawrod gab keine Antwort. Heiße Wut glomm in ihm auf. Neumann hatte ihn soeben vor versammelter Mannschaft entmündigt. Es kostete Nawrod unendlich viel Kraft, sich zu beherrschen und Neumann nicht an die Gurgel zu springen.

Neumann fuhr fort: »Ich werde den Herrn Polizeipräsidenten unverzüglich über den derzeitigen Sachstand und über Ihre obskuren Aktivitäten informieren.

Meine Damen, meine Herren, die Frühbesprechung ist hiermit beendet!«

# 25

Auf dem Weg zum Büro hatte Nawrod seine Wut auf Neumann zwar noch nicht abgelegt, doch arbeitete sein Gehirn bereits rational und auf Hochtouren. Er fasste den Entschluss, sein Ding durchzuziehen, egal, wie es ausging. Neumann hatte soeben den Fehler gemacht, ihm vor mehreren Zeugen einen Freibrief auszustellen. Ab jetzt würde er nicht mehr zur Frühbesprechung erscheinen, sondern sich voll und ganz auf seine Ermittlungen konzentrieren und niemanden vom Dezernat 1 mit einbeziehen. Wenn er Hilfe bräuchte, würde er auf Bea Kleiber oder Claus Weber vom Rauschgiftdezernat zurückgreifen. Auf sie konnte er sich absolut verlassen, dessen war er sich sicher.

Nawrod war klar, dass er jetzt schnell sein musste. Er befand sich am Anfang eines Wettlaufes mit Neumann und seinen Vasallen. Wenn die anderen den Vermissten vor ihm fanden, wäre das sein Untergang. Dann wäre er vollends der Lächerlichkeit preisgegeben, und vor allem hätte Neumann dann den Beweis erbracht, dass Nawrod für den Dienst bei der Kriminalpolizei nicht mehr geeignet war.

Nawrod setzte sich an seinen Rechner und schickte mit dem Vermerk ›Eilanfrage‹ eine E-Mail an das Bundesamt für Finanzdienstleistungsaufsicht in Bonn. Darin bat er um Mitteilung über sämtliche Konten aller Mitglieder der Familie von Kampen. Eine Stunde später hatte er die Antwort. Nicht weniger als 23 Konten bei acht verschiedenen Banken wurden ihm mitgeteilt. Dazu noch zwei Lebensversicherungen.

Nawrod entschied, zuerst das Girokonto des Vermissten bei der Stuttgarter Volksbank zu überprüfen. Sollte sich Heinrich von Kampen entgegen seiner Vermutung doch irgendwohin abgesetzt haben, würde er Geld benötigen und sicher seine EC- oder Masterkarte benutzen.

Die Dame bei der Volksbank war sehr nett. Nawrod brachte sein Anliegen vor. Er wollte auf die Schnelle sämtliche Kontobewegungen der letzten acht Tage in Erfahrung bringen.

»Tut mir sehr leid, Herr Nawrod, ich darf Ihnen ohne richterlichen Beschluss keine Auskunft geben. Das müssten Sie doch eigentlich wissen.«

»Könnten Sie in diesem speziellen Fall nicht mal 'ne Ausnahme machen? Ich verspreche Ihnen auch, dass Sie von der gesamten Stuttgarter Polizei heute Abend in deren Nachtgebet eingeschlossen werden.«

Die nette Dame lachte. »Das würde mir wenig helfen, wenn herauskäme, dass ich unberechtigt Kontodaten herausgegeben habe. Erst vorigen Monat wurde einem Kollegen wegen einer ähnlichen Sache fristlos gekündigt. Bitte besorgen Sie sich einen Beschluss und faxen ihn mir zu. Dann gibt es keine Probleme.«

Nawrod wusste, dass eine weitere Diskussion mit der Bankangestellten sinnlos war. Er bedankte sich und legte auf. Anschließend rief er Oberstaatsanwalt Thiel an und erläuterte ihm den Vermisstenfall. Dabei ließ er vorsichtig anklingen, dass unter Umständen auch ein Kapitaldelikt vorliegen könnte und er nicht nur einen Beschluss zur Erhebung der Kontodaten, sondern auch eine richterliche Verfügung zur Einholung sämtlicher Telefonverbindungsdaten benötigte.

»Ein Kapitalverbrechen? Wenn Sie da mal nicht zu schwarz sehen, mein lieber Nawrod«, antwortete Thiel sachlich. Danach überlegte er ein paar Sekunden. Nawrod hörte, wie Thiel in irgendetwas blätterte. Vermutlich im dicken Wälzer der Strafprozessordnung, dachte Nawrod. Dann vernahm er wieder Thiels Stimme: »Okay, Herr Nawrod, wir kennen uns nun schon viele Jahre. Ich verlasse mich auf Sie. Wenn Sie mir per Fax einen kurzen Antrag schicken, leite ich ihn an den zuständigen Richter weiter. Spätestens morgen dürften Sie den Beschluss dann haben.«

Nawrod bedankte sich. Gleichzeitig ärgerte er sich einmal mehr über die zahlreichen gesetzlichen Hindernisse, die es manchmal unmöglich machten, Maßnahmen mit der gebotenen Eile durchzuführen. Er musste sich gedulden, ob er wollte oder nicht. Aber es war eine Frage der Zeit, wann Neumann zum alles vernichtenden Schlag gegen ihn ausholen würde.

Beim Standesamt hatte er mehr Glück. Hier bekam er aus der sogenannten Sammelakte ohne Probleme sämtliche vorhandenen Daten und Einträge der Familie von Kampen. Er stutzte, als er das Fax las:

*Susanne von Kampen, geboren am 14. Mai 1982 in Detmold, angenommen an Kindes statt.*
*Manuel von Kampen, geboren am 12. August 1984 in Detmold, angenommen an Kindes statt.*
*Raymond von Kampen, geboren am 22. November 1985 in Stuttgart, Tod durch Ertrinken am 26.12.1990.*

Nawrod hatte zwar registriert, wie eine der beiden Großtanten erzählt hatte, dass Raymond als Kind gestorben war, aber er konnte sich nicht erinnern, dass von einem unnatürlichen Tod die Rede war.

Auch hatten die alten Damen nicht erwähnt, dass Susanne und Manuel von Kampen Adoptivkinder waren. Es war wie eine gewaltige Explosion, wie der plötzliche Ausbruch eines Vulkans. Nawrod hatte für zwei, drei Sekunden das Gefühl, sein Hirn würde zerbersten. Deprivationsschädigung! Dieses Wort jagte in Lichtgeschwindigkeit wie ein gewaltiges Echo durch sämtliche Gehirnzellen und produzierte Bilder mit einer Dichte, die sein Verstand kaum mehr verarbeiten konnte. Adrenalin schoss in seine Nervenbahnen. Gleichzeitig bekam Nawrod in Sekundenschnelle einen Schweißausbruch. Ein lautes »Ja« entfuhr ihm. Er fasste sich an die Schläfen, als wollte er seinen Kopf vor dem Zerplatzen retten. Etwas leiser als zuvor rief er: »Ja, und noch einmal ja, das ist es! Das ist der Schlüssel, mein Junge. Da setzt du den Hebel an.«

Nawrod gelang es, seine innere Erregung wieder herunterzufahren. Er lehnte sich in seinem Schreibtischstuhl zurück und genoss erst einmal den Triumph, diesen Geistesblitz gehabt zu haben. Die Lösung eines großen Kapitalverbrechens schien für ihn mit einem Schlag in greifbare Nähe gerückt zu sein.

Er versuchte sich zu erinnern, wann er das Wort zum ersten Mal gehört hatte. Es war vor vielen Jahren gewesen. Ein Dreifachmord hatte den Killesberg erschüttert, das vornehmste Wohnviertel Stuttgarts. Dort hatte ein 19-jähriger junger Mann seine Eltern und seine Großmutter mit einer Axt grausam ermordet. Auch der Collie sowie zwei Katzen hatten sterben müssen. Die Wohnung hatte ausgesehen wie ein Schlachtfeld. Möbel waren zertrümmert und wertvolle Gegenstände beschädigt worden.

Die Nachbarn hatten Schreie gehört und die Polizei verständigt. Bei deren Eintreffen hatte der Täter apathisch und blutbesudelt im Schneidersitz auf dem Fußboden des Wohnzimmers gesessen. Um ihn herum die drei Leichen. Er hatte sich widerstandslos festnehmen lassen.

Nawrod war damals schon Mitglied der Stuttgarter Mordkommission gewesen. Die Kommission wurde immer erst dann zusammengerufen, wenn ein Mord oder ein anderes schweres Kapitaldelikt vorlag. Sie bestand aus den fähigsten Kriminalbeamten des Polizeipräsidiums. Etwa dreißig Beamtinnen und Beamte, die in verschiedenen Dezernaten eingebunden waren und dort ihre Alltagsarbeit verrichteten, standen auf der Alarmierungsliste. Von dem begangenen Delikt hing es ab, wie viele Personen alarmiert wurden. Nawrod konnte sich erinnern, dass die Sonderkommission bei der Entführung eines Kindes mit anschließender Erpressung aus etwa 350 Polizisten bestanden hatte. Sie waren von überall herangezogen worden. Den Täter hatte man zwar fassen, das Kind aber nicht mehr retten können. Er hatte es bereits unmittelbar nach der Entführung brutal mit einem Hammer erschlagen.

Nawrod hatte sich schon in jungen Jahren als Vernehmungsspezialist einen Namen gemacht. Wann immer eine harte Nuss zu knacken gewesen war, hatte man ihn gebeten, sich des Täters anzunehmen. So auch bei dem 19-Jährigen, der nach der Tat zunächst nicht ansprechbar gewesen war.

Nawrod war mit ihm in ein Vernehmungszimmer gegangen. Draußen hatte er eine Wache abgestellt. Niemand sollte den Raum betreten, und zwar so lange, bis Nawrod die Tür von innen öffnete. Das Kabel des Telefons zog er damals aus der Steckdose. Es war Nacht, und die Rollläden waren heruntergelassen. Nawrod nahm die Schreibtischlampe und stellte sie in die hinterste Ecke des Zimmers. Ihr schwacher Schein zeigte gegen die Wand. Alle anderen Lichter waren ausgeschaltet. Der junge Mann saß auf einem Stuhl ohne Armlehnen. Das war Nawrod sehr wichtig.

»Ich heiße Jürgen Nawrod und möchte mit Ihnen reden«, sagte er.

Sein Gegenüber zeigte keinerlei Reaktion. Er saß mit verschränkten Armen da und machte den Eindruck, als würde er frieren. Seinen Blick hatte er stur auf den Boden gerichtet. Er bewegte sich nicht. Auch Nawrod bewegte sich nicht. Nicht einen Millimeter. Dennoch beobachtete er den Täter und versuchte, ihn zu studieren. Was ging in dem jungen Mann vor? Wie kam er dazu, eine solch schreckliche Tat zu begehen? War er ein Psychopath, dessen Sicherungen ganz einfach durchgebrannt sind? Nawrod wusste nur sehr wenig über ihn. Abiturient kurz vor dem Abschluss. Gute Noten, gute Erziehung, gutes Elternhaus, vermögende Eltern.

Nawrod sah nicht auf die Uhr. Er schätzte, dass etwa eine halbe Stunde vergangen war, bis sich der Täter zum ersten Mal rührte. Er legte seine Hände auf den Oberschenkeln ab und blickte kurz auf. Bis dahin hatte er kein einziges Wort gesprochen. Nawrod ließ einige Minuten vergehen. Dann stand er auf, ging um den Tisch herum, der zwischen ihm und dem jungen Mann stand, und legte für einen kurzen Augenblick von hinten seine Hand auf dessen Schulter. Anschließend drehte er sich um und sprach nur ein einziges Wort gegen die Wand: »Warum?«

Danach setzte sich Nawrod wieder hin. Es vergingen etwa drei Minuten, bis der Täter antwortete. Er hielt dabei seinen Kopf gesenkt.

»Ich weiß es nicht«, sagte er leise und mit brüchiger Stimme.

»Willst du es denn wissen?«, fragte Nawrod, und in seiner Stimme lag unendliche Ruhe.

Der andere nickte.

»Dann lass uns gemeinsam nach dem Grund suchen.«

Die Vernehmung dauerte über drei Stunden. Der Täter sprach über seine Kindheit, seine Jugend, seine Familie und schließlich auch über die Tat. Er konnte sich an kleinste Details erinnern, konnte Nawrod nahezu jede Frage beantworten. Und als er alles gesagt hatte, starrte er wieder den Boden an. Es folgten Minuten des Schweigens. Dann sah der junge Mann auf und fragte: »Warum?«

Und Nawrod antwortete: »Ich weiß es nicht.« In diesem Moment fühlte er sich hilflos wie ein kleines Kind. Zum ersten Mal in seiner polizeilichen Laufbahn konnte er diese Frage nicht beantworten. Es schien grotesk. Ein Täter beschrieb nicht nur die Tat in allen Einzelheiten, sondern auch sein Vorleben, und es war kein Motiv erkennbar.

Nawrod hatte sich tagelang das Hirn zermartert, doch er war zu keinem Ergebnis gekommen. Schließlich war er vom Tagesgeschäft seines Dezernats eingeholt worden. Er hatte sich um Fälle kümmern müssen, die zwar weniger spektakulär waren, aber dennoch bearbeitet werden mussten.

Irgendwann war ihm die Idee gekommen, sich noch einmal um den jungen Mörder zu kümmern. Er hatte den zuständigen Staatsanwalt angerufen und erfahren, dass ein erfahrener Psychologe inzwischen ein Gutachten erstellt hatte, das dem Täter zur Tatzeit eine verminderte Zurechnungsfähigkeit zugebilligt hatte. Nawrod hatte den Staatsanwalt gebeten, ihm eine Kopie des Gutachtens zukommen zu lassen. In der Kopie war er zum ersten Mal mit dem Begriff ›Deprivationsstörung‹ konfrontiert worden. Das Gutachten umfasste 87 DIN-A4-Seiten und war teilweise in hochwissenschaftlicher Sprache geschrieben. Nawrod hatte einige Stunden damit verbracht, die Erklärung herauszufiltern, die der Gutachter für die Tat des jungen Mannes gefunden hatte.

Auf den Punkt gebracht war der Diplompsychologe zu dem Schluss gekommen, dass Kinder, die bis zu einem Alter von fünf Jahren von ihrer Mutter getrennt werden, durch das Trauma der Trennung eine Deprivationsschädigung erleiden können.

Wie eruiert werden konnte, war der 19-jährige Täter von seinen späteren Opfern im Alter von zwei Monaten adoptiert worden. Seine leibliche Mutter hatte ihn vier Wochen nach der Geburt wie einen Hund an einer Autobahnraststätte ausgesetzt.

Der Gutachter hatte angeführt, dass sogar Säuglinge im Alter von ein paar Tagen, die nach der Geburt dauerhaft von der leiblichen Mutter getrennt werden, dem Schicksal einer Deprivationsschädigung unterworfen sein können, selbst wenn sie alsbald einer Ersatzmutter zugeführt werden.

Die Deprivationsschädigung rief meist erst zu einem späteren, sehr variablen Zeitpunkt eine Neurose hervor, deren Ursache von den Betroffenen nicht zu erkennen war. Diese Neurose konnte wiederum multiple Erscheinungsformen aufweisen. Die gravierendste und verhängnisvollste Folge war die, dass der betroffene Mensch im Normalzustand durchaus sozial eingestellt, liebenswert und sympathisch sein konnte.

Dass aber derselbe Mensch unter ganz bestimmten Umständen auch zu kontrollierten, respektive völlig unkontrollierten Zerstörungs- und Gewaltausbrüchen bis hin zu Mord und Totschlag neigte. Dabei schreckte er nicht davor zurück, Menschen und Dinge zu zerstören, die er besonders liebte.

Nawrod dachte an ein Ehepaar in seinem Bekanntenkreis, das ein kleines Mädchen adoptiert hatte. Dieses Mädchen hatten sie einmal zu einer Geburtstagsfeier Samias eingeladen. Das Kind hatte mit den anderen Kindern gespielt, ohne dass es zunächst aufgefallen war. Plötzlich und ohne ersichtlichen Grund hatte die Kleine beim Essen zwei Teller und den Kuchen vom Tisch gestoßen.

Doch nicht jedes adoptierte Kind litt an Deprivationsstörungen. Der Gutachter hatte geschrieben, über die Häufigkeit dieses Phänomens lägen keine gesicherten Erkenntnisse vor. Aufgrund seiner jahrzehntelangen Erfahrung hatte er den Anteil auf etwa zehn Prozent geschätzt.

Sollte es sich bei dem Adoptivkind Manuel von Kampen um eine deprivationsgeschädigte Person handeln, die fähig war, ihre ganze Familie auszulöschen? Je mehr Nawrod darüber nachdachte, desto sicherer war er sich dessen. Und im Gegensatz zu dem 19-jährigen Mörder, der seinerzeit ohne jeglichen Grund seine Adoptiveltern samt Großmutter getötet hatte, hatte Manuel von Kampen auch noch ein Motiv: fünf Millionen Euro plus das Anwesen Enzstraße 8!

Nawrod überlegte, welche Taktik er einschlagen musste, um zum Erfolg zu kommen. Beim ersten Kontakt hatte er festgestellt, dass es sich bei Manuel von Kampen um einen intelligenten Menschen handelte, der bestimmt nicht so leicht mehrerer Morde zu überführen war. Nawrod war klar, dass er konzentriert zu Werke gehen musste, wollte er gegen Manuel von Kampen eine Chance haben. Es gab nur eine Leiche, und die war nicht nur bereits bestattet, sondern auch eines vermeintlich natürlichen Todes gestorben. Zumindest hatte es der Notarzt so im Totenschein vermerkt.

Ich muss so viel wie möglich von meinem Gegner in Erfahrung bringen. Irgendwie wird sich dann ein Ansatzpunkt ergeben, an dem ich einhaken kann, überlegte Nawrod.

Er setzte sich an seinen Rechner und gab den Namen ›von Kampen‹ ein. Es erschienen nur zwei Treffer auf dem Bildschirm: Susanne Steinmann, geborene von Kampen, war seit dem 3. November des vergangenen Jahres vermisst, konnte Nawrod lesen. Ihr Mann, Jens Steinmann, hatte sie als vermisst gemeldet. Die Ermittlungen hatten ergeben, dass sie, ihrer bisherigen Lebensumstände wahrscheinlich überdrüssig, frustriert das Weite gesucht hatte, um anderswo ein neues Leben zu beginnen.

Drexler hatte den Fall bearbeitet, und seit er diese wenigen Sätze zu Papier gebracht hatte, in der Sache nichts mehr unternommen. Er hatte es nicht einmal für nötig gehalten, an der Arbeitsstelle Susanne von Kampens die üblichen Befragungen durchzuführen. Aber zumindest lag Susanne Steinmann noch in der Personenfahndungsdatei ein.

Der zweite Treffer war die Vermisstensache Heinrich von Kampen. Manuel von Kampen erschien in dem Datensatz lediglich als Anzeigeerstatter.

Danach recherchierte Nawrod mit dem Namen in allen Systemen, auf die er als Kriminalbeamter zurückgreifen konnte. Ohne Erfolg. Manuel hatte ganz offensichtlich eine blütenweiße Weste.

Er ging zur zentralen Aktensammlung des Polizeipräsidiums. Dort kannte er einen Angestellten namens Kepernik, der kurz vor der Rente stand und ihm schon oft bei wichtigen Recherchen behilflich gewesen war. Er trug den Spitznamen ›Aktenwurm‹ und war ein Computer in Menschengestalt. Wenn es über den Ertrinkungstod Raymond von Kampens noch Unterlagen gab, dann würde er sie unter Bergen von uralten Akten ganz bestimmt finden. Denn eines war sicher: Wenn ein Kind ertrinkt, wird die Kripo sofort eingeschaltet, um die näheren Umstände zu untersuchen. Über diese

Arbeit wird eine Akte in doppelter Fertigung angelegt. Eine bekommt die Staatsanwaltschaft, die andere verbleibt bei der Polizei.

Doch Nawrod hatte Pech. Kepernik drückte Nawrod ein Gespräch ins Ohr, das darauf hinauslief, dass alle Akten einer sogenannten Aussonderungsprüfung unterlagen. Je nach Fall gab es unterschiedliche Fristen. Manche Prüfungen erfolgten schon nach einem Jahr. Dabei wurde festgestellt, ob die Notwendigkeit bestand, eine Akte weiter aufzubewahren, oder ob sie in den Reißwolf wanderte.

»Im Fall eines ertrunkenen Kindes wird die Akte allerhöchstens acht Jahre bei uns verwaltet«, sagte Herr Kepernik trocken.

»Gibt es da überhaupt keine Ausnahmen?«, wollte Nawrod wissen.

»Nein, tut mir leid, Herr Nawrod. Hätte Ihnen gern geholfen.« Kepernik hob bedauernd die Schultern.

»Vielleicht ein anderes Mal. Ich danke Ihnen trotzdem.« Nawrod drehte sich um und ging zur Tür.

»Ist es sehr wichtig?«, rief ihm Kepernik hinterher.

Nawrod machte auf dem Absatz kehrt. »Noch wichtiger als wichtig!«, sagte er erwartungsvoll.

»Dann darf ich Ihnen einen Tipp geben: Gehen Sie in die Redaktion der *Stuttgarter Nachrichten*. Vielleicht haben Sie dort mehr Glück. Wenn Ihnen das Datum des Vorfalls bekannt ist, ist es für die ein Leichtes, in ihren Archiven nachzuschauen. Denke, dass bei einem ertrunkenen Kind zumindest ein kleiner Artikel erschienen ist.«

»Herr Kepernik, Sie sind ...« Nawrod wusste nicht so recht was er sagen sollte. »Sie sind einfach unbezahlbar. Werde den Antrag stellen, dass Sie vor siebzig nicht in Rente gehen dürfen.«

Der Angestellte lachte geschmeichelt. »Hüten Sie sich, Herr Nawrod! Sonst war das der letzte Tipp, den ich Ihnen gegeben habe.«

Eine Stunde später hatte Nawrod die *Stuttgarter Nachrichten* vom 27. Dezember 1990 in den Händen. Im lokalen Teil fand er, wonach er suchte.

**Kind von Unternehmer ertrinkt im Gartenteich**
*Das Fest des Friedens und der Freude endete für die Familie eines Stuttgarter Unternehmers in einer furchtbaren Katastrophe. Der fünfjährige Sohn der Familie spielte mit seinem ein Jahr älteren Bruder im Garten der Villa. Die beiden wagten sich auf das dünne Eis des großen Gartenteiches. Dabei brach der Jüngere ein und ertrank im eisigen Wasser. Sein Bruder stand unter Schock. Er konnte weder Hilfe leisten, noch konnte er Erwachsene alarmieren. Der Sechsjährige war stundenlang nicht ansprechbar.*

Nawrod las den kleinen Artikel dreimal. Dann ließ er sich eine Kopie davon machen. Die paar Zeilen beinhalteten einiges an Information. Wie kam es, dass der Jüngere und wahrscheinlich auch wesentlich Leichtere einbrach, während die dünne Eisschicht den älteren Bruder getragen haben soll?

Konnte es tatsächlich sein, dass ein Kind einen Schock erleidet, wenn es sieht, wie sein Bruder ins Eis einbricht? Wäre es nicht die natürlichste Reaktion der Welt, dem Bruder sofort zu helfen oder zumindest Hilfe zu holen, anstatt längere Zeit in körperliche und geistige Starre zu verfallen?

Waren dem Kriminalbeamten, der den Fall bearbeitet hatte, diese Umstände aufgefallen, und wenn ja, wie war er damit umgegangen?

Auf der Dienststelle nahm Nawrod das Telefonbuch zur Hand. Er konnte diese urzeitliche Methode, eine Telefonnummer herauszufinden, einfach nicht ablegen. Viel schneller wäre er zum Ziel gekommen, wenn er auf dem Desktop seines PC den Button Telefonbuch angeklickt und anschließend die Namen Klara und Cordula Stolz in die Suchzeile eingetippt hätte.

Die beiden hatten ein und dieselbe Nummer, woraus Nawrod schloss, dass sie zusammenwohnten. Umso besser, dachte er.

»Stolz, guten Tag!«, meldete sich eine rüstige Frauenstimme.

»Nawrod von der Kriminalpolizei Stuttgart. Guten Tag, Frau Stolz. Können Sie sich noch an mich erinnern?«

»Natürlich, Herr Wachtmeister. Oh, entschuldigen Sie, wenn ich Sie so anspreche. Sie sind doch wahrscheinlich Kommissar oder so etwas, stimmt's?«

»Ja, das stimmt.«

»Alte Gewohnheit. Wissen Sie, zu unserer Zeit waren die Polizisten allesamt Wachtmeister, zumindest nannte man sie so. Aber im Fernsehen sieht man ja, dass die Kriminalen heutzutage immer Kommissare sind.«

Nawrod musste kurz lachen. »Spreche ich mit Klara oder Cordula Stolz?«

»Ich bin die Cordula. Womit kann ich Ihnen dienen?«

»Ich möchte Sie beide gern noch einmal sprechen. Heinrich von Kampen ist immer noch nicht aufgetaucht, und ich hätte da noch einige Fragen.«

»Nur zu, junger Mann.«

»Ähm ... ich würde Sie gern persönlich sprechen, wenn Sie erlauben.«

»Dann kommen Sie doch zum Nachmittagskaffee. Sie sind herzlich eingeladen. Jetzt gerade ist es unpassend. Wir haben eben erst zu Mittag gegessen und wollen uns anschließend ein wenig hinlegen.«

»Verstehe. Wann darf ich Sie besuchen?«

»Kommen Sie bitte so gegen 15 Uhr. Essen Sie gern Kuchen?«

»Da höre ich mich nicht Nein sagen!«

»Wie meinen?«

»Ich sagte, ja, ich esse gern mal ein Stück Kuchen«, antwortete Nawrod und musste leise lachen.

»Dann sehen wir uns um 15 Uhr. Sie wissen ja, wo wir wohnen.«

»Stuttgart-Hofen, Kochelseeweg 50?«

»Richtig, junger Mann. Also, bis dann.«

»Bis dann, Frau Stolz.«

Nawrod lehnte sich zurück und überlegte. Dann rief er Kepernik an.

»Hallo, Herr Kepernik, ich bin's noch mal, Nawrod.«

»Was gibt's? Hatten Sie bei den *Stuttgarter Nachrichten* Erfolg?«

»Ja, der Tipp war super. Eine andere Frage, Herr Kepernik. Können Sie mir sagen, wer im Jahr 1990 Leiter des Dezernats 1 war?«

»Natürlich!«, kam es wie aus der Pistole geschossen. »Das war Hauptkommissar Erich Danner.«

»Hm …, der ist schon eine ganze Weile pensioniert. Wissen Sie, ob er überhaupt noch lebt?«

»Danner ist jetzt 78 und erfreut sich bester Gesundheit. Er wohnt schon seit ewigen Zeiten im Stuttgarter Osten, in der Neue Straße 67, wenn ich mich nicht irre.«

»Wieder ein Grund, den Antrag auf Heraufsetzung Ihres Rentenalters zu stellen«, lachte Nawrod, und Kepernik lachte herzhaft mit.

Nawrod schaute auf die Uhr. Es war kurz vor 13 Uhr. Sollte er Danner in seiner Mittagsruhe stören? »Ich muss hinne machen, bevor mir diese Kanaille von Neumann das Wasser ganz abgräbt«, murmelte er leise. »Die Zeit drängt!« Er griff sofort zum Telefon.

»Guten Tag, Kollege Danner! Nawrod mein Name.«

»Hallo, Herr Nawrod! Moment mal, sind Sie der Nawrod, der draußen an der Mercedesstraße …?«

»Genau der bin ich.«

»Sind Sie noch im Dienst? Ich dachte …, ich meine, die Sache hat einigen Staub aufgewirbelt. Ich habe gehört, dass man Sie …«

»Ja, ich bin noch im Dienst und hätte zwei-, drei Fragen an Sie«, unterbrach Nawrod, wobei er Mühe hatte, seinen Ärger über die dusselige Frage Danners zu unterdrücken.

»Wie kann ich Ihnen helfen? Schießen Sie los!«, sagte Danner. Nawrod konnte am Tonfall erkennen, dass der andere bereit war, ihm behilflich zu sein. Er schluckte deshalb seinen Ärger sofort hinunter und fragte: »Es ist zwar schon sehr lange her, aber können Sie sich noch an einen fünfjährigen Jungen erinnern, der in einem Gartenteich ertrunken ist? Es war am zweiten Weihnachtsfeiertag 1990?«

»Mein Gott, Herr Nawrod, was meinen Sie, wie viele Kinder während meiner Amtszeit eines nicht natürlichen Todes gestorben sind? Können Sie mir nichts Näheres darüber sagen?«

»Das Unglück ereignete sich in der Enzstraße 8, und der Kleine hieß Raymond von Kampen. Sein Vater ...«

»Heinrich von Kampen war dessen Name«, unterbrach Danner. »Ich erinnere mich noch sehr genau. Der Mann war ein erfolgreicher Geschäftsmann. Die hatten noch zwei andere Kinder, glaube ich. War besonders tragisch die Sache. Ist es ja immer bei Kindern.«

»Wissen Sie noch, wen Sie damals mit den Ermittlungen beauftragt haben?«

»Wieso? Stimmt da was nicht?«, fragte Danner misstrauisch.

»Das kann ich jetzt noch nicht sagen. Ich habe nur so eine vage Vermutung, der ich nachgehen wollte.«

»Nach zwanzig Jahren? Ungewöhnlich bei einem Ertrinkungstod! Mehr als ungewöhnlich!« Danners Stimme war voller Zweifel. »Soweit mir bekannt ist, sind Sie im Rauschgiftsektor tätig. Weshalb ermitteln Sie jetzt in Leichensachen?«

»Nun«, Nawrod räusperte sich, »ich wurde nach dem Vorfall an der Mercedesstraße zum Dezernat 1 versetzt und ermittle in einer Vermisstensache. Heinrich von Kampen ist seit fünf Tagen spurlos verschwunden.«

»Und was hat der Tod seines Sohnes im Jahr 1990 damit zu tun?«

»Wie ich schon sagte, ich habe eine vage Vermutung, die zu erklären Ihre kostbare Zeit zu sehr in Anspruch nehmen würde. Wenn Sie mir sagen könnten, wer den Fall damals bearbeitet hat, wäre ich Ihnen sehr dankbar. Würde mich gern mit dem Kollegen unterhalten.«

»Das war Herbert Augustin. Soweit ich mich erinnern kann, gab es damals keine Zweifel, dass der Junge auf zu dünnem Eis eingebrochen und dabei ertrunken ist. Was gibt es da noch zu ermitteln?«

»Ich suche Heinrich von Kampen und möchte einfach so viel wie möglich über ihn erfahren. Vielleicht finde ich Hinweise auf seinen derzeitigen Aufenthalt oder Gründe, weshalb er verschwunden ist.« Das war nicht einmal gelogen, dachte Nawrod.

»Dann wünsche ich Ihnen bei Ihren Ermittlungen viel Glück, Herr Nawrod.«

»Noch eine letzte Frage: Haben Sie eine Ahnung, wie ich mit Herbert Augustin Verbindung aufnehmen kann?«

»Er hatte vor einigen Jahren einen Schlaganfall und soll sich in der Seniorenwohnanlage Sankt Monika in Neugereut befinden. Wie es ihm geht, weiß ich allerdings nicht.«

»Danke, Kollege Danner. Sie haben mir sehr geholfen.«

»Keine Ursache. Und Nawrod, lassen Sie sich von niemandem unterkriegen. Das ist das Wichtigste in dem Job.«

Danner war als Aktiver noch ein Kriminalbeamter vom alten Schrot und Korn. Nawrod kannte ihn nur vom Hörensagen. Er soll untadelig, aber vor allem gegenüber seinen Vorgesetzten nicht unterwürfig gewesen sein. Wenn er sich etwas in den Kopf gesetzt hatte, soll er es auch erfolgreich zu Ende gebracht haben. Als Dezernatsleiter konnte er allerdings nicht über jede Einzelheit eines Falles Bescheid wissen. Wenn Herbert Augustin die Ermittlungen im Fall Raymond von Kampen stümperhaft durchgeführt hatte, war dies wahrscheinlich an Danner vorbeigegangen.

Nawrod überlegte. Es müsste noch reichen. Er setzte sich ins Auto und fuhr los. Als sich die automatische Eingangstür des Seniorenheims vor ihm öffnete, nahm er sofort den typischen Geruch wahr. Mich würden sie nur in einer Zwangsjacke da reinbekommen, dachte er. Dann konzentrierte er sich voll und ganz auf sein Vorhaben. Er wollte mit Herbert Augustin sprechen. Es war kein günstiger Augenblick. Wahrscheinlich lag Augustin im Bett und machte sein Mittagsschläfchen.

Die Pflegedienstleiterin zog die Augenbrauen hoch.

»Da werden Sie Pech haben, Herr Nawrod.«

»Wieso, schläft er gerade?«

Ohne zu antworten, sagte die Pflegerin: »Kommen Sie mal mit!«

Mit schnellen Schritten ging sie durch den Flur, über eine Treppe zur nächsten Etage und blieb vor der Zimmertür 305 stehen. Nawrod hatte Mühe mitzuhalten. Sie klopfte kurz an und öffnete nach drei Sekunden die Tür.

Nawrod erschrak, als er Herbert Augustin sah. Hier lag ein völlig apathischer, abgemagerter Mensch im Bett, der keinerlei Reaktion mehr zeigte.

»Das ist Herr Augustin. Wie Sie sehen, ist er ein Pflegefall und wird mit einer Magensonde ernährt. Er hatte einen Schlaganfall und kann sich seit etwa einem Jahr nicht mehr artikulieren. Wenn Sie Fragen haben, müssen Sie sich an seine Frau wenden. Vielleicht kann die Ihnen behilflich sein.«

»Nein, die Auskunft hätte mir nur Herr Augustin geben können. Aber haben Sie vielen Dank.«

Noch schnelleren Schrittes als zuvor verließ er das Seniorenheim. Draußen sog er erst einmal frische Luft in seine Lungen. Er verdrängte den aufkeimenden Gedanken, dass er vielleicht auch einmal so enden könnte. Wer konnte das schon wissen?

Er hatte noch genügend Zeit. Die Strecke vom Seniorenheim bis zum Kochelseeweg hätte er bequem in wenigen Minuten zu Fuß zurücklegen können. Nawrod blieb einige

Zeit im Fahrzeug sitzen und ging konzentriert in sich. Das machte er meistens so, wenn er zu Personen fuhr, mit denen er eine wichtige Vernehmung durchzuführen hatte.

Die alten Damen dürfen keinen Wind davon bekommen, dass ich gegen ihren geliebten Neffen ermittle. Das ist das Allerwichtigste. Ich muss äußerst vorsichtig zu Werke gehen, dachte er. So viel Munition sammeln wie nur möglich, ohne dass die alten Frauen es merken. Das wird nicht leicht sein. Ein falsches Wort, und die Großtanten würden Manuel von Kampen mit Sicherheit warnen. Das würde meine Taktik gehörig durcheinanderbringen.

»Hallo, Herr Kommissar! Wir haben schon auf Sie gewartet«, sagte Cordula Stolz freundlich lachend.

Nawrod schaute auf die Uhr. Es war fünf vor drei. »Guten Tag, Frau Stolz. Ich habe mich doch nicht etwa verspätet?«

»Nein, keineswegs. Es ist nur ... na ja, wir konnten vor Aufregung nicht schlafen. Schließlich bekommen wir nicht jeden Tag Besuch von einem leibhaftigen Kriminalkommissar.«

Klara Stolz kam ihnen im Flur entgegen. »Der Kaffee ist schon fertig. Ich hoffe, Ihnen schmeckt unser selbstgebackener Kuchen.«

»Russischer Apfelkuchen. Ein uraltes Spezialrezept unserer Mutter.«

Der Duft frisch gekochten Kaffees drang in Nawrods Nase, und der Gedanke an ein Stück leckeren Kuchen ließ ihm das Wasser im Munde zusammenlaufen. Er wurde von den Damen in das stilvoll eingerichtete Esszimmer gebeten. Es erinnerte ihn an das Nebenzimmer eines Wiener Cafés, in dem er vor Jahren einmal mit Eva gewesen war. Auch der Kuchen, der auf dem Tisch stand, erinnerte ihn an seine Frau. Wie oft hatte sie ihn am Wochenende mit ihrer Backkunst verwöhnt, und wie lange schon hatte er keinen Kuchen mehr gegessen.

Reiß dich zusammen, Junge, und werd jetzt bloß nicht melancholisch. Konzentriere dich, verdammt noch mal, auf deinen Job, dachte Nawrod.

»Wie möchten Sie Ihren Kaffee?«

»Mit Milch und etwas Zucker, bitte.« Zu Hause trank er den Kaffee schon wochenlang schwarz, weil er es immer versäumte, Milch und Zucker zu besorgen. Es war ihm darauf auch nicht angekommen. Doch jetzt wollte er den Kaffee mal wieder richtig genießen.

Cordula Stolz bediente ihn, als würde sie ihn schon ewig kennen und als wäre er ihr liebster Verwandter. Der Kuchen war ein Traum, eine Mischung aus Sacher- und Gewürztorte. Von den Äpfeln war nur noch der Geschmack festzustellen. Offensichtlich waren sie so fein gerieben, dass sie ihre Konsistenz beim Backen ganz verloren hatten.

»Die Torte schmeckt köstlich, meine Damen!«

»Es sieht zwar aus wie eine Torte, ist aber ein Kuchen«, sagte Klara.

»Das freut uns, wenn er Ihnen schmeckt.«

»Es ist uns eine Ehre, Herr Kommissar. Aber sagen Sie, was führt Sie zu uns?«

»Nun ja, Heinrich von Kampen ist immer noch nicht aufgetaucht. Ich habe gehofft, Sie könnten mir vielleicht weiterhelfen.«

»Wir stehen zu Ihren Diensten, Herr Kommissar«, antwortete Cordula Stolz.

»Sagen Sie mal, sind Sie tatsächlich ein richtiger Kommissar? Einer, der Morde aufklärt und Mörder persönlich hinter Schloss und Riegel bringt?«, fragte Klara, und die Neugierde sprang ihr förmlich aus dem Gesicht.

Nawrod musste lachen, und die beiden Frauen lachten mit.

»Aber mal im Ernst! Wir sind sicher, dass Heinrich etwas Furchtbares zugestoßen ist.« Das Lachen war aus Cordulas Gesicht verschwunden.

Sei vorsichtig, Jürgen. Lass dich nicht von deiner Taktik abbringen, schoss es Nawrod durch den Kopf.

»Man muss nicht immer gleich das Schlimmste annehmen, Frau Stolz«, antwortete er. »Wer weiß, vielleicht klärt sich die Sache sehr bald zum Guten auf. Niemand kann in das Innerste eines Menschen sehen. Am Ende ist Herr von Kampen doch der Typ, der den Tod seiner Frau nicht verkraftet hat und einfach davongelaufen ist.«

»Ganz bestimmt nicht, Herr Kommissar!«, antwortete Cordula. »Jeder andere vielleicht, aber Heinrich nicht. Nie und nimmer!«

»Was ist er für ein Mensch?« Nawrod stellte diese Frage, um den beiden Frauen jeden Argwohn zu nehmen. Cordula und auch die zwei Jahre ältere Klara hatten trotz ihres hohen Alters ein Gedächtnis, um das sie von wesentlich jüngeren Menschen sicherlich beneidet worden wären. Sie erzählten wechselweise, und was die eine nicht wusste, konnte die andere berichten. Als sie schließlich von selbst auf das Thema Erziehung der Kinder kamen und erzählten, dass Heinrich von Kampen ein strenger Vater war, schien es für Nawrod an der Zeit zu sein einzuhaken.

»Wenn man das so hört, können einem die Kinder leidtun«, begann er vorsichtig.

»In der Tat! Gerade unser Neffe musste schon so vieles mitmachen«, antwortete Cordula.

»Er ist ja gar nicht unser richtiger Neffe«, warf Klara ein. Aber er ist uns sehr ans Herz gewachsen. Er war schon immer ein sehr hübscher Junge, wissen Sie.«

»Ja, Susanne und er wurden als Kleinkinder von Elisabeth und Heinrich adoptiert. Die beiden konnten angeblich keine eigenen Kinder bekommen. Haben alles versucht. Waren bei vielen Ärzten. Und kaum waren Manuel und Susanne da, wurde Elisabeth schwanger.«

»Ist das nicht verrückt?«, fragte Klara. »Nachdem Raymond auf der Welt war, hätte Heinrich die beiden anderen Kinder am liebsten wieder zurückgegeben. Aber das ging natürlich nicht. Elisabeth hätte das auch nie zugelassen. Sie hat Manuel und Susanne immer wie ihr eigen Fleisch und Blut behandelt.«

»Wie man hörte, hatte sich die leibliche Mutter der beiden Kinder inzwischen auch das Leben genommen. Der Vater saß im Gefängnis. Heinrich sah schließlich ein, dass es nur die Möglichkeit gab, sie in seiner Familie zu belassen. Ins Heim wollte er sie nicht stecken.«

»Da kamen die armen Kinder ja her«, warf Klara ein.

»Bei der Beerdigung erwähnten Sie, dass dann das leibliche Kind der Familie gestorben sei. Das muss ja ein schwerer Schicksalsschlag für Heinrich und Elisabeth gewesen sein?«

»Das kann man wohl sagen«, erwiderte Cordula. »Es war für alle sehr schlimm, auch für uns. Doch den kleinen Manuel traf es ganz besonders. Er musste mit ansehen, wie Raymond ins Eis einbrach und ertrank. Der Junge stand tagelang unter Schock.«

»Erst viel später erzählte er, dass er Raymond einen Stecken hingehalten hatte, an dem dieser sich hätte herausziehen können. Der Junge habe jedoch nicht genug Kraft gehabt.«

»War Raymond denn ein so schwächlicher Junge?«, fragte Nawrod.

Klara nickte. »Er hatte ein niedriges Geburtsgewicht und war immer ein zartes Bübchen gewesen. Manuel hingegen war stark und kräftig. Er wog mindestens zehn Kilo mehr als Raymond.«

»Hat Manuel erzählt, weshalb er und sein Bruder aufs Eis gegangen sind?«

»Ja, sie wollten spielen. Einfach spielen, so wie es Jungs in diesem Alter tun.«

»Da hatte Manuel aber Glück, dass er nicht auch noch eingebrochen ist.«

»Das kann man wohl sagen. Er war offensichtlich so schlau und hat sich Raymond nicht so weit genähert, dass das Eis auch unter seinen Füßen brach. Deswegen benutzte er ja den Stock«, antwortete Cordula.

»Konnte er denn keine Hilfe holen?«

»Wie ich schon sagte, Manuel hat damals einen Schock erlitten. Er muss wohl minutenlang auf dem Eis gestanden haben, bis er begriffen hatte, was passiert war.«

»Elisabeth erzählte uns, Manuel ist damals ganz langsam ins Haus zurückgekehrt, hat im Flur seine nassen Stiefel ausgezogen und sich danach stumm wie ein Fisch auf einen Stuhl gesetzt. Heinrich hat sofort etwas geahnt und ist in den Garten gerannt. Als er das geborstene Eis im Teich gesehen hat, hat er gewusst, was geschehen war. Er ist ins eiskalte Wasser gesprungen und hat Raymond, der leblos auf dem Grund lag, sofort herausgezogen. Danach hat er gleich mit Mund-zu-Mund-Beatmung begonnen. Doch es war zu spät gewesen. Der Kleine war schon tot.«

»Es ist schon so lange her, aber ich kann mich an dieses schreckliche Ereignis erinnern, als wäre es gestern gewesen«, sagte Cordula traurig.

»Ja, so etwas ist schrecklich. Es ist das Schlimmste, was Eltern passieren kann.« Nawrod dachte für eine Sekunde an Samia und wie es in ihm aussehen würde, wenn sie zu Tode käme.

»Den Jungen verfolgt das Pech, sage ich dir! Das mit Antonia wird ihn auch sehr getroffen haben«, sagte Klara beschwörend.

»Meinst du? Er hat sich nie darüber geäußert«, erwiderte Cordula besorgt.

»Ich denke schon. Immerhin war er einige Zeit mit ihr zusammen.«

»Aber als sie im Oberen Schlossgarten gefunden wurde, war ihre Beziehung doch schon längst beendet.«

»Was ist mit dieser Antonia?« In Nawrod schrillten erneut jene Alarmglocken, die eine Flut von Gedanken bei ihm auslösten. Hatte er richtig gehört? Im Oberen Schlossgarten gefunden? Er hatte Mühe, seine Erregung zu verbergen.

»Antonia war Manuels Freundin. Ein hübsches Mädchen. Die Beziehung ging in die Brüche. Weshalb, wissen wir nicht.

Wir haben immer gerätselt. Die beiden hätten gut zusammengepasst. Stimmt's Klara?«

»Ja, die beiden hätten ein tolles Brautpaar abgegeben.«

»Nach der Trennung muss die Kleine wohl unter die Räder gekommen sein. Soll ja bei Trennungen öfter vorkommen.«

»Sie hat Rauschgift genommen und sich dabei zu Tode gespritzt. So stand es jedenfalls in der Zeitung«, sagte Klara. »Und ich sage dir, Cordula, auf dem Jungen liegt ein Fluch. Er wird der Nächste sein.«

»Du wiederholst dich, meine Liebe!«

Und zu Nawrod gewandt: »Das unterscheidet mich von meiner Schwester. Ich glaube nicht an so einen Quatsch wie Fluch und dergleichen. Der Junge hatte einfach hin und wieder mal Pech. Immerhin hatte er das Glück, bei reichen Eltern aufwachsen zu dürfen und eine treusorgende Mutter zu haben ...«

»Die jetzt auch tot ist, wenn ich das bemerken darf«, unterbrach Klara ihre Schwester.

»Wann passierte das mit Antonia?« Nawrod versuchte die Frage ganz beiläufig zu stellen, was ihm offensichtlich auch gelang.

»Das war im letzten Jahr.«

»Genauer gesagt am 28. September«, erwiderte Cordula. »Wir wissen das deshalb so genau, weil an diesem Tag endlich der Mieter über uns ausgezogen ist. Ein sehr unangenehmer Mensch, kann ich Ihnen sagen.«

»Die junge Dame, die danach einzog, ist der reinste Engel gegen dieses Ekel von Mann«, ereiferte sich Klara.

Nawrod schaute auf die Uhr. Er war schon über anderthalb Stunden hier.

»Wollen Sie noch einen Kaffee? Ich koche Ihnen gern noch einen.«

»Nein danke, sehr nett von Ihnen! Ich denke, ich habe Sie lange genug aufgehalten.«

»Ich hoffe, wir konnten Ihnen ein wenig weiterhelfen?«

»Ganz sicher«, antworte Nawrod. »Jetzt weiß ich viel mehr über Heinrich von Kampen. Das wird mir bei der Suche nach ihm bestimmt dienlich sein.« Nawrod sah in den Gesichtern der Frauen keinerlei Argwohn. Die Betonung auf Heinrich von Kampen hatte ihre Wirkung nicht verfehlt. Er stand auf und verabschiedete sich von den überaus netten Damen, die es sich nicht nehmen ließen, ihn auf ein weiteres Pläuschchen bei Kaffee und Kuchen einzuladen.

## 26

Ein Systemausfall auf einem der Server des Polizeipräsidiums hinderte Nawrod daran, gleich nach seiner Rückkehr alle polizeilichen Vorkommnisse des 28. September letzten Jahres zu recherchieren. Nach mehreren vergeblichen Versuchen brach er sein Bemühen ab und fuhr nach Hause.

Die Nacht über schlief Nawrod sehr unruhig. Mehrfach wachte er auf und grübelte über alle möglichen Fakten und Indizien nach, die er bis jetzt zusammengetragen hatte. Er hatte nicht einen einzigen richtigen Beweis für seine Theorie. Doch er war sich seiner Sache schon lange nicht mehr so sicher gewesen. Manuel von Kampen war ein Mörder, und mit dem Töten hatte er schon als sechsjähriger Junge angefangen. Weiß der Teufel, wie er den fünfjährigen Raymond dazu gebracht hatte, sich auf das dünne Eis zu begeben. Er selbst hatte nie auf dem Eis gestanden, denn er war wesentlich schwerer als Raymond gewesen und hätte demzufolge eher einbrechen müssen.

Nawrod wusste, dass er seine Theorie niemandem anvertrauen durfte. Er hätte sich damit der Lächerlichkeit preisgegeben. Die Geschichte war so unglaublich, dass kein Kriminalbeamter der Welt auch nur einen Cent darauf gewettet hätte. Die Gefühle Nawrods schwankten ständig hin und her. Manchmal glaubte er, der Lösung des Falles greifbar nahe zu sein, und ein paar Minuten später wurde ihm dann wieder bewusst, dass er gegen Manuel von Kampen nichts in der Hand hatte. Er konnte sich auch nicht vorstellen, dass es jemals stichhaltige Beweise für eine Täterschaft des Mörders geben würde.

Nawrod konnte es am nächsten Morgen kaum erwarten, seinen PC hochzufahren und im Lagebildverzeichnis das Datum 28. September einzugeben. Neben einer Reihe lapidarer Vorkommnisse an diesem Tag fand er schnell, wonach er suchte.

»Nicht natürlicher Tod durch Heroinintoxikation«, lautete die Überschrift.

In dem kurzen Bericht stand, dass ein Hund die Leiche der Antonia Taglieri hinter einem Gebüsch im Oberen Schlossgarten aufgestöbert und seinem Herrn verbellt hatte. In der Armbeuge der Toten habe eine Heroinspritze gesteckt. Mit dem Satz »Hinweise für ein Fremdverschulden liegen nicht vor« endete der Bericht.

Nawrod ging zu Kepernik und ließ sich von diesem anhand der Daten der Toten die Ermittlungsakte heraussuchen. Gleich auf der ersten Seite sah er, dass Schilling den Fall bearbeitet hatte. In der Akte befand sich die sogenannte Leichenmeldung an die Staatsanwaltschaft samt einem kurzen Bericht von Schilling, ein paar Lichtbilder der Toten sowie der Obduktionsbericht, in dem stand, dass Antonia Taglieri durch eine Überdosis Heroin in Verbindung mit der Einnahme eines chemisch hergestellten Rauschmittels ums Leben gekommen war.

Schilling hatte keine Nachforschungen darüber angestellt, ob die Tote der Rauschgiftszene zuzuordnen gewesen war und woher sie den tödlichen Stoff hätte beziehen können. Auch stand in dem Bericht nichts von Ermittlungen im Umfeld der Verstorbenen. Lapidar hieß es, dass es wohl ihr erster Schuss gewesen sein könnte, denn es seien keine alten Einstichstellen gefunden worden. Außerdem habe die junge Frau offensichtlich mehrfach daneben gestochen, bis sie die Vene getroffen hatte.

Nawrod sah sich die Bilder an. Die alten Damen hatten recht, Antonia Taglieri war in der Tat eine hübsche Frau gewesen. Selbst im Tod hatte sie ein schönes, ebenmäßiges Gesicht. Die Spritze steckte in der rechten Armbeuge. Oberhalb davon war der Arm durch einen dünnen, silberfarbenen Gürtel abgebunden. Nawrod stutzte. Also musste Antonia Linkshänderin gewesen sein. Wenn nicht …? Er griff zum Telefonhörer und rief die Gerichtsmedizin an. Nachdem er dreimal weiterverbunden worden war, hatte er endlich die richtige Person an der Strippe.

»Ich habe nur eine einzige Frage«, sagte Nawrod.

»Schießen Sie los, Herr Kommissar!«

»Am 28. September vergangenen Jahres wurde bei Ihnen eine junge Rauschgifttote namens Antonia Taglieri obduziert. Sie wurde mit einer Spritze in der Ellenbogenbeuge aufgefunden, und ihr Arm war mit einem Gürtel abgebunden. Befinden sich Spritze und Gürtel noch bei Ihnen?«

»Das kann ich aus dem Stegreif nicht sagen. Darf ich Sie zurückrufen?«

»Ich bitte darum!« Nawrod legte auf. Wenn Antonia Rechtshänderin war, konnte man davon ausgehen, dass ihr eine andere Person den Arm abgebunden hatte. Diese Person hat ihr dann wahrscheinlich auch den Goldenen Schuss verpasst. Der Teufel soll mich holen, wenn auf den beiden Gegenständen kein DNA-fähiges Material zu finden ist, sagte Nawrod in Gedanken leise zu sich selbst.

Kurze Zeit später erhielt er den Bescheid, dass sich die Sachen noch in der Asservatenkammer des Gerichtsmedizinischen Instituts befanden. Er bat darum, Spritze und Gürtel unter Beachtung sämtlicher Vorsichtsmaßnahmen sofort an das LKA Baden-Württemberg zu einer DNA-Untersuchung zu übersenden.

Danach rief er den Diplompsychologen an, der das Gutachten über den jungen Mörder erstellt hatte, welcher seine Adoptiveltern getötet hatte. Seinen Namen hatte er nicht vergessen. Laconde hieß der Mann.

Eigentlich wollte Nawrod nur in Erfahrung bringen, ob es möglich war, dass ein sechsjähriger Junge, der Zeuge eines Ertrinkungsvorganges wird, einen so großen Schock erleidet, dass er dem Ertrinkenden weder direkt helfen noch Hilfe herbeiholen kann.

»Der Junge soll nach dem Vorfall stundenlang nicht ansprechbar gewesen sein«, schloss Nawrod seine Erzählung.

»Alles ist möglich«, antwortete der Psychologe, nachdem er geduldig zugehört hatte. »Menschen sind unkalkulierbare Wesen, die auch uns Seelenforscher immer wieder überraschen.«

»Das hilft mir nicht weiter«, erwiderte Nawrod enttäuscht.

»Nun ja, ich würde das Verhalten des Jungen zumindest als nicht der Norm entsprechend einstufen. Aber mal ehrlich, was steckt nun wirklich hinter Ihrer Frage? Bestimmt nicht das unglückliche Ertrinken eines Kindes?«

Das Gespräch dauerte anschließend fast eine Stunde. Nawrod musste jede Einzelheit des Falles schildern, bevor sich der Psychologe zu einer, wie er sich ausdrückte, vorläufigen Bewertung durchrang.

»Sie könnten mit Ihrer Vermutung recht haben, dass hier ein klassischer, wenn auch seltener Fall einer sehr fatalen, hoch gefährlichen Neurose vorliegt, deren Ursache eine Deprivationsschädigung ist. Selten deshalb, weil ein sechsjähriger Junge normalerweise nicht fähig ist, einen vorsätzlichen Mord zu begehen. Da müssten schon Umstände dazugekommen sein, die eine solche Tat in gravierender Weise unterstützt haben.«

»Das dünne Eis wäre doch ein solcher Umstand, oder?«

»Ja schon, aber das sind doch alles nur Spekulationen, Herr Nawrod. Wie wollen Sie nach so langer Zeit noch irgendeinen Beweis ausgraben?«, wich Laconde aus. »Ganz objektiv gesehen haben Sie drei Leichen, deren Todesursache bereits geklärt wurde, und zwei als vermisst gemeldete Erwachsene.«

»Mir geht es nur darum herauszufinden, was möglich und was nicht möglich ist, Herr Laconde.«

»Wenn Sie keine Beweise haben, bringt Sie nur ein Geständnis des Täters weiter. Das wissen Sie besser als ich.«

»Das ist der Punkt, Herr Laconde. Aber ich kann in eine Vernehmung, bei der ein Geständnis das Ziel ist, nur eintreten, wenn ich mir vorher so viel Wissen angeeignet habe, dass ich damit mein Gegenüber an die Wand nageln kann.«

»Wenn Sie möchten, kann ich mich an dieser Vernehmung gern beteiligen.«

»Danke, Herr Laconde, vielleicht komme ich auf Ihr Angebot zurück. Haben Sie erst mal vielen Dank. Und entschuldigen Sie, dass ich Ihnen Ihre wertvolle Zeit gestohlen habe.«

»Keine Ursache, ich war Ihnen gern behilflich.«

Nawrod dachte nach. Der Psychologe hatte vollkommen recht. Einmal mehr wurde ihm bewusst, dass es im Grunde aussichtslos war, die Morde zu klären und Manuel von Kampen seiner gerechten Strafe zuzuführen. Doch immer wenn er in sich ging und sich voll und ganz auf den Fall konzentrierte, kamen ihm neue Ideen, wie er weiter ›Munition‹ für den Entscheidungskampf gegen den Mörder sammeln konnte.

Unter anderem rief er die Rettungsleitstelle an und erfuhr, welcher Arzt den Totenschein für Elisabeth von Kampen ausgestellt hatte. Der Notarzt hatte seinen freien Tag. Mit viel Überredungskunst erhielt Nawrod die Handynummer des Arztes.

»Entschuldigen Sie, dass ich Sie in Ihrer Freizeit anrufe. Ich möchte Sie auch nicht lange belästigen.«

»Ja bitte, womit kann ich Ihnen dienen«, erwiderte der Arzt freundlich.

»Können Sie sich an eine Frau namens Elisabeth von Kampen erinnern, die in ihrem Haus in der Enzstraße 8 verstorben ist?«

»Ja natürlich, ist ja erst ein paar Tage her. Die war jedoch schon tot, als wir eintrafen«, beeilte sich der Arzt zu sagen.

Damit wollte er wohl jegliches Verschulden seinerseits am Tod der Frau von vornherein ausschließen.

»Ist Ihnen an der Leiche etwas aufgefallen?«

»Nein, was sollte mir aufgefallen sein. Wenn das der Fall gewesen wäre, hätte ich sofort die Polizei verständigt. Sie kennen ja die Vorschriften.«

Nawrod bemerkte, dass der Arzt auf die letzte Frage gereizt reagiert hatte. Dann wollte er noch fragen, ob er die Leiche gemäß den Vorschriften entkleidet hatte, aber er wusste, dass er damit einen absolut wunden Punkt bei dem Notarzt getroffen hätte. Denn kaum ein Arzt macht sich bei Leichen, die offensichtlich eines natürlichen Todes gestorben sind, die Mühe, sie zu entkleiden und auf äußere Verletzungen zu untersuchen.

»Können Sie mir sagen, ob die Leiche eingekotet war oder nicht?«

»Ja, das war sie ganz bestimmt. Man konnte es deutlich riechen. Gesehen habe ich es jedoch nicht.«

Habe ich's doch gewusst, dachte Nawrod. Der Mediziner war sich zu fein gewesen, um die Tote zu entkleiden.

»Können Sie sich erinnern, ob die Augen der Frau geschlossen oder offen waren?«

»Sie waren halb offen, würde ich sagen. Aber was soll das, ist das ein Verhör?«, fragte der Arzt entrüstet.

»Um Himmels willen, nein«, beteuerte Nawrod. »Das sind reine Routinefragen. Eigentlich wollte ich etwas über den Mann der Verstorbenen wissen. Er ist nämlich seit Tagen schon verschwunden. Ist Ihnen an ihm etwas aufgefallen?«

»Der Mann schien vom Tod seiner Frau stark betroffen gewesen zu sein. Den Eindruck hatte ich jedenfalls. Er war zum Zeitpunkt des Ablebens seiner Frau mit seinem Sohn unterwegs gewesen. Als er heimkam, war die Frau offensichtlich schon tot. Mehr kann ich dazu nicht sagen.«

»Die Augen? Waren sie gerötet oder klar?«

»Er hatte gerötete Augen. Ich denke, dass er dem Weinen nahe war.«

»Entschuldigen Sie, ich meinte die Augen der Frau.«

»Ja, die waren auch etwas gerötet.«

»Danke, Herr Doktor, Sie haben mir sehr geholfen.«

»Auf Wiederhören«, brummte der andere ins Telefon.

Nawrod hätte zufrieden sein müssen, denn er hatte erfahren, was er wissen wollte. Elisabeth hatte eingekotet. Das konnte ein Indiz dafür sein, dass sie nicht an einem Schlaganfall gestorben war.

Jedem Kriminalisten wird bei der Ausbildung eingetrichtert, bei der Untersuchung von Leichen unbedingt auch auf die Augen zu achten. Gerötete Bindehäute deuten erfahrungsgemäß auf einen Erstickungstod hin. Zusammen mit der Aussage der Tanten, Elisabeth sei bei ihrem letzten Besuch noch auffallend vital gewesen und ihr Tod für sie doch sehr überraschend gekommen, hätte man zu dem Schluss kommen können, dass Manuel von Kampen das Sterben seiner krebskranken Adoptivmutter etwas forciert hatte. Doch aufgrund der Angaben des Notarztes, Manuel sei mit seinem Stiefvater unterwegs gewesen, als Elisabeth starb, konnte Nawrod diesen vagen Verdacht abhaken.

Es klopfte an der Tür. Gedankenversunken sagte Nawrod »Herein«, und Frau Lange trat ein. Sie legte ihm ein vierseitiges Fax mit den richterlichen Beschlüssen auf den Tisch.

»Bitte schön, Herr Nawrod! Das ist eben gekommen.«

»Danke, Frau Lange. Darauf habe ich schon gewartet.«

Frau Lange blieb unschlüssig stehen, während Nawrod die Beschlüsse überflog. Dann fasste sie sich ein Herz:

»Ich ...«

»Ja, was ist, Frau Lange?«

»Ich freue mich aufrichtig, ... ich meine, ich freue mich wirklich, dass es Ihnen wieder besser geht, Herr Nawrod.« Leichte Röte stieg ihr ins Gesicht.

Nawrod lächelte verwundert. »Ich freue mich auch, Frau Lange«, sagte er leicht amüsiert.

»Kann ich noch etwas für Sie tun. Ich meine ...«

»Nein, vielen Dank, Frau Lange. Komme aber bei Gelegenheit gern auf Ihr Angebot zurück.«

»Dann ... dann gehe ich mal.« Frau Lange ging Richtung Tür, drehte sich aber noch einmal um und sagte flüsternd, doch so laut, dass Nawrod es gut verstand: »Ach, noch etwas, Herr Nawrod! Vielleicht interessiert es Sie: Die Suche mit dem Hubschrauber und den Hunden war erfolglos. Von dem Vermissten gibt es bislang noch keine Spur.« Frau Lange lächelte verlegen.

Nawrod lächelte freundlich zurück. »Danke, Frau Lange. Ich weiß diese Information sehr zu schätzen.«

Als Frau Lange das Zimmer verlassen hatte, telefonierte er sofort mit der netten Dame von der Stuttgarter Volksbank, bei der Heinrich von Kampen seine Konten hatte. Er teilte ihr mit, dass er die Beschlüsse zur Einsicht der Konten habe, worauf die Bankangestellte um Übermittlung derselben per Fax bat. Sie sagte jedoch, es würde Tage dauern, alle Daten zusammenzutragen. Nawrod meinte daraufhin, dass er vorerst nur die Bewegungen auf dem Girokonto benötige. Insbesondere würden ihn die Einsätze der Master- und EC-Karten interessieren.

Zwanzig Minuten später erschien Frau Lange mit einem weiteren Fax in der Hand. Es enthielt die gewünschten Informationen der Bank. Nawrod nickte ein paar Mal zufrieden, als er die Zahlen und Buchstaben studierte. Seit dem Verschwinden Heinrich von Kampens hatte es ganz offensichtlich keine Abhebungen mit den Geldkarten gegeben. »Tote brauchen kein Geld«, murmelte er vor sich hin.

Nawrod war sich sicher, auch auf den anderen Konten des Vermissten keine Auffälligkeiten zu finden, die ihm nützlich sein könnten.

»Brauchen Sie mich noch, Herr Nawrod?«

»Nein! Oder doch. Wenn Sie Zeit haben, könnte ich Ihnen die Anträge zur Erhebung der Telefonverbindungsdaten diktieren. Die müssen schnellstmöglich raus.«

Frau Lange runzelte die Stirn. »Herr Kunz hat sich zum

Diktat angemeldet.« Sie schaute auf die Uhr. »Wir hätten noch etwa dreißig Minuten Zeit. Schaffen wir das?«

»Denke schon«, antwortete Nawrod.

»Na, dann mal los!«

Eine halbe Stunde später lagen die Anträge samt der richterlichen Beschlüsse auf dem Faxgerät.

Anschließend rief Nawrod den Hausarzt der Familie an. Dr. Walther wollte ihm zunächst keine Auskunft geben. Er hatte im Radio gehört, dass Heinrich von Kampen seit sechs Tagen vermisst wurde. Mit viel Überredungskunst konnte Nawrod den Arzt dazu bringen, dass er ihm bestätigte, seinem Patienten Antidepressiva verschrieben zu haben. Er hätte den Eindruck gehabt, dass Heinrich von Kampen sehr unter dem Tod seiner Frau litt.

»Meinen Sie, er könnte sich etwas angetan haben?«, fragte Nawrod.

»Ich glaube nicht. Doch man kann nie wissen, was in einem Menschen vorgeht. Herr von Kampen ist schon viele Jahre bei mir in Behandlung, und ich kenne ihn gut. Wir haben gelegentlich Golf miteinander gespielt. Er ist einfach nicht der Typ, der Selbstmord begeht.«

»War seine Frau auch bei Ihnen in Behandlung?«

»Ja, selbstverständlich. Ich habe sie auch nach dieser furchtbaren Diagnose behandelt oder besser gesagt betreut.«

»Wie sah diese Betreuung aus?«

»Ich habe ihr starke und vor allem schnell wirkende Schmerzmittel verschrieben, die sie immer dann einnahm, wenn sie von Schmerzschüben befallen wurde. Außerdem habe ich ihr ein leichtes Antidepressivum verschrieben, und ich habe sie regelmäßig untersucht.«

»Wann haben Sie die Patientin das letzte Mal gesehen?«

»Das war drei Tage vor ihrem Tod.«

»In welchem Zustand befand sich da Frau von Kampen?«

»Sie werden mir wohl nicht glauben, wenn ich Ihnen sage, dass sie trotz ihres fortgeschrittenen Krebsleidens in einem sehr guten Zustand war. Ich konnte bei der Untersuchung nichts Besorgniserregendes feststellen.«

»Wie ist dann ihr plötzliches Ableben zu erklären?«

»Frau von Kampen litt an einem sogenannten Glioplastom. Das ist ein schnell wachsender Hirntumor. Er hatte bei Feststellung bereits die Größe eines Tennisballs und befand sich an einer Stelle, wo er jederzeit eine wichtige Arterie abdrücken und damit den schnellen Tod der Patientin herbeiführen konnte. Was dann ja auch geschah.«

»Kennen Sie auch den Sohn der Familie?«

»Manuel? Ja, den kenne ich ebenfalls. Die ganze Familie war bei mir in Behandlung. Ich habe ihn aber schon einige Zeit nicht mehr gesehen.«

»Muss man sich wegen des plötzlichen Todes seiner Mutter und des Verschwindens seines Vaters Sorgen um ihn machen?«

»Der Tod seiner Mutter ist ihm sicherlich nahe gegangen. Er hat sie sehr geliebt. Mit seinem Vater verstand er sich nicht so gut. Die beiden hatten nicht viel gemeinsam. Ich glaube nicht, dass Manuel seinen Vater allzu sehr vermisst.«

»Und was ist mit der Schwester?«

»Was soll mit der sein?«

»Die ist schon seit Monaten verschwunden.«

»Das war mir nicht bekannt. Aber die ist doch verheiratet. Hat ihr Mann denn keine Vermisstenanzeige erstattet?«

»Doch, hat er. Können Sie mir über Susanne etwas sagen?«

»Susanne verhielt sich in bestimmten Situationen sonderbar. Heinrich erzählte mir, dass sie immer dann verschwand, wenn ihr etwas gegen den Strich ging. Insofern ist ihr jetziges Verschwinden nicht ungewöhnlich.«

»War sie depressiv? Könnte sie Selbstmord begangen haben?«

»Nein, das glaube ich nicht.«

»Danke, Herr Doktor!«

»Wenn Sie noch Fragen haben, können Sie gern wieder anrufen«, verabschiedete sich Dr. Walther freundlich.

»Das werde ich tun. Nochmals, vielen Dank!«

Nawrod besorgte sich bei Kepernik die Vermisstenakte Susanne von Kampens und rief danach deren Ehemann an.

»Ist da nicht dieser Herr Drexler zuständig?«, fragte Jens Steinmann als Erstes.

»Ja, eigentlich schon. Aber Sie werden sicher mitbekommen haben, dass Ihr Schwiegervater ebenfalls verschwunden ist, und für diesen Fall bin ich zuständig.«

»Selbstverständlich habe ich das mitbekommen. Er fehlte ja bei der Beerdigung«, erwiderte Jens Steinmann etwas patzig.

»Haben Sie inzwischen ein Lebenszeichen von Ihrer Frau erhalten? Ich meine, hat sie sich vielleicht von irgendwoher gemeldet?«

»Nein, sonst hätte ich das Herrn Drexler schon lange mitgeteilt.«

»Können Sie mir Gründe nennen, warum Ihre Frau verschwunden ist?«

»Das wurde ich schon von Ihrem Kollegen gefragt. Aus meiner Sicht gab es keine Gründe. Wir hatten keinen Streit, wenn Sie das meinen.«

»Hatte sie vielleicht psychische Probleme?«

»Manchmal tickte sie nicht richtig. Dann verließ sie die Wohnung und war stundenlang weg. Manchmal sogar eine Nacht. Aber mehrere Tage oder Wochen war sie nie verschwunden. Das habe ich Ihrem Kollegen doch alles schon gesagt.«

Kann schon sein, dachte Nawrod. Aber in der Akte steht nichts davon.

»Tut mir leid, wenn ich Sie das noch mal frage«, entschuldigte sich Nawrod.

»Wie gut kennen Sie den Bruder Ihrer Frau?«

»Manuel? Hm, wir konnten uns nie so richtig leiden. Wieso, was ist mit ihm?«

»Reine Routinefrage. Hatte noch nicht das Vergnügen, ihn genauer kennenzulernen. Was ist er für ein Mensch?«

»Susanne hat mir erzählt, dass er manchmal furchtbar ausrasten kann. Ich habe ihn allerdings noch nie so erlebt. Wir haben immer eine gesunde Distanz zueinander gehalten.«

»Könnte Ihrer Frau etwas zugestoßen sein?«

»Anfangs dachte ich, sie sei einfach abgehauen, weil sie von mir und dem, wie sie es nannte, Spießerleben die Nase voll hatte. Doch inzwischen glaube ich nicht mehr daran. Sie hätte sich doch wenigstens einmal gemeldet.«

»Wer könnte ein Interesse an ihrem Verschwinden gehabt haben?«

»Niemand, ich am allerwenigsten. Ich bin Student. Sie brachte das Geld nach Hause. Ich hing quasi an ihrem Tropf. Jetzt halte ich mich durch das bisschen Bafög und Gelegenheitsjobs über Wasser. Stinkt mir gewaltig!«

»Danke, Herr Steinmann. Das wär's schon gewesen.«

Nachdem Nawrod aufgelegt hatte, suchte er in der Akte Antonia Taglieris die Telefonnummer ihrer Angehörigen heraus. Er fand lediglich eine Handynummer. Es vergingen einige Sekunden, bis sich am anderen Ende eine Stimme meldete: »Pronto!«

»Nawrod, Kripo Stuttgart. Mit wem spreche ich?«

Danach hörte Nawrod das laute Palaver einer Italienerin. Zwischendrin verstand er nur die Namen Maria und Giuseppe.

»Un momento, Signore!«

Nawrod wartete. Wieder vergingen einige Sekunden.

»Pronto!«, meldete sich eine tiefe Männerstimme.

»Mein Name ist Nawrod. Ich bin Kriminalbeamter und möchte einen Angehörigen von Antonia Taglieri sprechen.«

»Scusi, Signore!«

Nawrod hörte, wie der andere den Namen wiederholte, worauf im Hintergrund ein lautes Schreien und Weinen begann und mehrfach der Name Antonia gerufen wurde. Entnervt unterbrach Nawrod das Gespräch. Er überlegte, wie er in der Sache weiterkommen konnte. Es war für ihn von größter Bedeutung zu wissen, ob Antonia Taglieri Rechts- oder Linkshänderin war. Nawrod erinnerte sich, dass es beim Einbruchsdezernat einen Kollegen italienischer Herkunft gab, der seine Heimatsprache perfekt beherrschte. Es war ein glücklicher Zufall, dass er ihn am Freitagmittag noch antraf. Nawrod machte ihm klar, worauf es ihm bei der Befragung ankam. Anschließend wählte der Kollege die Nummer.

Das folgende Gespräch dauerte ganze zwanzig Minuten. Anschließend gab der Kollege den Inhalt des Telefonats in ein paar Sätzen wieder. Er habe die Mutter am Apparat gehabt und von ihr zwischen Weinen und Wehklagen erfahren, dass Antonia Taglieri vor Jahren als Au-pair-Mädchen nach Deutschland gekommen sei. Sie habe sehr gut Deutsch gesprochen. In Deutschland habe es ihr gut gefallen, weshalb sie sich nach ihrer Tätigkeit als Au-pair dort einen Job und eine Wohnung gesucht habe. Zweimal im Jahr habe sie ihre Eltern zu Hause besucht, einmal in Begleitung eines jungen Mannes, eines Franzosen. Er habe kein Italienisch gesprochen.

Dass sie Rauschgift konsumiert habe, konnte niemand in der Familie glauben. Sie hätten dazu gern den Franzosen befragt, der nach dem Tod von Antonia aber spurlos verschwunden war.

Auf mehrmalige Nachfragen habe die Mutter geschworen, dass Antonia Rechtshänderin gewesen war.

»Und über was habt ihr sonst noch gesprochen?«

»Wie meinst du das?«, fragte der Kollege verwundert.

»Na ja, ihr habt über zwanzig Minuten miteinander palavert, und du berichtest mir gerade mal in einer Minute über das Gespräch.«

Der Kollege lachte. »Das ist bei Italienern so. Die reden viel und sagen wenig.«

»Ach so.« Nawrod schmunzelte und bedankte sich. Draußen auf dem Flur atmete er tief durch. »Wäre doch gelacht«, presste er leise zwischen den Zähnen hervor. Er sah auf die Uhr und schüttelte den Kopf. Jetzt würde er beim LKA niemanden mehr erreichen. Gleich am Montag würde er anrufen, um die DNA-Untersuchung an Gürtel und Spritze in die Wege zu leiten.

# 27

Der Pilzsammler stieß einen Schrei des Entsetzens aus, als er im Eschbachwald, keine drei Meter von sich entfernt, die nackte, an einen Baum gefesselte Leiche des Mannes entdeckte. Er brauchte einige Zeit, um sich von dem furchtbaren Schrecken so weit zu erholen, dass er per Handy die Polizei alarmieren konnte. Obwohl es Sonntag war, trafen etwa vierzig Minuten später die ersten Kriminalbeamten der eilends zusammengerufenen Mordkommission des Polizeipräsidiums Stuttgart am Tatort ein. Nawrod war nicht dabei. Nach dem Vorfall an der Mercedes-Benz Arena hatte man ihn von der Liste jener Beamten gestrichen, die bei Kapitalverbrechen als Erste zum Tatort gerufen werden.

Kriminaloberrat Stefan Wiese leitete die Mordkommission. Sein Vertreter war Neumann.

Die Schutzpolizei hatte den Tatort mit Trassenband bereits weiträumig abgesperrt. Als Wiese eintraf, hob er das Trassenband hoch, schlüpfte darunter durch und näherte sich, entgegen aller Grundsätze der Kriminaltechnik, der Leiche bis auf etwa fünf Meter. Niemand anders hätte sich das erlauben dürfen, denn es bestand die Gefahr, dass er dabei wichtige Spuren vernichtete oder sogenannte Trugspuren legte. Wiese wollte Witterung aufnehmen. So nannte man das innerhalb der Mordkommission, wenn man zu einem Tatort fuhr und sich das begangene Verbrechen in seinem vollen Ausmaß live anschaute.

Für die Kriminaltechniker war ein derartiges Verhalten wie ein rotes Tuch. Nicht selten verlor ein Spurensucher die Beherrschung, wenn sich ein Beamter über die interne Vorschrift hinwegsetzte, dass niemand außer ihnen den näheren

Bereich des Tatortes betreten durfte. Einmal war es sogar zu einer handgreiflichen Attacke eines Kriminaltechnikers gegen einen allzu vorwitzigen Ermittler gekommen, der auch noch mit brennender Zigarette in der Hand die Absperrung überstiegen hatte. Er war bis auf zwei Meter an die Leiche herangekommen, als ihm ein Spurensucher »Sind Sie verrückt!« entgegengeschrien, ihn am Kragen gepackt und ihn schnellstmöglich hinter die Absperrung bugsiert hatte. Den abschließenden Stoß in den Rücken hätte er besser unterlassen, denn wie sich bald herausgestellt hatte, war es der Rücken jenes Oberstaatsanwaltes gewesen, der später die Anklage in dem Mordfall erhoben hatte.

Wiese blieb etwa eine Minute vor der Leiche stehen und versuchte, sich jedes Detail einzuprägen. Dabei schüttelte er mehrfach den Kopf. Dann drehte er sich um und verließ den abgesperrten Bereich. Dabei stelzte er wie ein Storch und sah konzentriert zu Boden. Er wollte sich später nicht dem Vorwurf aussetzen, Spuren vernichtet zu haben. Deshalb versuchte er auch, exakt in die Fußstapfen zu treten, die er auf dem Hinweg verursacht hatte.

»So etwas habe ich während meiner ganzen Laufbahn noch nicht gesehen«, sagte er zu seinen Männern, die sich um ihn versammelt hatten.

»Wir haben es hier mit einem bestialischen Folter- und vielleicht auch Ritualmord zu tun. Wie es aussieht, wurden dem Opfer die Kniescheiben zertrümmert, das rechte Ohr und der rechte Zeigefinger abgeschnitten, unzählige Male brennende Zigaretten auf Gesicht und Oberkörper gedrückt. Und als hätte das nicht genügt, wurde dem Opfer wahrscheinlich zum Schluss auch noch der Schwanz abgetrennt. Das Teil steckt in seinem Mund. Weiterhin befindet sich in seiner Halsvene eine Einwegspritze. Schätze, das war der Goldene Schuss und seine Erlösung. Der Mann muss Furchtbares mitgemacht haben.«

»Könnte das Ende eines Rauschgifthändlers sein, der jemanden gelinkt hat«, meldete sich einer der Umstehenden.

»Keine voreiligen Schlüsse, Grünberg. In diesem Stadium der Ermittlungen kann so etwas fatal sein. Wir ermitteln wie immer in alle Richtungen, kapiert?«

»Klar Chef«, erwiderte Grünberg kleinlaut.

»Zuerst müssen wir wissen, wer das Opfer ist. Die Kleider liegen neben der Leiche. Vielleicht haben wir Glück, und er hat seine Papiere dabei. Verdammt, wo bleibt denn die Kriminaltechnik?«

»Die sind im Anmarsch, kam eben über Funk«, sagte ein anderer.

»Ist der Gerichtsmediziner schon verständigt?«

»Ja, Chef, das habe ich gemacht. Ich war als Erster hier und habe gleich angerufen, als ich gesehen habe, was Sache ist«, antwortete der zuvor Getadelte.

»Gut gemacht, Grünberg. Dann bleibt uns nichts anderes übrig, als auf die Spurensucher zu warten«, meinte Wiese.

Die kurz darauf eintreffenden Kriminaltechniker gingen nach gewohntem Schema vor. In ausreichendem Abstand zum Tatort zogen sie zuerst ihre weißen Einmaloveralls und ihre sterilen, blauen OP-Socken an, die sie verschweißten Plastikbeuteln entnahmen. Aus der Entfernung machten sie anschließend mit Digitalkameras Übersichtsaufnahmen aus allen vier Richtungen. Zusätzlich auch Filmaufnahmen. Danach begaben sie sich vorsichtig zur Absperrung. Von dort aus legten sie einen schmalen Pfad zur Leiche an. Dieser wurde vorher gründlichst abgesucht. Dabei setzten sie auch ein Suchgerät ein, mit dem kleinste metallische Gegenstände auf dem Boden gefunden werden konnten. Immer wieder schossen sie Bilder. Niemand durfte sich abseits des Pfades bewegen.

Als der erste Kriminaltechniker schließlich die Leiche erreicht hatte, führte er eine genaue äußerliche Begutachtung durch, wobei er penibel auf Spuren und Gegenstände in unmittelbarer Nähe des Toten achtete. Erst dann kamen zwei andere Kriminaltechniker hinzu und nahmen die sogenannte Rektal- sowie die Außentemperaturmessung vor.

Zur Rektalmessung führten sie ein dünnes Thermometer mit Digitalanzeige in den After der Leiche ein. Auf diese Weise stellten sie die Leichentemperatur genau fest. Das war keine appetitliche Aufgabe für die Spurensucher, denn meist hatten Leichen eingekotet, insbesondere dann, wenn ihr Tod wie in diesem Fall langsam eingetreten war. Doch an dieser Untersuchung führte kein Weg vorbei: Anhand der Leichen- und Umgebungstemperatur konnten sie mit einer speziellen Formel ziemlich genau den Todeszeitpunkt festlegen.

Danach mussten sie auf den Gerichtsmediziner warten. Er traf etwa zwanzig Minuten später ein. In seiner Gegenwart wurde der Tote vom Baum losgebunden, auf eine Plane gelegt und untersucht. Jede Lageveränderung wurde auf Band diktiert. Ebenso seine Verletzungen.

Der Gerichtsmediziner versuchte, erste Schlüsse zu ziehen. Parallel dazu sicherten die Kriminaltechniker die ersten Spuren am Opfer.

Es gab vielerlei Spuren, die für die Ermittlungen überaus wertvoll sein konnten. Zum Beispiel Finger-, Faser-, Haar-, Blut-, Sekret- und Erdspuren. Aus verschiedenen Spuren konnte DNA-Material herausgefiltert werden. Die DNA-Analyse hatte seit ihrer Entdeckung vor etlichen Jahren eine enorme Bedeutung in der Verbrechensbekämpfung erlangt. Inzwischen waren die Experten der Landeskriminalämter und des Bundeskriminalamtes in der Lage, selbst aus kleinsten, nur unter dem Elektronenmikroskop sichtbaren Hautpartikeln DNA-fähiges Material zu gewinnen, das eine Überführung des Täters mit absoluter Sicherheit ermöglichte.

Nach der Untersuchung der Leiche wurde sie in einen sterilen Leichensack gelegt und unverzüglich in die Gerichtsmedizin gebracht.

Anschließend wurde die Spurensuche am Tatort fortgeführt.

»Hier der Ausweis des Toten.« Der Kriminaltechniker übergab Wiese das Dokument. »Alle anderen Sachen, die wir gefunden haben, müssen wir erst noch auf Spuren untersuchen. Danach stehen sie Ihnen zur Verfügung.«

Wiese nickte und sah sich den Ausweis an. »Er war erst achtundzwanzig. Viel zu jung, um schon zu sterben«, murmelte er nachdenklich.

Dann wandte er sich dem Kriminaltechniker zu. »Können Sie schon etwas sagen?«

»Sieht so aus, als hätte sich der Täter keine besondere Mühe gegeben, Spuren zu vermeiden. Wir haben keine Anzeichen dafür gefunden, dass er Handschuhe trug. Insofern könnten wir mit ein bisschen Glück DNA-fähiges Material finden. Frühestens in drei Tagen wissen wir mehr.«

»Geht es nicht ausnahmsweise mal ein bisschen schneller?«

»Tut mir leid, liegt nicht an uns, sondern an dem hochkomplizierten Verfahren. Was meinen Sie, wie lange es dauert, bis ein Experte beim LKA auf der Sicherungsfolie oder am Fesselungswerkzeug unter Tausenden von Partikeln eine einzige DNA-Spur gefunden hat. Das ist oft wie die Suche nach der berühmten Stecknadel im Heuhaufen. Sobald wir etwas wissen, geben wir das an Sie weiter.«

»Danke«, brummte Wiese.

Er wandte sich an den Gerichtsmediziner: »Können Sie schon sagen, wann bei dem Mann das Licht ausging?«

»Es könnte vor sechs bis acht Stunden gewesen sein. Eine genaue Berechnung kann ich erst im Institut durchführen. Sie bekommen Bescheid, sobald ich das Ergebnis habe.«

»Hm!« Wiese rieb sich am Kinn.

»Da ist noch etwas, das wichtig sein könnte«, sagte der Gerichtsmediziner.

»Und das wäre?«

»Der Mann hat sehr lange und sehr heftig gelitten. Er wurde brutal gefoltert. Vermutlich ist er durch eine Injektion von Luft gestorben, was kein besonders schöner Tod sein dürfte. Die

Embolie läuft in diesen Fällen meist in mehreren Phasen ab. Es ist vergleichbar mit langsamem Ersticken.«

»Hm!« Wiese rieb sich wieder das Kinn. »Welche Schlüsse ziehen Sie daraus?«

»Zweifellos wollte der Täter von seinem Opfer etwas erfahren.«

»Und hat er es?«

»Sieht nicht danach aus.«

»Wie kommen Sie darauf?«

»Nun, das Opfer wurde in mehreren Etappen verletzt und verstümmelt. Kein normaler Mensch hält solchen Qualen stand. Jeder Mitteleuropäer würde schon bei einer dieser Verletzungen seine Mutter dem Henker ausliefern.«

»Meinen Sie, der Täter hat das auch gewusst?«

»Nehmen wir einmal an, er hat irgendwann gemerkt, dass aus dem Mann nichts oder nicht mehr herauszuholen ist. Dann muss man zu dem Schluss kommen, dass unser Täter entweder ein Sadist ist oder ganz einfach Rache nehmen wollte. Dafür würde das Finale mit der Spritze sprechen. Vielleicht wollte er auch jemandem ein Zeichen geben und ein Exempel statuieren.«

»Da könnten Sie recht haben. Könnte vielleicht auch ein Ritualmord in Frage kommen?«

»Dafür gibt es meines Erachtens keine Hinweise. Weder der Zustand noch die Körperhaltung des Opfers deuten darauf hin. Es gibt auch keinerlei Gegenstände bei der Leiche, die ein Ritual auch nur erahnen ließen.«

»Sonst noch was?«, brummte Wiese.

»Der Täter hat so etwas vermutlich nicht zum ersten Mal gemacht. Es gehört schon einiges dazu, Gliedmaßen so sauber wie bei diesem Opfer abzutrennen. Und er war vorbereitet. Das war ganz sicher keine spontane Tat.«

Der Kriminaltechniker schaltete sich ein: »Wir können sicher sagen, dass das Opfer nicht gewaltsam in den Wald geschleppt wurde. Der Mann ging mehr oder weniger freiwillig mit. Vielleicht ist er mit einer Waffe bedroht worden. Auch ging der Fesselung kein Kampf voraus. Seine Kleider sind sauber und nicht beschädigt. Er muss sich also selbst ausgezogen haben.«

»Ist das alles?«, fragte Wiese mürrisch. Die Frage und deren Ton nahm ihm keiner der beiden übel, denn jeder wusste, dass der Moko-Leiter unter höchster Anspannung stand.

»Werde noch heute obduzieren und Ihnen das vorläufige Ergebnis telefonisch mitteilen. Morgen bekommen Sie einen ersten Bericht.«

»Bin Ihnen sehr verbunden.« Wiese gab dem Gerichtsmediziner die Hand und verabschiedete sich.

Der Kommissionsleiter rief seine Männer zusammen und gab erste Anweisungen. Die dringlichste Aufgabe war, eine möglichst lückenlose Biografie des Opfers zu erstellen. Dazu gehörten insbesondere auch die Feststellung aller Kontaktpersonen und deren genauer Beziehung zu dem Opfer sowie die Aufenthaltsorte des Opfers in der letzten Zeit. Die fünfundzwanzig Mann starke Mordkommission würde in den nächsten Tagen und Wochen alle Hände voll zu tun haben.

# 28

Manuel schob den Schrank beiseite, den er schon vor Tagen vor die Tür gerückt hatte, und betrat den Raum, der sich hinter der Tür befand. Er betätigte einen Schalter, und der schwache Schein einer kleinen Nachttischlampe erfüllte den großen Raum mit diffusem Licht. Dann klatschte er ein paar Mal in die Hände und rief laut: »Aufwachen, Herrschaften, aufwachen! Lange genug gepennt, ihr Arschlöcher. Werde euch heute mal Dampf machen. Hopp, hopp!

Was, ihr wollt nicht?! Das werden wir gleich haben. Wo ist denn meine Peitsche? Ja, meine Peitsche, Herrschaften! Ihr braucht gar nicht so zu schreien. Ich habe euch gewarnt. Wer nicht hören will, muss fühlen. Das Geschrei nützt euch jetzt auch nichts mehr. Was sein muss, muss sein.

Du bist der Erste! Ja, du! Guck nicht so blöd.«

Manuel nahm die sechsschwänzige Peitsche in die Hand und ging auf sein nacktes Opfer zu. Die Riemen klatschten laut, als sie ihr Ziel trafen.

»Warum schreist du nicht? Du hast doch eben noch am lautesten geschrien? Muss ich noch fester zuschlagen? Schrei endlich, du fieser Mistkerl.«

Manuel schlug ein paar Mal so hart zu, dass er außer Atem kam und innehalten musste.

»Warum nicht gleich so, du miese Ratte?«, rief er keuchend.

Dann setzte er sich auf einen Stuhl. Die Peitsche legte er auf seinem Schoß ab.

»Was soll ich nur mit euch machen?«, sagte er laut in mitleidigem Ton. »Warum seid ihr alle so ungezogen? Ich bin doch gut zu euch, oder etwa nicht?

Hey du, ja du, ich habe dich etwas gefragt! Gib gefälligst Antwort!

Du willst nicht mit mir reden?«, sagte Manuel drohend. Er erhob sich und ging auf sein zweites, wehrloses Opfer zu. Die Peitsche knallte auf Kopf und nackte Brust.

Keuchend setzte sich Manuel wieder auf den Stuhl. Nachdem sein Atem ruhiger geworden war, begann er zu erzählen, was er tagsüber so gemacht hatte. Dabei lamentierte er über seine Kundschaft, die manchmal unmögliche Dinge von ihm verlangte. Schließlich stand er auf, klatschte in die Hände und rief: »So, jetzt gehen wir an die Arbeit, Herrschaften!«

Er drückte einen Schalter, und der Raum wurde in gleißendes Licht getaucht. Danach rief er laut und mit einem breiten Lachen auf dem Gesicht: »Nichts für ungut, Freunde! Ich hoffe, ihr seht mir die kleine Züchtigung nach. Das muss eben gelegentlich mal sein. Sonst tanzt ihr mir auf der Nase herum. Schätzchen, du bist heute als Erste dran.«

Manuel deutete auf die nackte Schaufensterpuppe, die in der rechten Ecke des Raumes auf einem Sessel saß. Er ging zu ihr hin, streichelte ihr über den Kopf und küsste sie auf den Mund. Danach hob er sie behutsam auf und legte sie auf einen großen Tisch. Aus einem riesigen, überdimensionalen Schrank holte er verschiedene Kleidungsstücke, die er auf zwei Stühlen neben der Puppe ablegte. Anschließend begann er, sie anzukleiden.

Das ist nicht einfach, denn Schaufensterpuppen sind relativ unbeweglich. Man kann ihnen zum Beispiel nicht ohne Weiteres eine Jacke überziehen. Meistens muss man ihnen dazu die Arme an den Schulterscharnieren aushängen. Doch Manuel hatte ein unglaubliches Geschick, das er sich im Lauf der Jahre angeeignet hatte. Für ihn stellte das überhaupt kein Problem dar. Das musste er nicht mehr üben. Ihm kam es einzig und allein darauf an, den Puppen immer wieder neues Leben einzuhauchen, indem er sie anders anzog und sie in unterschiedlichen Posen präsentierte.

»Ich hoffe, ich tue dir nicht weh, meine Kleine?«, sagte er zärtlich. »Wenn es zwickt, melde dich. Bist doch meine Prinzessin! Wir werden heute das schönste Mädchen der Stadt aus dir machen. Alle werden staunen, alle werden sich nach dir umdrehen. Ich verspreche es dir.«

Wieder küsste er die Puppe auf den Mund.

Manuel hielt sein Versprechen. Als er fertig war, stellte er die Puppe vor eine Wand, die in Sektoren eingeteilt und verschiedenartig tapeziert war. Mit dem Gespür eines wahren Künstlers suchte er den Hintergrund aus, der am besten zu der Puppe passte. Es war ein Landschaftsbild mit einem märchenhaften Schloss.

Danach schaltete er das helle Licht aus und richtete farbige Spots auf sein Kunstwerk. Erst nach einigen Veränderungen an Kleidung und Pose war Manuel schließlich zufrieden.

Sie war wirklich bildschön. Ihr bis zum Boden reichendes Kleid aus Satin saß eng um Taille und Hüfte. Das zarte Rosa des Stoffes war in völligem Einklang mit der grazilen Erscheinung ihrer Statur. Die Farbe verlieh dem Kleid einen Hauch von Schwerelosigkeit. Das weit und tief geschnittene Dekolleté legte nicht nur den Ansatz des Busens, sondern auch einen Teil ihrer Schulter frei.

Die Puppe trug eine Perücke mit langen blonden Haaren, die leicht gewellt waren. Ein Teil davon fiel links nach vorn über das entblößte Schlüsselbein bis hinunter zum Busen. Die breite Krempe des weißen Hutes war schön geschwungen. Sie warf einen milden Schatten über das sonst so kalte Gesicht. Das Hutband war ebenfalls in zartem Rosa gehalten. Seine beiden Enden reichten über die Krempe hinaus und fielen in Haarlänge über den Rücken.

Die weißen, hochhackigen Pumps schauten nur zum Teil unter dem Saum des Kleides hervor, und dennoch konnte man ihr exklusives Design erahnen.

Der linke Arm war lässig in die Hüfte gestützt, während der rechte etwas angewinkelt, aber fast waagrecht in Richtung des Betrachters zeigte. An der Innenseite der Trompetenärmel sah man weiße Seide schimmern.

»Na, habe ich dir zuviel versprochen, kleine Prinzessin?« Manuel hielt der Schaufensterpuppe einen großen Spiegel vor.

»Oh, dein Kompliment ehrt mich.« Manuel verbeugte sich. »Ich habe mir auch alle Mühe gegeben.«

Er begutachtete sein Kunstwerk noch einmal von allen Seiten. Dann sagte er anerkennend: »Keine Frage, du wirst heute Nacht unter allen der Star sein.«

Danach wandte er sich den anderen Puppen zu. »Und, wer möchte der Nächste sein? Nein, nicht du schon wieder. Du warst doch beim letzten Mal der Erste. Heute wirst du dich mal schön gedulden, mein Lieber.«

Manuel schaute in die Runde. »Hey, wie wär's mit dir Gigolo? Ja? Okay, dann wollen wir mal sehen, wie wir dich herausputzen können. Die Konkurrenz schläft nicht«, sagte er liebevoll. Seine anfänglichen Aggressionen schienen wie weggeblasen zu sein.

Es war lange nach Mitternacht, als er in höchster Zufriedenheit das im Keller seines Elternhauses liegende Atelier verließ und nach Hause fuhr.

## 29

Nawrod hatte sonntags im Radio gehört, dass ein Pilzsammler eine Leiche im Eschbachwald gefunden hatte. Insgeheim rechnete er damit, dass man ihn anrufen und an den Tatort bitten würde. Doch er wusste auch, dass er schon lange von der Liste der Mordkommission gestrichen worden war. Als der erwartete Anruf ausblieb, brummte er zu sich selbst: »Sollen sie ihren Mist doch selbst machen. Werde mich nicht darum reißen.«

Verärgert öffnete er den Kühlschrank und wollte aus alter Gewohnheit ein Bier herausholen. Im gleichen Augenblick, als er feststellte, dass kein Bier da war, fiel ihm ein, dass er seit der Begegnung mit Bea auf dem Flur des Polizeipräsidiums keinen Tropfen Alkohol mehr getrunken hatte. An jenem Tag hatte er mit dem spärlichen Vorrat an Bier und Schnaps, den er bei sich gehabt hatte, die Ratten in den Abwasserrohren der Stadt beglückt. Er schlug die Kühlschranktür wieder zu und schaltete den Fernseher ein.

Am nächsten Morgen fiel im Dezernat 1 die Frühbesprechung aus, da sich Neumann bei der Mordkommission befand. Nawrod hätte ohnehin nicht daran teilgenommen. Er kochte nur noch sein eigenes Süppchen und rechnete jeden Augenblick damit, dass es Neumann gelang, seine vollständige Demontage an höherer Stelle durchzusetzen.

Sollte Neumann dies tatsächlich fertigbringen, schwor sich Nawrod, auf eigene Faust weiter zu ermitteln. Manuel von Kampen war ein Mörder, und dieser Mörder musste seine gerechte Strafe erhalten.

Nawrod nahm den Telefonhörer ab und betätigte die Tastatur.

»Nawrod, Kripo Stuttgart. Guten Morgen, Herr von Kampen.«

»Guten Morgen, Herr Nawrod.«

»Ich hätte noch ein paar Fragen an Sie. Könnten Sie auf einen Sprung bei mir vorbeikommen?«

»Momentan geht es schlecht. Aber vielleicht in einer Stunde?«

»Ja, wäre mir recht. Bis dann, Herr von Kampen.«

Wie immer bereitete sich Nawrod auf die Vernehmung vor. Zum einen legte er sich eine Strategie zurecht, zum andern notierte er sich die wichtigsten Fragen auf einen Zettel. Er hatte vor, Manuel von Kampen bei dieser Befragung noch nicht in die Enge zu drängen. Vielmehr ging es ihm darum, wichtige Informationen von ihm zu erhalten, damit er weitere Indizien gegen ihn sammeln konnte. Mit dem, was er bis jetzt in Händen hielt, ließ sich Manuel von Kampen bestimmt nicht beeindrucken.

Auch musste er von ihm unbedingt eine Speichelprobe bekommen, da er die DNA Manuels mit den DNA-Spuren auf Antonias Gürtel und der Spritze vergleichen wollte. Wenn er hier einen Treffer landete, hätte er einen echten Beweis für die Täterschaft. Und wenn er ihm erst einmal den Mord an Antonia nachweisen konnte, wäre es nur noch ein kurzer Schritt zur Aufklärung der anderen Verbrechen. Denn Nawrod war sich sicher, dass Manuel von Kampen Raymond, Susanne und Heinrich von Kampen getötet hatte. Vielleicht sogar noch seine Mutter. Ihr Einkoten während der Sterbephase war ein deutlicher Hinweis, dass sie nicht eines natürlichen Todes gestorben war.

»Hallo, Herr von Kampen!« Nawrod versuchte freundlich zu wirken. »Schön, dass Sie gekommen sind.«

»Habe nicht allzu viel Zeit. Gibt es etwas Neues?«

»Nein, eigentlich nicht. Im Moment versuche ich, eine Art Chronologie zu erstellen. Ich habe die Hoffnung, dass ich dabei auf etwas stoße, das mich weiterbringen könnte. Nur wenn ich alles über Ihren Vater weiß, habe ich die Chance, mich in ihn hineinzuversetzen, und nur dann kann ich vielleicht nachvollziehen, was wirklich mit ihm passiert ist.«

»Wieso passiert? Gibt es da etwas, was ich wissen sollte? Haben Sie Hinweise, dass meinem Vater etwas zugestoßen ist?«

»Nein, entschuldigen Sie bitte. Da habe ich mich wohl falsch ausgedrückt. Ich meinte, ich könnte dann seine Beweggründe für sein plötzliches Untertauchen besser begreifen.«

»Verstehe. Fragen Sie, ich antworte.«

»Ich möchte noch einmal ganz von vorn anfangen.«

»Bitte, tun Sie sich keinen Zwang an.«

»Sie wurden zusammen mit Ihrer Schwester Susanne von den von Kampens adoptiert?«

»Was hat das mit dem Verschwinden meines Vaters zu tun? Und überhaupt, woher wissen Sie das?«

»Ich habe Ihnen doch gesagt, dass ich eine Art Familienchronik erstellen möchte. Natürlich habe ich inzwischen die Quellen angezapft, die der Kriminalpolizei im Allgemeinen zur Verfügung stehen. Das erspart Ihnen viel Zeit. Wenn Sie so freundlich wären, auf meine Fragen ohne Gegenfragen zu antworten, würden wir in der Sache schneller vorwärtskommen.«

Meinst du, blöder Bulle, ich weiß nicht, was du vorhast? Du kannst mir nichts, rein gar nichts, du Wichser, dachte Manuel, bevor er antwortete: »Ja gern, Herr Kommissar.« Manuel lächelte freundlich.

»Also?« Nawrod tippte mit dem Bleistift auf den Schreibtisch.

»Ja, Susanne und ich wurden adoptiert«, antwortete Manuel, wobei er versuchte, so gelassen wie möglich zu reagieren.

»Wie alt waren Sie damals?«

»Ich war etwa ein Jahr und Susanne drei Jahre alt. So wurde es uns von unseren Adoptiveltern erzählt.«

»Da gab es noch einen Bruder. Wie hieß der noch mal?«

»Raymond. Er war der leibliche Sohn.«

»Er ist verstorben, konnte ich vom Standesamt erfahren.«

»Ja, Raymond ist vor langer Zeit schon gestorben.«

»An was ist er gestorben?«

Du wirst mich nicht kriegen, Scheißbulle, dachte Manuel.

»Er ist ertrunken.«

»Wo und unter welchen Umständen ist er ertrunken?«

»Er ist in unserem Gartenteich ertrunken.«

»Wie konnte das passieren?«

»Das Eis war zu dünn. Er ist eingebrochen.«

»Waren Sie dabei?«

»Ja, ich war dabei.«

»Erzählen Sie bitte genau, wie es passiert ist.«

»Das kann ich heute nicht mehr sagen. Ist schon so lange her. Habe keine Erinnerung mehr daran.«

Nawrod merkte, dass Manuel versuchte, auszuweichen. »Verstehe.«

Er hätte Manuel jetzt gern mit den Aussagen seiner Großtanten in die Enge getrieben. Doch das musste er auf einen anderen Tag verschieben. Erst wenn der richtige Zeitpunkt gekommen war, würde er zum alles entscheidenden Knockout ausholen. Deshalb führte er die Vernehmung mit möglichst unverfänglichen Fragen weiter.

»Sie haben also Ihre leiblichen Eltern nie gesehen?«

»Nein, wieso? Müsste ich das?«

Nawrod quälte sich ein Lächeln ab. »Natürlich nicht. Sie waren ja auch noch so klein, als Sie adoptiert wurden. Haben Sie sich mit Ihren Adoptiveltern gut verstanden?«

Was soll das?, du Wichser. Meinst du, du kannst mich so aufs Glatteis führen?, dachte Manuel.

»Ja, ich habe mich gut mit ihnen verstanden.«

»Hätte Ihr Adoptivvater nach dem Tod seiner Frau Grund gehabt, sein bisheriges Leben wegzuwerfen, um irgendwo neu anzufangen?«

Hatte er natürlich nicht, sonst hätte man auf seinen Konten Bewegungen sehen müssen. Schnapp schon zu, du Mistkerl! Nawrod war gespannt, was der andere antworten würde.

»Kann schon sein. Wer will das wissen?«

Na also, dachte Nawrod. »Gab es Anzeichen dafür, dass er vielleicht eine Geliebte hatte?« Komm schon, friss weiter! Nawrod war ganz in seinem Element.

»Ich kann so etwas nicht ausschließen. Muss allerdings sagen, dass ich meine Eltern in letzter Zeit nur noch gelegentlich besucht habe, womit ich sagen will, dass die Kontakte nicht mehr so innig waren wie früher.«

Das hast du gut gemacht, Kleiner. Nur weiter so.

»Entschuldigen Sie, dass ich Sie mit meinen Fragen belästigen muss. Aber wie ich schon sagte, möchte ich mir ein möglichst umfassendes Bild über Ihren Vater machen. Ich habe nun mal diesen Vermisstenfall zu Ende zu führen, ob ich will oder nicht.«

»Fragen Sie nur!«

»Ihre Schwester, wie heißt sie doch gleich?«

»Susanne.«

»Ach ja, Susanne. Kann es sein, dass sich die beiden, ich meine Ihr Vater und Ihre Schwester, zusammengetan haben und sich irgendwo die Sonne auf den Bauch scheinen lassen, während Sie sich hier Sorgen machen und ich mir die Hacken ablaufe?«

»Wie ich schon sagte, alles ist möglich.«

»Verstehen Sie sich mit Ihrer Schwester gut?«

»Ja, mit ihr verstehe ich mich sogar sehr gut.«

Warum hast du sie dann umgebracht, du Arsch, ging es Nawrod durch den Kopf.

»Wie war das eigentlich, als sie verschwand? Hatte sie Zoff mit ihrem Mann?«

»Dazu kann ich nicht viel sagen. Ich habe mich nie darum gekümmert, wie es um die beiden steht. War mir einfach egal. Und außerdem war ich zu dem Zeitpunkt gar nicht da.«

»Was heißt nicht da?«

»Ich war im Urlaub.«

Hey, da guckst du, Scheißbulle. Manuel hatte Mühe, seine Freude über Nawrods perplexen Gesichtsausdruck zu verbergen.

»Hm, im Urlaub?« Nawrod fing sich sofort wieder. »Ich möchte auch gern mal wieder in Urlaub fliegen. Komme nur nicht dazu. Ich beneide Sie. Haben Sie sich gut erholt? Manchmal soll so ein Urlaub ja auch stressig sein.«

»Ja, ich habe mich sehr gut erholt. Ich war zehn Tage in Portugal an der Algarve.« Das wolltest du doch wissen, oder?

»An der Algarve. Da möchte ich auch mal hin. Was kostet so etwas?«

»War ja im November, außerhalb der Saison. Kostete runde 800 Euro all-inclusive.«

»Wo kann man so etwas buchen?«

»Ich habe beim Reiselädle in Münster gebucht. Als Stammkunde bekomme ich da immer drei Prozent Nachlass.«

Da kannst du ruhig nachfragen, blöder Bulle. Manuel grinste.

»Wie war das, als Ihre Mutter starb?«

»Wie soll das gewesen sein? Vater und ich waren unterwegs. Ich hatte an dem Abend eine Panne. Er hat mich abgeholt und nach Hause gefahren. Als er heimkam, war Mutter schon tot.«

»Erzählen Sie mal, wie das genau war. Vielleicht ergibt das einen Ansatzpunkt für das Motiv Ihres Vaters, einfach zu verschwinden.«

»Ich war an diesem Abend in Baden-Baden. Die Stadt gefällt mir. Ich fahre oft hin. Die Schaufenster sind dort irgendwie anders dekoriert. Das interessiert mich.«

»Richtig, Sie sind ja Schaufensterdekorateur.«

»Auf der Rückfahrt ist meine Karre stehengeblieben. Kam mit Mühe und Not bis zur Ausfahrt Stuttgart-Feuerbach. Ich rief meinen Vater an, und der holte mich ab.«

Manuel tat sich schwer, Heinrich Vater zu nennen. Doch dieser Nawrod musste das ja nicht wissen.

»Wann war das?«

»Das kann ich nicht mehr so genau sagen. Es könnte gegen 22 Uhr gewesen sein. Vielleicht auch etwas später.«

»War Ihr Vater noch auf?«

»Mutter war schon zu Bett gegangen. Vater noch nicht.«

»Hm, war bestimmt für Ihren Vater nicht so einfach, Ihre Mutter in einem solchen Zustand allein zu lassen?«

»Wir wussten doch nicht, dass so etwas passieren konnte. Natürlich hat Vater sich danach heftige Vorwürfe gemacht.«

Daran kannst du mal kauen, Bulle!, dachte Manuel.

»Ihnen auch?«

»Nein. Er hat das nur mit sich allein ausgemacht.«

»Haben Sie eigentlich keine Freunde oder Bekannte, die Sie an diesem Abend anrufen konnten?«

»Nein, ich lebe so ziemlich allein.«

»Auch keine Freundin?«

Manuel grinste. »Auch keine Freundin«, erwiderte er. »Ich habe ja meine Schaufensterpuppen. Das genügt mir.«

Und was ist mit Antonia? Mal sehen, wie er darauf antwortet, dachte Nawrod.

»Das heißt, Sie waren immer schon allein und noch nie mit einer Frau zusammen?«

Manuel setzte ein breites Grinsen auf. Du weißt es also schon, Bulle. Damit leimst du mich aber nicht.

»Sie gehen ganz schön ans Eingemachte, und ich verstehe nicht, was das mit meinem Vater zu tun hat. Aber bitte, ich habe nichts zu verheimlichen. Ich hatte mal eine Freundin namens Antonia Taglieri. Mit der ist jedoch schon lange Schluss.«

Warum hast du Scheißer sie dann umgebracht? Nawrod musste sich beherrschen, ihm diese Worte nicht ins Gesicht zu schleudern.

»Italienerin also? Wie verstand sich Ihr Vater mit ihr?«, lenkte Nawrod ab.

»Zwischen den beiden gab es kaum Berührungspunkte, insofern auch keine Schwierigkeiten.«

»Haben Sie mit ihr noch Kontakt?«

Auch darauf falle ich nicht rein, blöder Bulle.

»Nein, nachdem wir Schluss gemacht hatten, gab es keinen Kontakt mehr zwischen uns. So weit mir bekannt ist, hat sie sich sehr schnell mit einem französischen Studenten getröstet und dabei wohl aufs falsche Pferd gesetzt.«

»Wie ist das zu verstehen?«

»Nun, der Franzmann war ein Dealer. Es hat nicht allzu lange gedauert, bis man Antonia im Schlossgarten mit einer Spritze im Arm fand. So stand es jedenfalls in der Zeitung. Müssten Sie doch auch mitbekommen haben, oder?«

»Im Schlosspark? Hm, kann mich düster erinnern. Rauschgifttote gibt es immer wieder. Ist für die Polizei nichts Besonderes«, versuchte Nawrod herunterzuspielen.

»Ich hatte zwar schon einige Zeit nichts mehr mit ihr zu tun, aber trotzdem ging es mir an die Nieren. In meinem Bekanntenkreis kommt so etwas nicht alle Tage vor.«

»Das glaube ich Ihnen gern. Übrigens, Herr von Kampen, ich müsste von Ihnen eine Speichelprobe erheben. Wären Sie damit einverstanden?«

Mit dieser Frage hatte Manuel nicht gerechnet. Nawrod sah, dass sich sein Adamsapfel zweimal auf und nieder bewegte.

Was soll das, du Drecksbulle?

Manuel wusste nicht, was er davon halten sollte. Ihm wurde auf einmal mulmig. Sein Mund wurde trocken. Er musste seine Lippen mit der Zunge befeuchten. Natürlich hatte er schon mehrfach davon gehört, dass die Polizei mit DNA-Untersuchungen in letzter Zeit sagenhafte Aufklärungserfolge hatte. Im Bruchteil von Sekunden versuchte er zu überlegen, ob er sich mit einer Einwilligung nicht in eine tödliche Falle begeben würde.

»Eine Speichelprobe? Zu was soll das gut sein? Nein, das möchte ich eigentlich nicht.«

Nawrod wusste, dass er damit einen wunden Punkt getroffen hatte. Doch ihm war klar, dass er die Speichelprobe nicht erzwingen konnte. Er hatte keinerlei Beweise gegen Manuel von Kampen, anhand derer er einen dringenden Verdacht gegen ihn begründen konnte. Eine Speichelprobe gegen den Willen des Verdächtigen zu erheben, war deshalb rechtlich nicht möglich.

Obwohl es ihm höchst zuwider war, musste er diplomatisch vorgehen. Er brauchte die DNA Manuels, koste es, was es wolle. Und wenn ich über meinen eigenen Schatten springen muss, dachte Nawrod.

»Ihre Speichelprobe kann unter Umständen dazu beitragen, Ihren Vater zu finden.«

»Das müssen Sie mir erklären.«

Nawrod überlegte. »Nehmen wir einmal an, Ihr Vater ist in einem anderen Land untergetaucht. Dort erleidet er einen tödlichen Verkehrsunfall, was wir natürlich nicht hoffen wollen. Aber gesetzt den Fall. Hierbei stellt man fest, dass Ihr Vater eine falsche Identität angenommen hat. Wenn sich nun seine

DNA in unserer Datei befindet und das betreffende Land eine Anfrage über Interpol startet, wird man ihn sehr schnell als Heinrich von Kampen identifizieren können.«

»Aber er ist doch gar nicht mein leiblicher Vater. Somit kann seine DNA nicht mit meiner übereinstimmen.«

Natürlich! Wie konnte ich nur so blöd sein, nicht daran zu denken. Die Geschichte mit dem Verkehrsunfall war auch nicht wirklich gut. Hätte mir vorher etwas Besseres ausdenken sollen. Verflucht! Nawrod versuchte, sich aus der Zwickmühle herauszuwinden.

»Hm, da haben Sie recht, Herr von Kampen. Entschuldigen Sie, war ein schlechtes Beispiel. Ich versuche es Ihnen anders zu erklären. Wir brauchen dringend DNA-Material von Ihrem Vater. Dazu werden unsere Kriminaltechniker in den nächsten Tagen das Haus Ihres Vaters aufsuchen. Sie werden an verschiedenen Stellen DNA-Material sichern. Fragen Sie mich bitte nicht, wo überall. Dabei werden sie zwangsläufig auch auf Spuren Ihrer DNA stoßen, da Sie sich ja in dem Haus häufig aufgehalten haben. Um diese Spuren als die Ihren zu erkennen und von denen Ihres Vater zu trennen, wird eine Speichelprobe von Ihnen benötigt.«

Manuel hatte inzwischen genug Zeit, zu überlegen. Im Zusammenhang mit den Morden konnte er sich nicht vorstellen, dass ihm seine DNA irgendwie zum Verhängnis werden könnte, da Sascha ja die Drecksarbeit gemacht hatte. Und Heinrich ist absolut sicher vergraben, hatte Sascha gesagt. Selbst wenn man seine Leiche fand, könnte man ihm nichts nachweisen.

Wenn er sich jetzt weigerte, eine Speichelprobe abzugeben, würde er sich verdächtig machen. Manuel lehnte sich entspannt zurück.

»Ich verstehe, Herr Nawrod. Unter diesen Umständen bin ich natürlich bereit, eine DNA-Probe abzugeben.«

Nawrod atmete durch. Damit krieg ich dich, Bürschchen!

# 30

Anne hatte es eilig. Sie wollte unbedingt den Vortrag eines sehr bekannten Schweizer Psychoanalytikers und Nervenarztes hören, der an diesem Nachmittag im Robert-Bosch-Krankenhaus über die Einwirkung von Magnetwellen auf das menschliche Gehirn referieren sollte. Es ging dabei um die Frage, ob hochfrequente Magnetwellen geeignet sind, medizinische Erfolge bei bestimmten Arten von psychischen Erkrankungen herbeizuführen. Dieser Professor forschte bereits seit Jahren mit einem von ihm entwickelten Gerät und war von dessen Wirksamkeit überzeugt.

Anne war spät dran. In der Mittagspause war sie kurz mit der Straßenbahn in die Stadt gefahren, um sich eine neue Hose zu kaufen, hatte jedoch keine passende gefunden. Als sie eiligen Schrittes an einem Schaufenster von Karstadt vorbeiging, sah sie aus den Augenwinkeln, wie ein Dekorateur eine Schaufensterpuppe aufstellte, die genau die Hose trug, die sie suchte. Abrupt blieb sie stehen. Sie schaute auf die Uhr und überlegte kurz. Eigentlich muss ich weiter, dachte sie.

Aber Anne wäre keine Frau, wenn sie jetzt ihren Weg fortgesetzt hätte. Sie wollte kurz warten, bis der Dekorateur das Preisschild angebracht hatte. Würde die Hose nicht mehr als achtzig Euro kosten, würde sie sie noch heute Abend kaufen. Nun mach schon, dachte sie. Häng endlich das Preisschild hin!

Manuel ließ sich Zeit. Er ging zwei Schritte nach hinten, sodass sein Rücken fast die Schaufensterscheibe berührte und Anne instinktiv einen halben Schritt zurückwich. Von dort schaute er sein Werk in aller Ruhe an. Kopfschüttelnd ging er wieder zu der Puppe, zupfte an Hose und Oberteil, brachte Beine und Arme in andere Stellungen und sah sich seine Arbeit noch einmal aus der Distanz an. Wieder schüttelte er unzufrieden den Kopf, und wieder zupfte er an der Puppe herum.

Anne hätte ihn erwürgen können. Sie musste unbedingt wissen, was die Hose kostete. Gleichzeitig faszinierte sie aber auch, wie dieser Dekorateur mit der Puppe umging. Als wäre sie seine eigene Frau, die er mit viel Liebe einzukleiden hatte. Sie sah, wie Manuel nun einen Kamm aus seiner Gesäßtasche holte und der Puppe die Haare kämmte. Bevor er den Kamm wieder wegsteckte, wiegte er seinen Kopf zweimal hin und her. Zufrieden gab er der Puppe einen Fingerkuss und wandte sich der Nächsten zu.

»Verflixt noch mal! Dem Kerl könnte man zwar stundenlang zuschauen, aber ich muss unbedingt zum Vortrag«, presste Anne zwischen den Zähnen hervor. »Das verdammte Preisschild hängt immer noch nicht an der Hose.«

Sie klopfte mit dem Knöchel ihres Zeigefingers an das Schaufenster. Manuel reagierte nicht. Ganz offensichtlich schluckte die zentimeterdicke Glasscheibe ihr zartes Klopfen.

Mist, verdammter! Anne überlegte kurz. Dann holte sie ihren Schlüsselbund aus der Handtasche. Würde sie damit die Schaufensterscheibe beschädigen? Sie klopfte mit dem größten Schlüssel erst zaghaft, dann aber zweimal heftiger. Manuel drehte sich zu ihr um und schaute sie verwundert an. Anne deutete auf die betreffende Hose und rieb Daumen und Zeigefinger gegeneinander. Der Dekorateur zuckte mit den Schultern.

»Sag mal, bist du so blöd, oder tust du nur so?«, sagte Anne laut und ungeduldig. Dann zeigte sie erst auf die eigene und anschließend auf die Hose der Schaufensterpuppe. Als sie wieder das Zeichen für Geld machte, nickte er bedeutungsvoll und hob seinen rechten Zeigefinger.

»Na endlich, Junge! Mach hinne, ich muss weiter!«, sagte Anne laut.

Manuel nahm den Pappdeckel eines Schuhkartons, der neben ihm lag, und schrieb die Zahl 109 darauf. Dann zeigte er ihn ihr. Diese runzelte die Stirn und winkte enttäuscht ab. Daraufhin kritzelte Manuel noch einmal auf den Pappdeckel: »Abzüglich 30% Hausrabatt«. Dahinter hatte er einen Smiley gemalt. Bevor Anne reagieren konnte, schrieb er weiter:

»Näheres 19 Uhr, Vinothek Schlossgartenhotel«. Als er den Deckel hochhielt und Anne zeigte, lächelte er charmant. Anne lächelte zurück, besann sich aber auf ihre Tugendhaftigkeit, zu der sie von ihrer Mutter stets angehalten worden war, und verabschiedete sich mit einer lässigen Handbewegung.

Manuel zog mit beiden Zeigefingern seine Mundwinkel nach unten, was Anne jedoch nicht daran hinderte, sich wegzudrehen und eilig weiterzugehen. Sie brauchte etwa zwanzig Schritte, um sich anders zu entscheiden. Warum eigentlich nicht? Der Typ sieht verdammt gut aus. »Was habe ich denn schon zu verlieren?«, murmelte sie vor sich hin.

Als sie wieder mit dem Schlüssel an die Scheibe klopfte, war Manuel genauso überrascht wie beim ersten Mal. Anne hob nur ganz kurz den Daumen und nickte. Manuel nickte lachend zurück.

Während des Vortrags konnte sich Anne nicht konzentrieren. Ständig dachte sie an diesen Dekorateur und daran, wie er mit der Schaufensterpuppe umgegangen war. Mehrfach ertappte sie sich dabei, wie sie schmunzelte. Als die Veranstaltung zu Ende war, hatte sie keinen Schimmer von dem, worüber der Professor gesprochen hatte. Darüber ärgerte sie sich. Es ging gegen ihre Prinzipien, denn Anne nahm ihr Studium und natürlich auch dieses Praktikum sehr ernst.

Zunächst hatte Anne Jura studiert, das Studium jedoch nach zwei Semestern wieder abgebrochen. »Das Fach und seine Materie sind mir zu trocken«, hatte sie geantwortet, als ihre Eltern sie nach dem Grund des Abbruchs fragten. »Ich möchte mehr mit Menschen zu tun haben«, meinte sie entschieden. Ihre Eltern hatten nicht so richtig verstanden, was Anne ihnen damit sagen wollte. »Da hast du es doch nur mit Verrückten zu tun«, wandten sie ein, als Anne ihnen erklärte, in Tübingen Psychologie studieren zu wollen.

Inzwischen befand sie sich im sechsten Semester, und sie bereute es keine Sekunde, diesen Studiengang gewählt zu haben. Menschen waren für sie das Interessanteste, was Gott je erschaffen hatte. Die Vielfältigkeit jedes Individuums übte auf Anne eine unvergleichliche Faszination aus. Zurzeit absolvierte sie ein dreimonatiges Praktikum im Robert-Bosch-Krankenhaus in Stuttgart. Sie hatte sich so lange aus ihrer Tübinger Wohngemeinschaft abgemeldet und eine kleine Wohnung in Stuttgart genommen, die der Vermieter ausschließlich Studenten für solche Zwecke zur Verfügung stellte. Für das schäbige Zimmer mit Koch- und Duschnische zahlte sie stolze 250 Euro im Monat. Hinzu kamen noch 70 Euro Nebenkosten.

Die Toiletten befanden sich auf den Zwischenetagen des fünfstöckigen Mehrfamilienhauses, dessen Treppenhaus seit etlichen Jahren weder tapeziert noch gestrichen worden war.

Da Annes Eltern nur ein geringes Einkommen hatten, gehörte sie zu den vierzig Prozent der Studierenden, die den BAföG-Höchstsatz, nämlich 648 Euro monatlich, erhielten. Dafür musste sie jedoch eine eigene Wohnung sowie die Mitgliedschaft in einer Kranken- und Pflegeversicherung nachweisen. Das BAföG reichte nicht zum Leben und nicht zum Sterben. So musste sich Anne noch etwas dazuverdienen, um über die Runden zu kommen. Für die Dauer ihres Praktikums jobbte sie gelegentlich im Weinlokal Stetter, wenn dort Not am Mann war.

Was für ein Mensch war dieser Dekorateur? Er sah gut aus, hatte einen knackigen Po und offenbar Fantasie und Humor. Anne schmunzelte abermals, als sie daran dachte, wie er der Puppe einen Fingerkuss gegeben hatte, nachdem er ihr liebevoll die Haare aus dem Gesicht gekämmt hatte.

Dann waren da noch seine Grübchen, die seinem charmanten Lächeln die Krone aufsetzten. Welche Frau kann da schon widerstehen, dachte Anne. Sie freute sich auf das Date mit dem jungen Mann.

Nach dem Vortrag ging sie gleich nach Hause. Sie aß etwas und machte sich in aller Ruhe zurecht. Mehrfach ertappte sie sich dabei, wie sie ihr Gesicht im Spiegel allzu kritisch betrachtete. Schönheit ist relativ, dachte sie. Bin ich schön, fragte sie sich. Sie zweifelte. Mein Mund? Ist er nicht ein wenig zu klein. Männer stehen eher auf Frauen mit großen, vollen Lippen. Nicht umsonst ließen sich viele ihrer Geschlechtsgenossinnen die Lippen aufspritzen.

Sollte ich meine schmalen Lippen mit einem kräftigen roten Lippenstift mehr betonen? Anne probierte es. Es kam ihr jedoch zu nuttig vor. Sie wischte das grelle Rot wieder von den Lippen und widmete sich erst einmal ihren Augen. Wird ihm das Blau meiner Augen gefallen? Wie könnte ich meinen Augen etwas mehr Ausdruck verleihen? Mit einem Kajalstift zog sie einen feinen Strich auf den Rand des unteren Augenlides. Anschließend trug sie dezent hellblauen Lidschatten auf.

Nachdem sie noch ein wenig Wimperntusche benutzt hatte, fand sie ihre Augen wirklich schön. Es fehlt noch etwas, dachte Anne. Ach ja, vielleicht noch ein bisschen Rouge. Anne lächelte, als sie mit dem Schminken fertig war. Doch ihr Lächeln fror sofort wieder ein. Verflixt noch mal, die Frisur! Daran habe ich gar nicht gedacht. Jetzt ist es zu spät, um die Haare noch zu waschen.

Anne feuchtete ihre langen, blonden Haare an und ließ sie beim anschließenden Fönen über eine Rundbürste gleiten. Danach fielen sie locker über ihre Schultern.

Anschließend kleidete sie sich an. Sie wählte einen kurzen, auf der Hüfte sitzenden Jeansrock mit breitem Gürtel. Der Gürtel hatte eine auffallend große Schnalle. Darunter zog sie blickdichte, halterlose Strümpfe in Schwarz an. Als Oberteil suchte sie sich ein rotes Shirt aus, über das sie eine kurze, graue Weste trug.

Bei den Schuhen tat sie sich schwer. Sie hatte zwar keine besonders große Auswahl, doch kam sie nicht umhin, jedes Paar mindestens zweimal anzuprobieren.

Hey, Anne, was ist mit dir los? Tickst du noch richtig? Machst dich wegen diesem Typen verrückt. »Hast du sie nicht mehr alle?«, sagte sie laut zu sich selbst. »Du gehst da hin, lässt dich etwas unterhalten, krallst dir irgendwie den Rabatt, und damit gut. Und pass auf, die Kerle sind alle gleich! Die wollen nur das Eine! Konzentrier dich auf deine Ausbildung, denn nur die ist wichtig! Kapiert?« Das letzte Wort schrie Anne förmlich hinaus. Danach entschied sie sich für ihre neueste Errungenschaft, die Ballerinas. Diese Schuhe schienen am besten zu ihrem übrigen Outfit zu passen.

Sie sah auf die Uhr. Frauen müssen zum Date immer ein bisschen später kommen als vereinbart. Auf keinen Fall früher. Das ist ein ehernes Gesetz im Umgang mit Männern. Und zeig deinem Auserwählten nie, dass du genauso scharf auf ihn bist wie er auf dich. Sonst machst du dich billig. Wenn er das merkt, kann es sein, dass sein Interesse plötzlich gen null geht. Denn Männer sind Jäger. Sie wollen ihre Beute jagen, bevor sie sie endgültig zur Strecke bringen. Je schwerer du es ihm machst, desto verrückter wird er nach dir. Aber übertreibe es nicht. Man muss ein feines Gespür dafür haben, sich im richtigen Augenblick zu ergeben, oder besser gesagt, hinzugeben. Schreib dir das gut hinter die Ohren, Mädchen!

Die Verhaltensregeln hatte Anne von einer guten Freundin erhalten. Sie war damals im zarten Alter von sechzehn Jahren gewesen, ihre Freundin zwei Jahre älter. Trotzdem hatte sie schon reichlich Erfahrung mit Männern gemacht. Immer wenn Anne einen neuen Mann kennenlernte, musste sie zwangsläufig an die Ratschläge ihrer Freundin denken. Sie hatten sich unauslöschlich in ihr Gedächtnis eingegraben.

Es war kurz nach sieben, als Anne die Vinothek betrat. Ihr Herz schlug bis zum Hals, und sie spürte, dass sie an den Händen leicht schwitzte. Manuel war schon da und winkte ihr mit einem charmanten Lächeln zu. Als sie seinen Tisch erreichte, stand er auf, gab ihr mit einer leichten Verbeugung die Hand und stellte sich vor.

O Gott, dachte Anne, hoffentlich merkt er nicht, dass ich feuchte Hände habe.

Sie nannte ihren Namen. Ihre Stimme kam ihr viel zu schüchtern vor, worüber sie sich ärgerte. Manuel bot ihr galant einen Stuhl an und wartete, bis Anne Platz genommen hatte. Dann setzte er sich ebenfalls.

Wie auf Kommando räusperten sich beide gleichzeitig, und ebenso synchron fingen sie an zu sprechen.

»Danke für …«, begann Anne.

»Schön, dass Sie …«, fing Manuel an.

Beide lachten, und Manuel entschuldigte sich.

»Entschuldigen Sie. Ist sonst nicht meine Art, einer Frau ins Wort zu fallen, und schon gar nicht, wenn sie so hübsch ist wie Sie.«

»Sie sind ein Schmeichler. Aber Sie sind mir nicht ins Wort gefallen. Ich wollte mich nur etwas vorlaut für die Einladung bedanken.«

»Keine Ursache. Ich freue mich sehr, dass Sie gekommen sind, wenn mir auch bewusst ist, dass Sie meine Einladung nur wegen der dreißig Prozent Hausrabatt angenommen haben.«

»Ja, die Hose gefällt mir sehr gut, aber sie ist eigentlich zu teuer für mich. Ich bin nur eine arme …«

»Entschuldigung, was möchten Sie trinken?« Manuel schaute Anne direkt in die Augen.

»Ich … wieso? Ach ja … was möchte ich trinken?«, stotterte sie. »Ich … einen Kaffee … oder nein, dann kann ich heute Nacht nicht schlafen. Lieber ein Mineralwasser.«

»Darf ich vorschlagen, dass wir erst einmal ein Gläschen Sekt trinken, bevor Sie sich mit Mineralwasser die Laune verderben?«

»Sekt? Nein, eigentlich … ach warum nicht. Gerne!«

Manuel rief die Bedienung an den Tisch und gab die Bestellung auf. Danach fuhr er fort: »Tja, wenn das so ist«, sagte er etwas belustigt, »dann sind Sie ja tatsächlich nur wegen der Hose gekommen!« Manuel lachte.

»Ja … ich meine natürlich nein … oder doch, doch!«, beeilte sich Anne zu sagen.

»Dachte ich mir. Wäre auch zu schön gewesen.«

Beide senkten den Blick. Nach endlosen fünf Sekunden griff Manuel das Gespräch wieder auf. Er fragte Anne, was sie beruflich machte, und erzählte auch ein wenig über sich. Zwischendurch brachte die Bedienung den Sekt. Als sie sich vom Tisch entfernt hatte, war es Manuel, der das Gespräch wieder aufnahm: »Na gut, Sie sollen das Teil, ich meine, die Hose, haben. Aber nur unter einer Bedingung!«

»Und die wäre?«

»Wir stoßen jetzt auf Du an, und Sie erlauben mir, dass ich uns später noch ein Gläschen bestelle.«

»Jetzt schon auf Du anstoßen?«, erwiderte Anne etwas perplex. »So mit allem Drum und Dran?«

Manuel nickte und grinste schelmenhaft. »So mit allem Drum und Dran«, antwortete er.

»Daran führt wohl kein Weg vorbei, oder?« Anne versuchte, Humor zu zeigen. Doch gleichzeitig kam in ihr wieder der Satz hoch: Die Kerle sind doch alle gleich und wollen alle nur das Eine. Der hier war ganz bestimmt einer von dieser Sorte, so wie der ranging. Oder war sein Verhalten normal, und sie selbst war einfach zu prüde?

Manuel sah ihr wieder in die Augen und sagte: »Nein, daran führt kein Weg vorbei. Eine Hand wäscht die andere.« Mit diesen Worten erhob er lächelnd sein Glas und bedeutete Anne, dass sie ihr Glas ebenfalls in die Hand nahm. Nachdem sie getrunken hatten und Manuel zum Kuss ansetzte, ging Anne zwar darauf ein, drehte aber im letzten Moment den Kopf zur Seite, sodass Manuels Kuss auf ihrer Wange landete. Manuel lachte.

Der Typ ist echt gut drauf, dachte Anne. Zumindest scheint er psychisch stabil zu sein, analysierte sie fachmännisch.

Sie war es nicht gewohnt, Alkohol zu trinken. Schon beim ersten Glas merkte sie, dass der Sekt sie beschwingte und ihre Zunge löste. Als Manuel das zweite Glas bestellte, wollte sie keine Spielverderberin sein, obwohl es vernünftiger gewesen wäre, auf Mineralwasser umzusteigen. Manuel war ein guter Unterhalter, und Anne trug ihren Teil dazu bei, sodass sich beide glänzend amüsierten.

Das dritte Glas schlug Anne dann jedoch aus, worauf Manuel den Vorschlag machte, das Lokal zu wechseln und irgendwo etwas essen zu gehen. Anne wollte erst nicht, da sie schon zu Hause gegessen hatte, ließ sich dann aber überreden. Sie gingen ins *Steakhouse* gegenüber vom Hauptbahnhof, wo Manuel sich ein großes argentinisches La Morocha Angus Beefsteak bestellte, während Anne nur einen gemischten Salat nahm.

Nachdem sie gegessen hatten, wollte Anne nach Hause. Sie hatte das Gefühl, Manuel schon viel zu viel von sich erzählt zu haben. Doch Manuel schlug vor, noch ins *Village* zu gehen. Die Diskothek am Schlossplatz war bekannt für tolle Musik und gutes Publikum.

»Nach diesem guten Essen ist mir danach, noch ein wenig abzutanzen«, sagte Manuel. »Hast du Lust? Lass uns ins *Village* gehen. Da ist immer was los.«

»Tanzt du gern?«, fragte Anne.

»Wenn ich in Stimmung bin, tanze ich sehr gern, und jetzt bin ich in Stimmung. Was ist mit dir? Tanzt du gern?«

Anne tat nichts lieber als das. Wenn ihr der Stress in der Klinik zu viel wurde, ging sie abends oft allein tanzen. Sie hatte es sich schon fast zur Gewohnheit gemacht, etwa zwei bis drei Stunden voll Power zu tanzen und anschließend wieder nach Hause zu gehen. Danach war sie zwar jedes Mal völlig erschöpft, aber ihr Kopf war wieder frei.

»Eigentlich schon«, schwächte sie etwas ab. »Aber ich muss nach Hause. Morgen habe ich einen anstrengenden Tag vor mir.«

»Papperlapapp! Die Arbeit läuft dir schon nicht davon. Kann mir nicht vorstellen, dass ein gescheites Mädchen wie du Probleme bekommt, wenn es am nächsten Morgen mal nicht ganz so ausgeschlafen ist.«

Manuels Augen und seine beiden Grübchen waren es, die Anne letztendlich schwach werden ließen. Das *Village* war nur mäßig besucht. Manuel wurde vom DJ mit einem Kopfnicken begrüßt. Während sich Anne eine Cola bestellte, nahm Manuel einen Campari Orange. Anschließend tanzten sie und tanzten, tanzten, tanzten. Anne war wie im Rausch, denn Manuel erwies sich als fantastischer Tänzer. Bis zu diesem Zeitpunkt hatte sie keinen Mann gekannt, der so gut und vor allem so erotisch tanzen konnte wie er. Er konnte wie eine brasilianische Sambatänzerin mit den Hüften kreisen, Arme und Beine wie ein Flamencotänzer bewegen und schon im nächsten Augenblick Tanzpassagen Michael Jacksons imitieren.

Anfangs kam Anne aus dem Staunen nicht mehr heraus. Schließlich konnte sie sich Manuels Charme und seiner Tanzkunst einfach nicht mehr entziehen.

Wie in einem wunderschönen Traum nahm sie nur noch verschwommen wahr, als Manuel sie in das Zimmer führte, innig küsste und ihr liebevoll die Kleider auszog. Dabei hatte sie das Gefühl, dass er sie überhaupt nicht berührte. Schließlich war sie nackt, während er sie immer noch küsste. Dann nahm er sie zärtlich auf den Arm, trug sie zum Bett und legte sie sanft auf das purpurrote Laken. Sie wusste nicht, ob sie ihm half, sich zu entkleiden, oder ob er es allein tat. Auf einmal war auch er nackt, und sie sah seinen muskulösen Brustkorb, der sich langsam auf sie herabsenkte.

So, als wollte sie ihn wegdrücken, fasste sie ihn an beiden Oberarmen. Sie spürte seine Muskeln, und wie in Trance zog sie ihn dann zu sich herunter. Ihre Hände krallten sich in seinen Rücken. Sie hörte lautes Stöhnen und konnte nicht sagen, von wem es kam. Alles schien zu einer Einheit zu verschmelzen, ihrer beider Stöhnen, ihre Bewegungen, ihre Körper, ihre Sinne.

Anne war nicht mehr fähig zu beurteilen, ob das Ganze Wirklichkeit war oder ob sie alles nur träumte. Noch nie in ihrem Leben war sie so sehr von Gefühlen beherrscht worden, noch nie war ein Mann so zärtlich, so einfühlsam, aber auch so leidenschaftlich zu ihr gewesen.

Als Anne am nächsten Morgen aufwachte, war es bereits halb neun. Manuel schien fest zu schlafen. Sie stand leise auf und ging aus dem Zimmer. Zwei Türen weiter fand sie das Bad. Nackt, wie sie war, ging sie sofort unter die Dusche. Als sie zurückkam, war Manuel ebenfalls wach. Im Zimmer brannte ein schwaches Licht. Dennoch schämte sich Anne jetzt ihrer Nacktheit. Hastig suchte sie auf dem Fußboden ihren Schlüpfer und ihren BH. Beim Ankleiden wandte sie Manuel den Rücken zu.

»Du siehst nicht nur von vorn, sondern auch von hinten wunderschön aus«, sagte er und lächelte.

»Es ist spät, ich muss mich beeilen«, erwiderte Anne verlegen.

»Die Klinik oder ein Mann?«, fragte Manuel mit einem gewissen Unterton.

»Die Klinik natürlich. Um zehn haben wir eine Sitzung, und die darf ich nicht verpassen.«

Mit einem Satz sprang Manuel aus dem Bett und zog seinen Morgenmantel an. »Ich koche uns schnell einen Kaffee und fahre dich anschließend zum Krankenhaus. Oder musst du vorher noch nach Hause?«

»Ja, unbedingt. Es wird eng, aber ich muss dringend ein paar Unterlagen mitnehmen!«

»Das kriegen wir schon hin. Mach dir da mal keine Sorgen.«

# 31

Nawrod arbeitete fieberhaft. Er wertete sämtliche Telefonverbindungsdaten aus, die er von den verschiedenen Anbietern übermittelt bekommen hatte. Dabei kam ihm entgegen, dass die jeweiligen Anschlussinhaber nur einen Festnetzapparat und je ein Handy besaßen.

Zuerst konzentrierte er sich auf die Anschlüsse Manuels. Er stellte fest, dass Manuel von Kampen mit seinem Handy an dem Abend, an dem seine Mutter starb, tatsächlich zu Hause angerufen hatte. Kurze Zeit später erfolgte ein Anruf beim Wetterdienst. Anhand der Geodaten konnte Nawrod sehen, dass Manuel vom Autobahnparkplatz nahe Baden-Baden telefoniert hatte. Alle übrigen Verbindungen waren uninteressant. Ganz offensichtlich unterhielt Manuel von Kampen nur berufliche Telefonkontakte, zu Kauf- und Warenhäusern und zu Anbietern von Dekomaterialien. Nawrod fand nicht eine Telefonnummer, die einer Privatperson zuzuordnen war.

Die Auswertung der Telefon- bzw- Handy-Verbindungsdaten seines Vaters, der Schwester und des Schwagers brachte Nawrod ebenfalls keinen Schritt weiter.

Genauso erging es ihm mit der Überprüfung sämtlicher Konten der betroffenen Personen. Es gab nicht den geringsten Hinweis auf die von Nawrod vermuteten Verbrechen.

Noch am gleichen Tag erhielt er von Interpol Lissabon die Nachricht, dass Manuel von Kampen bereits zwei Tage vor Susannes Verschwinden im Vier-Sterne-Hotel Baija Cristal an der Algarve eingecheckt und in den ganzen zehn Tagen seines Urlaubs die Anlage nicht verlassen hatte. Sicherheitshalber hatten die portugiesischen Kollegen noch die Fluglisten an allen in Frage kommenden Flughäfen überprüft. Der Name Manuel von Kampen tauchte jedoch während des regulären Aufenthaltes des Gastes nicht auf. Bei den heutigen Sicherheitsstandards an den Flughäfen konnte Nawrod davon ausgehen, dass sich Manuel von Kampen zum Zeitpunkt des Verschwindens seiner Schwester tatsächlich in Portugal aufgehalten hatte.

Seine Stimmung war auf dem Tiefpunkt angelangt, als sich einen Tag später das serologische Labor des Landeskriminalamtes meldete und ihm mitteilte, dass an Gürtel und Spritze, die bei Antonia Taglieri gefunden worden waren, lediglich DNA der Toten festgestellt werden konnte.

Nawrod grübelte und grübelte. Es gab nur zwei Möglichkeiten: Entweder war er absolut auf dem Holzweg, und Manuel von Kampen war unschuldig, oder er hatte einen Mittäter. Doch dagegen sprach, dass es keine Telefonverbindungen gab, die auch nur im Entferntesten auf einen Mittäter oder gedungenen Mörder hindeuteten.

Aus jahrelanger Erfahrung als Rauschgiftfahnder wusste Nawrod jedoch, dass sich zum Beispiel hochkarätige Dealer meist sehr konspirativ verhielten. Sie benutzten Telefone, die sie sich zuvor über Mittelsmänner aus dem Ausland besorgt hatten. Auch weltweit agierende Wirtschaftskriminelle versuchten auf diese Weise, ihre Kontakte zu verschleiern. Sollte dieser Manuel von Kampen tatsächlich so clever sein und sich genauso konspirativ verhalten? Immerhin ging es um etwa fünf Millionen Euro und eine stattliche Immobilie.

Dieser junge Mann war intelligent. Das hatte Nawrod schon in den ersten Minuten seiner Vernehmung festgestellt. Wenn es einen Mittäter gab, mussten beide Kontakt gehabt haben, der höchstwahrscheinlich immer noch bestand. Aber wie kann ich das in Erfahrung bringen? Nawrod überlegte fieberhaft. Es gab nur eine Lösung: Er musste Manuel von Kampen Tag und Nacht beschatten. Irgendwann würde er einen Fehler machen, irgendwann würde er sich mit dem anderen treffen.

Bereits am nächsten Tag heftete sich Nawrod an die Fersen Manuels. Als Erstes besorgte er sich bei der Abteilung Einsatztechnik einen Peilsender mit dazugehörigem Navigationsgerät. Er war früh dran. Erst fuhr er in die Kormoranstraße, und als er dort Manuels Volvo nicht fand, steuerte er die Enzstraße an. Er hatte Glück! Manuels Wagen stand vor der Villa. Es war ein Kinderspiel für Nawrod, den Peilsender so zu platzieren, dass er nicht entdeckt werden konnte, aber auch nicht verlorenging. Mithilfe dieser Technik konnte Nawrod jederzeit den Standort von Manuels Wagen feststellen. Das erleichterte eine Observation ungemein.

Dennoch benötigt man normalerweise für die Observation einer einzigen Zielperson bis zu zehn Beamte des MEK. Es geht ja nicht nur darum, in großem Abstand hinterherzufahren, sondern auch zu beobachten, was eine Zielperson macht, mit wem sie sich trifft oder welche Wege sie bevorzugt. Denn das können wichtige Erkenntnisse sein, wenn das Netz immer enger gezogen werden soll.

Da Nawrod befürchtete, für verrückt erklärt zu werden, machte er erst gar nicht den Versuch, einen Antrag auf Observation durch das MEK zu stellen. Es muss auch so gehen, dachte er, und gab sich alle Mühe, die Arbeit von zehn hochspezialisierten MEK-Leuten zu übernehmen. Denn das war der einzige Trumpf, den er in diesem Spiel noch hatte.

Als er beobachtete, wie die junge Frau vor dem Schaufenster stehen blieb und sich Manuel pantomimisch mit ihr verständigte, kamen ihm Zweifel. War dieser sympathische, junge Mann tatsächlich ein Mörder? Mit der Hartnäckigkeit eines Bluthundes blieb Nawrod an Manuel dran. Der Dekorateur traf sich noch am gleichen Abend mit der jungen Frau. Sie gingen zusammen aus und schliefen wahrscheinlich auch miteinander.

Dass Manuel seine neue Liebe mit in die Villa der Adoptiveltern und nicht in seine eigene Wohnung in der Kormoranstraße nahm, war ein deutliches Zeichen dafür, dass er nicht mit der plötzlichen Rückkehr seines Adoptivvaters rechnete. Natürlich, denn er wusste, dass Heinrich von Kampen tot war. Die Frau blieb die Nacht über in der Villa. Am Morgen fuhr Manuel von Kampen mit ihr in die Stadt.

Als er vor dem Anwesen Landhausstraße anhielt und die junge Frau in dem Haus verschwand, um nach kurzer Zeit mit einer Collegetasche unter dem Arm wieder herauszukommen, rief Nawrod, noch während er den beiden folgte, beim Einwohnermeldeamt an. Dort ließ er sich die Namen aller weiblichen Personen dieses Anwesens geben, die zwischen zwanzig und dreißig Jahre alt waren. Nawrod hatte Glück, es kamen nur drei Frauen in Frage. Danach rief er beim Passamt an, gab die drei Namen durch und fragte, welche der drei Frauen hellblonde Haare hatte.

»Ich kann Ihnen mit einer Anne Martus dienen, die am 26. August 1986 in Koblenz geboren ist. Die anderen beiden sind schwarz- bzw. dunkelhaarig. Genügt Ihnen das?«, fragte die nette Dame am anderen Ende der Leitung.

»Voll und ganz, Verehrteste. Sie haben mir sehr geholfen.«

Von der Landhausstraße aus ging die Fahrt zum Robert-Bosch-Krankenhaus, wo sich die Frau direkt vor dem Haupteingang absetzen ließ. Während Manuel wieder in Richtung Innenstadt fuhr, rief Nawrod im Sekretariat des Klinikums an. Kurze Zeit später wusste er, dass Anne Martus Psychologiestudentin an der Universität Tübingen war und zurzeit ein Praktikum am Robert-Bosch-Krankenhaus absolvierte.

Inzwischen fuhr Manuel direkt zum Kaufhof-Parkhaus. Nawrod war etwa fünfzig Meter hinter ihm. Er hielt am Straßenrand an und wartete ab, bis der Volvo die Schranke des Parkhauses passiert hatte. Erst dann nahm er die Verfolgung wieder auf. Manuels Wagen stand auf dem dritten Parkdeck. Nawrod stellte sein Fahrzeug in sicherem Abstand ab und ging ins Kaufhaus. Er brauchte keine fünf Minuten, bis er den Gesuchten fand. Manuel dekorierte gerade das Schaufenster von s.Oliver. Nawrod schaute ihm eine Zeit lang zu und entschloss sich dann, im Fahrzeug auf Manuel von Kampen zu warten.

Nawrod hatte seinen Wagen so geparkt, dass er aus einer Entfernung von rund dreißig Metern gute Sicht auf den Volvo, aber auch auf die Tür zum Kaufhaus hatte. Manuel musste an ihm vorbeifahren, wenn er das Parkhaus wieder verlassen wollte.

Es vergingen endlose zwei Stunden. Nawrod wurde von Müdigkeit überfallen. Er hatte in letzter Zeit nicht viel geschlafen und musste mit sich kämpfen, um wach zu bleiben. Dann sah er ihn aus der Tür kommen. Manuel ging direkt auf den Volvo zu. Als er noch etwa zwanzig Schritte davon entfernt war, stieg hinter ihm ein Mann aus einem Wagen. In der linken Hand trug er eine Pistole. Nawrod konnte deutlich den Schalldämpfer der Waffe sehen.

»Verdammt, was ist denn das für eine Figur?«, zischte Nawrod. »Was will der ...? Der legt ihn um!«, entfuhr es ihm laut.

Er startete den Motor in dem Moment, als der Fremde die Waffe hob und aus drei Metern auf Manuels Rücken zielte. Gleichzeitig schaltete er das Licht ein. Danach fuhr er direkt auf Manuel und den Mann zu. Der Fremde senkte sofort die Waffe, drehte sich um und verschwand zwischen parkenden Autos. Manuel nahm von alldem nichts wahr. Gedankenversunken erreichte er seinen Wagen, stieg ein und fuhr los.

Nawrod drehte auf dem Parkdeck eine Schleife und hielt nach dem Mann mit der Pistole Ausschau. Weit vor sich sah er ihn in ein Fahrzeug einsteigen. Noch bevor Nawrod ihn erreichte, fuhr der andere mit heulendem Motor und quietschenden Reifen los. Der Mann beherrschte sein Auto. Nawrod hatte Mühe, ihm zu folgen. Er grinste, denn spätestens unten an der Schranke würde er ihn zu fassen bekommen. Er tastete nach seiner Heckler&Koch, die er im Schulterhalfter trug. Das Fahrzeugkennzeichen des Flüchtigen konnte er sich gut merken. Für alle Fälle, dachte er. Man weiß ja nie, was noch kommt.

Schon sah er den schwachen Schein des Tageslichts an der Wand der Tiefgarage. Jetzt habe ich dich gleich, mein Junge, dachte Nawrod. Der andere war nur noch ganze zehn Meter vor ihm. Jetzt tauchte die gelbschwarze Schranke vor ihnen auf. Nawrod sah für einen kurzen Moment Bremslichter aufleuchten. Dann hörte er aber auch schon den Motor des Vorausfahrenden wild aufheulen. Es gab einen lauten Knall und ein kurzes, knirschendes Geräusch, als der Audi A6 die

Schranke durchbrach, um mit hoher Geschwindigkeit auf die Kronenstraße einzubiegen.

Nawrod war über die Kaltschnäuzigkeit des Mannes so verblüfft, dass er im entscheidenden Moment den Anschluss an den Flüchtenden verlor. Er musste wegen drei von links kommender Fahrzeuge warten, bevor er sich in den Verkehr einfädeln konnte.

»Hier Uran 251 an alle, hier Uran 251 an alle!«, schrie Nawrod laut ins Funkgerät. »Nach Durchbrechung der Schranke im Kaufhof-Parkhaus ist ein dunkler Audi A6 mit dem amtlichen Kennzeichen S–ED 10 in Richtung Westen flüchtig. Bei Antreffen Festnahme des Fahrers und Nachricht an Uran 251. Eigensicherung beachten!«

Nawrods Erwartungen wurden enttäuscht. Bei dem A6 handelte es sich um ein Mietfahrzeug. Schnell stellte sich heraus, dass der Mieter gefälschte Personalpapiere vorgelegt hatte. Zwei Stunden nach Auslösen der Fahndung wurde das Fahrzeug in der Tiefgarage beim *Ibis Hotel* gefunden. Der Schlüssel steckte im Zündschloss.

Nawrod konnte sich keinen Reim auf die Sache machen. Sollte Klara Stolz mit ihrem Orakel recht haben, ein Fluch, der auf der Familie von Kampen liegt, würde letztendlich auch Manuel das Leben kosten? Er glaubte nicht an solchen Hokuspokus. Aber was war der Grund dieses misslungenen Mordanschlags? Welchen Sinn machte es, Manuel von Kampen zu töten? Aktuell war er noch nicht im Besitz des Fünf-Millionen-Erbes. Es gab auch niemanden, der in den Genuss der Erbschaft kam, wenn Manuel etwas zustieß. Von den zwei alten Großtanten einmal abgesehen. Sollten die hinter allem stecken?

»Nein, das kann nicht sein!«, murmelte Nawrod vor sich hin, als er darüber nachdachte. Er lächelte bei dem Gedanken. Wer weiß, nichts ist unmöglich.

Bei der Autovermietung Hertz hatte man von den gefälschten Papieren Kopien gemacht. Die Bilder des Mannes auf Führerschein und Ausweis waren alles andere als gut.

Bei genauem Hinsehen konnte man vermuten, dass es sich um einen Türken handelte. Die Dokumente waren allerdings auf einen Deutschen namens Heiko Sikorsky aus Düsseldorf ausgestellt. Eine Person mit dem Namen und dem dazugehörenden Geburtsdatum gab es aber nicht.

Der Angestellte der Autovermietung meinte, der Kunde habe keinen erkennbaren Akzent gesprochen. Er habe jedoch nur sehr wenig gesagt und gleich im Voraus bar bezahlt. Der Leihwagen war für zwei Wochen gemietet. In vier Tagen wäre der Rückgabetermin gewesen.

Nawrod hatte das Gefühl, auf der Stelle zu treten. Es ergab alles einfach keinen Sinn. Zweifellos wollte der Unbekannte Manuel von Kampen töten. Dieser Mann war kein Anfänger, auch das stand fest. Wer eine Waffe mit Schalldämpfer und falsche Ausweispapiere besitzt und für sein Vorhaben einen Mietwagen einsetzt, zeigt ein hohes Maß an Professionalität. Ganz zu schweigen von der gekonnten Flucht.

Nawrod beschloss, Manuel von Kampen weiter zu beschatten. Als er wieder im Dienstwagen saß, schaltete er das Peilgerät ein. Er konnte sehen, dass der Wagen der Zielperson in Bad Cannstatt auf einem kleinen Parkplatz am Neckar unmittelbar neben dem Uferweg an der Hofener Straße stand. Fünfzehn Minuten später sah er den Volvo vor sich. Er war am rechten Fahrbahnrand abgestellt. Ein weiterer Volvo stand in der Nähe.

»Jetzt darf ich keinen Fehler machen«, beschwor sich Nawrod. Er legte den Rückwärtsgang ein, fuhr ein Stück zurück und stellte seinen Wagen im Zuckerlweg ab. Danach wollte er sich die beiden Volvos genauer anschauen. Obwohl er die zwei Männer erst spät sah, konnte er noch rechtzeitig in Deckung gehen. Im Abstand von ein paar Schritten gingen sie auf ihre Autos zu, stiegen ein und fuhren davon. Nawrod konnte sich gerade noch das Kennzeichen des zweiten Volvos merken.

# 32

»Hey, Alter, wie geht's dir?«

»So weit ganz gut. Und dir?«

»Hab 'ne neue Braut kennengelernt. Ist einsame Spitze. Das Beste, was ich jemals hatte.«

Manuel schaute auf den Neckar hinaus und konnte deshalb nicht sehen, wie sich Saschas Gesicht verfinsterte.

»Ich könnte etwas Kohle gebrauchen. Bin total abgebrannt, verstehst du?« Sascha versuchte, seinen Ärger über Manuels neue Bekanntschaft hinunterzuschlucken.

»Hast du mich deswegen hierher bestellt?«

»Ja, und weil ... na ja, wir haben uns schon eine ganze Weile nicht mehr gesehen.«

»Stimmt. Aber du weißt, wir müssen vorsichtig sein. Vorerst darf uns niemand zusammen sehen.«

»Die können uns nichts beweisen.«

»Meinst du, die Bullen sind blöde, oder was? Ich wurde von einem Kriminalhauptkommissar Nawrod verhört. Der riecht etwas, das sage ich dir! Das habe ich genau gespürt. Wenn wir jetzt einen Fehler machen, kann alles aus sein.«

»Was ist mit der Kohle?«

»Ich könnte dir etwas leihen.«

»Etwas leihen«, erwiderte Sascha abfällig. »Davon kann ich nicht in Urlaub fliegen. Du hast dir in Portugal die Sonne auf den Bauch scheinen lassen, während ich zu Hause die Drecksarbeit machen musste.«

»Das hatten wir so abgesprochen, und du warst damit einverstanden. Oder etwa nicht?«

»Ja, schon, aber ...«

»Nichts aber!«, schnitt Manuel Sascha das Wort ab. »Dreh jetzt bloß nicht durch! Schließlich ist es doch deine Schuld, dass wir nicht an die Kohle kommen! Wenn du dem Alten keine Kugeln in den Bauch gejagt hättest, wäre es der perfekte Selbstmord gewesen. Wir hätten ihn so auf die Schienen gelegt, dass er in Stücke gerissen worden wäre. Kein Bulle und kein Gerichtsmediziner hätte je Verdacht geschöpft.«

Sascha brauste auf: »Wieso meine Schuld? Du warst doch zu blöde, dem Alten richtig eins überzuziehen. Wenn ich nicht geschossen hätte, säßen wir jetzt im Knast. Der wusste doch sofort, was Sache war. Er hat dir nie getraut.« Nicht mehr ganz so laut, dafür aber in abfälligem Ton: »Du warst doch der Bastard für ihn. Das waren seine letzten Worte. Kannst du dich nicht erinnern?«

Manuel kochte vor Wut. Natürlich konnte er sich erinnern. Heinrichs Worte klangen jetzt noch in seinen Ohren, und nun machte Sascha sie sich zu eigen. Er dachte wie alle anderen: Ich bin ein Bastard, der nicht einmal seinen leiblichen Vater, geschweige denn seine Mutter kennt. Wie ein glühender Pfeil bohrte sich diese Erkenntnis in Manuels Herz. Sein einziger Freund, mit dem er einmal Blutsbrüderschaft geschlossen hatte, hielt ihn also auch für einen Bastard.

»Ich bin ein Bastard, ja! Aber du bist ein hirnloser Typ aus dem Hallschlag, der herumballern musste, weil er zu doof war, mir zu Hilfe zu kommen. Du hättest ihm genauso eins überbraten können, als er auf mir lag. Nein, du musstest schießen!«, schrie Manuel. »Und jetzt beklagst du dich, dass es keine Kohle gibt. Ich sage dir eins: Das mit Neuseeland können wir uns vorerst abschminken. Ich komme an keinen Cent ran, solange der Alte und Susanne nicht offiziell tot sind. Die sind vermisst, verstehst du? Und ich habe keine Vollmacht für die Konten des Alten!«

Manuel war so erregt, dass er am liebsten auf Sascha losgegangen wäre. Doch sein Verstand riet ihm, die Nerven zu behalten. Zuviel stand auf dem Spiel. Er versuchte, sich zu beruhigen und überlegte, während sich Sascha ebenfalls in Schweigen hüllte.

»Wir könnten Elisabeths Schmuck und einige Wertsachen des Alten verhökern«, sagte Manuel nachdenklich. »Das könnte fürs Erste reichen. Was meinst du?«

Sascha spürte, dass Manuel sich bemühte, den Streit nicht weiter eskalieren zu lassen. Bevor er antwortete, ließ er einige

Sekunden verstreichen. »Hm, ist ein Risiko. Wenn das rauskommt, nehmen sie dich in die Mangel«, sagte er ruhig.

»Wir verkaufen die Sachen drüben in Straßburg. Du kennst da doch einige Figuren, oder?«

»Ja schon, aber ich muss erst einmal checken, ob die Interesse an solchen Dingen haben. Bei Trödlern und Pfandhäusern in Deutschland muss man seinen Ausweis vorlegen. Manchmal arbeiten die auch mit den Bullen zusammen. Das können wir vergessen.«

»Das weiß ich auch.«

»Ich muss vorher wissen, was wir alles anzubieten haben.«

»Elisabeths Schmuck schätze ich auf etwa 50 000 Euro. Die Rolex des Alten hat mal 22 000 Euro gekostet. Er hat auch noch eine Cartier, die aber nicht ganz so viel wert ist. Alles in allem könnten die Sachen so an die 100 000 Euro wert sein.«

»Du meinst, so viel haben sie einmal gekostet?«

»Ja, soweit ich das noch in Erinnerung habe.«

»Dann bekommen wir dafür höchstens 10 000 Euro.«

»Hm, ist verdammt wenig.«

»Die Ware ist heiß, das weißt du so gut wie ich. Und für heiße Ware bekommt man in der Regel nicht mehr als zehn Prozent des Kaufpreises. Hinzu kommt, dass die Sachen nicht mehr neu sind.«

»Ist mir klar. Deswegen wollten wir ja auch keine Brüche mehr machen. Im Verhältnis zum Risiko kommt einfach zu wenig rum.«

»Richtig, Alter! Wir spielen doch jetzt Champions League. Hast du das vergessen?«

»Da sind wir in der Tabelle aber ganz schön weit abgerutscht.« Manuel versuchte, sich ein Lachen abzuringen.

»Es kommen auch wieder bessere Zeiten. Uns fällt schon noch etwas ein, wie wir an die große Kohle kommen.«

»Der Bulle rührt in der Sache ordentlich herum. Wir müssen Gras über alles wachsen lassen und überaus vorsichtig sein.«

»Wenn ich die Sachen in Straßburg verhökern kann, verschwinden sie auf Nimmerwiedersehen. Und von den 10 000 Euro können wir beide erst mal schön Urlaub machen. Malediven, das wäre es doch! Nur wir beide, in einem Bungalow direkt am Strand. Manche stehen auf Pfählen im Wasser und haben Fußböden aus Glas. Da kann man beim Frühstücken die Fische im Meer beobachten«, schwärmte Sascha.

Manuel wäre beinahe wieder aufgebraust. Wie konnte Sascha nur so blöd sein und daran denken, sie könnten zusammen in Urlaub fliegen?

»Das können wir unmöglich riskieren. Man darf uns beide nicht mehr miteinander in Verbindung bringen.«

»Meinst du, ich bin doof, oder was?«, lachte Sascha. »Natürlich fliegen wir getrennt. Du von Stuttgart oder Frankfurt und ich von Straßburg aus. Kapiert?«

»Werde es mir überlegen. Erst müssen wir die Kohle haben.«

»Das kriege ich schon irgendwie auf die Reihe. Bring mir das Zeug so bald wie möglich.«

»Geht klar.«

Manuel und Sascha kehrten zu ihren Fahrzeugen zurück. Auf halbem Weg fragte Sascha in einem Unterton, der Manuel überhaupt nicht gefiel: »Hey, was ist das für eine Schnecke, deine Neue? Nicht dass du denselben Fehler machst wie bei Antonia. Hab keine Lust mehr, eine solche Drecksarbeit noch einmal zu machen. Damit muss nun endlich Schluss sein.«

Manuel hob kurz die rechte Hand. »Keine Sorge, werde vorsichtig sein.« Er beschleunigte seinen Schritt und entfernte sich von Sascha. Fast zeitgleich erreichten sie ihre Volvos und fuhren davon.

# 33

Nawrod fuhr ins Präsidium. Vielleicht ist das der Durchbruch, überlegte er auf der Fahrt. Bin gespannt, was für eine Figur das ist. Der Killer vom Parkhaus ist es jedenfalls nicht. Der hatte schwarze Haare und war kleiner, während Manuel von Kampens Bekannter vom Parkplatz am Neckar hellbraune Haare hatte, schlank und mindestens 1,80 Meter groß war.

Auf dem Flur des Präsidiums kam ihm Neumann entgegen. Er war schon fast an ihm vorbei, als er sagte: »Nawrod, ich habe Sie nicht vergessen. Sobald der Mord im Eschbachwald geklärt ist, kümmere ich mich wieder um Sie. Da können Sie Gift drauf nehmen!«

Nawrod verlangsamte nur kurz seine Schritte und ging dann weiter. Er wusste, dass Neumann seine Drohung ernst meinte. Dieser hatte als stellvertretender Mordkommissionsleiter alle Hände voll zu tun. Er konnte es sich in dieser Funktion nicht leisten, gegen Nawrod vorzugehen. Die Aufklärung des Mordes hatte oberste Priorität. Nawrod hatte also bis zu dem Tag eine Galgenfrist, an dem die Mordkommission wieder aufgelöst wurde.

Er drehte sich zu Neumann um und rief ihm hinterher: »Hey!« Als Neumann sich ebenfalls umdrehte, zeigte Nawrod ihm den Stinkefinger und grinste. Dann ging er wortlos weiter. Er hörte Neumann noch schimpfen, bevor er in einen Seitengang abbog, um sein Büro aufzusuchen.

Nach drei Telefonaten wusste Nawrod, dass sich Manuel draußen am Neckar mit einem Sascha Ross getroffen hatte. Dieser Ross war 25 Jahre alt, wohnte in der Wagrainstraße 78, hatte keinerlei Vorstrafen und war von Beruf Automechaniker. Zurzeit war er jedoch arbeitslos gemeldet.

Nawrod besorgte sich beim Passamt ein Bild und fuhr damit in den Kochelseeweg 50. Obwohl er die alten Frauen mit seinem Besuch überraschte, begrüßten sie ihn fast überschwänglich. Sie luden ihn zu Kaffee und Kuchen ein, und er genoss es sehr, ein derart willkommener Gast zu sein. Er gab vor, zufällig in der Gegend gewesen zu sein, und da hätte er es sich nicht nehmen lassen, kurz Guten Tag zu sagen. Die beiden alten Damen waren wie immer bester Laune. Sie lachten und machten spaßige Bemerkungen. Man redete über Politik, über Stuttgart, sogar über Sport. Nawrod wartete lange, bis er auf Heinrich von Kampen zu sprechen kam. Als hätten sie sich abgesprochen, seufzten beide einstimmig.

»Heinrich lebt bestimmt nicht mehr«, sagte Klara sorgenvoll.

»Er hätte sich sonst schon bei uns gemeldet, wenn er noch leben würde. Da bin ich mir ganz sicher«, fügte Cordula hinzu.

»Leider bin ich in der Sache noch keinen Schritt weitergekommen«, bedauerte Nawrod. »Ich habe aber immer noch die Hoffnung, dass sich irgendetwas tut. Schade, dass mir der Sohn keinerlei brauchbare Hinweise geben konnte.«

»Der arme Junge«, antwortete Klara.

»Was wird wohl aus ihm werden?«

»Das Orakel wird sich erfüllen, wirst schon sehen!«

»Orakel, was für ein Orakel? Du spinnst ja, Klara! Man könnte fast meinen, du wünschst dem Jungen Unglück an den Hals«, ereiferte sich Cordula. »Hör auf damit, und mal den Teufel nicht an die Wand!«

Auch Nawrod wollte das Thema nicht vertiefen, sondern auf etwas ganz anderes hinaus.

»Ich glaube, dass Manuel von Kampen Manns genug ist, sein Leben zu meistern. Er wird doch Bekannte und Freunde haben, die ihm in der schweren Zeit der Trauer etwas Halt geben können.«

»Da täuschen Sie sich, Herr Kommissar! Er hatte einen Freund ... wie hieß der noch mal, Cordula?«

»Sascha, hieß der, glaube ich. Ja, Sascha Ross«, antwortete Cordula. »Manuel erzählte uns, dass Sascha aus dem Hallschlag stammt. Heinrich konnte ihn nie leiden. Er sah es überhaupt nicht gern, dass die beiden zusammen waren.«

»Seit wann kannten sich denn die beiden?«

»Oh, das weiß ich nicht so genau. Weißt du es, Cordula?«

»Das sind schon mindestens zehn Jahre, wenn nicht noch länger.«

»Erleichtert erzählte uns Heinrich, dass sich die beiden vor Monaten schon verkracht hätten. Sie hätten sich sogar geschlagen. Seitdem hätten sie keinen Kontakt mehr miteinander gehabt.«

»Um was ging es bei dem Streit?«

»Das weiß ich nicht. Weißt du es, Klara?«

»Nein, Heinrich wusste es auch nicht, aber er war heilfroh, dass Manuel nicht mehr unter dem Einfluss dieses Asozialen, wie Heinrich ihn nannte, stand.«

»Kennen Sie diesen Sascha persönlich?«

»Nein, Manuel hat ihn uns nie vorgestellt. Schade eigentlich. Ich hätte keine Vorurteile gegen ihn gehabt«, sagte Cordula.

»Vielleicht hat der junge Herr von Kampen wieder eine Freundin, die ihn trösten kann?«

»Das glaube ich nicht. Jedenfalls haben wir davon noch nichts erfahren.«

»Hätte er tatsächlich eine Freundin, hätte er uns das bestimmt schon gesagt.«

»Wann hatten Sie denn mit Manuel zuletzt Kontakt?«

»Wie ich neulich schon sagte, war er unmittelbar nach Elisabeths Tod mit Heinrich hier. Seitdem hat er sich nicht mehr bei uns gemeldet.«

Nawrod sah auf seine Armbanduhr. »Oh, ich muss weiter. Habe Sie auch schon viel zu lange aufgehalten.« Er stand auf.

»Keineswegs, Herr Kommissar. Sie dürfen gern noch etwas bleiben. Noch ein Stückchen Kuchen?«

»Nein danke! Ich habe schon zwei gegessen.« Nawrod lächelte die beiden Frauen dankbar an. »Vielleicht schaue ich mal wieder bei Ihnen vorbei, wenn ich in der Gegend zu tun habe.«

»Sie sind uns immer ein willkommener Gast, Herr Kommissar«, antwortete Klara.

»Vielen Dank, das ist sehr lieb von Ihnen.«

Als Nawrod im Wagen saß und auf der Pragstraße Richtung Präsidium fuhr, nahm er sich vor, die beiden Frauen wieder einmal zu besuchen, egal, wie die ganze Sache ausgehen sollte. Auf dem Peilgerät sah er, dass Manuel von Kampens Wagen in der Enzstraße stand. Er hielt sich also im Haus seiner Adoptiveltern auf. Nawrod überlegte kurz, ob er ihn dort überraschenderweise aufsuchen sollte, sah dann aber davon ab. Das würde Manuel von Kampen nur noch vorsichtiger machen.

In seinem Büro machte es sich Nawrod erst einmal bequem. Er legte beide Beine auf den Schreibtisch und überlegte, welche Waffen ihm zur Verfügung standen, um den Mörder zur Strecke zu bringen. Ich habe nur noch drei Karten in der Hand, dachte Nawrod: das Peilgerät, die hübsche Studentin und Sascha Ross.

Er ging noch einmal sämtliche Listen der Telefonverbindungsdaten durch. Der Name Sascha Ross war nicht aufgeführt. Anschließend startete er eine sogenannte TKÜ-Anfrage mit dem Ziel, alle Anschlüsse festzustellen, die auf Ross liefen. Zehn Minuten später hatte Nawrod die Antwort. Auf Ross waren ein Festnetz- und ein Mobilfunkanschluss eingetragen. Ein Abgleich mit beiden Nummern brachte aber auch keinen Treffer. Sascha Ross und Manuel von Kampen hatten in den letzten drei Monaten offenbar keinen telefonischen Kontakt gehabt.

Nawrod musste wieder an hochkarätige Dealer denken, die nie mit Handys telefonierten, deren Anschlüsse auf sie ausgestellt waren. Wenn Ross tatsächlich der Mittäter ist, kann ich es mir schenken, ihn in die Mangel zu nehmen. Dann sind die beiden viel zu clever, als dass man ihnen durch ein Verhör beikommt. Das hat ja auch die Vernehmung Manuel von Kampens gezeigt, dachte Nawrod.

Aber wer war der Killer im Parkhaus? Welche Rolle spielte er? Waren Manuel von Kampen und Sascha Ross vielleicht doch unschuldig, und dieser Unbekannte war derjenige, der Susanne und Heinrich von Kampen hatte verschwinden lassen? Und jetzt hatte er es auf das letzte Mitglied der Familie von Kampen abgesehen? Dann hätte Klara Stolz recht. Das Orakel, wie sie es nannte, würde auf grausame Weise in Erfüllung gehen.

Nawrods Hirn arbeitete fieberhaft. Wie auf riesigen Datenautobahnen schossen ihm die Ideen und Gedanken durch den Kopf, um irgendwo, in der hintersten Ecke seines Verstandes, eine Einheit zu bilden, die man dann vielleicht ein Ergebnis nennen konnte. In diesem Stadium redete er oft mit sich selbst. Die gesprochenen Wörter prägten sich bei ihm einfach besser ein. Wie lange er sein Hirn zermarterte, konnte er später nicht mehr sagen.

Zum Schluss sagte er nur ganz langsam und bedächtig: »Ja, das ist es! Das ist momentan die einzige Möglichkeit. Sie ist der Schlüssel. Ein überaus zerbrechlicher Schlüssel. Du musst sehr vorsichtig sein, Jürgen!«

## 34

Das mobile Peilgerät in der Größe eines kleinen Laptops war Gold wert. Nawrod hatte ständig Kontrolle darüber, wo sich Manuel von Kampen aufhielt. Sobald sich dessen Fahrzeug in Richtung Neckar oder Bad Cannstatt bewegte, hechtete Nawrod in seinen Dienstwagen und fuhr ebenfalls in die Richtung. Er wollte präsent sein, falls sich Manuel wieder mit diesem Ross traf. Doch nichts geschah. Die Zielperson verhielt sich unauffällig, wie es in der Fachsprache heißt. Einmal besuchte Manuel seine Großtanten im Kochelseeweg. Ansonsten traf er sich mit Anne Martus, mit der er den größten Teil seiner Freizeit verbrachte.

Nach wie vor befand sich Nawrod unter Zeitdruck. Heute musste er mit der Durchführung seines Plans beginnen, denn Neumann konnte jeden Augenblick zum großen Schlag ausholen.

Vor etlichen Jahren war er schon einmal in der Kantine des Robert-Bosch-Krankenhauses gewesen. Es hatte sich zwischenzeitlich kaum etwas verändert. Damals hatte er dort Ermittlungen durchführen müssen, weil regelmäßig hochprozentiges Morphium gestohlen worden war. Ein Krankenpfleger hatte sein karges Gehalt mit dem Handel des entwendeten Schmerzmittels aufgebessert, das von Heroinsüchtigen gern als Ausweichdroge gespritzt wird.

Nawrod holte sich für sechs Euro aus dem Automaten eine Gastmarke und ging zur Essensausgabe. Typischer Krankenhausfraß, dachte er, als das panierte Schnitzel und der Kartoffelsalat auf seinem Tablett landeten. Den Schokoladenpudding ließ er stehen, da der schon verdächtig dunkelbraun aussah.

Nawrod steuerte zielgerichtet auf die junge, hübsche Blondine zu. Er hatte sie vorher beobachtet und wusste, wo sie Platz genommen hatte. Sie saß allein an einem Tisch.

»Hallo, darf ich mich zu Ihnen setzen?«

Anne Martus blickte verwundert auf. Sie sah in die Runde und stellte fest, dass es noch genügend andere freie Plätze gab. Umso seltsamer kam es ihr vor, dass dieser Mann gerade an ihrem Tisch Platz nehmen wollte. Er machte einen sympathischen Eindruck, war um die vierzig und offensichtlich sehr selbstbewusst. Sonst hätte er sich sicher an einen freien Tisch gesetzt, um in Ruhe zu essen.

Anne wollte nicht unhöflich sein, und Menschen interessierten sie einfach. Deshalb bat sie Nawrod, Platz zu nehmen. Sie wollte herausfinden, weshalb sie von dem Mann angesprochen worden war.

Nawrod hatte alles bis ins kleinste Detail durchdacht. Doch er wusste, dass solche Unternehmen leicht schiefgehen konnten. Ein falsches Wort und die Sache war gelaufen.

»Entschuldigung, aber ich wollte nicht allein essen«, log er.

»Was machen Sie hier? Ich meine … Sie sind kein Arzt oder Krankenpfleger? Habe Sie hier noch nie gesehen.«

»Nein, keines von beiden.« Nawrod lächelte Anne charmant an. »Ich hatte gehofft, einen Bekannten hier zu treffen, der mir einen Rat geben kann.«

Jetzt zappelt der Wurm am Angelhaken. Sie muss nur noch zubeißen, dachte Nawrod. Er schaute sich suchend um, so, als würde er nach dem Bekannten Ausschau halten.

»Vielleicht kann ich Ihnen helfen. Wie heißt denn Ihr Bekannter? Ist er Arzt oder Pfleger?«

Jetzt muss ich aufpassen, schoss es Nawrod durch den Kopf. »Weder noch«, antwortete er. »Er hat hier vor Jahren in der Fachrichtung Psychologie einmal ein Praktikum gemacht und kommt oft zum Essen hierher. Seine Frau kocht offensichtlich noch schlechter als der Kantinenkoch. Das hat er mir mal anvertraut.«

Anne lachte. Der Mann hat Humor, dachte sie, während sie weiteraß.

Nawrod schaute sich wieder suchend um.

»Treffen Sie sich mit Ihrem Bekannten regelmäßig hier?«

»Nur, wenn es sich ergibt.«

»Und jetzt möchten Sie einen Rat von ihm?«

Sie beißt an, frohlockte Nawrod innerlich. »Ja, er gibt mir immer mal wieder Ratschläge.«

»Ich studiere Psychologie. Vielleicht kann ich Ihnen helfen.« Anne lächelte.

Lass sie noch einen Moment zappeln. Es muss echt wirken, dachte Nawrod.

»Wohl kaum.«

Wenn er nicht so sympathisch wäre, könnte er mich mal. Anne ärgerte sich, nahm die Herausforderung aber an.

»Na schießen Sie schon los! Wo drückt der Schuh?«, fragte sie und wunderte sich selbst über ihre Direktheit.

»Ich weiß nicht so recht ...« Nawrod sah sich wieder nach seinem imaginären Bekannten um. Er schien mit sich zu kämpfen.

»Was soll's. Wolfram kommt heute anscheinend nicht.«

Nawrod seufzte. »Meine Frau hat anscheinend Geheimnisse vor mir, und das Schlimmste ist, sie verrät sie nicht.«

Anne lachte. »Dann wären es ja auch keine Geheimnisse mehr.«

»Wusste doch, dass Sie für diese Art von Sorgen kein Verständnis haben.«

»Jeder Mensch trägt Geheimnisse in sich. Manchmal nur winzig kleine, manchmal aber auch sehr, sehr große.«

»Sind Sie verheiratet, oder haben Sie einen Freund? Wissen Sie überhaupt, wovon ich rede?«

»Ja, ich weiß, wovon Sie reden. Mein Freund hat sicher auch Geheimnisse vor mir, und wenn die Zeit gekommen ist, wird er sie mir auch verraten.«

»Sind Sie da so sicher?«

»Ich denke schon.«

»Das sind bestimmt nur so ... wie sagten Sie eben ... winzige Kleinigkeiten? Aber meine Frau ... ich vermute ...«

»Sie sollten nicht gleich das Schlimmste annehmen. Sehen Sie, mein Freund ist ein liebe- und humorvoller Mensch. Außerdem ist er sehr kreativ. Wissen Sie, er arbeitet als Dekorateur. Zurzeit scheint ihn aber etwas zu bedrücken. Manchmal habe ich das Gefühl, er trägt eine schwere Last in sich.«

Wenn man fünf Menschen ermordet hat, trägt man sicher mehr als eine schwere Last, dachte Nawrod.

»Ich lasse ihm jedoch Zeit. Es ist wie bei einer Frucht. Man kann sie erst von ihrer harten Schale befreien, wenn sie reif ist.«

Anne fühlte sich in ihrem Element. »In welche Richtung geht denn das Geheimnis Ihrer Frau?«

»Sie ... na ja, sie hat sich vor ein paar Tagen eine große, schwere Truhe gekauft, an der sich ein verflixtes Schloss befindet, das man nicht so einfach knacken kann.« Nawrod hatte sich die Geschichte ausgedacht, um eine Parallele zu Manuel von Kampens Psyche herzustellen. Dass er damit gleich so ins Schwarze traf, hätte er sich nicht träumen lassen.

»Und Sie würden jetzt alles darum geben zu erfahren, was Ihre Frau in der Truhe aufbewahrt?« Anne lachte amüsiert.

»Es ist immer wieder verblüffend, wie Menschen sich in manchen Dingen gleichen. Schauen Sie, mein Freund besitzt ein großes, schönes Haus. In dessen Keller gibt es einen Raum, den niemand außer ihm betreten darf. Er hat diesen Raum nicht nur verschlossen, sondern die Eingangstür sogar mit einem Schrank zugestellt. Nicht einmal der Gasmann darf wissen, dass dieser Raum existiert.«

Nawrod war wie vom Blitz getroffen. Er hatte größte Mühe, seine Überraschung zu verbergen. »Und warum wissen Sie es?«

Anne lachte herzhaft. »Ich bin Psychologin und kann in die Seele meiner Mitmenschen schauen.«

Nawrod gewann sich ebenfalls ein Lächeln ab. Gleichzeitig fingen die Rädchen in seinem Hirn wieder an, sich zu drehen.

»Nein, im Ernst«, fuhr Anne fort. »Er hat sich mal in den Keller geschlichen, und ich bin ihm gefolgt. Frauen sind neugierig.«

»Männer auch«, lachte Nawrod.

»Ich kam gerade hinzu, als er den Schrank beiseite rückte. Er reagierte verlegen, wollte sein Geheimnis aber vorerst für sich behalten. Ich bin sicher, er wird es mir zu gegebener Zeit offenbaren.«

»Und damit haben Sie sich zufriedengegeben?«

»Was sollte ich machen? Sollte ich ihn zwingen, die Tür zu öffnen? Vielleicht lag dahinter eine Leiche? Dann wäre ich die nächste gewesen.«

Annes Lachen war so herzerfrischend, wie es Nawrod noch selten erlebt hatte. Psychologin hin, Psychologin her, die Frau hatte tatsächlich keine Ahnung, auf welche Bestie sie sich eingelassen hatte. Es dauerte sicher nicht mehr lange, bis sie das nächste Opfer war. Würde Manuel von Kampen ihre Leiche auch in diesem geheimen Raum verstecken?

»Sie sollten Ihrer Frau unbedingt Zeit geben. Wenn Ihre Liebe stark genug ist, wird sie Ihnen früher oder später das Geheimnis verraten.«

Anne sah auf ihre Armbanduhr. »So, jetzt muss ich mich aber beeilen. Tut mir leid, hätte mich mit Ihnen gern noch weiter unterhalten.«

»Vielleicht ein anderes Mal?«

»Ich bin immer um dieselbe Zeit in der Kantine. Würde mich freuen, Sie wiederzusehen.«

»Ganz meinerseits«, erwiderte Nawrod und lächelte.

# 35

»Bea, ich brauche deine Hilfe!« Ohne ein Wort der Begrüßung stieß Nawrod diesen Satz ins Telefon.

»Was ist los, Jürgen?«

»Hast du Zeit, kannst du gleich kommen? Oder besser, wir treffen uns vor dem Präsidium.«

Bea kannte ihren ehemaligen Chef. Er war keiner, der Luftnummern fabrizierte. Wenn er ihre Hilfe brauchte, hatte das einen triftigen Grund.

»Lass mich nur noch zwei Telefonate erledigen. Dann habe ich Zeit. Wir treffen uns in zehn Minuten unten vor dem Eingang. Ist das okay so?«

»In zehn Minuten!« Nawrod legte auf.

Sie gingen über die neue Fußgängerbrücke bis zu einer kleinen Parkanlage und langsam wieder zurück. Unterwegs setzten sie sich auf eine Parkbank. Nawrod erzählte Bea die ganze Geschichte. Immer wieder versuchte Nawrod, seinen ungeheuerlichen Verdacht gegenüber Bea zu begründen. Bea gab sich aber skeptisch.

»Damit stellt dir kein Richter der Welt einen Durchsuchungsbeschluss aus. Das weißt du so gut wie ich, Jürgen.«

»Natürlich weiß ich das. Deshalb brauche ich auch deine Hilfe.«

Bea runzelte die Stirn. »Was hast du vor?«

»Ich muss in das Haus, ich muss in diesen Raum, verstehst du?«

»Du riskierst damit sehr viel. Ganz abgesehen davon, wie willst du denn da reinkommen?«

»Das lass mal meine Sorge sein. Ich brauche nur jemanden, der draußen Schmiere steht und mich warnt, wenn einer kommt.«

»Und das soll ich sein? Wenn das rauskommt, sind wir beide unseren Job los!«

»Das ist mir auch klar, und ich weiß, dass ich da sehr viel von dir verlange. Du musst es nicht machen, Bea. Ich bin dir nicht böse, wenn du Nein sagst.«

Bea überlegte einige Sekunden. Sie atmete laut hörbar durch, bevor sie sagte: »Wann ziehen wir die Nummer ab?«

»Möglichst heute Abend noch, sofern der Vogel ausgeflogen ist. Die beiden gehen in der Regel abends etwas aus. Wir werden sehen.«

»Wann treffen wir uns?«

»Würde sagen, zwanzig Uhr. Ist das in Ordnung für dich?«

»Ja, geht klar.«

Nawrod holte Bea zu Hause ab. Er hatte einen dunklen Overall an. Am Gürtel trug er eine große Stabtaschenlampe, ein Funkgerät sowie ein ledernes Futteral mit Kneifzange, Schraubenzieher und einem Schlüsselfix. Das war ein Gerät, mit dem man in Sekundenschnelle alle herkömmlichen Sicherheitsschlösser öffnen konnte.

»Laut Peilsender befindet sich das Fahrzeug Manuel von Kampens schon eine ganze Zeitlang in der Innenstadt. Er hat es wohl in der Kronenstraße geparkt. Siehst du?«

Bea schaute auf den kleinen Monitor. »Ja, der Wagen steht etwa dreißig Meter vor der Einfahrt zum Kaufhof-Parkhaus.«

Als sie vor dem Anwesen Enzstraße 8 ankamen, war alles ruhig. Nawrod hielt in einigem Abstand zur Villa am rechten Fahrbahnrand an und stieg aus. Bea blieb im Fahrzeug sitzen. Sie beobachtete, wie Nawrod auf das Haus zuging und kurz davor eine schwarze Sturmmaske über den Kopf stülpte. Dann verschwand er aus ihrem Blickfeld.

Es dauerte maximal zehn Sekunden, bis Nawrod mit dem Schlüsselfix das Schloss der Haustür überwunden hatte. Zielgerichtet suchte er in der Villa den Kellerabgang. Schon nach kurzer Zeit fand er im Flur des Kellers den vor die Tür gerückten Schrank. Sicher waren die Kollegen, die unmittelbar nach der Erstattung der Vermisstenanzeige das Haus durchsucht hatten, an der zugestellten Tür vorbeigegangen.

Der Schrank war leer und deshalb sehr leicht auf die Seite zu schieben. Wieder benötigte Nawrod nur Sekunden, um das Schloss zu knacken. Als er die Tür aufmachte und mit der Taschenlampe in den großen Raum leuchtete, stockte ihm der Atem. Er suchte nach dem Lichtschalter und fand gleich neben der Tür in Griffhöhe eine Schalterleiste mit einem Hauptschalter und etwa zehn verschieden markierten Zusatzschaltern.

Nachdem er sich vergewissert hatte, dass die beiden Fenster des Raumes abgedunkelt waren, betätigte er zuerst den Hauptschalter und danach den ersten Zusatzschalter. Ein an der Decke installierter, grünfarbener Spot leuchtete auf. Er war direkt auf eine Schaufensterpuppe gerichtet, die auf einem Stück Kunstrasen lag. Das grüne Licht verlieh der Puppe einen schaurigen Gesichtsausdruck. Sie trug einen dunklen Rock, ein dünnes, schwarzes Top mit diagonal verlaufenden lila Streifen sowie eine schwarze, langhaarige Perücke. Im Bereich des Schoßes war ein Strauß Gänseblümchen abgelegt. In ihrer Armbeuge steckte eine Einwegspritze. Fehlt nur noch der Gürtel, dachte Nawrod. Daran hat das Schwein wohl nicht gedacht.

Er ging zurück zur Schalterleiste und knipste den nächsten Schalter an. Ein Spot mit Schwarzlicht war auf ein Bett gerichtet. Das Bettzeug strahlte durch das Schwarzlicht in weißestem Weiß. Die Bettdecke war aufgewölbt, während das Kopfkissen ungeordnet auf dem oberen Teil des Bettes abgelegt war. Langsam ging Nawrod hin und hob das Kissen an. Er nickte, als er sah, dass darunter eine Puppe mit grauer Perücke lag.

»Du hast sie also erstickt«, murmelte er. »Mit dem Kissen erstickst du den Menschen, der dich wirklich geliebt hat. Was bist du doch für ein mieses, dreckiges Schwein!« In Nawrod kam tiefe Abscheu hoch.

Er knipste noch die anderen Schalter an. Eine männliche Puppe mit grauen Haaren lag in Bauchlage auf dem Boden. Nawrod sah auf dem Rücken des weißen Hemdes drei kleine Löcher, die mit großen Bluträndern eingerahmt waren.

In einer Ecke lag auf herbstlichem Laub eine weibliche Puppe, deren Arme und Beine seltsam verrenkt waren. In Kopfhöhe stand eine erloschene Kerze. Am Fußende waren ein Springseil und ein Klappspaten abgelegt.

Keine zwei Meter davon entfernt lag auf Deko-Schnee eine kleine Puppe, die Jungenkleidung trug. Auch sie wurde von Schwarzlicht angestrahlt. Kleider und Gesicht des Jungen waren mit Deko-Eis besprüht. Unmittelbar daneben sah Nawrod eine rote Strickmütze des FC Bayern liegen.

Als Beas Stimme zum ersten Mal aus dem Funkgerät quäkte, war Nawrod wie benebelt. Zu sehr nahm ihn das grausige Szenario in diesem Raum mit.

»Jürgen von Bea, Jürgen von Bea!« Bea erhielt keine Antwort. »Jürgen, bitte melde dich! Hallo Jürgen, hörst du mich?« Beas Stimme wurde lauter. Sie drückte das Funkgerät an ihr Ohr, und dann hörte sie endlich ein leises Knacken. Unmittelbar danach vernahm sie Nawrods leise Stimme:

»Ja, hier Jürgen!«

»Der Vogel ist im Anflug. Siehe zu, dass du aus seinem Nest kommst!«

Bea hatte auf dem Peilgerät schon früh gesehen, dass sich Manuel von Kampens Wagen in Bewegung gesetzt hatte und nun auf direktem Weg zur Enzstraße fuhr.

»Wie viel Zeit habe ich noch?«

»Schlecht zu sagen«, antwortete Bea. Drei bis fünf Minuten höchstens.«

»Okay, werde mich beeilen.«

Nawrod schaute noch einmal in die Runde. Durch die farbigen Spots schien der große Raum in fünf verschiedene Sequenzen eingeteilt zu sein. Jede Sequenz ist ein eigener Tatort, dachte Nawrod.

Danach ging er zur Schalterleiste und knipste einen Schalter nach dem anderen aus. Zuletzt drückte er auf den Hauptschalter. Leise zog er die Tür hinter sich zu. Als er sie zuschließen wollte, funktionierte plötzlich das Schlüsselfixgerät nicht mehr.

»Verdammt noch mal!«, fluchte er. »Hätte doch vorher damit üben sollen.«

Die Batterie war es nicht, denn Nawrod spürte deutlich die Vibration des Gerätes in seiner rechten Hand. Er zog das dünne Schlüsselteil noch einmal aus dem Schloss, nahm es zwischen Daumen und Zeigefinger und drückte auf den Knopf am Griffstück.

»Weiß der Teufel, warum das Ding nicht funktioniert?«, brummte Nawrod. Er setzte das Gerät nochmals an und bewegte das Schlüsselteil ein paar Mal hin und her. Vergeblich! In diesem Moment hörte er Beas Stimme:

»Jürgen, mach schnell, der Vogel kommt gleich um die Ecke geflogen!«

Nawrod blieb nichts anderes übrig, als auf das Zuschließen zu verzichten und hastig den Schrank vor die Tür zu rücken. Danach verließ er eilig die Villa. Zum Glück musste er die Haustür nur hinter sich zuziehen, doch er vergaß den Bewegungsmelder, der draußen einen grellen Scheinwerfer einschaltete. Blitzschnell tauchte er nach links in die Dunkelheit weg. Dann sah er auch schon von Weitem ein Fahrzeug herankommen. Mit einem riesigen Satz hechtete er über die gut ein Meter fünfzig hohe Mauer des Nachbargrundstückes.

Der Wagen hielt direkt vor der Villa an. Tief hinter ein Gebüsch geduckt, hörte Nawrod die Stimme Manuel von Kampens:

»Da hatten wir bestimmt wieder mal Besuch von einer Katze!« Manuel lachte. »Kommt öfter vor.«

»Vielleicht war es auch eine Eule«, hörte er Anne Martus antworten.

Nawrod wartete, bis die beiden in der Villa verschwunden waren. Dann kletterte er wieder über die Mauer und rannte zum Fahrzeug.

»Puh, das war mehr als knapp!«, empfing ihn Bea.

»Das Schwein hat sie alle umgebracht! Alle, verstehst du? Seine Schwester, den kleinen Bruder, die Freundin, Vater, Mutter, einfach alle!«, schrie Nawrod schwer atmend.

Er startete den Wagen und fuhr los. Schweiß stand auf seiner Stirn. In höchster Erregung berichtete er, was er gesehen hatte. Bea bekam mehrfach eine Gänsehaut. Dennoch brachte sie es fertig, Nawrod etwas zu beruhigen. Sie schlug vor, erst einmal in eine Kneipe zu gehen, um die Sache in Ruhe zu bereden. Nawrod fuhr nach Münster zum *Schützenhaus*. Die Wirtin kannte er seit vielen Jahren.

Während sich Bea ein Bier bestellte, nahm Nawrod nur einen Kaffee. Er bemerkte Beas erstaunten Gesichtsausdruck. Immer noch aufgeregt sagte er:

»Brauche jetzt einen klaren Kopf, verstehst du? Was ich da gesehen habe ist unglaublich. Der Mann muss ein Phantom sein. Bezüglich der Schwester und Mutter habe ich seine Alibis nachgeprüft und nichts gefunden, an dem ich einhaken könnte. Aber jetzt habe ich ihn!«

»Komm mal runter, Jürgen! Das, was du vorhin gesehen hast, bringt dir nicht viel. Du bist illegal in das Haus eingedrungen. Damit unterliegen deine Feststellungen nach höchstrichterlicher Rechtssprechung dem Beweisverwertungsverbot. Aber davon abgesehen würden die Puppen vor Gericht nie und nimmer einen absolut sicheren Beweis darstellen. Von den Leichen Heinrich und Susanne von Kampens fehlt nach wie vor jede Spur. Elisabeth von Kampen hingegen ist, wie offiziell festgestellt wurde, an Krebs gestorben, während sich Antonia Taglieri zu Tode gefixt hat. Auch das ist offiziell bestätigt worden. Den kleinen Bruder kannst du ganz vergessen. Du hast also null Komma null Beweise.

Ich sage dir, jeder Verteidiger würde den Spieß umdrehen und dir wegen der illegalen Hausdurchsuchung ein Verfahren an den Hals hängen. Und ich wüsste auch schon, wer sich darüber diebisch freuen würde.«

Nawrod überlegte. »Was schlägst du vor? Ich meine, man kann doch das Schwein nicht ungeschoren davonkommen lassen, oder?«

»Nein, sicher nicht. Was hältst du davon, Elisabeth von Kampen exhumieren zu lassen? Vielleicht kann der Gerichtsmediziner noch feststellen, dass sie erstickt worden ist, oder vielleicht hat man sie vorher mit Schlafmitteln ruhiggestellt. Ich denke, es ist nicht so einfach, einem Menschen so lange ein Kopfkissen aufs Gesicht zu drücken, bis er tot ist.«

»Ja, das wäre eine Möglichkeit. Werde morgen mit Oberstaatsanwalt Thiel reden. Aber was meinst du zu dem Unbekannten vom Parkhaus?«

»Von dem wissen wir nur, dass er ein Profikiller ist, der mit falschen Papieren unterwegs war. Ich schlage vor, wir konzentrieren uns erst einmal auf Manuel von Kampen, da bei ihm ja die Leichen herumliegen.« Bea lächelte Nawrod aufmunternd zu.

»Habe ich richtig gehört? Wir? Heißt das, dass du ...«

»Das heißt, du kümmerst dich erst einmal allein um deinen Kram, da ich genug Arbeit im Dezernat habe. Doch wenn du mich brauchst, bin ich zur Stelle. Klar?«

Nawrod setzte wieder einmal alles auf eine Karte. Unter Umgehung Neumanns brachte er Oberstaatsanwalt Thiel dazu, einen richterlichen Beschluss zur Exhumierung der Leiche Elisabeth von Kampens zu erwirken. Aber die Aktion war ein Schlag ins Wasser. Bei der Sektion der Toten wurden zwar Spuren von Barbituraten gefunden, die unzweifelhaft auf die Einnahme von starken Beruhigungsmitteln hinwiesen, doch hatte Elisabeth von Kampen nach Aussage ihres Hausarztes wegen ihrer Krebserkrankung solche Medikamente in letzter Zeit verstärkt eingenommen, um nachts besser schlafen zu können.

Außerdem konnte der Gerichtsmediziner aufgrund der inzwischen eingetretenen Verwesung an der Leiche keine Hinweise auf einen Erstickungstod mehr finden.

Zu diesem niederschmetternden Ergebnis kam hinzu, dass Neumann von der nicht von ihm genehmigten Exhumierung Wind bekommen hatte. Zusammen mit dem Angriff auf Schilling in der Toilette hatte er jetzt endlich genug in der Hand, um Nawrods Suspendierung mit dem Ziel in die Wege zu leiten, dass der ehemalige Leiter des Rauschgiftdezernates aus dem Polizeidienst entlassen wird.

# 36

Nawrod wollte sicher gehen und bezog schon früh Position. Er durfte sie auf keinen Fall verpassen. Es war die allerletzte Möglichkeit, dem Fall die entscheidende Wende zu geben. Endlich kam sie in die Kantine. Sie steuerte direkt auf die Essensausgabe zu. Nawrod folgte ihr in einigem Abstand. Als sie ihr Essen in Empfang genommen hatte und nach einem Tisch Ausschau hielt, sah sie ihn. Er grüßte von Weitem, und sie ging auf ihn zu.

»Sie hier? Guten Tag, darf ich mich wieder zu Ihnen setzen?« Nawrod spielte den Überraschten.

»Selbstverständlich! Ich nehme den Tisch da hinten in der Ecke.« Sie machte eine Kopfbewegung in Richtung eines freien Tisches. Nawrod holte sein Essen und steuerte schnurstracks Annes Tisch an.

»Darf ich Platz nehmen?«

»Bitte schön, Tag, Herr …?«

»Verzeihen Sie, ich hatte mich das letzte Mal nicht vorgestellt. Sie mussten ja auch so schnell weg. Nawrod ist mein Name, Jürgen Nawrod.« Er streckte die rechte Hand aus.

»Anne Martus.«

Sie lächelte. Ihre Hand fühlte sich warm und fest an.

»Oh, ich möchte Sie aber nicht stören. Sicher sind Sie heute wieder in Eile, und ich halte Sie nur auf«, sagte Nawrod höflich.

»Sie stören mich keineswegs, Herr Nawrod, und ich habe heute auch keine Eile. Setzen Sie sich doch.«

»Danke, sehr nett von Ihnen.«

»Na, suchen Sie wieder Ihren Bekannten?«

»Nein, eigentlich nicht.« Nawrod hatte sich vorgenommen, dieses Mal so wenig wie möglich zu lügen, denn er war der Meinung, dass Unwahrheiten das Vertrauen zerstörten.

»Dann ist das Problem mit Ihrer Frau also behoben?« Anne lächelte Nawrod an.

Nawrod lächelte zurück. »Wie man's nimmt. Doch kaum ist das eine Problem aus der Welt geschafft, taucht schon das nächste auf.«

Anne lachte freundlich. »Es gibt Menschen, die ziehen Probleme förmlich an. Vielleicht gehören Sie zu dieser Gruppe?«

»Ja, vielleicht. Doch dieses Mal konnte ich es mir nicht heraussuchen. Ich muss mich berufsbedingt mit dem Problem befassen, verstehen Sie?«

»Welchen Beruf üben Sie aus?«

»Ich bin Kriminalbeamter und arbeite zurzeit an einer Mordserie.«

»Interessant! Und wo liegt das Problem?«

»Wollen Sie das wirklich wissen?«

»Sonst würde ich nicht fragen. Schießen Sie los, ich bin ganz Ohr!«

»Ich fange mal von ganz vorn an, wenn Sie gestatten. Sie haben doch Zeit, oder?«

»Typisch Mann.« Anne grinste. »Na machen Sie schon, und reden Sie nicht um den heißen Brei herum!«

»Der Tatverdächtige ist fünfundzwanzig Jahre alt. Er hat im Alter von sechs Jahren seinen um ein Jahr jüngeren Bruder umgebracht.«

»Das glauben Sie wohl selbst nicht!« Anne schüttelte ungläubig den Kopf.

»Lassen Sie mich weitererzählen.« Nawrod versuchte, Annes Augen einzufangen. Er wollte ihre Reaktion sehen, damit er entsprechend handeln konnte.

»Er hat ihn wahrscheinlich auf dünnes Eis geschubst, und dann ist der Junge im eiskalten Wasser ertrunken. Anschließend geschah jahrelang nichts mehr. Etwa achtzehn Jahre später wurde die Freundin meines Tatverdächtigen im Oberen Schlossgarten mit einer Heroinspritze im Ellenbogen tot aufgefunden.«

»So etwas kommt in den besten Familien vor.« Anne zuckte mit den Schultern.

»Er war es, der ihr den Goldenen Schuss verpasst hatte. Ein paar Wochen später verschwand seine um zwei Jahre ältere

Schwester spurlos. Sie ist einfach weg. Nicht mehr da! Es gibt Hinweise, dass er sie mit einem Springseil erdrosselt hat.

Und wieder ein paar Wochen später starb seine Mutter. Er erstickte sie mit einem Kopfkissen. Doch damit nicht genug. Noch bevor es zur Beerdigung der Mutter kam, verschwand der Vater genauso spurlos wie die Schwester. Er hat ihn erschossen und seine Leiche irgendwo beseitigt.«

»Warum macht ein Mensch so etwas?« Anne schüttelte den Kopf.

»Das frage ich Sie. Sie sind doch die Psychologin.«

»Sie erwarten doch nicht im Ernst eine Antwort von mir? Der Mann wurde nach seiner Verhaftung sicher psychiatrisch untersucht, oder? Ich meine, da wurde bestimmt ein forensisches Gutachten erstellt, in dem der psychologische Aspekt der Taten ausreichend beleuchtet wurde. Schauen Sie da mal nach!«

»Nein«, erwiderte Nawrod knapp. Damit wollte er Anne noch neugieriger machen.

»Nein? Sie meinen kein Gutachten? Das ist aber unmöglich. Bei jedem Mörder wird heutzutage eine psychiatrische Untersuchung vorgenommen. Kein deutsches Gericht kann sich darüber hinwegsetzen.«

»Dieser Mörder stand bis jetzt noch nicht vor Gericht. Er läuft noch frei herum.«

Anne war verwundert und entsetzt. »Und warum sitzen Sie dann hier? Warum jagen Sie ihn nicht, bis Sie ihn haben?«

»Ich bin ihm dicht auf den Fersen, Frau Martus.«

»Hier? Wollen Sie mir einen Bären aufbinden, Herr Nawrod?«

»Nein, keineswegs. Ich brauche Ihre Hilfe, und das ist mein voller Ernst, Frau Martus.«

»Meine Hilfe? Ich bin Psychologiestudentin im sechsten Semester und mache hier ein Praktikum. Ich bitte Sie!« Anne lachte. »Was Sie brauchen, ist ein Profiler, der Ihnen sagt, wo sich Ihr Mörder versteckt halten könnte.«

»Mein Mörder versteckt sich nicht«, antwortete Nawrod lakonisch.

»Sie meinen, der ist mitten unter uns?« Anne riss entsetzt die Augen auf.

Nawrod nickte.

»Jetzt verstehe ich gar nichts mehr! Sie wissen, dass er fünf Menschen umgebracht hat, und lassen ihn frei herumlaufen?«

»Das Problem ist, dass ich keine stichhaltigen Beweise habe«, erwiderte Nawrod.

»Und nun wollen Sie mir weiß machen, dass ich Ihnen helfen kann, den Mörder zu überführen?«

»So ungefähr«, lächelte Nawrod.

»Sie veralbern mich, oder?«

»Nein, keineswegs! Glauben Sie mir, ich brauche Sie wirklich. Ohne Sie kommt der Mörder wohl ungestraft davon.«

Anne sah Nawrod in die Augen. Voller Skepsis sagte sie: »Okay, wie kann ich Ihnen helfen?«

»Bestimmt ist Ihnen der Begriff ›Deprivationsschädigung‹ bekannt, oder?«

»Ja, natürlich. War ein großes Thema im vierten Semester.«

»Ich bin sicher, dass der Mörder eine deprivationsgeschädigte Persönlichkeit besitzt. Wie sonst kann man als Kind seinen kleinen Bruder umbringen?«

»Könnte sein, ist aber eher unwahrscheinlich. Ich habe noch nie gehört, dass ein so kleiner Junge zu einem Mord fähig ist.«

»Ein Psychologe und Gutachter namens Professor Laconde schloss diese Möglichkeit nicht aus.«

»Ach ja? Und warum wenden Sie sich nicht an den?«, fragte Anne leicht verärgert.

»Das sage ich Ihnen erst, wenn Sie mir versprechen, dass Sie jetzt weder in Ohnmacht fallen noch hysterisch werden.« Er rang sich ein Lächeln ab.

»Keine Angst, so zartbesaitet bin ich nicht.«

Nawrod sah Zweifel in Annes Augen. Wenn er jetzt einen Fehler machte, hatte er seinen letzten Trumpf verspielt.

»Zuerst muss ich Ihnen gestehen, dass unser Kennenlernen nur bedingt zufällig war«, fing er behutsam an.

»Was soll das heißen?« Annes Gesicht verfinsterte sich.

»Nun ja ... ich ... ich habe Sie bei meinen Beobachtungen tatsächlich zufällig gesehen und dachte mir, dass Sie die Richtige wären. Danach habe ich die beiden Treffen arrangiert.«

»Die Richtige für was?«

»Mir behilflich zu sein. Glauben Sie mir, ich habe alle anderen Möglichkeiten ausgeschöpft.«

Nawrod griff in die Jackentasche und zog ein Foto Manuel von Kampens heraus. So, als wäre es eine kleine Kostbarkeit, legte er es langsam vor Anne auf den Tisch. Scheppernd fielen Annes Messer und Gabel auf den Teller. Die junge Frau wirkte sekundenlang wie versteinert. Ihr Gesicht wurde kreidebleich. Dann stand sie abrupt auf und setzte zum Gehen an.

Nawrod konnte sie gerade noch am Ärmel ihres Arztkittels festhalten.

»Wollen Sie nicht auch die Wahrheit erfahren?«, sagte er in ruhigem Ton.

»Sie sind verrückt«, schrie Anne. »Einfach verrückt. Manuel ist kein Mörder.«

Um sie herum wurde es plötzlich still. Unzählige Augenpaare waren auf Nawrod und Anne gerichtet. Im Umkreis von zwanzig Metern stellte jeder das Essen ein.

»Sie selbst waren es, die mir die Gewissheit verschafft haben«, flüsterte Nawrod.

»Lassen Sie sofort meinen Arm los!«, sagte Anne laut und versuchte sich loszureißen. Sie schaute hilfesuchend in die Runde. Nawrod ließ sich jedoch nicht beeindrucken und hielt sie weiter fest, als er leise sagte:

»Der Raum im Keller der Villa von Kampen ... dort liegen sie alle fünf.«

»Sie lügen! Lassen Sie mich los!«, zischte Anne. Sie hatte sich der Lautstärke Nawrods angepasst.

»Ich habe es mit eigenen Augen gesehen«, erwiderte Nawrod und ließ Anne los. Sie blieb stehen und blickte zur Decke. Tränen schossen ihr in die Augen. Sie wandte sich Nawrod zu. Dieser nickte.

»Ich schwöre es bei allem, was mir heilig ist. Bitte nehmen Sie wieder Platz, dann erzähle ich Ihnen alles.«

Anne setzte sich zögernd hin und sah Nawrod fragend an. Er erzählte ihr anschließend in allen Einzelheiten, was er im Kellerraum gesehen hatte. Als er sie zum Schluss fragte, warum Manuel sie schon am ersten Abend nicht mit in die Kormoranstraße, sondern gleich in die Villa mitgenommen hatte, war Anne sprachlos. Sie wusste nichts von der Wohnung in der Kormoranstraße.

»Ihr Freund war sich sicher, dass sein Adoptivvater nicht mehr zurückkommen und Sie beide stören würde, da er ihn schon vorher erschossen hatte«, erklärte Nawrod. »Bestimmt gab er vor, Eigentümer der Villa zu sein. Mit der schäbigen Wohnung in der Kormoranstraße konnte er Ihnen ja nicht imponieren.«

»Ich kann es einfach nicht glauben.« Anne schüttelte den Kopf. »Er ist ein solch sensibler, feinfühliger Mensch. Ich kann mich doch nicht so sehr in ihm getäuscht haben.«

»Hat er Ihnen etwas über seine Familie erzählt?«

»Einmal erwähnte er nur ganz kurz den Tod seines Bruders. Raymond sei ertrunken, sagte er.«

»Und seine Schwester?«

»Sie sei halt eben verschwunden. Hätte irgendwie das Weite gesucht. Dann sei seine Mutter an Krebs gestorben, was sein Vater zum Anlass genommen habe, sich ebenfalls aus dem Staub zu machen.«

»Und das haben Sie geglaubt?«

»Ja, und ich glaube es immer noch, solange nichts anderes bewiesen ist.«

Jetzt habe ich sie soweit, dachte Nawrod.

»Sie haben sich in ihn verliebt, nicht wahr?«

»Ja, und ich kann mir einfach nicht vorstellen, dass er seine ganze Familie und diese Antonia umgebracht haben soll.«

»Wir sitzen in einem Boot, Frau Martus.«

»Wie meinen Sie das?«

»Nun, ich denke, Ihr Interesse an der Wahrheit ist mindestens genauso groß wie meines. Oder wollen Sie mit einem Mann zusammen leben, von dem Sie nicht wissen, ob er ein Mörder ist oder nicht?«

»Nein, natürlich nicht.«

»Die Frage ist nur, ob Sie die Kraft haben, mit mir zusammen herauszufinden, was wirklich geschehen ist.«

Anne nickte. Sie kämpfte immer noch mit den Tränen.

»Was schlagen Sie vor?«, fragte sie.

»Trauen Sie sich als angehende Psychologin zu, Manuel von Kampen gezielt auf die einzelnen Morde anzusprechen? Wenn überhaupt, wird er sich wohl nur Ihnen gegenüber öffnen.«

Ich habe sie an ihrer Ehre gepackt. Wird sie anbeißen, dachte Nawrod? Jetzt oder nie! Wenn sie keinen Mumm hat oder Manuel von Kampen brühwarm von dem Verdacht gegen ihn erzählt, kann ich das Ganze abhaken.

»Gesetzt den Fall, ich tue es, und gesetzt den Fall, nur mal hypothetisch, Manuel hat tatsächlich fünf Morde begangen, dann wird er sehr schnell merken, was Sache ist. Mein Leben wird in dem Moment keinen Pfifferling mehr wert sein. Wie können Sie mich schützen?«

Nawrod hatte sich nicht getäuscht. Er jubelte innerlich. Anne wollte höchstwahrscheinlich schon allein aus psychologischen Gründen wissen, ob ihr neuer Freund wirklich ein Mörder war und sie in ihrer Einschätzung so daneben liegen konnte.

»Daran habe ich natürlich auch schon gedacht. Sie werden mit einem sogenannten Personenschutzsender ausgestattet, der Ihr Gespräch mit Ihrem Freund überträgt. Gleichzeitig werden meine Männer und ich Sie keine Sekunde aus den Augen lassen. Sie können absolut sicher sein, dass wir sofort zur Stelle sind, sollte es für Sie gefährlich werden. Das Ganze sollte aber im Freien stattfinden, wo andere Menschen nicht in Gefahr kommen. Ich schlage vor, irgendwo am Neckarufer. Die Stelle werde ich noch aussuchen.«

»Ich werde es mir überlegen. Geben Sie mir Zeit bis morgen.«

Nawrod nickte. »Vertrauen Sie mir! Es wird Ihnen nichts geschehen, und danach wissen wir beide, woran wir sind.«

# 37

Wie jeden Montagabend legten Manuel und Sascha ihre französischen SIM-Karten in ihre Handys ein und nahmen pünktlich um halb zehn Kontakt miteinander auf.

»Hey, Partner«, begann Sascha, »habe gute Nachrichten. Der Schmuck deiner Alten ist umgesetzt. Alles in allem hat er 12 000 auf die Kralle gebracht.«

»Super! Ist der Typ auch zuverlässig?«

»Absolut! Für den lege ich meine Hand ins Feuer. Das Zeug verschwindet irgendwo in Frankreich.« Sascha lachte triumphierend.

Manuel überlegte kurz, dann sagte er: »Du kannst das Geld behalten. Muss dir eine Weile reichen.«

»Dachte, wir fliegen damit auf die Malediven«, erwiderte Sascha verwundert.

»Darüber müssen wir noch reden«, lenkte Manuel ab.

»Hör mal, Alter, wie wäre es, wenn du mich morgen besuchen kommst. Ich koche uns etwas, so wie in alten Zeiten.«

»Sag mal, spinnst du!? Man darf uns auf keinen Fall zusammen sehen. Wir dürfen jetzt nicht leichtsinnig werden.«

»Du siehst Gespenster! Wer soll uns denn schon in meiner

Wohnung sehen? Komm einfach durch den Hintereingang. In diesem Haus lebt jeder für sich. Da kümmert sich keiner um den anderen. Das weißt du doch!«

Manuel überlegte. »Hm!« Nach ein paar Sekunden sagte er: »Wenn du zwei saftige Rumpsteaks in die Pfanne haust, bin ich um achtzehn Uhr bei dir.«

»Das ist mal ein Wort. Du bekommst das leckerste Rumpsteak, das du je gegessen hast.«

Manuel war pünktlich. In Saschas Zweizimmerwohnung duftete es köstlich. Man konnte es schon im Flur riechen. Als er die Wohnung betrat, war der Tisch bereits gedeckt. Manuel musste schmunzeln, denn er sah, dass sich sein Freund alle Mühe gegeben hatte.

Nachdem Sascha ihm die Tür geöffnet hatte, verschwand er sofort wieder in der Küche.

»Mach es dir schon mal gemütlich«, rief Sascha aus der Küche. Kurze Zeit später brachte er eine Flasche Moët herein, und beide prosteten sich gut gelaunt zu. Danach servierte Sascha das Essen. Er hatte eine Schürze umgebunden und machte ganz auf »Hausfrau«. Beim Servieren berührte er Manuel mehrfach am Arm oder an der Schulter. Einmal streichelte er ihm auch kurz über den Kopf.

Beide aßen genüsslich und flachsten miteinander, bis Sascha wieder mit der Urlaubsreise anfing.

Manuel wurde ernst. »Du, hör mal, ich glaube, da wird nichts draus. Ist mir ein zu großes Risiko. Wer weiß, was da alles passieren kann, und außerdem ... ich ... ich habe dir doch von meiner neuen Flamme erzählt. Ist mir ziemlich ernst mit ihr. Ich kenne sie zwar erst ein paar Tage, aber ich könnte mir vorstellen, dass da mehr draus wird.«

»Und was ist mit Neuseeland?« In Saschas Stimme schwang Verärgerung.

»Du weißt doch so gut wie ich, dass daraus nichts mehr wird. Zumindest nicht in nächster Zeit. Wir können Susanne und den Alten nicht einfach ausbuddeln und den Bullen sagen, da habt ihr sie. Stellt bitte für uns die DNA fest, damit sie für tot erklärt werden und wir endlich die Kohle einstreichen können.«

»Das ist mir auch klar. Aber ich denke so in ein, zwei Jahren.« Sascha wartete auf eine Antwort von Manuel. Doch der wechselte wohlweislich das Thema.

Er hob sein Glas und nahm einen kräftigen Schluck Champagner.

»Übrigens, ich treffe sie nachher. Wir fahren hinaus an den Neckarhafen und machen einen Spaziergang. Warum sie gerade dort spazieren gehen möchte, ist mir ein Rätsel.«

»Aber ich habe uns noch einen leckeren Nachtisch zubereitet«, erwiderte Sascha und konnte dabei seine Enttäuschung kaum verbergen.

»Den lasse ich mir natürlich nicht entgehen.« Manuel sah auf die Uhr. »Dann muss ich aber gehen.«

Sascha stand wortlos auf und ging in die Küche. Er kochte vor Wut. Doch er wollte sich nichts anmerken lassen. Lieblos servierte er die Mango-Creme mit Sahnehäubchen, in deren Zubereitung er viel Zeit investiert hatte. Manuel war offenbar schon in Gedanken bei Anne, denn ihm entging Saschas Verstimmung. Das Dessert schlang er hinunter, als würde er ein ordinäres Müsli essen.

Unmittelbar nachdem Manuel die Wohnung verlassen hatte, warf Sascha in rasender Wut das Geschirr gegen die Wand.

Manuel war spät dran. Anne wartete schon ungeduldig in ihrer Wohnung. Als es klingelte, ging sie hinunter. Auf der Treppe schaltete sie den Personenschutzsender ein. Das winzige Mikro war unsichtbar im Dekolleté ihrer Bluse versteckt. Manuel parkte direkt vor dem Haus.

»Wo die nur bleiben?«, sagte Nawrod ungeduldig. »Wenn das Ding in die Hose geht, kann ich mir einen Strick kaufen!«

»Bleib locker, Jürgen, wird schon klappen«, sagte Bea wenig überzeugend. Auch sie war bis in die Haarspitzen angespannt, denn sie ging mit dem Einsatz ebenfalls ein enormes Risiko ein.

Als Nawrod sie fragte, ob sie ihm den Gefallen tun könnte, musste sie lange überlegen. Ihr war bewusst, dass damit ihre Karriere auf dem Spiel stand. Sie war Kommissarin, und ihre Beförderung zur Oberkommissarin stand unmittelbar bevor. Schlimmstenfalls würde Nawrod sie sogar mit in den Abgrund reißen. Entlassung aus dem Polizeidienst war für Bea unvorstellbar. Ihr Herz, ja ihr ganzes Leben hing an diesem Beruf. Alles andere hatte sie beiseite geschoben.

Warum sie der Bitte Nawrods schließlich nachkam, wusste sie nicht. War es ihre eigene Abenteuerlust? War es die Überredungskunst Nawrods, oder war es die heimliche Verehrung und Bewunderung, die sie für ihn empfand? Vielleicht wollte sie ihrem einstigen Chef aber einfach nur helfen, wieder auf die Beine zu kommen? Oder war sie, genau wie Nawrod, am Ende auch felsenfest davon überzeugt, Manuel von Kampen könne nur noch auf diese Weise des fünffachen Mordes überführt werden?

Als sie zum Telefonhörer griff und den Leiter des MEK unter dem Vorwand anrief, ein Rauschgifteinsatz stünde bevor, bei dem man dringend das MEK benötigte, hatte sie das Gefühl, in diesem Augenblick ihr eigenes Grab zu schaufeln. Doch Knut Deckert schöpfte keinerlei Verdacht. Er teilte Bea mit, dass er nicht selbst an dem Einsatz teilnehmen könne, weil er mit einem Teil seines MEK eine hochbrisante Observation eines der Korruption verdächtigen Spitzenpolitikers durchführen müsse. Bea atmete erleichtert auf.

Während sie im als Wohnmobil getarnten Kommandofahrzeug neben Nawrod saß und auf die beiden Monitore schaute, ging ihr das alles noch einmal durch den Kopf. Die Kameras waren so postiert, dass sie den gesamten Einsatzort von zwei Seiten abdeckten. Es war keine Menschenseele zu sehen.

»Vielleicht hat die Kleine kalte Füße bekommen«, brummte Nawrod missmutig.

»Schau mal auf Monitor zwei! Da kommen sie!« In Beas Stimme klang Erleichterung. Im selben Moment meldete sich auch schon eine schnarrende Stimme am Funkgerät:

»Hier Falke 1, Zielperson trifft soeben mit AP ein!«

AP war die Abkürzung des polizeilichen Begriffs »Agent Provocateur«. Ein AP wurde immer dann eingesetzt, wenn es galt, einen Tatverdächtigen aus der Reserve zu locken.

»Okay, dann kann das Spiel beginnen. Wenn sie nur halb so viel umsetzt, wie ich ihr eingebläut habe, müsste es hinhauen.« Nawrod rieb sich die Hände und klatschte einmal kräftig auf die Oberschenkel.

»Uran 1 hat verstanden«, quittierte Bea den Funkspruch. »Wir verfahren wie abgesprochen. Uran 1 an alle, Uran 1 an alle: Zielperson darf auf keinen Fall Wind von uns bekommen! Halten Sie Abstand, und warten Sie auf meine Befehle!« Beas Stimme ließ keinen Zweifel aufkommen: Sie war die Einsatzleiterin. Und sie war es auch, die zuvor die Einsatzbesprechung durchgeführt hatte. Nawrod blieb vollständig im Hintergrund. Keiner der anderen wusste, dass er im Kommandofahrzeug saß. Offiziell ging es um einen Rauschgifteinsatz, wobei Bea allerdings gegenüber den MEK-Beamten anklingen ließ, dass sich die Sache auch in eine ganz andere Richtung entwickeln könnte.

Nawrod schaltete das Empfangsgerät des Personenschutzsenders ein. Der Sender hatte nur eine begrenzte Reichweite, aber er und Bea konnten den Dialog zwischen Manuel und Anne deutlich mit anhören. Die beiden führten ein belangloses Gespräch. Nawrod meinte, in Annes Stimme eine gewisse Nervosität feststellen zu können. Dennoch schien sie ihre Sache gut zu machen. Wie mit ihr abgesprochen, steuerten die beiden auf eine Sitzbank zu.

»War eine gute Idee von dir, hier spazieren zu gehen«, sagte Manuel melancholisch.

»Freut mich, dass du das so siehst«, antwortete Anne.

Sie nahmen beide auf der Bank Platz. Manuel legte seinen Arm um Anne, und sie ließ es bereitwillig geschehen.

»Weißt du, nach dem Tod meiner Eltern habe ich geglaubt, mich in die Arbeit flüchten zu müssen. Jetzt bist du in mein Leben getreten, und alles sieht plötzlich anders aus.«

Anne musste schlucken. Obwohl eigentlich sie das Gespräch in diese Richtung lenken wollte, gab ihr Manuel nun völlig überraschend eine Steilvorlage. Mehr noch, er redete davon, dass sein Vater tot sei.

»Wieso Tod deiner Eltern? Dein Vater ist doch nicht ...«

Manuel unterbrach sie: »Er ist verschwunden, und es ist inzwischen schon viel Zeit vergangen.«

Du weißt, dass er tot ist, sonst würdest du nicht so reden, dachte Anne. Aber sie durfte jetzt nicht mit der Tür ins Haus fallen.

»Man sollte die Hoffnung nie aufgeben«, sagte sie und bemühte sich, glaubhaft zu wirken.

»Ich weiß es, er ist ... ähm ich meine, wer Vater kannte ... er war ein sehr konsequenter Mensch. Immer zog er alles durch. Er trat nie von etwas zurück.«

»Was willst du damit sagen?«

»Ich denke, er wollte Mutter nicht allein lassen, und die einzige Konsequenz war dann ...«

»Du meinst Selbstmord?«

Manuel nickte. »Er war eben ein Prinzipienreiter.«

»Hm.« Anne dachte nach und sagte dann: »Wenn das zuträfe, wenn also dein Vater tatsächlich ein so konsequenter Mensch gewesen wäre, hätte er seinen Selbstmord ganz bestimmt amtlich gemacht.«

»Was meinst du damit?«

»Er hätte keine Frage offen gelassen.« Anne versuchte, nicht belehrend zu wirken. Sie wusste, dass damit die Gefahr einer Blockade Manuels bestand. Mehr nachdenkend und zu sich selbst sagte sie: »Konsequente Menschen hinterlassen bei einem Suizid in aller Regel Abschiedsbriefe, in denen sie ihre Beweggründe oftmals bis ins Detail schildern.«

»Was heißt schon Regel? Kann es da überhaupt eine Regel geben?«

Anne ließ sich auf die Frage nicht ein und fuhr fort: »Der konsequente Suizident will auch, dass seine Leiche gefunden wird. Nicht selten stellt er seinen Selbstmord als letzten großen Akt dar. Statistiken beweisen, dass sich nur ein verschwindend geringer Prozentteil der Selbstmörder bei ihrer Tat verkriecht, sodass man sie nicht oder allenfalls verspätet findet. Wer möchte schon gern als halb verfaulte, stinkende Leiche gefunden werden?«

»Haben sie dir das auf der Uni beigebracht?«, entgegnete Manuel etwas gereizt.

Nawrod wurde ungeduldig. »Hoffentlich kommt unsere Diplompsychologin bald auf den Punkt. Dass die sich aber auch verspäten müssen. Verdammt, es wird schon langsam dunkel.«

»Immer mit der Ruhe, Jürgen. Gut Ding will Weile haben.«

»Warum müssen Frauen immer um den heißen Brei herumreden?«

»Weil Frauen mehr Gefühl für Dinge entwickeln, denen sie auf den Grund gehen wollen.« Bea schmunzelte.

»Ich habe doch ganz klar mit ihr abgesprochen, wie sie vorgehen soll«, sagte Nawrod ärgerlich.

»Bei so einer Geschichte kann man nicht in jeder Phase direkt auf das Ziel zusteuern. Lass sie nur mal machen.«

»Meinst du, er geht ihr auf den Leim?«, fragte Nawrod erwartungsvoll.

»Auf den Leim gehen? So würde ich das nicht bezeichnen. Ich denke, sie will einfach wissen, woran sie mit ihm ist. Sie will ihn nicht leimen, denn schließlich liebt sie ihn.«

»Gib Gas, Mädchen!« Nawrod schlug auf den kleinen Tisch vor sich.

»Sei nicht so ungeduldig, Jürgen!«

»Es geht um alles oder nichts, falls du das noch nicht begriffen hast«, erwiderte Nawrod gereizt. »Wenn er heute nicht ...«

»Pst, sei still!« Bea setzte schnell den Kopfhörer auf. Nawrod tat es ihr gleich.

»Das mit Vater ... es kam alles anders. Er war der Letzte«, sagte Manuel mit einer seltsam fremden Stimme.

»Genau genommen bist du der Letzte«, erwiderte Anne.

»Warum musste Mutter so krank werden? Das hatte sie nicht verdient.«

»Ja, warum?«, antwortete Anne nachdenklich. »Das Schicksal fragt nicht. Es schlägt einfach zu. Komm, leg dich ein wenig hin. Entspann dich.«

Manuel legte den Kopf auf Annes Schoß und streckte die Beine aus. Anne begann, ihm zärtlich durch das Haar zu streichen.

»Das Schicksal ...« Manuel lachte bitter. Sarkasmus schwang in seiner Stimme mit. »Das Schicksal ... ich kann und will es nicht vorbehaltlos akzeptieren.« Anne erschrak über die Härte, mit der Manuel diesen Satz aussprach.

»Man kann es auch manipulieren«, sagte er nach einer kleinen Pause.

Anne spürte, dass sie auf dem richtigen Weg war. »Deine Mutter war unheilbar an Krebs erkrankt. Da konnte man nichts mehr beeinflussen. Niemand konnte sie vor dem Tod retten.«

»Sie musste nicht so leiden, und das konnte man beeinflussen«, erwiderte Manuel vielsagend.

»Hm, damit hast du recht. Die Ärzte haben ihr bestimmt ...«

»Die Ärzte kannst du vergessen«, brauste Manuel auf.

»Warum, die haben doch ...?«

»Nichts haben die!«, unterbrach Manuel sie barsch. »Ich möchte jetzt nicht mehr darüber reden, klar!?«

»Verflixt, beinahe hatte sie ihn so weit. Ich hätte ihr etwas mehr zugetraut, der Frau Psychologin«, brummte Nawrod ärgerlich.

»Abwarten, die bringt es schon noch.«

Nawrod wollte gerade antworten, als Bea ihm mit dem Zeigefinger an den Lippen bedeutete, zu schweigen. »Pst, vielleicht jetzt!«

»Wie war das eigentlich mit deinem Bruder damals? Ging dir sein Tod sehr nahe?« Anne streichelte immer noch Manuels Haar.

»Raymond fiel in den Teich. Beim Spielen war es. Die Leute sagten, es hätte ausgesehen, als schliefe er, nur halt eben nass.«

»Du hast meine Frage nicht beantwortet. Hast du sehr um ihn getrauert?«

»Habe ich dir nicht gesagt, dass er nur mein Adoptivbruder war?« Manuel richtete sich etwas auf, und mit dem Anflug eines Lächelns sagte er: »Nach seinem Tod war ich plötzlich die Nummer eins bei Vater. Das war gut!«

»Das macht sie sehr geschickt. Erst die improvisierte Psycho-Couch auf ihrem Schoß, und dann lenkt sie das Thema von der Mutter zum Bruder. Die Mutter ist wohl seine Achillesferse.« Bea blickte gespannt auf die Monitore.

Nawrod wurde immer nervöser. »Ich sehe fast nichts mehr. Verdammt, warum schalten die nicht auf den Restlichtaufheller?«

Bea drückte auf die Sprechtaste des Funkgerätes. »Hier Uran 1 an Falke, bitte schaltet die Restlichtaufheller ein!«

»Verstanden«, kam es aus dem Lautsprecher. Zwei Sekunden später wandelte sich das graue, jetzt schon deutlich diffusere Bild in ein Grünes um, auf dem man Anne und Manuel wieder sehr deutlich sehen konnte.

»Weißt du eigentlich, wie es passiert ist?«, fragte Anne.

»Beim Spielen. Raymond war fünf, und ich war sechs. Es ging sehr schnell. Das Wasser nahm ihn einfach weg. Er schrie nicht.«

Manuel lachte sarkastisch. »Ich habe ihm eine ganze Weile nachgeschaut. Dann ging ich langsam zum Haus. Später kletterte ich auf einen Baum und beobachtete, wie sie ihn aus dem Wasser zogen.«

»Ist er ausgerutscht?«, fragte Anne vorsichtig.

»Nein, eigentlich nicht«, erwiderte Manuel. Anne sah nicht, dass sich sein Mund zu einem leichten Lächeln verzogen hatte.

»Warum fiel er dann ins Wasser?«

»Der Teich war zugefroren.« Manuel machte eine lange Pause. Als er wieder zu sprechen anfing, wirkte er völlig geistesabwesend. Seine Stimme hatte einen sonderbaren Klang, so, als würde sie nicht ihm gehören.

»Der andere ... er hat ...« In diesem Moment ertönte der dumpfe Hupton eines Schiffes.

»Was sagtest du? Ich habe dich nicht verstanden, Manuel. Welcher andere?«

Manuel machte den Eindruck, als würde er aus einer Trance aufwachen. Etwas verwirrt sagte er: »Wieso anderer? Habe ich anderer gesagt?« Dabei richtete er seinen Oberkörper halb auf. »Ich war allein mit meinem Bruder.«

Anne drückte Manuel wieder sanft auf ihren Schoß.

»Er redet von seinem anderen Ich. Klassischer Fall von gespaltener Persönlichkeit, würde ich sagen. Sie war ganz nahe dran. Hast du das gemerkt, Jürgen?«, fragte Bea aufgeregt.

»Diese blöde Schiffssirene. War keine so gute Idee mit dem Neckar, oder?«

»Wir haben alle Zeit der Welt, Jürgen«, antwortete Bea ruhig, obwohl ihre Nerven auch zum Zerreißen gespannt waren.

»Was ist deine Schwester für ein Mensch?«

»Susanne? Susanne mochte ich sehr. Sie war ...« Manuel stieß einen tiefen Seufzer aus. »Aber dann ...«

Er benutzt wieder das Imperfekt, dachte Anne. Heißt das tatsächlich, dass Susanne nicht mehr lebt? Sie wollte es nicht glauben. Eine Gänsehaut lief ihr über den Rücken.

»Was war dann?«, fragte sie nach einer kleinen Pause, und ihre Stimme klang wie die einer treusorgenden Mutter, die ihren kleinen Jungen fragte, was er so Schreckliches erlebt hatte.

»Sie ist verschwunden, genau wie Vater. Einfach weg, und manchmal scheint es mir so, als wäre sie nie dagewesen.« Manuels Stimme klang traurig.

»Du sagtest eben, Sie ›war‹. Das hört sich an, als gehöre Susanne der Vergangenheit an?«

»Sag mal, legst du immer gleich jedes Wort auf die Goldwaage?«, fragte Manuel ärgerlich.

»Hat Susanne deinem Vater oder deiner Mutter näher gestanden?« Mit dieser Frage wollte sie Manuel aus der Reserve locken.

»Sie haben in erster Linie mich adoptiert. Susanne haben sie nur deshalb genommen, weil sie meine Schwester war. Sozusagen als Beigabe. Ich sollte in die Fußstapfen des Alten treten. Dann kam Raymond auf die Welt, obwohl die Ärzte gesagt hatten, Mutter könne keine Kinder bekommen. Nach seinem Tod hatte ich wieder die Poleposition.« Manuel lächelte, und dieses Mal blieb es Anne nicht verborgen.

»Wann ging Susanne weg?«

»Sie ging nicht weg! Sie verschwand. Das ist ein Unterschied.« Manuel machte eine Pause, bevor er fortfuhr: »Sie war in der Schule immer besser als ich. Die Alten waren wahnsinnig stolz auf sie.«

»Und darum hast du sie umgebracht, stimmt's, Kleiner? Nicht nur wegen des Geldes. Du weißt es, und ich weiß es. Sag es endlich!«, stieß Nawrod ungeduldig hervor.

»Ich glaube, er braucht noch eine Weile. Die Psychotante macht es aber gut. Warte nur ab«, warf Bea ein.

»Meinst du, dass sie vielleicht irgendwo Selbstmord begangen haben könnte?«, fragte Anne geschickt.

Manuel nickte. »Und der Alte hat es ihr nachgemacht.«

»Das ist Unsinn!« Annes Stimme entgleiste ihr für einen Moment.

»Unsinn, wieso Unsinn?«, erwiderte Manuel ärgerlich.

Anne streichelte Manuel wieder behutsam über die Haare. Ganz im Stil einer Psychologin sagte sie in sanftem Ton: »Ich glaube, da sind ganz schlimme Dinge passiert, Manuel.« Und nach einer kleinen Pause fuhr sie fort: »Wie war das eigentlich mit deiner Ex?«

»Du fragst zuviel!«

»Entschuldige, ich dachte …«

»Wer viel fragt, läuft Gefahr, zu viel zu wissen. Das ist nicht immer gut«, sagte Manuel mit drohendem Unterton. »Hör mal, ich bin nicht dein Studienobjekt, verstanden!?«

»Die Polizei …«, wollte Anne vorsichtig ansetzen. Doch Manuel richtete sich mit einer schnellen Bewegung auf und unterbrach sie harsch:

»Die Polizei … diese blöden Bullenschweine. Antonia hat sich zu Tode gefixt. Jeder weiß das!«

»Aber es könnte doch auch …«

»Nichts könnte! Die hat sich tot gespritzt, und damit basta! Ich weiß das!«

»Woher willst du …?«

Manuel brauste auf. »Der Spaziergang und dieses Gespräch waren ein Fehler!«

»Ein Fehler?«, fragte Anne mit weicher Stimme. »Miteinander reden kann nie ein Fehler sein.«

»Doch, es war ein Fehler!«, erwiderte Manuel laut. Und nach einer kurzen Denkpause, verwundert, so, als fiel es ihm wie Schuppen von den Augen, herrschte er Anne an: »Wie kommst du auf meine Ex? Ich habe dir nie von ihr erzählt.«

Anne wusste, dass er sie soeben ertappt hatte. Sie hatte den Fehler gemacht, Nawrods Informationen über den Tod Antonias ins Spiel zu bringen. Bevor noch Zeit war, sich zu überlegen, wie sie sich herausreden konnte, sah sie die Pistole in Manuels Hand.

»Ich muss es tun!«, sagte Manuel, und seine Stimme klang nicht mehr ärgerlich, sondern eher traurig. »Weißt du, was das ist?« Manuel fuhr bedächtig über das blauschwarze Metall der Waffe.

Erschrocken riss Anne die Augen auf. Sekundenlang brachte sie keinen Ton hervor. Doch dann schaute sie ihn fest an und sagte: »Manuel, mach dich doch nicht noch unglücklicher, als du schon bist.« Dabei wollte sie ihm wieder über die Haare streichen, doch Manuel wich aus.

Bea sah überrascht auf den linken Monitor. »Hast du das gesehen, Jürgen? Der hat eine Knarre!«

»Sieht ganz so aus. Lass das Ding mal herzoomen!«

»Uran 1 an Falke, Uran 1 an Falke, zoomen Sie bitte die Waffe so nah wie möglich heran!« Beas Stimme klang sehr professionell.

»Verstanden«, quäkte es aus dem Lautsprecher.

Nawrod beugte sich zum Monitor hin. »Ob die echt ist?«

»Natürlich ist die echt! Jürgen, wir müssen reagieren«, stieß Bea hervor. Ohne eine Antwort abzuwarten, drückte sie die Sprechtaste des Funkgerätes:

»An alle Einsatzkräfte, an alle Einsatzkräfte! Bereithalten zum Zugriff. Scharfschützen melden, ob Zielperson erfasst!«

»Hier Moskito 1, Zielperson erfasst. Finaler Rettungsschuss möglich«, meldete sich eine ruhige, fast leise Stimme. Das runde Bild im Zielfernrohr des Scharfschützengewehres war wegen des eingeschalteten Restlichtaufhellers grün, und das darin zu sehende Fadenkreuz zeigte mitten auf Manuels Stirn.

»Hier Moskito 2! Zielperson nur teilweise erfasst. Treffer nicht möglich, ohne AP zu gefährden!« Das Fadenkreuz dieses Schützen wanderte langsam hin und her, so, als würde es sich ganz bedächtig den richtigen Punkt suchen, an dem es die tödliche Kugel unterbringen konnte. Mehrfach streifte es auch Annes Körper.

Bei einem anderen Zielbild, dessen rötliche Tönung auf ein infrarotverstärktes Fernrohr hinwies, zeigte das Fadenkreuz auf Annes linke Schläfe.

»Greifer 1 an Uran 1: Wir benötigen noch etwas Zeit, um uns in eine Zugriffsposition zu bringen.«

»Uran 1 hat verstanden«, antwortete Bea. »Beeilt euch, da ist die Kacke am Dampfen! Bitte melden, wenn Zugriff möglich!«

Geräuschlos, tief geduckt, teilweise robbend und jede Deckung ausnutzend, arbeiteten sich die Beamten des Greiftrupps zu dem Pärchen auf der Sitzbank vor.

Bea und Nawrod schauten gespannt auf die beiden Monitore. Sie sahen, dass Manuel die Pistole auf seinem rechten Oberschenkel abgelegt hatte. Seine Hand umfasste aber immer noch das Griffstück. Anne legte nun ihre Hand auf die Waffe. Es schien, als wollte sie die Pistole symbolisch abdecken, um so deren Gebrauch zu verhindern. Aus dem Lautsprecher war Annes ruhige, gefasste Stimme zu hören:

»Du machst alles nur noch schlimmer, Manuel. Willst du das wirklich?«

Manuel lachte bitter. »Schlimmer? Schlimmer kann es nicht mehr werden.« Dann stieß er vielsagend hervor: »Ich bin nicht er, und er ist nicht ich! Verstehst du?«

»Wer ist der andere? Erzähl mir von ihm!«

Manuel schien irgendwie wegzutreten. Nach einer Pause sagte er: »Das geht nicht. Ich werde es auf meine Weise zu Ende bringen.« Mit diesen Worten schob er Annes Hand beiseite und zog langsam den Verschluss der Pistole zurück.

Beas Stimme überschlug sich für einen Moment, als sie ins Funkgerät schrie. »Hier Uran 1, hier Uran 1! Greifer 1, wie weit sind Sie?«

»Hier Greifer 1! Wir sind noch nicht ganz dran«, flüsterte eine Stimme.

»Moskito, ist finaler Rettungsschuss noch möglich?«, fragte Bea hektisch weiter.

»Moskito 1 positiv!«

»Moskito 2 ebenfalls positiv!«

»Verdammt, das reicht noch nicht! Er hat bislang noch nichts zugegeben«, schrie Nawrod. »Gib ihr noch ein paar Sekunden!«

»Der macht sie doch alle. Siehst du das nicht!?«, schrie Bea zurück. »Den kann man auch bei einem Verhör weich kochen!«

»Das glaubst du doch selbst nicht. Der macht sofort zu und trennt sich von seinem zweiten ›Ich‹, sobald es unter Druck gesetzt wird. Und du weißt so gut wie ich, dass wir bis jetzt null Beweise haben. Das ist ein Mörder, ein Psychopath mit gespaltener Persönlichkeit, und so einer gehört hinter Schloss und Riegel!« Nawrod war in höchster Erregung.

Bea drückte die Sprechtaste: »Uran 1 an Greifer! Zugriff, sobald möglich! Kommen, ob verstanden!«

»Hier Greifer 1, habe verstanden.«

Nawrod riss Bea das Funkgerät aus der Hand. Seine Stimme klang metallisch hart, als er die Order gab: »Hier Uran 1 an Greifer. Ich übernehme das Kommando! Der Zugriff erfolgt erst, wenn ich grünes Licht gebe. Moskito 1 und 2, das gilt auch für Sie. Erst schießen, wenn ich Feuerbefehl gebe. Ist das klar?«

»Jürgen, du bist verrückt!«, schrie Bea. »du machst den gleichen Fehler wie bei Charly. Der macht sie doch alle, so, wie er seine ganze Familie alle gemacht hat!«

»Ich brauche nur einen einzigen Mord, nur eine Leiche!« In Nawrods Stimme klang ein Anflug von Verzweiflung.

»Das MEK untersteht meinem Befehl, falls du das vergessen hast. Ich habe es angefordert. Gib mir sofort das Funkgerät zurück!«, schrie Bea fordernd.

»Nein, ich muss …«

Nawrod wurde durch den nächsten Funkspruch unterbrochen.

»Hier Moskito 2! Uran 1, können Sie uns mal mitteilen, was nun Sache ist?«

»Hier Moskito 1! Finaler Rettungsschuss immer noch möglich. AP ist meiner Meinung nach hoch gefährdet!«

»Ich habe Sie nicht nach Ihrer Meinung gefragt, Moskito 1. Sie warten auf meinen Befehl, verstanden!?«, schrie Nawrod ins Funkgerät.

Auf beiden Monitoren war nun zu sehen, wie Manuel aufstand und sich vor Anne stellte. Die Pistole hielt er schräg nach unten, als er sagte: »Tut mir leid, ich kann nicht anders.«

Anne stand ebenfalls auf. »Tu es nicht, Manuel! Wir beide sind noch zu jung!«

Das Fadenkreuz des infrarotverstärkten Zielfernrohres wanderte unruhig von Annes Hinterkopf auf ihren Rücken und wieder zurück. Der Atem des Schützen ging stoßweise.

Manuel erwiderte etwas, das vom Hupton eines Schiffes jedoch wieder überdeckt wurde. Bea und Nawrod hörten ihn danach sagen: »Jeder wird es verstehen.« Dann hob er langsam die Pistole an. Als der Schuss aufpeitschte, machte Anne eine kleine Bewegung zur Seite. Sie fiel vornüber direkt auf Manuel. Beide sackten zu Boden. Im Fallen stieß Anne einen fürchterlichen Schrei aus.

Die Beamten des Greiftrupps, die sich bis auf zwanzig Meter vorgearbeitet hatten, stürzten herbei. Bea und Nawrod saßen wie gelähmt vor den Monitoren. Nawrod schossen Tränen in die Augen. Er schlug die Hände vor das Gesicht und schüttelte mehrfach den Kopf. Es hörte sich wie der Urschrei eines zutiefst gepeinigten Menschen an, als er ein langgezogenes »Nein« ausstieß. Ohne auf Bea zu achten, hechtete er auf den Fahrersitz, startete den Motor und raste zu der Stelle, wo Anne und Manuel am Boden lagen. Grob stieß er zwei MEK-Beamte zur Seite, bis er direkt vor den Verletzten stand. Bea folgte ihm.

Manuel von Kampen lag auf dem Rücken. In Brusthöhe war seine Kleidung blutdurchtränkt. Seine Augen waren gebrochen, und das Gesicht war blassgelb, so wie es Nawrod schon oft bei Toten gesehen hatte. Anne lag in Seitenlage direkt neben Manuel. Sie wimmerte und streichelte mit langsamen, kraftlosen Bewegungen Manuels Kopf. Nawrod sah im Schein der Taschenlampen, dass Anne die Augen geöffnet hatte. Er kniete sich neben sie. Ihr Gesicht und die Hand, mit der sie Manuel streichelte, waren voller Blut. Als sie Nawrod wahrnahm, stieß sie röchelnd hervor: »Sie sind ein Mörder, ein gemeiner Mörder!«

Nawrod sah, wie Blut aus ihrem Mund floss. Dann schloss sie die Augen, und ihr Kopf fiel schlaff zur Seite.

## 38

Nawrod war wie betäubt. Als der erste Notarztwagen eintraf, bemerkte niemand, wie er sich langsam vom Ort des Geschehens entfernte. Auch Bea nicht, die ebenfalls unter Schock stand. In seinem Kopf hämmerte ständig dieser eine Satz: »Sie sind ein Mörder, ein gemeiner Mörder!«

Er konnte später nicht mehr sagen, wie lange er unterwegs gewesen war und welche Richtung er zuerst eingeschlagen hatte. Irgendwann landete er an einem Taxistand. Er ließ sich zum *Dreifarbenhaus* fahren, denn nach Hause konnte er nicht. Sie würden ihn dort finden und sofort ins Präsidium schleppen, wo er Rede und Antwort hätte stehen müssen.

Gaby erschrak, als sie Nawrod sah. Sie hatte in ihrem ganzen Leben noch nie so leere Augen und ein solch fahles Gesicht gesehen. »Mein Gott, wie siehst du denn aus?«, fragte sie entsetzt. »Was ist denn passiert?«

»Kann ich heute Nacht bei dir bleiben?«, fragte Nawrod mit brüchiger Stimme.

Gaby nickte. »Hab eh mein Soll für heute schon erfüllt. Mach es dir gemütlich, Jürgen.«

Es war nicht leicht für Gaby, aus Nawrod herauszubekommen, was geschehen war. Er brachte nur einzelne Wörter oder kurze Sätze hervor. Als sie meinte, genug erfahren zu haben, gab sie Nawrod zwei Tabletten. Kurze Zeit später schlief er ein.

Er wachte erst am frühen Nachmittag wieder auf. Ohne weiter über das Geschehene zu reden, bedankte er sich kurz bei Gaby und verschwand. Weitere Hilfe lehnte er mit einer Handbewegung ab. Nachdem Nawrod das Zimmer verlassen hatte, zog Gaby den Rollladen hoch, öffnete das Fenster und wartete ab, bis Nawrod unten aus der Tür kam. Sie schaute ihm noch kurz nach. Nawrod ging in Richtung Innenstadt. Gaby war erleichtert. Sie hatte schon befürchtet, er könnte wieder das *Domino* aufsuchen. Längst hatte sie erfahren, dass Nawrod dort zusammengeschlagen worden war. Sie holte ihr Notizbuch hervor und griff zum Telefonhörer.

Nach dem Anruf schnappte sich Bea den nächstbesten Dienstwagen und fuhr unter Missachtung sämtlicher Verkehrsregeln Richtung Theodor-Heuss-Straße. Plötzlich sah sie Nawrod etwa dreißig Meter vor sich, als er gerade dabei war, das Irish Pub zu betreten. Bea fluchte, weil sie nicht sofort eine Parklücke fand. Als sie endlich das Lokal betrat, sah sie, wie der Barkeeper drei doppelte Whisky vor Nawrod auf die Theke stellte. Bea ging langsam auf Nawrod zu. Hinter ihm stehend, sagte sie sarkastisch: »Na, sind wir mal wieder soweit?«

Ohne sich umzudrehen, antwortete Nawrod: »Wen interessiert das?«

»Niemand! Keinen Arsch interessiert das. Da hast du recht«, erwiderte Bea. »Aber vielleicht interessiert es dich, dass die Kugel, die Annes Lunge durchschlug und Manuel mitten ins Herz traf, nicht aus einer MEK-Waffe abgefeuert wurde.«

Nawrod drehte sich langsam um. Er schaute Bea ungläubig an.

»Was sagst du da?«

»Das Geschoss, das Manuel das Licht ausblies, hat das Kaliber 222 Magnum. Jeder weiß, dass das MEK 7,62er Munition verwendet«, bemühte sich Bea so sachlich wie möglich zu sagen.

Nawrod griff in seine Tasche, zog einen Geldschein heraus und knallte ihn auf die Theke. »Ich Oberrindvieh!«, stieß er laut hervor. »Hast du einen Wagen dabei?« Bea nickte. »Na, dann mal los!«

Beide rannten aus dem Lokal. Mit quietschenden Reifen fuhren sie los. Unterwegs beorderte Nawrod über Funk einen Zugriffstrupp in die Wagrainstraße.

»Kannst du mir mal sagen, was das soll?«, fragte Bea vorwurfsvoll.

»Wir holen das Schwein, das den tödlichen Schuss abgefeuert hat.« Und nach einer Pause: »Ich fasse es nicht! Dass ich darauf nicht gleich gekommen bin. Der hat sich abgeschottet wie ein Profi!«

Die Sondereinheit kam nahezu zeitgleich mit Nawrod und Bea an. Nach einer kurzen Erklärung Nawrods stürmten sie in das dritte Obergeschoss des Mehrfamilienhauses. Die Wohnungstür wurde mit einer Ramme aufgebrochen. Holz splitterte. Es gab einen lauten Knall, der durch das ganze Haus hallte. Die Wohnung war stockdunkel. Alle Rollläden waren heruntergelassen. Vorsichtig tasteten sich die Beamten im Schein ihrer Taschenlampen bis zur geschlossenen Schlafzimmertür vor. Ein Tritt, und die Tür flog mit lautem Krachen auf. Das Zimmer war mit unzähligen Kerzen beleuchtet. In einer Ecke saß eine zusammengekauerte Person mit nacktem Oberkörper.

»Sascha Ross, ich verhafte Sie wegen Mordes«, stieß Nawrod keuchend hervor. »Stehen Sie bitte auf!«

Der Angesprochene reagierte nicht. Er vergrub das Gesicht hinter verschränkten Armen. Weinkrämpfe schüttelten ihn. Erst jetzt sah Nawrod, dass Sascha Ross voller Blut war. Auch auf dem Fußboden war überall Blut zu sehen. Alles war mit Bildern Manuel von Kampens übersät. An der Wand hing ein großes Poster von ihm.

Nawrod ging auf Sascha zu. Dieser sprang blitzschnell auf. Ein Messer funkelte in seiner Hand. »Stehen bleiben! Keinen Schritt weiter!« Mit weit aufgerissenen Augen starrte er Nawrod an. Sein Gesicht verzerrte sich zu einer hässlichen Fratze. Nawrod rührte sich nicht von der Stelle.

Sascha fing an, seinen Oberkörper hin und her zu wiegen. Er schüttelte mehrfach den Kopf. Schließlich stammelte er: »Nur mir allein sollte er gehören, niemand anderem, nur mir allein!« Dann schaute er Nawrod hasserfüllt an und schrie: »Anne, diese Hure! Ich wollte ihr eine Kugel in den Schädel jagen. Sie hat alles zerstört. Hoffentlich krepiert sie!«

Nawrod nickte Sascha zu und sagte: »Ja, sie hat alles zerstört, wovon du geträumt hast, mein Junge. Sie hat den Tod verdient, denn keiner liebte Manuel so wie du, stimmt's, Kleiner?«

»Nenn mich nicht Kleiner, Scheißbulle!«, erwiderte Ross. »Und komm nicht näher, sonst schneide ich dir den Hals durch!« Ross richtete das Rasiermesser drohend gegen Nawrod. Dieser sah jetzt, dass sich Sascha unzählige Schnitte an Armen und Oberkörper beigebracht hatte. Eine tiefe, klaffende Wunde am rechten Handgelenk blutete immer noch heftig.

»Sie wollte ihn nur ausnützen, sie wollte nur sein Geld«, sprach Nawrod ruhig weiter. »Und er fiel darauf herein.«

»Das Geld der Alten gehörte nur ihm und mir. Damit hätten wir ausgesorgt. Manuel und ich ... wir hätten ... wir wollten doch nach Neuseeland.«

Nawrod deutete auf das Poster, das hinter Sascha an der Wand hing. »Er hatte einen wunderschönen Körper, nicht wahr?«

Sascha nickte.

»Und dieser kleine Leberfleck über dem Bauchnabel ...«

»Einen was?« Verwundert drehte sich Ross um. Diesen Moment nutzte Nawrod, um sich auf ihn zu stürzen. Beide fielen zu Boden. Bevor Ross begriff, wie ihm geschah, schlug ihm ein Beamter des Zugriffstrupps das Messer aus der Hand. Zwei andere hielten ihn sofort fest. Nachdem Nawrod sich aufgerappelt hatte, hoben sie Ross hoch. Bea holte aus dem Schlafzimmerschrank einen Schal und band ihm damit den blutenden Arm ab. Danach warf sie ihm ein Hemd und eine dünne Jacke über. Anschließend wurde Sascha abgeführt.

Nawrod sammelte einige Bilder vom Boden auf und schaute sie an. Gedankenverloren sagte er leise: »Manuel wusste alles, zumindest muss er es geahnt haben. Weshalb sonst die ganze Fummelei mit den Schaufensterpuppen?«

»Ich denke, sie haben es zusammen gemacht«, sagte Bea, und Nawrod nickte.

»Da könntest du recht haben. Wenn ich ihn mir vorgeknöpft habe, werde ich mehr wissen. Lass uns zum Präsidium fahren. Sobald ihn der Doc verarztet hat, möchte ich in die Vernehmung einsteigen.«

»Er wird ein Geständnis ablegen. Da bin ich mir fast sicher. Jetzt, wo seine Welt zusammengebrochen ist, wird er keinen

Widerstand mehr leisten. Neumann wird Augen machen, wenn er erfährt, dass du sechs Morde auf einen Schlag geklärt hast. Die treten nämlich mit diesem Jacques Bonarte immer noch auf der Stelle.«

»Was hast du da eben gesagt?«, fragte Nawrod verwundert.

»Na ja, die Mordkommission ist mit dem Foltermord im Eschbachwald noch keinen Schritt weiter gekommen.«

»Nein, das meine ich nicht! Ich will wissen, welchen Namen du eben erwähnt hast?«

»Das Opfer hieß Jacques Bonarte. Er war Franzose und studierte an der Stuttgarter Uni. Soll ein kleiner Dealer gewesen sein, der mit dem Verkauf von Haschisch sein Studium finanzierte.«

»Halte mich jetzt bitte nicht für verrückt, aber dieser Name taucht in der Akte von Antonia Taglieri auf. Wenn ich mich richtig erinnere, wurde er darin als Freund der Toten beschrieben.«

»Du meinst ...?«

»Genau das meine ich. Die beiden haben auch den Franzosen umgelegt.«

»Aber wieso haben sie ihn so grausam gefoltert?«

»Das werde ich sehr bald wissen«, stieß Nawrod entschlossen hervor.

»Neumann wird gelb vor Neid. Sicher spuckt er Gift und Galle, wenn du auch noch den Foltermord klärst.«

Nawrod und Bea sahen sich an. Beide lächelten kurz und klatschen sich ab. Anschließend fuhren sie ins Polizeipräsidium.

Bis der Polizeiarzt Sascha Ross notdürftig versorgt hatte, verging fast eine Stunde. Danach wurde der Tatverdächtige in ein Vernehmungszimmer geführt und Nawrod verständigt. Ross saß zusammengesunken auf dem Stuhl und hatte den Kopf auf die Tischplatte gelegt.

»Ist gut«, sagte Nawrod, als er eintrat. Mit einer Kopfbewegung bedeutete er den beiden Kollegen, die Sascha bewachten, den Raum zu verlassen.

Er wartete nur etwa fünf Minuten, bis er das Schweigen brach und zu sprechen anfing. Und danach dauerte es keine Minute mehr, bis Sascha Ross mit der Beichte seines Lebens begann.

Er gestand, dass er als kleiner Junge beobachtet habe, wie Manuel seinen Bruder auf das dünne Eis gelockt und zugesehen hatte, wie Raymond ertrank. Später habe er Manuel zufällig in der Schule wiedergesehen und mit ihm Freundschaft geschlossen. Ab diesem Zeitpunkt habe er sich zu Manuel auch sexuell hingezogen gefühlt, es ihm aber nie gesagt, da er Angst hatte, ihn als Freund zu verlieren.

Aus Liebe zu Manuel sei es für ihn auch ein Leichtes gewesen, Antonia aus dem Weg zu räumen, da er eifersüchtig auf sie gewesen sei. Ihre Ermordung sei schon allein aus dem Grund notwendig gewesen, weil sie zu viel über Manuel und ihn wusste und somit bei der Ausführung ihres Planes ein unkalkulierbares Risiko darstellte.

Ohne auch nur einmal zu zögern, gab Sascha weiter zu, in Absprache mit Manuel sämtliche Mitglieder der Familie von Kampen umgebracht zu haben, um den Erbfall zu forcieren. Damit habe er auch die Hoffnung verbunden, Manuel anschließend ganz für sich allein zu haben und mit ihm ein sorgenfreies Leben in Neuseeland führen zu können. Doch dann sei ihm Anne in die Quere gekommen. Sie sollte sein letztes Opfer sein. Als ihm Manuel beim Essen am Abend zuvor seine Liebe zu Anne offenbart hatte, sei unbändiger Hass in ihm entbrannt. Manuel habe ihm gesagt, wo er mit Anne spazieren gehen würde.

Da habe er sein in Frankreich erworbenes Scharfschützengewehr genommen, um Anne in den Armen von Manuel zu töten. Das sollte Manuel davon abbringen, sich jemals wieder mit einer Frau einzulassen. Als er durch das Zielfernrohr gesehen habe, dass Manuel ebenfalls eine Waffe auf Anne gerichtet hatte, habe er den Abzug durchgedrückt. Im selben Moment habe sich Anne zur Seite bewegt, weshalb auch

Manuel getroffen worden sei. Aus seinem sicheren Versteck heraus habe er später gesehen, wie Manuels Leiche abtransportiert wurde.

Nawrod atmete tief durch. Ross' Erzählung ließ ihn erschaudern. Dennoch, Sascha Ross hatte ihm in mehr als drei Stunden alle Einzelheiten der Morde gestanden. Sein Geständnis war Wort für Wort auf Tonträger aufgezeichnet.

»Und warum hast du den Franzosen umgebracht?«, fragte Nawrod zum Schluss, wobei er bemüht war, keinen Vorwurf in seiner Stimme erkennen zu lassen. »Oder hat es Manuel getan?«

»Welchen Franzosen?«, fragte Ross verwundert.

»Jacques Bonarte, den Freund Antonias.«

»Den habe ich nicht getötet«, erwiderte Ross entrüstet.

»Dann war es Manuel. War er vielleicht eifersüchtig?«

»Keineswegs! Manuel hatte lange vorher mit Antonia Schluss gemacht. Der Franzose kam uns sogar sehr gelegen. Er war ein Dealer, und die Polizei sollte glauben, dass er ihr den Stoff besorgt hatte, mit dem sie sich zu Tode fixte.«

»Kam er euch vielleicht auf die Schliche? Musste er deshalb sterben? Warum habt ihr ihn gefoltert?«

»Ich würde es zugeben, wenn ich es gewesen wäre. Auf einen Mord mehr oder weniger käme es mir nicht an, verstehen Sie? Aber ich sage es noch einmal, wir haben den Franzosen nicht umgebracht!«, beteuerte Ross.

»Hm!« Nawrod dachte nach. Er erhob sich und ging ein paar Mal auf und ab. Plötzlich nickte er, ging zur Tür und rief die beiden Kollegen herein, die Ross abführten.

Danach ging er in sein Büro und rief jenen Kollegen vom Einbruchsdezernat an, der ihm schon einmal einen wertvollen Dienst erwiesen hatte, als er bei Antonias Mutter in Italien anrief. Er bat ihn, sofort in sein Büro zu kommen. Fünf Minuten später war der Kollege zur Stelle. Nawrod trug ihm auf, bei Interpol Rom anzurufen.

»Die sollen sofort feststellen, ob Antonia Taglieri einen

oder mehrere Brüder hat. Falls ja, brauche ich von denen Bilder. Verstanden?«

»Okay, kein Problem, Jürgen.«

»Und noch etwas: Sie sollen dann auch gleich feststellen, ob von denen einer Linkshänder ist. Wenn ja, sollen sie mitteilen, ob von ihm irgendwann einmal eine Speichelprobe erhoben worden ist. Sag ihnen, es geht um einen äußerst brutalen Foltermord.«

Eine halbe Stunde später erhielt Nawrod eine E-Mail von Interpol Rom. Er klickte sofort auf den Anhang, in dem sich Fotos von zwei Männern befanden.

»Volltreffer!«, jubelte Nawrod, als er auf einem der Bilder jenen Unbekannten erkannte, der im Parkhaus Manuel von Kampen erschießen wollte.

Am nächsten Morgen hatte Nawrod Gewissheit. Giuseppe Taglieri war Linkshänder und schon in jungen Jahren eine Mafiagröße. Ihm wurde jedoch der Boden in Italien zu heiß, da er im Verdacht stand, an mehreren Morden der Camorra beteiligt gewesen zu sein. Interpol Rom vermutete, dass er schon vor einiger Zeit unter falschem Namen in Deutschland untergetaucht sei.

Eine sofortige Untersuchung beim LKA Stuttgart ergab, dass die DNA des Mafioso mit zahlreichen Spuren übereinstimmte, die man an der Leiche von Jacques Bonarte hatte sichern können. Es war also sowohl ein Rache- als auch ein Foltermord. Bonarte hatte wohl in seiner letzten Stunde zugeben, Antonia gelegentlich mit Marihuana oder Haschisch versorgt zu haben. Und ganz sicher hatte Bonarte seinem Peiniger gesagt, dass Manuel von Kampen der frühere Freund seiner Schwester war. Vielleicht hatte er damit sein eigenes Leben retten wollen. Doch Jacques Bonarte hatte nicht geahnt, dass es sich bei Taglieri um einen Mafia-Killer handelte, der einen Zeugen niemals am Leben ließ.

In Nawrods Gesicht spiegelte sich Entschlossenheit, als er leise vor sich hin murmelte: »Dich kriege ich, Bürschchen, egal, wo du dich versteckst, und ganz gleich, wie lange es dauert. Dich schnappe ich mir, das schwöre ich!«

Nawrod goss sich eine Tasse Kaffee ein, als das Telefon klingelte. Frau Lange war am Apparat.

»Herr Nawrod, entschuldigen Sie bitte die Störung. Da will jemand den Beamten sprechen, der den Fall Antonia Taglieri bearbeitet.«

»Danke, Frau Lange. Stellen Sie bitte durch!«

»Nawrod, was kann ich für Sie tun?«

Die Stimme am anderen Ende der Leitung klang drohend. Nawrod meinte, einen leichten italienischen Akzent zu erkennen.

»Sie können dem Mörder von Antonia Taglieri ausrichten, dass er ein toter Mann ist, egal, in welches Gefängnis Sie ihn auch stecken!«

»Und Sie, Giuseppe Taglieri, dürfen sicher sein, dass ich Sie finden werde, ganz gleich wo ...«

Nawrod kam nicht mehr weiter. Der Anrufer hatte das Gespräch unterbrochen.

## 39

In den Räumen des Dezernates für Kapitalverbrechen herrschte Hochstimmung. Sektkorken knallten, Kanapees wurden herumgereicht. Neumann führte das große Wort. Der Innenminister war persönlich gekommen und hielt eine pathetische Rede, in der er den Dezernatsleiter überschwänglich für dessen große Führungsqualitäten und für den damit verbundenen Erfolg lobte. Neumann badete in dieser Lobeshymne. Der allseits bekannte Zeitungsreporter Oskar Malachowski stand neben ihm. Gerade als alle anderen zum wiederholten Male klatschten, sah Nawrod, dass Malachowski ein Kuvert in Neumanns Jackentasche steckte. Neumanns Hand tastete kurz nach dem Kuvert, bevor er Malachowski zunickte und weiter klatschte.

Aha, wusste ich es doch, dachte Nawrod. »Es wird mir ein Vergnügen sein, euch beiden Dreckärsche eine Falle zu stellen«, murmelte er vor sich hin. »Spätestens nächste Woche seid ihr fällig!«

Angewidert wandte er sich ab und begab sich nach draußen. Die Tür schlug er laut hinter sich zu. Lediglich etwas pikiert wurde drinnen weiter gefeiert.

Auf dem Flur kam ihm Bea entgegen. Nawrod sah zu Boden. Zuerst schien es, als wolle Bea kurz grüßend an ihm vorbeigehen. Sie blieb dann aber doch stehen und drehte sich zu ihm hin. Auch Nawrod hielt inne. Verlegen suchten beide nach Worten. Zeitgleich begannen sie damit, stotternd irgendetwas vorzubringen. Bea erfasste als erste die Situation, legte lächelnd ihren Zeigefinger auf Nawrods Mund und sagte:

»Anne lebt! Sie kommt durch, verstehst du? Die Ärzte konnten sie vor zwei Stunden aus dem künstlichen Koma holen.«

In Nawrods Gesicht zeigte sich große Erleichterung. Bea lächelte.

»Komm, lass uns irgendwohin fahren«, sagte sie, und in ihrer Stimme klang ein Hauch von Liebe.

»Aber nicht an den Neckar, hörst du?« Beide lachten. Sie hakten sich ein, und Bea legt ihren Arm um Nawrods Taille.

»Schlage vor, wir kaufen einen schönen, großen Blumenstrauß und fahren erst einmal ins Krankenhaus.«

Nawrod genoss es, Beas Hand auf seiner Taille zu spüren. Er küsste flüchtig ihre Haare, aber dafür umso zärtlicher. »Das ist eine supergute Idee. Die könnte auch von mir stammen!«

»Das glaubst du doch selbst nicht«, lachte Bea. »Ihr Männer …«

»Ja, ja, ja, wir Männer!«, unterbrach Nawrod sie ebenfalls lachend. »Meinst du etwa, Männer hätten kein … ich meine, keine … Na, du weißt schon, was ich meine!«

»Nein, das weiß ich nicht«, alberte Bea. »Aber ich weiß, dass es besser ist, wenn ich zuerst allein mit Anne spreche.

Anschließend darfst du ihr die Blumen überreichen.«

»Ist gebongt. Ich denke, ich habe bei ihr einiges gutzumachen ...«, sagte Nawrod ernst.

»Das glaube ich auch!«, erwiderte Bea.

»Und danach lade ich dich groß zum Essen ein. Wir gehen ins ...«

»Das ist wieder typisch Mann. Immer gleich auch an sich selbst denken!«, unterbrach Bea ihn. »Aber ich nehme die Einladung gern an.«

Bea lachte, und Nawrod lächelte charmant zurück.

**Textnachweis:**

Das auf den Seiten 130, 131 und 134 in Auszügen zitierte Lied »Stunde des Siegers« stammt von der Band Böhse Onkelz und befindet sich auf dem 1985 bei Rock-O-Rama Records erschienenen Album *Böse Menschen – Böse Lieder*.

# Weitere Krimis bei ars vivendi

Lucas Bahl
**Abseits!**
ISBN 978-3-89716-818-3

Kurz vor dem Derby des FC Bayern gegen den 1. FC Nürnberg: Die Sicherheitsexpertin Ilona Hall erhält von der Kriminalpolizei den Tipp, dass Rechtsextremisten während des großen Spiels einen Anschlag auf das Stadion planen. Als die frühere Polizistin selbst das Ziel eines Überfalls wird, erhärtet sich dieser Verdacht, doch sie ahnt noch nicht, wie tief sie bereits in die tödliche Intrige verstrickt ist, die weit in die Vergangenheit zurückreicht.

Petra Nacke · Elmar Tannert
**Rache, Engel!**
ISBN 978-3-89716-405-5

Wäre die Straße in Gostenhof unter der Bahnbrücke nicht so eine gefährliche Stelle, seit die Stadtautobahn ins Grün gebaut worden ist. Und wären in jener Winternacht nicht mehrere Personen aus ganz verschiedenen Gründen an der Brücke gewesen, gleichzeitig. Vielleicht wäre alles anders gekommen. Oder auch fast genauso. Zumindest die Sache mit Harri, die hätte besser ausgehen können. Aber so ist es mit dem Zufall: Man weiß nie, wann er es ernst meint. Wann er Schicksal spielen will und wann er einfach nur spielt.

»Ein hochintelligenter Kriminalroman, fesselnd, bewegend und voller Überraschungen, sprachlich bestrickend schön. Skurrile und sympathische Figuren bevölkern die kleine Welt dieses Buches und schlagen den Leser in ihren Bann.«
*Nürtinger Zeitung*

Dirk Kruse

**Requiem**

Frank Beauforts zweiter Fall

ISBN 978-3-89716-200-6

Gentlemandetektiv Frank Beaufort macht Jagd auf einen Serienmörder. Zusammen mit der hübschen und ehrgeizigen Journalistin Anne Kamlin ermittelt er auf äußerst gefährlichem Terrain – dem ehemaligen Reichsparteitagsgelände in Nürnberg. Dort, wo die Nationalsozialisten einst riesige Prunkbauten errichteten, tötet ein Unbekannter Neonazis und stellt die Opfer grotesk zur Schau: Die Ermordeten sind in Hakenkreuzfahnen gewickelt und tragen SS-Runen in die Haut geritzt. Beauforts Nachforschungen zwischen Kolosseum und Zeppelintribüne, Messe und Frankenstadion bringen ihn in Lebensgefahr.
Schon bald wird deutlich: Die Vergangenheit ist noch lange nicht vorbei.

»Frank Beaufort ist ein Gelegenheitsdetektiv mit Eleganz-Repertoire.«
*NDR Kultur*

Tessa Korber

**Das Leben ist mörderisch**

ISBN 978-3-89716-994-4

Sie haben sich an das Unerträgliche gewöhnt, die Frauenfiguren in diesen zehn Erzählungen. Die beste Zeit ihres Lebens haben sie an Männer verschwendet, die sie nicht zu schätzen wissen. Im Beruf werden sie übervorteilt, und der Haushalt frisst sie auf. Doch irgendwann genügt ein Tropfen, um das Fass zum Überlaufen zu bringen. Da geht dann schon mal eine Tankstelle in Flammen auf, und eine Bergwanderung endet ganz überraschend im Abgrund. Übrigens: In begründeten Ausnahmefällen kann eine Kommissarin auch mal ein Auge zudrücken und Beweismittel verschwinden lassen – denn weibliche Solidarität ist Ehrensache.

Veit Bronnenmeyer
**Stadtgrenze**
Albach & Müller: ihr dritter Fall
ISBN 978-3-89716-929-6

Eine Tote liegt auf der Stadtgrenze zwischen Nürnberg und Fürth. Der Streit um die polizeiliche Zuständigkeit stellt anfangs beinahe die Ermittlungen in den Schatten, doch bald wird klar, dass Albach und Müller – Mordkommission Nürnberg – nicht einfach nur den Schwarzen Peter gezogen haben: Dieser Fall ist brisant! Das Opfer ist eine Geschäftsfrau aus der IT-Branche. Die Ermittler wittern Manipulation. Hat der Mord mit den Daten zu tun, die in den Kalkulationsprogrammen verarbeitet werden – wichtige Zahlen zur Arbeitslosigkeit in Deutschland?

Jan Beinßen
**Herz aus Stahl**
Paul Flemmings fünfter Fall
ISBN 978-3-89716-687-5

Paul Flemming ermittelt wieder. Doch dieses Mal ist alles anders ... Der Hobbydetektiv wird in einen Kriminalfall verwickelt, der weit in die Vergangenheit zurückreicht. Die Spuren führen zum Inhaber eines mächtigen Stahlkonzerns, und die Geschichte Nürnbergs meldet sich mit der ersten Eisenbahn zu Wort, die auf deutschen Gleisen fuhr: dem Adler. Für Paul ist Vorsicht geboten, denn der mächtige Konzernchef hat nicht nur eine eiserne Faust, sondern auch ein Herz aus Stahl.

Sigrun Arenz
**Kühl bis ans Herz**
Sailer und Schatz: ihr zweiter Fall
ISBN 978-3-89716-928-9

Es herrscht keine große Liebe zwischen ihnen, aber als Ermittlerteam haben sich Eva Schatz und Rainer Sailer bewährt. So greift Sailer nach kurzem Zögern zum Telefon und versichert sich der Mithilfe seiner forschen Kollegin, als er mit einem neuen Fall konfrontiert wird: Eine junge Frau liegt tot in einem Parkhaus, und niemand kann sich vorstellen, wer einen Grund gehabt haben könnte, sie umzubringen. Ihre Nachforschungen führen die Kommissare in die stillen Dörfer des Fränkischen Seenlandes. Eine winterliche Idylle – oder etwa nicht?

Uwe Gardein
**Mord an Allerseelen**
Winkler und di Nardo: ihr zweiter Fall
ISBN 978-3-89716-992-0

Allerseelen: Auf dem Gelände des verfallenen Filgerhofs in Girglau wird eine Frau tot aufgefunden, erdrosselt mit einer Drahtschlinge. Und ausgerechnet in der Mordnacht ist Zacharias Welser, der vor 30 Jahren als junger Mann seine Heimatstadt verließ, ins Allgäu zurückgekehrt – um die Erbschaft seines Onkels anzutreten, wie er sagt. Das sorgt nicht nur für emotionalen Aufruhr unter den Bewohnern, sondern ist auch Grund genug für Winkler und Renata di Nardo, sich mit den Ereignissen von damals zu befassen. Dabei stoßen sie auf einen weiteren, niemals aufgeklärten Mord ...

»Äußerst packend bis zum Schluss ist dieser Krimi mit psychologischem Tiefgang.«
*Landlust* über *Tödliche Höhen*

Gunter Gerlach
**Friedhof der Beziehungen**
ISBN 978-3-86913-031-6

Georg Händel ist Kriminalautor mit einer ganz besonderen Begabung. Er macht aus unaufgeklärten Fällen Romane und entdeckt im Schreiben die Wahrheit. Auf der Tastatur seines Computers offenbaren sich ihm Täter und Motive.
Eine Schwäche hat er jedoch: Er kann den Anblick von Blut und Leichen nicht ertragen. Und eigentlich mag er auch keine Krimis.
Als der Schriftsteller nach Berlin zieht, wird er in eine Serie mysteriöser Morde verwickelt. Der Täter vergräbt seine Opfer auf Fußgängerinseln. Ein Fall, wie ihn sich sonst nur Krimiautoren ausdenken. Wäre Georg Händel also nicht der ideale Täter?
Ein scharfsinniges Spiel mit genreüblichen Krimi-Klischees im Spiegelkabinett der Literatur.